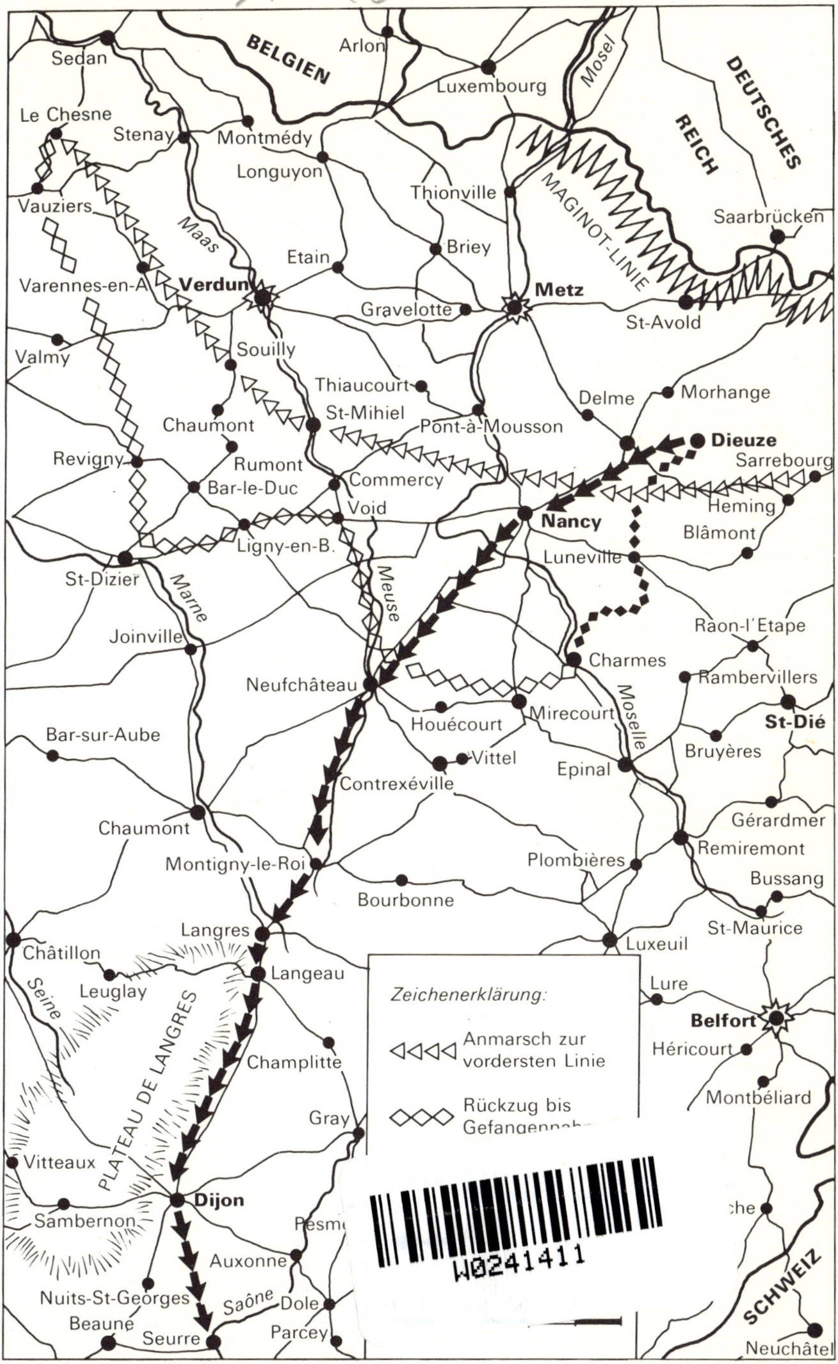

BELGIEN
DEUTSCHES REICH
MAGINOT-LINIE
Mosel
Maas
Marne
Meuse
Moselle
Seine
Saône
PLATEAU DE LANGRES
SCHWEIZ
Sedan
Arlon
Luxembourg
Le Chesne
Stenay
Montmédy
Longuyon
Thionville
Vauziers
Saarbrücken
Briey
Etain
Varennes-en-A
Verdun
Metz
Gravelotte
St-Avold
Valmy
Souilly
Thiaucourt
Delme
Morhange
Chaumont
St-Mihiel
Pont-à-Mousson
Dieuze
Sarrebourg
Revigny
Rumont
Commercy
Bar-le-Duc
Heming
Void
Nancy
Blâmont
Ligny-en-B.
Luneville
St-Dizier
Joinville
Raon-l'Etape
Charmes
Neufchâteau
Rambervillers
St-Dié
Houécourt
Mirecourt
Bar-sur-Aube
Vittel
Bruyères
Epinal
Contrexéville
Gérardmer
Chaumont
Remiremont
Montigny-le-Roi
Plombières
Bussang
Bourbonne
St-Maurice
Langres
Luxeuil
Châtillon
Langeau
Leuglay
Lure
Belfort
Héricourt
Champlitte
Montbéliard
Gray
Vitteaux
Dijon
Sambernon
Auxonne
Nuits-St-Georges
Dole
Beaune
Seurre
Parcey
Neuchâtel
Zeichenerklärung:
Anmarsch zur vordersten Linie
Rückzug bis

HABE   OB TAUSEND FALLEN

WV

HANS HABE

Ob tausend fallen

Ein Bericht

Walter-Verlag AG Olten und Freiburg im Breisgau

HANS HABE · GESAMMELTE WERKE
IN EINZELAUSGABEN

Einzige autorisierte Fassung

Gesamtherstellung: Mohndruck Reinhard Mohn OHG, Gütersloh
Printed in Germany

ISBN 3-530-30203-1

Daß du nicht erschrecken müssest vor dem Grauen der Nacht, vor den Pfeilen, die des Tages fliegen,
vor der Pestilenz, die im Finstern schleicht, vor der Seuche, die im Mittage verderbt.
Ob tausend fallen zu deiner Seite und zehntausend zu deiner Rechten, so wird es doch dich nicht treffen.

Psalm 91, 5–7

ERSTES BUCH

Krieg und Rückzug

DAS GEWEHR 1751

DANN stand der Krieg plötzlich am Wegrand.

Ich hatte an diesem hellen Maimorgen des Jahres 1940 auf Befehl des Capitaines Mirambeau vom französischen Armeekorps einen Erkundungsgang unternommen, der mich bis hart an die deutschen Linien geführt hatte. Ich war am Vortag aus Pfaffenhoffen im Elsaß, dem Hauptquartier des 12. Armeekorps, aufgebrochen, um einzelne französische Beobachtungsposten zu besuchen und gewissen Ungenauigkeiten in der Übermittlung von Meldungen auf den Grund zu gehen. Einige Tage vorher hatte ich den Kurs absolviert, den Capitaine Mirambeau für die Infanteriebeobachter der Regimenter des zwölften Armeekorps abhielt. Zu diesen Regimentern zählte auch mein Regiment, das 21. Infanterie-Regiment der ausländischen Freiwilligen, das *21e Régiment de Marche des Volontaires étrangers,* das zu Beginn des Krieges ins Leben gerufen worden war und nun im benachbarten Mommenheim der Ereignisse harrte.

Was ich vorne bei den verschiedenen Beobachtungsposten sah, konnte mich nicht überraschen. Capitaine Mirambeau hatte uns aufs Schlimmste vorbereitet.

Ich werde diesen ungewöhnlichen Mann nie vergessen. Während unseres ganzen Aufenthaltes im Elsaß gelang es uns nicht, hinter sein Geheimnis zu kommen. Er trug keinen Orden, obwohl es bekannt war, daß er zu den Helden *de l'autre guerre*, des Ersten Weltkrieges, gehört hatte; ein Indianerkopf auf der rechten Brustseite, das Zeichen des *Deuxième Bureau*, ersetzte die bunten Bändchen. Seinen militärischen Kenntnissen nach mußte er Berufssoldat sein, aber ein junger Artillerieoffizier, der aus Mirambeaus Geburtsort stammte, behauptete, der Capitaine sei im Zivilberuf Professor der Mathematik an der Sorbonne, und auch diese Lesart schien, zog man die erstaunlichen mathematischen und geometrischen Kenntnisse des Hauptmanns in Betracht, durchaus glaubwürdig. Einige seiner Schüler erklärten, daß er in Wirklichkeit gar nicht Mirambeau heiße und diesen Namen, wie die verschiedensten Berufe, nur angenommen habe, um seine wahre Identität zu verschleiern: er habe in den letzten Jahren im französischen Spionagedienst so Ungewöhnliches geleistet, daß er den Deutschen wohlbekannt sei, ja, daß sie einen Preis auf seinen Kopf ausgesetzt hätten.

Capitaine Mirambeau hatte mir nun, ehe ich loszog, in bitterem Tonfall gesagt:

«Hören Sie, Sergeant, Sie werden Wunder erleben. Sie werden Beobachtungsposten finden, wo man zwar eine Zentralheizung eingebaut hat, von wo Sie aber den Feind nicht sehen können. Champagner werden Sie überall finden.» Er ging im leeren Saal des *Cinéma de l'agneau*, das uns als Lehrsaal gedient hatte, auf und ab, ein bleicher Mann mit einem zerfurchten Gesicht, Savonarola in Uniform. «Wenn Sie Champagner-Kisten sehen – schießen Sie hinein; ich habe es angeordnet!» Er machte eine resignierte Handbewegung. «Wenn der Krieg morgen ausbricht . . .»

An dem Tag, an dem er so sprach, währte der Krieg mehr als acht Monate.

Aber der Krieg, von dem Capitaine Mirambeau wußte und den wir nur ahnten, der Krieg, der irgendwo im Verborgenen lauerte, in den Wäldern der Ardennen, auf den belgischen Feldern, hinter den freundlichen, kleinen Häusern im Luxemburgischen, der Krieg hatte noch nicht begonnen.

Auch an diesem Morgen, an dem ich durch die grünenden Felder zurückkehrte, um in Pfaffenhoffen Bericht zu erstatten –

Mirambeau hatte den elsässischen Ort der fünf «f» halber *«Cinqueff»* getauft –, hieß es wieder im Heeresbericht: *«Rien à signaler.»*
Und dann stand der Krieg plötzlich am Wegrand.
Ich hatte mich mit den Infanteriebeobachtern von zwei anderen Regimentern verabredet, die ausgeschickt worden waren, um Kontrollgänge durchzuführen. Wir trafen uns um elf Uhr morgens an der dreifachen Wegkreuzung von Pfaffenhoffen. Ich kam als letzter an, und ehe ich noch ein Wort sprechen konnte, überfielen mich die beiden anderen:
«Die Deutschen sind in Holland und Belgien einmarschiert. Morgen früh müssen wir zu unseren Regimentern zurück.»
Eine Stunde später überflogen die ersten Bombenflugzeuge die stille Stadt mit den fünf «f».

Monate waren in aufreibendem Warten vergangen. Niemand konnte das Ende des Krieges absehen, da niemand wußte, wann er beginnen werde.
September 1939 bis Mai 1940. Polen besiegt, aber kein Krieg. Frankreich in Dunkelheit getaucht, hinter der Ligne Maginot. Deutschland in Dunkelheit, hinter dem Westwall. *La Ligne Siegfried.* Warten, warten, warten. Man sprach vom Sitzkrieg. In den Pariser Kabaretts spottete man über *«la gue-guerre»*. Kriegsgerüchte, aber kein Krieg. Friedensgerüchte, aber kein Frieden.
In den Tiefen der Ligne Maginot, an der belgischen Grenze, in den Alpen, am Meer: Überall hatte sich der Krieg in Soldatenspiel verwandelt. Statt Millionen von Soldaten gab es nur noch Millionen von Rekruten. Sieg über Hitler? Ohne Krieg? Waffenstillstand in Frankreich – doch hatten die Waffen noch gar nicht gesprochen. Vielleicht wäre der Geist von 1914 erwacht, in Hölle und Feuer, aber man kehrte nur die Straße in elsässischen Dörfern, man defilierte vor Generalen, man prä-

sentierte das Gewehr, man putzte die Stiefel. Man drückte sich vor der Arbeit: Das war der große Wettlauf. Kleine Eifersucht und kleine Eitelkeiten und kein Vertrauen zum Nächsten. So war dieser Mai 1940.
Mit einemmal glaubte man, daß der Krieg begonnen hatte.
Wir vier, Infanteriebeobachter des gleichen Regimentes, sollten am Montag nach Mommenheim, unserem Standort, zurückkehren.
Der kleine Garai und ich beschlossen, Sonntag nachmittag noch einmal fischen zu gehen.
Der kleine Garai war Ungar, seit Jahren Fotoreporter in Paris. Der schmächtige schwarze Junge mit der dicken Brille war nicht zum Kriegshandwerk geboren. Trotzdem hatte er sich zu Beginn des Krieges freiwillig gemeldet.
«Ich bin froh, daß es endlich losgeht», sagte er, während wir die Angeln auswarfen. «In acht Wochen ist es vorbei.»
«Glaubst du?»
«Sicher.»
Er sagte es, als wäre der Krieg schon glücklich entschieden.
Es war der erste warme Sonntag. Die Sonne täuschte August vor. Die Felder von tiefem Grün, ein leiser Wind bewegte die Halme. Das Wasser roch, wie es nur im Sommer riecht, ein wenig faulig. Der Ort lag hinter uns, friedlich und still.
Garai blickte plötzlich auf.
«Flugzeuge!» Er warf sich nicht auf den Bauch, er starrte nur nach oben.
Drei Maschinen hatten, tief fliegend, Pfaffenhoffen überflogen. Sie schienen den Kirchturm zu streifen. Stolz, meine eben erworbenen Kenntnisse in die Übung umzusetzen, bemerkte ich:
«Messerschmitts!»
Ich hatte die deutschen Jagdflugzeuge an der eckigen Form ihrer Flügel erkannt. Sie schienen sich vorerst in großer Schnelligkeit zu entfernen, kehrten dann plötzlich um und

kreisten über unserer Wiese. Die Maschinengewehre begannen zu rattern.
«Sie schießen auf uns», sagte Garai, die Angelrute noch immer in der Hand.
Auf dem anderen Ufer des schmalen Baches sagte ein Fischer: *«Merde!»* Aber es war, weil ihm ein großer Fisch entwischt war.
Unter Feuer genommen, ahnten wir immer noch nicht, was geschah. So sehr waren wir gewohnt, alles als Spaß zu betrachten, als Übung höchstens, daß uns erst ein Schrei aufschreckte. Jetzt bemerkten wir einen umgeworfenen Kinderwagen. Es war ein weißer Flecken im Grünen. Eine Frau, in Weiß auch sie, beugte sich über den Kinderwagen. Sie schrie.
Die Flugzeuge zogen schon wieder Kreise über der Stadt. Die Sirene auf dem Kirchturm begann zu heulen, fünf Minuten zu spät. Die langgezogenen, sich erneuernden Schreie der Sirene übertönten das Jammern der Frau.
Wir liefen quer über das Feld.
Die Mutter bedeckte mit ihrem Körper das tote Kind. Die Maschinengewehrkugel hatte das Dach des Kinderwagens durchbohrt und das Kind getroffen. Das erste Opfer des Krieges, das ich sah, war ein Kind in der Wiege.
Als wir in den Ort zurückkehrten, verließen die Leute gerade ihre Häuser. Verblüffte Gesichter, erstaunt mehr als erschrokken, starrten nach dem wolkenlos blauen Himmel. Am Bahnhof waren drei Arbeiter, die sich eben unter einem Waggon hatten verstecken wollen, in den Rücken getroffen worden. Sie waren tot. Die Sirene schwieg. Auf dem Schornstein der Moritzschen Bierbrauerei saß ein Storch.

Als wir nach Mommenheim zurückkehrten, wurden wir mit der Nachricht empfangen, daß der Oberst Alarmbereitschaft angeordnet habe. Das Betreten der Straße ohne Stahlhelm sei verboten, das Verlassen des Ortes streng untersagt; auch sei es nicht gestattet, sich des Nachts der Stiefel und Kleider zu entledigen. Wer das Haus, in dem er einquartiert ist, verlasse, dürfe sich nur an den Hauswänden entlang bewegen; man dürfe nur noch hintereinander, keinesfalls nebeneinander gehen. Der Sonntagsgottesdienst sei verboten worden.

So empfanden wir den Krieg vorerst als eine disziplinäre Maßnahme. Die französischen Offiziere des unerwarteten Krieges verwechselten Disziplin mit Schikane. Ihre Vorstellung von Disziplin war so vage, daß sich ihnen Ursache und Wirkung verwirrten: Da sie sich sagten, daß Disziplin etwas Unangenehmes sei, glaubten sie, es genüge, den Soldaten zu kujonieren, um ihn zur Disziplin zu erziehen. Am Tag, an dem Mommenheim die Nachricht vom Einmarsch der Deutschen in Belgien erreichte, wurden vier Mann eingesperrt, weil sie die Spitzen ihrer Käppchen eingedrückt hatten. Der Zimmerarrest wurde von unserem Hauptmann und Kompaniekommandanten damit begründet, daß man die feindlichen Flieger glauben machen wolle, Mommenheim sei «ein ausgestorbenes Dörfchen». Das hinderte aber nicht, daß wir zweimal am Tag im engen Hof des Kompaniegebäudes vollzählig zum Rapport antreten mußten; da standen wir, zweihundert Mann, aneinandergedrängt in strammer Haltung zwischen dem Haus des Kapitäns und einer Gastwirtschaft: ideale Beute für die deutschen Flugzeuge, noch idealeres Objekt für die deutschen Spione, Elsässer zum großen Teil, die sich, in Hemdsärmeln, aus dem Gasthausfenster beugten und interessiert jedem Wort unserer Offiziere lauschten.

Ich war in Mommenheim mit den acht Regimentsbeobachtern, deren Chef ich war, in einem hübschen Bauernhaus an der Hauptstraße einquartiert. Unsere Wirte waren gute Franzosen; sie sprachen deutsch und fühlten französisch. Als wir einquartiert wurden, wohnten im Haus nur der über siebzigjährige Bauer und seine Schwiegertochter mit vielen Kindern;

der Mann lag seit vier Monaten in der Ligne Maginot. Mit dem Alten schloß ich rasch Freundschaft, vor allem, weil ich seinen Schießkünsten Bewunderung zu zollen wußte. Unter uns allen, Soldaten aus fünf Weltteilen, war der alte Grueter der Kriegerischste. Er schoß den ganzen Tag auf Tauben.

Am Tag, an dem vier aus Pfaffenhoffen zurückkehrten, kam sein Sohn für vierundzwanzig Stunden nach Hause. Das war ein rotbäckiger Hüne mit glasblauen Augen, Corporal-Chef in einem Festungsartillerie-Regiment, ein Mann um Vierzig. Nachdem er zunächst die Kühe visitiert und, nachher, seine Frau umarmt hatte, setzte er sich zum gedeckten Tisch, um mit seinem Vater eine politische Diskussion zu beginnen. Das Fenster stand offen; wir hackten Holz im Hof. Der Vater, der unter den Deutschen groß geworden war und als deutscher Soldat den Ersten Weltkrieg mitgemacht hatte, war französischer Patriot. Der Sohn, in Frankreich erzogen, der Segnungen Frankreichs zwischen den beiden Kriegen teilhaftig, jetzt in der Uniform der Republik, wünschte Deutschlands Sieg herbei und bereitete schon in Gedanken das Lager für die deutschen Soldaten vor. «Ein Franzose in Deutschland und Deutscher in Frankreich . . . *nulle part de mise*», wie Chamisso von sich gesagt hat – so lernte ich die Elsässer von damals kennen, ein Grenzvolk an der Grenze der Loyalitäten.

Wir wußten, daß wir höchstens einige Tage im Elsaß bleiben würden: da die deutsche Offensive in Belgien entfesselt war, war uns die belgische Front bestimmt. Um so mehr suchten wir der Kasernendisziplin zu entfliehen, und gleich am ersten Abend schlichen wir uns einzeln aus dem Haus, um am Dorfende ein Wirtshaus zu besuchen, das wir für «patrouillensicher» hielten.

Der Gasthof war überfüllt. Die Deutschen hatten am Morgen die Stadt Hagenau unter Artilleriefeuer genommen. Die Einwohner, die sich bisher, hinter der Ligne Maginot, in der

Sonne trügerischer Sicherheit gebadet und nie daran gedacht hatten, ihre Behausungen zu verlassen, waren geflohen, Hals über Kopf. Die Behörden hatten übersehen, daß die deutsche Artillerie auch über den Festungsgürtel hinwegfeuern konnte: Auch ihnen fiel es erst heute ein, die Bewohner zum Verlassen des Ortes aufzufordern.

An den Tischen des Gasthofes saßen nun zusammengedrängt ganze Familien. Sie wirkten hilflos, diese Männer, mit dem Sonntagsrock angetan, die Frauen mit den blumengeschmückten schwarzen Hüten, die Landmädchen in rosaseidenen Blusen. Die meisten Familien hatten ihre Hunde mitgebracht. Die Frauen hielten ihre Hunde auf dem Schoß, die Männer trachteten die Hunde zu beschwichtigen; die Hunde bellten und zogen an den Leinen; die Kellnerinnen stolperten, das Wirtshaus verwandelte sich in einen Hundezwinger.

Wir hatten endlich an einem Tisch Platz gefunden, an dem nur Vater, Mutter und Tochter saßen. Die Mutter preßte einen Eßkorb an sich, in dem sie harte Eier, ein gebratenes Huhn und Rotwein verpackt hatte, säuberlich in Servietten gewikkelt. Die Tochter, eine kleine Runde mit Strohhut, versuchte, uns zuzulächeln, aber das Lächeln verzog sich zu einer Grimasse; sie begann, leise zu weinen. Ihre Tränen fielen auf die Pakete, die sie, einem Wickelkind gleich, im Arm hielt. Mit allerlei rührend Überflüssigem hatten sich die Flüchtlinge beladen; das Wichtige hatten sie zu Hause gelassen. Der Vater stand von Zeit zu Zeit auf, um in den Hof zu gehen. Er sah nach seinem Schwein: Die Familie hatte ein Schwein vor sich hergetrieben. Jetzt «parkte» das Schwein im Hof der Gastwirtschaft, mit sieben oder acht anderen Schweinen, die auf gleiche Weise hierhergekommen waren; der Metzger wurde erwartet, um in diesem improvisierten Stall seine Wahl zu treffen.

Wir saßen am Tisch und wußten nicht, was wir sagen sollten. Auch die anderen Soldaten schwiegen. Sie waren, wie wir,

«Blaue» – so nannte man uns wegen unserer himmelblauen Rekrutenuniform aus dem Ersten Weltkrieg –: Keiner hatte die Feuertaufe bestanden. Der Familienvater an unserem Tisch kam zurück und beriet sich mit der Frau über den Preis, den der Metzger geboten hatte. Sie stritten. Die Tochter weinte, der Hund bellte, das Bier wurde warm.

Plötzlich horchten die Hunde auf. Schon vernahmen wir den Motorenlärm nahender Flugzeuge. Es war der Lärm deutscher Motoren. Während die Flugzeuge der Verbündeten einen langgezogenen, metallischen Ton von sich gaben, husteten die deutschen Motoren in tiefem kreischendem Baß.

Der Wirt sprang auf, eilte zum Lichtschalter, löschte das Licht aus. Die Maschinengewehre begannen zu rattern. Niemand sprach, niemand schrie, sogar die Hunde verhielten sich ruhig. Silhouetten tauchten auf und ab. «Bleib nicht am Fenster stehen!» sagte ein Mann flüsternd zu seiner Frau, als hätte er Angst, die Flieger könnten ihn hören. Der Mann an unserem Tisch stand auf und wollte zur Tür. Seine Tochter hielt ihn zurück.

Dann wurde es still. Die Messerschmitts hatten sich entfernt. Der Wirt drehte das Licht an. Mir stieg die Schamröte ins Gesicht. Unter den Tischen tauchten Stahlhelme auf. Schon vorher war mir der Blick der Leute aufgefallen: unsere Stahlhelme im Wirtshaus kontrastierend mit den Blumengärten auf den Hüten der Frauen. Noch war der Blick zögernd gewesen, fragend, schüchtern: Beschützt man euch, verläßt man uns? Jetzt waren die Blicke feindlich, verzweifelt. Ein Soldat kroch mit verrutschtem Stahlhelm unter dem Tisch hervor. Er versuchte zu lächeln, als wollte er sagen, daß er nur gespaßt hatte – aber das Lächeln mißglückte und mußte, wie eine unbrauchbare Warenprobe, in sein Futteral zurück. Neben dem Soldaten, der mit Mühe hervorturnte, indem er sein Kinn gegen die Tischkante preßte, saß eine Bäuerin, ihr Kind im Arm. Sie hatte sich nicht gerührt.

Der Wirt stand in der Tür und winkte den Mann herbei, der an meinem Tisch gesessen hatte. Sie tuschelten. Dann kam der Mann zurück. Er stritt nicht mehr mit seiner Frau. Er sagte nur:
«Ich habe das Schwein verkauft.» Und auf einen fragenden Blick seiner Frau: «Es ist tot.»

Als wir am nächsten Morgen von Mommenheim an die belgische Front aufbrachen, glaubte keiner von uns, daß man uns sogleich in die erste Linie der Front werfen würde. Wir waren überzeugt, daß wir einige Tage in einem ruhigen Frontabschnitt verbringen würden, und diese Meinung beruhte nicht auf jenem kindischen Optimismus, der um jeden Preis einige Tage gewinnen will. Wir hatten gute Gründe, zu zweifeln.
Das war die Geschichte des «Einundzwanzigsten».
Vom September 1939 an hatten die Franzosen ausländische Freiwillige rekrutiert. Freiwillige mehr oder weniger. Tausende junger Ausländer lebten in Frankreich, hauptsächlich in Paris, ohne die Staatsbürgerschaft erwerben zu können. Weißrussen aus vornehmen Familien, galizische Juden, Flüchtlinge ohne Papiere, rumänische Bergarbeiter, Abenteuer suchende Söhne Schweizer Patrizier, Ungarn, die vor der Diktatur Admiral Horthys geflohen waren. Manche hatten sich selbst nach Frankreich durchgeschlagen, andere waren mit ihren Eltern schon in ihrer Kindheit nach Frankreich gekommen. Nur wenige besaßen einen Reisepaß, viele nannte man *indéterminés*, weil man ihnen nicht glauben wollte, daß sie je einen besessen hatten. Jeder sehnte sich nach einem Reisepaß, nach der französischen Nationalität. Nach dem Krieg, versprachen ihnen die Franzosen, würden sie Franzosen werden, Papierbesitzer, gleichberechtigt.
Aber es gab auch andere. Tausende spanische Flüchtlinge, Loyalisten, darbten unter unwürdigen Umständen in Kon-

zentrationslagern. Die Werber zogen durch die Lager, versprachen den Kampferprobten eine Uniform, Freiheit und, später, die alleinseligmachenden Papiere. Vorderhand bekamen sie Waffen.

Ich gehörte zur dritten Gruppe; sie war klein. Man beobachtete sie mit Achtung und Mißtrauen. Mit Achtung, weil wir aus dem Ausland gekommen waren, bei Kriegsausbruch, um gegen Hitler zu kämpfen. Ich war aus der Schweiz gekommen, mit einem gültigen Reisepaß. Mißtrauen aber auch, weil doch nur ein Narr annehmen konnte, es handle sich hier um einen Kreuzzug.

Uns allen hatte man zuerst die Fremdenlegion offeriert. Für fünf Jahre wollten sich die meisten jedoch nicht verdingen, auf keinen Fall für die Zeit nach dem Krieg, der doch bald gewonnen sein würde. Und mit Abenteurern dienen, Verbrechern, Gestrandeten? Die Armee fand einen Ausweg. Eins, zwei, drei – eine, zwei, später drei Regimenter ausländischer Freiwilliger wurden gebildet, *volontaires étrangers*. Man mußte sich nur für die Dauer des Krieges verdingen, *pour la durée de la guerre*. Anders verhielt es sich mit den deutschen Emigranten. Sie hatten die Wahl zwischen Internierungslager oder Arbeitsdienst, beides in Afrika. Als Arbeitskolonne der *Légion étrangère*. Ihnen gab man keine Waffen, nur Schaufel und Spaten.

Wir – Österreicher, Polen, Spanier, Ungarn, Russen, Portugiesen, Griechen, dreiundzwanzig Nationalitäten insgesamt – erhielten Waffen. Mehr noch: Wir durften uns Legionäre nennen. Grüne Aufschläge mit der flammenden Granate, weiße Kappen zur Ausgehuniform. Und *Voilà le boudin* als Regimentsmarsch. Vor allem aber hatten wir ein Privileg. Wir wurden von höheren Offizieren der Fremdenlegion befehligt, von Feldwebeln und Unteroffizieren, Franzosen natürlich, die Erfahrung mit Menschen zweiter Klasse besaßen. Nicht mit Emigranten, denn die waren ja dritter Klasse. In den *Ré-*

giments de marche herrschte der Geist der Fremdenlegion, und dabei durfte man wieder Zivilkleidung anlegen, gleich nach dem Sieg. Man hatte allen Grund, zufrieden zu sein.
Mein Regiment, das erste – zum Unterschied vom ersten Regiment der «echten» Fremdenlegion Nummer einundzwanzig genannt –, war im zweiten Kriegsmonat ins Leben gerufen worden. Unsere Ausbildung hatte erst Mitte November 1939 begonnen. Später hinzugekommene Freiwillige wurden, um unsere «Vorbildung» unbekümmert, dem Regiment zugeteilt, so daß sich an diesem heißen Maitag des Jahres 1940, an dem wir das Elsaß verließen, viele Acht-, Sieben-, ja Sechs-Wochen-Soldaten in unseren Reihen befanden.
Unsere Ausbildung hatte in einem Gelände stattgefunden, das für militärische Ausbildung ganz ungeeignet war. Der Sandstrand von Barcarès, am Mittelmeer, dreiundzwanzig Kilometer von Perpignan gelegen, diente einst Sommerfrischlern als sonnige *plage*: Später waren auf diesem katalanischen Lido Holzbaracken für die nach Frankreich strömenden spanischen Flüchtlinge errichtet worden. Das einzige Haus aus Stein war hier das freundliche *Hôtel de Lido*, das früher Perpignaner Bürgern die Möglichkeit zu verstohlenem Ausflug geboten hatte und nunmehr in ein Offizierskasino verwandelt worden war. (Haus am Strand, unvergeßlich, unvergleichlich schäbiger Feenpalast, aus dessen Fenster mir eines Abends die geliebten Augen nachgeblickt hatten: Letzte Begegnung mit dem Glück, ehe die Flammen der Hölle zusammenschlugen.)
Die sogenannte Ausbildung fand also in einem Strandbad statt, wo man bis zu den Knöcheln im Sand versank, wo es unmöglich war, ein Maschinengewehr in Stellung zu bringen oder einen Schützengraben zu ziehen. Das einzige Manöver war eine Geländeübung von zwei Wochen im Lager von Larzac gewesen, doch hatte dieses «Manöver» ausschließlich in ausgedehnten Spaziergängen und zwei mißlungenen «Offensiv»-Versuchen bestanden – die Heeresleitung hatte verges-

sen, Flugzeuge, Panzer oder auch nur entsprechende Quantitäten von Gewehren und Munition zur Verfügung zu stellen. Mindestens die Hälfte der über zweitausend Freiwilligen des Infanterieregiments hatte nie ein Maschinengewehr bedient. Andere Gründe sprachen dagegen, der deutschen Übermacht zuerst just die *Volontaires étrangers* entgegenzuwerfen. Wir hatten knapp vor unserem Abmarsch eine unbedeutende Zahl von neuen *Mousquetons* bezogen, moderne französische Gewehre, die den deutschen Gewehren entsprachen. Nicht mehr als fünf Prozent des Regiments – in meiner Kompanie von zweihundert Mann kaum sieben oder acht Motorradfahrer – verfügten über solche Wunder der Technik. Wir hatten Gewehre aus den Jahren 1891 und 1916; ich selbst besaß eine lange und dürre, dabei aber acht Kilo schwere *Remington* – die einzige Remington, die ich nicht einmal als Schreibmaschine verwenden konnte. Dieses Gewehr, Nummer 1751, hatte überdies einen ausgewetzten Verschluß. Dennoch war es beinahe eine Waffe, verglichen mit anderen Gewehren, die man nicht laden konnte: Diese überflüssigen Sechzehn-Pfund-Gewichte waren wie Kinderuhren, auf deren Zifferblatt die Stunden und Zeiger wohlgefällig aufgepinselt sind, in deren Innern jedoch kein Uhrwerk tickt. Gewehrgurte fehlten. Es wurden daher für das ganze Regiment die Stoffgurte verwendet, mit denen man sonst die Gasmasken umhängt. Die Gurte für die Gasmasken wurden nie ersetzt. Die Gewehre wurden schwer, die Gasmasken unbrauchbar. Übrigens waren diese Gasmasken ohnedies undicht, von minderer Qualität. Dafür wurde ihnen im letzten Moment ein drei Pfund schwerer Sack angehängt, der uns gegen ein angeblich neues deutsches Gas schützen sollte. Nachdem ich dieses Ungeheuer während des ganzen Feldzuges mit mir herumgeschleppt hatte, stellte ich bei den Deutschen fest, daß sie nichts von dem neuen Gas wußten und ihre handlichen, gut abgedichteten Masken beibehalten hatten. Statt Heeresmotorrädern wurden uns ausgemusterte Motorräder zugeteilt; die vorgeschriebene Zahl der Maschinengewehre wurde nie erreicht: die Kraftwagen wurden ohne Reparaturmaterial geliefert. Unsere langen Mäntel hinderten uns am Marschieren im Winter, sie waren heiß im Sommer. Statt Tornister erhielten wir Wachstücher, in die wir unsere Habe so notdürftig verpacken konnten, daß wir, ächzend unter einer unausgeglichenen Last, wie Landstreicher oder Bettler aussahen.

Spezialisten? Als ich eines Nachmittags Mommenheim durchquerte, schlug mir Musik ans Ohr. Die Schlagermelodien ertönten aus dem *Foyer du Soldat*. Ich betrat das Soldatenheim, wo ich zu so früher Stunde um so weniger eine fröhliche Gesellschaft anzutreffen erwartet hatte, als hier Kurse für Krankenpfleger und Krankenträger abgehalten werden sollten. Die Tragbahren sowie verschiedene medizinische Gegenstände waren die Wände entlang aufgestellt; zahlreiche Pakete mit Verbandstoff lagen auf dem Klavier. An diesem Klavier saß mein Freund, der Komponist vieler erfolgreicher Filme, Joseph Hajos, ein Ungar, und spielte seine neuesten Schöpfungen, während etwa dreißig bis vierzig Soldaten einen Kreis um den Pianisten bildeten. Der Arzt, Leiter des Kurses, stand ans Klavier gelehnt und dirigierte die ihm noch unbekannte Melodie.

Die Lösung des Rätsels war einfach. In den neun Monaten eines unblutigen Krieges hatte niemand daran gedacht, daß es im Krieg Verwundete geben würde, daß sie gepflegt, gelabt, gerettet werden könnten. Nun stand man knapp hinter der Front. Es mußte also ein Schnellsiederkurs für das Sanitätspersonal durchgeführt werden. Wer aber sollte Schüler in diesem Kurs sein? Jedes Regiment besaß eine mehr oder weniger illustre Musikkapelle. Diese Regimentskapellen, an die hundert Mann stark, waren der Stolz der jeweiligen Regimentskommandeure, und ihre Mitglieder lebten das Leben militärischer Bienenköniginnen. Die gute Lunge eines Trompeters

war im französischen Heer des Jahres 1939 wichtiger als das gute Auge eines Schützen. Nun, mit einemmal, wenige Kilometer vom Feind entfernt, begann man, daran zu zweifeln, ob die Deutschen ein schöngespielter Donauwalzer einlullen, ob sie sich vor einem energischen Trompetenstoß ergeben würden. Für Flötisten, Dirigenten, Hornbläser und Paukenschläger mußte eine Beschäftigung gefunden werden. Aus dem Musenpersonal war Sanitätspersonal geworden.
Das war nicht alles. Während in Hunderten deutscher Fabriken ausschließlich für die Kriegführung gearbeitet wurde, sah der französische Soldat, daß sein Leben nichts galt. Am Tag, an dem wir aus Mommenheim abzogen, wurden die Reserverationen verteilt. Jeder Soldat bekam elf Stück Zwieback, eine Dose Sardinen und eine Dose Gefrierfleisch, in der Soldatensprache *singe* genannt, Affe. Wir bemerkten sofort, daß die weiße Zinkdose mit einer undurchsichtigen Farbe, Dunkelblau oder Dunkelbraun, sorgfältig übermalt worden war. Kaum im Zug verladen, begannen wir, die dicke Farbe vom *singe* zu entfernen, und wir stellten fest, daß unsere eisernen Rationen aus den Jahren 1916 bis 1920 stammten. In der Zeit, in der das Gefrierfleisch in der Büchse geruht hatte, konnte der kleinste Schimpanse zum größten Gorilla wachsen. Statt die Konserven zu erneuern, wurden die Konservendosen übermalt: So zog Frankreich in einen neuen Krieg.
Als wir aber auf dem Vormarsch in den Wäldern von St. Mihiel haltmachten und uns der kommandierende General zum ersten Male besuchte, hörte ich Colonel Debuissy sagen: »*Mon général* . . . von meinen 2300 Mann haben 800 keine Gewehre. Wollen wir ohne Waffen Krieg führen . . .?«

FEUERTAUFE

DIESER Marsch an die Front war eine Flucht nach vorwärts. Die Wehrmacht stand tief in Frankreich. Amiens und Arras waren gefallen, Laôn und Reims bedroht. Zwar sprachen unsere Offiziere von der Gegenoffensive, aber niemand glaubte ihnen. Was sie sprachen und wie sie sprachen: Es klang wenig überzeugend. Im Elsaß gingen Gerüchte um, daß man dreizehn französische Generale standrechtlich erschossen hatte. Wer die Gerüchte verbreitet hatte, konnte niemand feststellen. Über Nacht tauchten sie auf, man hörte sie von allen Seiten. Immer wohnte ihnen eine Spur von Wahrscheinlichkeit inne: Der Oberbefehlshaber der Armee war tatsächlich ohne Dank verabschiedet worden. Die Zeitungen kamen spät. Sie waren so leer, wie es Zeitungen voller Lügen sind. Eine Gegenoffensive . . .? Man schüttelte die Köpfe.

Von Mommenheim zogen wir zu einem Bahnhof, elf Kilometer weit entfernt, um dort in Viehwaggons verladen zu werden. Das Regiment brauchte dazu einen vollen Tag, denn man wagte es nicht, größere Truppenkontingente über die Straßen ziehen zu lassen. Der Abmarsch erfolgte kompanieweise: Jedesmal zogen zweihundert Mann die Landstraße entlang, ein Mann hinter dem andern, in Abständen von drei bis fünf Metern, zu beiden Seiten der Straße. An den Wänden entlang, in Straßengräben versteckt, immer den Schatten suchend, gewiß, daß Flugzeuge nur feindliche sein konnten: unsere Gegenoffensive. Die Dörfer waren noch nicht evakuiert. Wieder empfand ich die Scham vor den Zurückgelassenen. Die Leute sahen uns verständnislos, kopfschüttelnd nach, als wir uns da an den Wänden entlangschlichen, in unserer Vagabundenmaskerade, mit zu großen oder zu kleinen Stahlhelmen, in Schuhen mit schiefen Absätzen – *l'armée du Negus*, wie wir uns selber verhöhnten.

Flucht nach vorwärts, Versteckspiel in Wäldern, Gräben und Dunkelheiten: So erzog Frankreich seine Soldaten zur Niederlage. Motorenlärm: die motorisierte Überlegenheit des Feindes. Organisation: eine deutsche Tugend. Wille zum Sieg: die Wirklichkeit der anderen, Propaganda bei uns. Wenn wir in den fünf Tagen, in denen wir fuhren und marschierten, um unsere Stellungen in den vordersten Linien zu beziehen, nicht beim Anblick jedes Flugzeuges eine halbe Stunde *l'homme mort*, den toten Mann, gespielt hätten, wenn wir nicht des Nachts durch die Ortschaften geschlichen wären wie Diebe, wenn wir Eisenbahnen und Lastwagen benutzt hätten, statt auf weglosen Pfaden Indianer zu spielen, wenn wir in vierundzwanzig Stunden angelangt wären, statt fünf Tage kreuz und quer durch Frankreich zu laufen, um den Feind zu «täuschen», aber todmüde und kampfunfähig nur uns selbst täuschten – dann hätten wir vielleicht zwanzig Mann verloren, aber der Wehrmacht hätte sich nicht ein demoralisierter Haufe gestellt. «Der Feind ist stärker!» – das wurde uns eingeimpft, in jeder Minute des Tages und der Nacht, dieses Bewußtsein machte aus Flüchtlingen, die Soldaten sein wollten, Soldaten, die Flüchtlinge wurden. Wir wurden im Bahnhof von St. Mihiel auswaggoniert. Es war drei Uhr früh, eine metallisch mondklare Nacht. Vorsichtig schlüpften wir aus den Viehwaggons. Leise, unbemerkt sollte alles geschehen, als wäre uns der Feind schon auf den Fersen.

«Habe – Ihr Helm glänzt», rügte der Capitaine.

Ich griff nach dem Helm.

«Schmieren Sie doch etwas Dreck drauf», flüsterte mir der Hauptmann zu.

Zwei Stunden, bis das Regiment endlich auf dem Bahnhof

versammelt war. Garai, der kleine Fotograf mit der Brille; De Souza, der riesige Bergarbeiter aus Portugal; Pap, der Bierfahrer; Antal, der Friseur; Kellenberger, der Theaterinspizient; und Purdi, der Schneider. Im blassen Mond des kühlen Maimorgens wirkten sie wie tot. Ich mußte an die Ballade von der *Nächtlichen Heerschau* denken. Napoleon mustert seine toten Soldaten. Wir waren tote Soldaten. Aber uns musterte kein Napoleon.

Langsam setzten wir uns in Bewegung. In Einzelreihen durchquerten wir die Stadt St. Mihiel. Ein glorreicher Name aus dem Ersten Weltkrieg. Hier hatten die amerikanischen Freiwilligen auf die Hilfe ihrer Verbündeten verzichtet, hatten sie den Ort selber genommen. Zweimal waren sie zurückgeschlagen worden: Im dritten Ansturm der Soldaten der Neuen Welt war St. Mihiel gefallen. In den Gräbern von St. Mihiel ruhen dreitausend Amerikaner.

Jetzt schien die ganze Stadt von Toten bewohnt. Es war im Mondschein, als fielen weiße Tücher über die Mauern. Die Menschen waren vor der Pest geflohen, aber die Pest saß vor den Toren der Stadt. Hier und da schlug ein Hund an, sonst war es still.

Wir hatten St. Mihiel kaum verlassen, als wieder der vertraute Motorenlärm ertönte. Wußten die Deutschen, daß wir im Anmarsch waren, oder wurde der Bahnhof von St. Mihiel stets überwacht: Die Luft war erfüllt vom kreischenden Ton der deutschen Bomber. Zugleich wurde aber auch die Straße laut: Unsere Kettenfahrzeuge waren ausgeladen worden, ihre Fahrer versuchten, die Kolonne zu erreichen. Das Morgengrauen entfärbte unsere Gesichter. In der feindlichen Stille war nur das drohende Surren der Flugzeuge und das Kettenrasseln der Fahrzeuge.

Schon ertönte der Befehl:

«Planquez vous! Planquez vous!»

Das ewige «Versteckt euch!».

Ich schlug mit dem Adjutanten Lesfauries – ein Zwischenrang zwischen Feldwebel und Offizier –, einem rothaarigen Ungarn namens Dési und zwei Beobachtern, dem Schweizer Kellenberger und dem Russen Imoudsky, einen schmalen Seitenpfad ein. Nach einigen Schritten, zwischen Steinen auf sumpfigem Boden, stießen wir auf eine Felsgrotte, die uns sicherer Unterschlupf dünkte. Kaum aber hatten wir uns der Grotte genähert, als eine unfreundliche Stimme aus ihr ertönte: *«Qui est là?»*

Wir blieben stehen.

Aus der Grotte kam es drängender: »Wer da?«

Dann kroch etwas wie ein menschliches Wesen aus dem Felsen hervor. Die Erscheinung trug die schmierige Kappe eines Eisenbahners. Nur mit einer Hose angetan, die Hosenträger hinterherschleifend, stand der Eisenbahnurmensch vor uns.

«Was stört ihr mich wieder?» fragte der Mann.

Ich bot ihm eine Zigarette an. Das schien ihn zu besänftigen. Dann wagte ich die Frage:

«Was tun Sie hier, Monsieur?»

«Ich wohne hier», sagte er gleichgültig. «Das ist ein Luftschutzkeller aus dem vorigen Krieg. Der ist noch solid. Nicht der Dreck, den ihr baut. Meine Frau und ich wohnten hundert Meter von hier. Im Wärterhäuschen.» Er streckte den Arm aus. Vor uns lag ein weites Feld im milchweißen Zwielicht des nahenden Morgens. Es war nichts zu sehen. «Nichts ist vom Haus geblieben», sagte der Alte. Sein Hemd war zerrissen, das Gesicht voll grauer Bartstoppeln. «Weg das Haus!» Er trat einen Schritt zurück und zog ein zerrissenes Tuch beiseite, das er über den Felssprung gespannt hatte. Im Felsloch brannte eine Kerze. Eine Frau und zwei Kinder schliefen auf einer Pritsche.

Der Mann rauchte in tiefen Zügen. Das Surren der Flugzeugmotoren hatte keinen Moment ausgesetzt.

«Wollt ihr herein?» fragte der Alte. Und als wir verneinten:

«Ist auch sinnlos. Jede Nacht wecken mich Soldaten. Aber die Deutschen werfen schon seit Tagen keine Bomben mehr ab. Haben die nicht nötig.» Er spuckte aus. «In St. Mihiel ist niemand», fügte er hinzu. «Ich bin allein.»
Wir sahen uns an, stumpf vor Müdigkeit.
«Haben Sie Neuigkeiten?» fragte Adjutant Lesfauries. Er war Verleger in Paris, ein kleiner Verleger. Er hatte die Gewohnheit, jeden um Neuigkeiten anzugehen. Man spürte förmlich, wie ihm, sechsmal täglich, der *Paris-Soir* fehlte. Auch den Höhlenmenschen bestürmte er um Neuigkeiten.
Zu unserer Überraschung antwortete der:
«Die Deutschen sind in Reims. Die Deutschen sind überall. Wir sind umschlossen. Von allen Seiten.»
Er lehnte sich an den Felsen. Es war, als läge kalter Reif auf allen Gesichtern. Im Sumpf quakten die Frösche. Ich fröstelte.
«Wohin geht ihr?» fragte der Unterwelteisenbahner und richtet sich zerstreut die Hosenträger. «Haben Sie noch eine Zigarette?»
«An die Front», antwortete der Adjutant.
«Wohin?» fragte der Alte.
«An die Front.»
Da begann der Alte zu lachen. Er lachte schallend, aus voller Kehle, in die summende Stille. Er bog sich vor Lachen, konnte nicht aufhören. Die Frösche lachten mit ihm.
«An die Front . . .», wiederholte er endlich. Er äffte die Stimme des Adjutanten nach. Er lachte unbekümmert um die schlafende Frau im Felsen. «An die Front . . .? Es gibt keine Front mehr . . .!»
Wir wandten uns ab. Dann wurde es still. Die Flugzeuge hatten sich entfernt. Als wir uns wieder umdrehten, war der Alte verschwunden. Vielleicht war er nur eine Erscheinung gewesen. Aber das schwache Kerzenlicht siebte sich noch aus dem Felsspalt.

Wir schliefen an diesem Morgen zwischen den Gräbern der amerikanischen Freiwilligen, die St. Mihiel im Sturm genommen hatten.

Weiter ging es, kreuz und quer durch Frankreich: Aufbruch, so hieß es, zur Gegenoffensive.
Unmöglich, die Namen aller Orte festzuhalten. Von St. Mihiel zu Fuß: Hier fuhren keine Bahnen mehr und keine Automobile. Dreißig, fünfunddreißig, vierzig Kilometer marschierten wir am Tag, um am Ende nicht weiter als fünfzehn Kilometer vom Ort entfernt zu sein, von wo wir aufgebrochen waren. Jeden Tag wurden wir von neuem betrogen. An jedem Abend hieß es, daß wir in dieser Nacht höchstens fünfzehn Kilometer zurücklegen würden: Nach fünfzehn Kilometern wurden wir angetrieben, noch sieben oder acht Kilometer durchzuhalten, dann noch fünf oder sechs, schließlich wurde der Ort genannt, in dem wir haltmachen sollten, aber wir zogen durch den Ort, ohne auszuruhen, und wir versteckten uns, gehetzt und schweißgebadet, in einem feuchten Wald am Wegrand. Immer mehr Soldaten blieben im Straßengraben liegen. Es waren unter uns Männer von vierzig Jahren und mehr. Ein griechischer Arzt, der in Frankreich nicht praktizieren durfte; ein Rumäne, Vater von vielen Kindern, der nach dem Krieg Franzose zu werden hoffte; ein alter Barbier, der seine Dankbarkeit für Frankreich abtragen wollte. Nach dreißig und immer wieder dreißig Kilometern fielen die Älteren hin und konnten nicht weiter. Sie würden uns später folgen, sagte man. Wo unsere Kraftwagen waren und was sie trugen, blieb ein Geheimnis. Sie waren verschwunden; wahrscheinlich hatten sie einen anderen Weg genommen. Immer häufiger entledigten sich Soldaten ihrer Last; zu schwer wurden die Wachstuchbündel auf dem Rükken. Nach vier oder fünf Märschen von je vierzig Kilometern,

stets eine Last von dreißig bis fünfunddreißig Kilo auf dem Rücken, wurde allmählich alles über Bord geworfen: Wir waren sinkende Schiffe.
Am vierten oder fünften Tag besaß kaum jemand eine Decke: Die braunen Militärdecken lagen im Straßengraben, wer Lust hatte, konnte sie aufklauben. Ähnlich das Schicksal der schweren Konservenbüchsen: Monatelang hätte man sich vom weggeworfenen *singe*, Jahrgang 1910, ernähren können. Schmutzige Wäsche schleppte niemand mehr mit: Sobald man ein Hemd, schwarz von Schmutz und triefend von Wasser, abgelegt hatte, warf man es weg, ganze Warenlager dreckiger Wäsche. Die frische Truppe, die im Elsaß aufgebrochen war, um die aufgeriebenen Divisionen an der belgischen Grenze zu entsetzen, um die Erschöpften abzulösen und die Reihen der Gefallenen aufzufüllen, wurde auf dem Weg nach den blutenden Grenzen aufgerieben oder getötet: Heute weiß ich, daß auch darin satanische Planmäßigkeit lag.
Damals wußten wir nichts. Damals marschierten wir vorwärts, immer vorwärts.
Wir marschierten über jene Straße, die seit dem Ersten Weltkrieg *La voie sacrée* heißt, der geheiligte Weg. Jeder Meter dieser Straße war von den Franzosen im Ersten Weltkrieg bis zum letzten Mann verteidigt worden: Verdun war nie ganz in die Hände des Feindes gefallen. In einzelnen Ortschaften trafen wir noch Zivilisten. Sie nahmen uns mißtrauisch auf. Wir hatten seit drei Tagen kein Brot gesehen, aber die Bäcker wollten den Soldaten kein Brot verkaufen, und der Wagen der Bäckersfrau fuhr vorbei, ohne zu halten. Irgendwo auf dem «geheiligten Weg» drängte ich mich an den kleinen Lieferwagen heran, in dem mindestens zweihundert Laib Brot lagen, aber die Bäckerin schlug mir die Tür vor der Nase zu – «Wohin würde es führen, wenn man allen Soldaten Brot verkaufte?»
Wir marschierten über die Felder bei Verdun. Die Krater, von

den Granaten des Ersten Weltkrieges gerissen, waren noch überall sichtbar. Kaum war Gras gewachsen an ihrem Rande, schon schlugen neue Bomben neue Wunden in die französische Erde. Bei Génicourt hörten wir, daß hier noch vor einigen Monaten Autobusse aus aller Herren Länder gehalten hatten – *«Besucht die französischen Schlachtfelder»*. Vor einigen Monaten hatten Fremdenführer, Trichter in der Hand, den neugierigen Touristen mit bewundernswerter Genauigkeit erzählt, wie viele Tote hier auf jeden Quadratmeter entfielen, schon forderte jeder Quadratmeter neue Tote.

An einem regnerischen Nachmittag – seit zwei Tagen regnete es unentwegt, der Himmel grau wie ein Kanonenrohr, es war kalt und windig, vom Frühling spürte man nichts – rasteten wir im Soldatenfriedhof von Verdun. Manche saßen auf den rosa Grabsteinen der Franzosen, manche unter den schwarzen Holzkreuzen der Deutschen. Konservendosen, weggeworfene Eierschalen. Der Oberst, ein pausbäckiger, beleibter Mann von etwa fünfundfünfzig Jahren, grauhaarig, mit einem cholerischen Gesicht und freundlichen Augen, hatte dreißig Jahre in der Fremdenlegion gedient und stets gegen Eingeborene gekämpft. Er verließ immer wieder seinen Gefechtsstand, um ungläubig nach dem feindlichen Himmel zu blikken. Er spähte nach französischen Flugzeugen. In einer Scheune bei Erize fanden wir eine Zeitung, die mehrere Tage alt war, darin die Rede des französischen Ministerpräsidenten. *«Nur noch ein Wunder kann Frankreich retten.»* Die feuchte Zeitung wanderte von Hand zu Hand. Auf dem geheiligten Weg zog die kampflos geschlagene Armee gegen Norden, um ein befohlenes Mirakel zu vollbringen.

Der Hauptmann, der meine Kompanie befehligte, Billerot, hatte im Ersten Weltkrieg gedient. Er war ein hagerer Mensch mit schlechtgelaunten Gesichtszügen, mit über fünfzig Jahren immer noch Capitaine, enttäuscht und eigenwillig. Er war uns erst vor einigen Wochen zugeteilt worden, und er kannte nur wenige Leute beim Namen. Vorher war der Oberleutnant Pierre Truffy Chef unserer Kompanie gewesen, ein Notar aus Angers Reserveoffizier, ein Mann unter Männern. Wir wären ihm in die Hölle gefolgt. Wahrscheinlich war ihm deshalb der Befehl im letzten Moment entzogen worden. An seine Stelle war Capitaine Billerot getreten, der in einer Lyoner Rüstungsindustrie Werkmeister gewesen war, und dem der Sinn durchaus nicht danach stand, nochmals eine Marschkompanie zu befehligen. Man hatte ihm wohl meine Kompanie anvertraut, weil er Erfahrung im Kriegshandwerk besaß, wie alles eine Frage von Handwerk und Routine zu sein schien: Man mußte bloß den gewonnenen Krieg von 1914 «nachmachen», mit denselben Methoden, denselben Waffen, denselben Leuten und denselben Wundern.

Indes war *le capitaine*, seit wir in das Gebiet von Verdun vorgedrungen waren, wie verjüngt. Er marschierte, seinen Stahlhelm von vierzehn auf dem mausgrauen Kopf, der Truppe stets voran. Er hatte eine gewisse Schwäche für mich. Wenn sich Gelegenheit bot, erzählte er mir Erinnerungen aus dem Ersten Weltkrieg – «schreiben Sie das auf!» meinte er mit dem Lächeln der unerträglichen Leute, die Schriftstellern dauernd das Geschenk ihrer Erfahrungen machen. Übrigens hatte Hauptmann Billerot ausschließlich triste Erinnerungen. Er wiederholte immer wieder, daß er zweimal fünfundsiebzig Prozent seiner Kompanie verloren hatte; daß er einmal mit einem Maschinengewehr auf dem Rücken getürmt und daß seinem Offiziersdiener ein Haus über dem Kopf zusammengestürzt war, während sich dieser gelaust hatte. Ja, der Capitaine hatte Lieblingsgreuel, die er immer wieder zum besten gab, so die Geschichte, wie ihm just vor Verdun von allen seinen Leuten nur eine Handvoll Soldaten geblieben war. Dabei war Billerot kein böser Kerl, aber wie sich sein Gesicht in die Fortsetzung seines Stahlhelms verwandelt hatte, so war seine Seele hölzern geworden wie ein Gewehrkolben. Er wußte nicht,

daß ihm die Erinnerung an seine Toten deshalb solches Vergnügen bereitete, weil er selbst dem Tod wunderbar entschlüpft war.
Jetzt, im Friedhof von Verdun, übermannt von Erinnerungen, glaubte er eine Rede halten zu müssen. Es war gegen sechs Uhr abends, und es regnete immer noch. Er versammelte uns zwischen Gräbern und sagte:
«Freiwillige! *Nous montons au feu.* Wir gehen jetzt in die ersten Linien vor. Ich kenne diese Gegend wie meine Tasche; ihr könnt euch auf mich verlassen. Ich habe hier im Weltkrieg gekämpft und unweit von hier fünfundsiebzig Prozent meiner Kompanie verloren. Das pfiff und knallte von allen Seiten. (Er ahmte das Pfeifen und Knallen nach. Uns troff der Regen in den Kragen.) Sobald wir die Linien erreicht haben, muß sich jeder von euch sagen: Mein Leben ist keinen Sou mehr wert. Wer von hier heimkam, konnte schon im Weltkrieg von Glück reden. (Folgten einige Einzelheiten aus den Kämpfen, in denen Capitaine Billerot fünfundsiebzig Prozent seiner Kompanie verloren hatte.) Darum muß ich heute ein ernstes Wort an euch richten. (Wir horchten auf. Noch erwarteten wir eine Offenbarung aus dem Mund des alten Kriegers.) Freiwillige! Unter allen Umständen muß das euch anvertraute Material gerettet werden. Wer mir ohne Gewehr zurückkommt, wird mich kennenlernen. Wenn ein Kamerad neben euch fällt, so habt ihr die Pflicht, in erster Linie seine Waffen in Sicherheit zu bringen. Ich selbst . . . (Folgte die Erzählung des geretteten und auf den Schultern zurückgebrachten Maschinengewehrs.) Sagt euch, daß euer Leben nichts mehr wert ist! *Allons, mes enfants!* Ich rechne auf euch, wie ihr auf mich rechnen könnt!»
Die Rede war beendet. Der Hauptmann zog seinen Regenmantel zusammen und entfernte sich.
Um die Gräber der Gefallenen von Verdun standen zweihundert Mann, deren Leben keinen Sou wert war.

Der tote Mann: *Le Morthomme* – so hieß der letzte Ort vor der Front. (Glorreich auch sein Andenken. Hier gingen 1916 die Kadetten von St. Cyr zum Angriff über; und sie weigerten sich, ihre Galauniform abzulegen. Mit blauer Kappe und weißem Federbusch stürmten die von St. Cyr. Wir beschmierten unsere Stahlhelme mit Dreck.)
Wir kamen in Le Morthomme des Morgens an. Die Sonne hatte sich hervorgewagt, über den Feldern lag plötzlich der Frühling. Das Gras duftete warm, die Obstbäume standen in rosa Blüte. Wenn man in den Himmel blickte, tanzten Kreise, Spiralen und blaue Äderchen wie Schmetterlinge vor den geschlossenen Augen. Aber dieser Frühling an der Front war ein unbegreiflicher Frühling. Man sah ihn, ohne ihn zu spüren. Zwischen der Natur und uns lag ein Schleier. Man hatte Angst vor dem Frühling. Den Frühling atmen, das hieß, an das denken, was man hinter sich gelassen hatte. An alle Frühlinge: der Prater bei Wien, ein Garten hinter den Häusern von Dornbach, die Donau bei Budapest, der letzte Abend im Bois de Boulogne, der grüne Park von Presinge, der erste heiße Abend in Nizza. Man mußte die Augen schließen und an dem Frühling vorbeigehen. Denn unser Haupt war keinen Sou wert. Durch Morthomme zogen die toten Männer der Zukunft.
Vor mir trottete der kleine Mayer. Mit seinem vollen Namen hieß er Samuel Mayer, aber da er Rumäne war, nannten wir ihn Mayeresco. Wer der Idiot von einem Regimentsarzt gewesen sein mochte, der Mayeresco für «tauglich» erklärt hatte, als sich der kleine Mayer als Freiwilliger meldete, blieb mir zuerst rätselhaft. Später erfuhr ich, daß Samuel Mayer bei zwei oder drei Werbestellen für «untauglich» erklärt worden war, daß er aber die verschiedenen Musterungskasernen so lange abgeklopft hatte, bis er endlich auf einen Regimentsarzt gestoßen war, der es auf sich genommen hatte, Samuel Mayer-Mayeresco für den «Dienst mit der Waffe» «tauglich» zu schreiben. So kam Mayeresco eines Tages nach Barcarès, die

Brille schief auf der Nase, einen zu großen Hut auf dem schmalen fahlblonden Kopf, die rechte Schulter höher als die linke, in der Hand einen schäbigen, viel zu schweren Koffer. Er war zwanzig Jahre alt und hatte gerade das Abitur bestanden, seine Eltern lebten nicht mehr, ein Pariser Onkel sorgte für ihn, so gut der konnte. Die kurzsichtigen Augen waren vom vielen Lesen stets gerötet, die Uniform schlotterte um seine dürren Beine. Was er in die Hand nahm, ließ er fallen; bei den Schießübungen verfehlte er nicht nur den schwarzen Kreis, sondern die Scheibe. Der Stahlhelm, den er mit einem gewissen Stolz trug, saß ihm wie eine Melone auf dem Kopf, das Gewehr zog ihn zu Boden. Im Hinterland hatten wir uns über den kleinen Mayer lustig gemacht. Jetzt ging er vor mir, mit seinem ungeschickt verschnürten Bündel auf dem gekrümmten Rücken, einen riesigen Kochtopf schleppend, den ihm ein sadistischer Unteroffizier angehängt hatte, watschelnd in den zu großen Schuhen, die seine Füße wund rieben – so marschierte er vor mir, dieser Freiwillige, den nur die Überzeugung aufrechthielt, der hinfiel und wieder aufstand, ohnmächtig wurde und sich aufraffte, zitterte und nicht verzagte, Samuel Mayer-Mayeresco aus Bukarest.
Der kleine Mayer wandte sich plötzlich um:
«Was ist das . . .?»
Wir hatten gerade die ersten Häuser des Ortes passiert. Da gewahrte auch ich vier oder fünf Neger, die uns im Laufschritt über die stille Straße entgegenliefen. Selten habe ich die Angst so unverhüllt in menschliche Gesichter geschrieben gesehen. Die Neger hatten keine Waffen. Sie liefen und sie schrien: «Nicht hingehen! Nicht hingehen! Oh, nicht hingehen; oh, furchtbar! Die Deutschen schneiden euch Kehle ab. Oh, nicht hingehen!»
Und ihre Schreckensschreie begleiteten sie mit ekstatischen Gesten, wie die Gläubigen in den Negerkirchen der Baptisten in Harlem, indem sie die Körper zurückneigten, die Arme gen

Himmel warfen und die langen dürren Finger vor dem Hals hin und her bewegten, als wollten sie sich selbst mit der bloßen Hand die Gurgel durchschneiden.
Sie liefen, als liefen sie bis ans Ende der Welt. Niemand dachte daran, sie aufzuhalten.

An dieses Festessen von Le Morthomme werde ich mich stets erinnern: Wir aßen das letztemal *comme il faut.*
Es gab Knoblauch, den wir in einem Garten gestohlen hatten: Mit Knoblauch war der Jahrgang neunzehnhundertsechzehn des *singe* genießbar. Ich hatte eine doppelte Portion Sardinen ergattert; Imoudsky, der russische Zeichner, hatte einen Hasen gebraten. Ouchakoff, Architekt, Weißrusse auch er, versprach Milch herbeizuschaffen, aber er lief einer Kuh so lange vergebens nach, bis sie wild wurde und dem Kampfstier einer spanischen Arena glich. Er kam entmutigt zurück und gab eine höchst langwierige wissenschaftliche Erklärung seiner Niederlage. Das war Ouchakoffs Art: Er erklärte alles. Auch seine Abneigung gegen die Juden, die er mit den meisten Weißrussen des Regimentes teilte, pflegte er wissenschaftlich zu begründen, sowie die Tatsache, daß ihn sein Antisemitismus nicht hinderte, gegen Hitler zu kämpfen.
Das Essen mundete auch ohne Milch, um so mehr, als der Schreibstubenfeldwebel des Obersten, Sergeant-Chef Gärtner, Käse und Bäckereien beigesteuert hatte. Wir aßen mit gutem Appetit, da wir uns nun einmal entschlossen hatten zu essen, anstatt zu schlafen: An beides war nicht zu denken. Sobald die Nacht hereinbrechen würde, sollte es weitergehen. Während wir unser Abendbrot verzehrten, erschienen die ersten feindlichen Flieger. Man hatte sich allmählich an sie gewöhnt. Nur Kellenberger, ein Schweizer Infanteriebeobachter – im Zivilberuf Inspizient im Pariser Nachtlokal *Tabarin* –, sprang auf, um seinen Feldstecher zu holen. Der

ehemalige Girltrainer war von unbändigem Ehrgeiz; diesmal war der Ehrgeiz sogar stärker als sein überentwickelter Appetit. Wir blieben liegen. Von der Ferne hörte man das dumpfe Donnern der Kanonen.

Ich hatte mein Ränzel geschnürt und schrieb einen Brief – wozu, wußte ich selbst nicht –, als der Oberst die Holzhütte betrat. Sein breites, von roten Äderchen durchzogenes Gesicht war grau und abgespannt.

«Sind die Beobachter bereit?»

«Jawohl, *mon colonel.*»

Ich lächelte, mechanisch, gewohnheitsmäßig. Seit Monaten hatte man uns eingeschärft, immer zu lächeln, wenn uns der Oberst einer Ansprache würdigte. *Servir avec le sourir*, mit dem Lächeln dienen: Das war die Lieblingsparole des Obersten Paul Debuissy. Es war auch die Parole der Fremdenlegion.

Diesmal schien das Lächeln den Oberst nicht zu befriedigen.

«Mit dem Spaß ist es zu Ende», murrte er. «Wir gehen ins Feuer.»

Ich wagte die Frage: «Wo sind die Linien?»

Er zuckte die Achseln: «Dort, wo wir den Feind finden.»

Meine Kompanie sollte um neun Uhr abends losmarschieren, aber es wurde elf, bis wir aufbrachen. Zwei Stunden stand ich am Straßenrand, Gewehr bei Fuß, ließ die anderen an mir vorbeiziehen. Unsere Kompanie sollte als letzte zurückbleiben, um den Rücken des Regiments zu decken.

Die Nacht brach herein. Ich prüfte mich. Hatte ich Angst? Ich weiß nicht, ob ich Angst hatte, ob einer von uns Angst hatte. Ich glaube nicht, daß sich das an der Front sagen läßt: zumindest so lange nicht, bis einer davonläuft. Aber auch das ist nicht sicher: Mancher läuft davon, weil er keine Angst hat davonzulaufen. Wenn jemand im zivilen Leben Angst hat, so tut oder läßt er etwas: Er meidet dunkle Straßen oder klettert auf einen Baum. Im Krieg betritt man die Straßen, die einem vorgeschrieben sind, und klettert auf keinen Baum, nicht ohne Weisung. Krieg ist eine aktive Passivität.

Dési, der rothaarige ungarische Elektrotechniker, mit dem ich philosophische Gespräche zu führen liebte, erriet meine Gedanken. Das tat Dési fast immer, denn der kleine stämmige Körper barg eine zartfühlende Seele, und hinter der zerfurchten, von Sommersprossen übersäten Stirne arbeitete ein waches Gehirn.

«Man müßte erst wissen, was Angst ist», sagte er leise. Auch er stützte sich auf sein Gewehr. «Ich habe Angst immer nur physisch empfunden. Aber du wirst nicht behaupten, daß man die Angst einfach mit Bauchgrimmen übersetzen kann . . .»

«Warum nicht?»

«Man behauptet, nur Leute ohne Phantasie seien mutig. Das ist Unsinn. Wer wirklich Phantasie hat, der weiß, daß man meistens doch davonkommt.» Er sah sich um.

«Hast du Bilkis bemerkt?»

Bilkis war ein Bursche von kaum zwanzig Jahren, *«de nationalité indéterminée»*, von unbestimmter Nationalität. Er war in Paris aufgewachsen, bewandert in der Sprache der Apachen vom Montmartre, stolz, die Zuhältermanieren perfekt zu beherrschen. Er lenkte einen unserer Kraftwagen und rüstete sich seit Monaten für die Front. Nichts würde ihm mehr Spaß machen als die *riflette*, pflegte er zu sagen, der Bajonettangriff, überhaupt die ganze Balgerei. Jetzt stand er bleich an seinen Lastwagen gelehnt.

«Ja», sagte ich, «ich habe Bilkis bemerkt.»

«Woran erkennt man eigentlich Angst?» forschte Dési.

«An mir kannst du sie erkennen», sagte ich. «Ich bringe keinen Schluck Alkohol hinunter.»

Gegenüber, vor dem Haus, das der Oberst bezogen hatte, rührte es sich. Der Himmel hatte sich bezogen, der Mond war verschwunden. Es war pechschwarz. Dann erschien der Oberst, eine Taschenlampe in der Hand. Offiziere umringten ihn. Er schien ihnen etwas zu erklären. Leutnant Pold lief hin und her. Das war ein alter Fremdenlegionär österreichischer Abstammung, der überall gekämpft und die höchsten Auszeichnungen gewonnen hatte. Trotzdem galt er immer noch als Fremder. Dreißig Jahre hatte er Frankreich gedient: er war nur *sous-lieutenant*. Nun ging der Befehl automatisch auf ihn über.

Es war elf Uhr fünf, als er unserem Kompaniechef die Weisung übermittelte: «Aufbruch der Kompanie. Spätestens vier Uhr dreißig in der Ferme St. Denis angetreten.»

Erste Nacht an der Front: Flucht nach vorwärts, Gewißheit der Niederlage. Kaum hatten wir Le Morthomme in nördlicher Richtung verlassen, als wir in den allgemeinen Aufmarsch hineingerieten, in das letzte Aufgebot, am Anfang des «wirklichen» Krieges.

Die Nacht war dunkel. Auf der schmalen Straße nach Griguenay stauten sich Menschen, Wagen, Pferde, Geschütze, Automobile, Pferde, Geschütze, Menschen, Wagen. Der Verkehr sollte sich in beiden Richtungen gleichzeitig abwickeln: Anmarsch der neuen Kräfte, Rückzug und Ablösung, Abtransport der Verwundeten, Zufuhr neuen Materials, Menschen, Tiere und Kanonen – und alles auf einer zwei bis drei Meter breiten Straße, zwischen Le Morthomme und Châtillon.

Wir marschierten in Einzelreihen, verzweifelt bemüht, einander nicht zu verlieren. Aber wie sollte das möglich sein? Die Pferdewagen der Artillerie standen quer über dem Weg. Die Fahrer hieben fluchend auf die Pferde ein; die Pferde bäumten sich, aber sie rührten sich nicht vom Fleck. Ein moderner tschechischer Panzer, kenntlich an seiner ärodynamischen Form, war in den Straßengraben gejagt worden. Er brannte. Niemand kümmerte sich darum. Im Licht der Flammen sah man zwei Ärzte, die einen Verwundeten aus dem Krankenwagen gehoben hatten, um ihn zu Fuß weiterzuschleppen; wildgewordene Pferde waren in den Kühler des Sanitätswagens gesprungen und hatten ihn außer Gefecht gesetzt. Der Verwundete brüllte vor Schmerzen. Die Ärzte versuchten, die Tragbahre über ihre Köpfe zu heben. Der Widerschein der Flammen, die aus dem Panzer schlugen, spielte auf dem Gesicht des Verwundeten.

Der Befehl, in Abständen von drei bis fünf Metern hintereinander zu marschieren, schien schon nach wenigen Schritten lächerlich. Sollte unser Kommen vor dem Feind noch geheimgehalten werden, hier, wo die Straßen so verstopft waren, daß keine Stecknadel zu Boden fallen konnte . . .? Wir hielten uns aneinander fest. Wir mußten zwischen Wagen und unter den schwitzenden Bäuchen der Pferde hindurchkriechen. Die Leute, die auf den Wagen saßen, scherten sich nicht um die Infanteristen: Rücksichtslos trieben sie ihre Pferde vorwärts. Immer wieder wurde man in den Straßengraben gedrängt; immer wieder fiel man hin; immer wieder richtete man sich auf, um seine Kameraden nicht zu verlieren. Ein Pferd stürzte, ein Panzer rollte über das lebende Tier hinweg, die Ketten zerschnitten das Pferd. Eine Kuhherde am Wegrand, von Menschen verlassen. Die Kühe liefen auf die Straße, mit übervollen Eutern, heulend vor Schmerz standen sie blöd zwischen Panzern, Motorrädern und Kanonen. Einige Pferde waren von Bomben getroffen worden und lagen mit aufgerissenen Bäuchen auf der Straße: Hier spürte ich zum erstenmal jenen süßen Geruch – Zucker, Äther, Fäulnis –, der die Kadaver der Pferde von weitem erkennen läßt. Jeder suchte jeden: der Offizier seine Leute, die Soldaten ihre Vorgesetzten, die Fahrer ihre Wagen, die Motorradfahrer ihr Ziel. Auf die Frage: «Wohin?» kam stets die gleiche Antwort: «Wir wissen es nicht. *En avant*!»

Dazu: ein Hexensabbat der Töne. Die Ketten der Panzer verursachten einen höllischen Lärm, die Räder der Artilleriegespanne kreischten, die Fahrer fluchten, die Pferde wieherten. Schmerzlicher aber als jeder brutale Ton: das feine Glockengeläute der Sanitätswagen. Die französischen Sanitätswagen besaßen keine Hupe und kein Horn, besaßen ein feines, silbernes Glöckchen, das die Fahrer wie die Hausglocke eines alten herzoglichen Palais betätigten. Inmitten der brutalen Symphonie wirkte das Bimbim der Krankenwagen wie das Läuten der Totenglöckchen. Zu Dutzenden fuhren die Sanitätswagen mit den Verwundeten gegen Le Morthomme. Zu Dutzenden fuhren die leeren Sanitätswagen wieder zurück. Es war, als wollten sie uns überholen, um die Gesunden, die vorwärts marschierten, als Tote oder Verwundete wieder nach rückwärts zu führen. Die Totenglocke war unsere Marschmelodie.

Um vier Uhr dreißig sollten wir in der Ferme St. Denis angetreten sein. Wir waren kurz vor Mitternacht aufgebrochen. Um zwei Uhr morgens hatten wir kaum ein Drittel des Weges zurückgelegt.

Vor mir marschierte der kleine Mayer. Der Unteroffizier, der die Gerechtigkeit so wörtlich nahm, daß er jedem Soldaten die gleichen fünfunddreißig Kilo aufgeladen hatte, hatte Mayer Kochtöpfe und Suppeneimer aufgebürdet. Diese gastronomischen Waffen, die einzig modernen der französischen Armee von 1940, waren aus glänzendem Aluminium; sie hätten der Küche von Prunier oder Laperouse zur Ehre gereicht. Jetzt, im fahlen Schein des jungen Mondes, waren sie ein glänzender Wegweiser für feindliche Flugzeuge. Hinter mir trottete der rote Dési. Man hatte ihm ein Fahrrad anvertraut, das er fluchend vor sich her schob. Der Reifen des Vorderrades war geplatzt, und die kleine Ledertasche, für Werkzeuge bestimmt, war leer.

Am Straßenrand, im Straßengraben, saßen oder lagen Solda-

ten, eine schwarze Masse. Hier und da hörte man eine Stimme. «Welches Regiment?» Meistens kam keine Antwort. Die im Straßengraben schliefen. Sie waren schlafend marschiert und schlafend hingefallen, sobald das Pfeifensignal *Repos!* verkündet hatte.
Bei Boult-au-Bois kreuzten wir die große Landstraße Reims–Stenay. Der Hauptmann, der mit Oberleutnant Imbach, einem Elsässer, der Kompanie voranging, verirrte sich hier zum erstenmal. Erst nach fünf Kilometern fand er den richtigen Weg. Jetzt weitete sich, rechts und links von uns, die Ebene, die sich, von Wäldern unterbrochen, zwischen Aisne und Meuse erstreckt. Gleichzeitig trat auch eine große Stille ein. Die Stille, wie wir sie früher gekannt hatten, war die Abwesenheit von Lärm gewesen. Abendliche Stille der Dörfer, Wiesen am Nachmittag, friedliche Höfe, Friedhöfe. Diese Stille war unterdrückter Lärm. Jeder von uns spürte, daß der Lärm um uns lauerte, uns umzingelte: Die Stille sprang auf, bald hier, bald dort, wie ein Schrei. Wir warfen die Köpfe herum, wie aufgescheucht von einem Laut: Aber es war nur die Stille, die sprach. Weit vor uns, am Horizont, rechts und links, dort, wo die Ebene den Himmel berührte, flammten die Lichter der Geschütze auf: Blitze, die nicht vom Himmel kamen, sondern von der Erde; es war, als tauchten sie unter dem Horizont hervor: ein Artillerieangriff der Hölle auf den Himmel, doppelter Horizont.
«Es ist wie im Kino», sagte der russische Filmoperateur Bruno neben mir.
«Hm.»
«Na ja. Wenn der Ton abbricht. Die Leute reißen den Mund auf, aber du weißt nicht, was sie sagen.»
«Bist du müde?»
«Ich bin zu müde, um es zu spüren.»
Wir trotteten nebeneinander. Die Kompanie hatte sich wieder halbwegs gesammelt, aber die Einsamkeit war nicht geringer

geworden. Wir spürten, daß wir nicht dem Feind entgegengingen, sondern in eine Falle marschierten.
«Bist du es, Garai?»
Der ungarische Fotograf mit der dicken Brille tauchte neben mir auf.
«Ja», sagte er.
«Geht es noch?»
«Ich habe Blasen an den Füßen.»
«Wie viele?»
«Drei.»
«Ich habe vier.»
Niemand sprach von der Stille und von den Lichtern. Alle taten, als übten sie ein altes, gewohntes Handwerk. Man klammerte sich an das kleine Leid und die kleinen Schwierigkeiten. Es war gut, daß man Blasen an den Füßen hatte.
In der Stille heulte ein Hund.
«Was ist das?»
«Das ist Noëmi», antwortete Garai. «Der Pole, weißt du. Die Ordonnanz von Leutnant Jirou-Najou. In Barcarès haben ihn die meisten beneidet. Er war *planqué*. Es ging ihm gut. Jetzt führt er den Wolfshund des Leutnants spazieren. Durch den Krieg. Seine Hand ist schon ganz wund. Das Biest zerrt an der Leine. Es muß Leichengeruch wittern. So ein Biest ist schwerer als ein Gewehr. Und dann riecht das Gewehr keinen Leichengeruch.»
«Wo ist der Leutnant?»
«Kommt nach. Im Wagen.»
Die Straße verlor sich in einen Wald. Wir atmeten auf. Bald wurden die Bäume jedoch schütter, und als wir den Wald verließen, sahen wir, daß wir uns auf einer Höhenstraße befanden.
An ihrer ersten Kreuzung tauchten Posten auf, welche die Ebene beobachten sollten. Der Hauptmann trat auf einen der Soldaten zu: «Welches Regiment?»

«Kann ich nicht sagen, *mon capitaine*.»
Der Capitaine lachte. «Angst vor Fallschirmjägern. Gut. Was macht ihr hier?»
«Beobachtungsposten.»
«Wo steht der Feind?»
Der Posten zögerte. Er blickte hinunter in die Ebene. Dann sagte er: «Überall, *mon capitaine*.»
Ich hatte mich dem Beobachter genähert. Es war ein Mann von mindestens vierzig, mit einem großen Schnurrbart: Sicher hatte er den Ersten Weltkrieg mitgemacht. Wie ein Held von der Marne wirkte er, herausgetreten aus dem Titelblatt eines Schulbuches.
Der Horizont war in rosa Licht getaucht.
«Es dämmert», sagte ich.
«Nein», sagte der Mann von der Marne. «Ein Dorf brennt.»
Der Capitaine wagte wieder eine Frage.
«Ist das die richtige Straße nach Belleville?»
«Kann ich Ihnen nicht sagen, *mon capitaine*.»
«Ich soll nämlich das 48. Infanterieregiment ablösen. Frische Truppen.»
Zum erstenmal kam Bewegung in das Gesicht des Mannes mit dem Schnurrbart. Er wandte sich um. Hinter ihm schlief, auf die Gewehre gestützt, stehend, die frische Truppe.
«Das 48. Infanterieregiment finden Sie nicht mehr, *mon capitaine*.»
«Wieso nicht?»
Der Soldat erstarrte. «Weil es davongelaufen ist», sagte er.
«Was sprechen Sie da, Mensch?»
Der Mann wies wortlos auf den Straßengraben. Im Graben lagen Tornister, Wachstücher, Schlafsäcke, Decken, Konserven.
«Was ist das?» fragte der Capitaine.
Der Mann hustete. «Erinnerungen!»
Das Wort *souvenirs* enthielt alles. Hohn über jene, die zur

Erinnerung nichts hinterlassen hatten als weggeworfene Schlafsäcke und ungeöffnete Konserven. Und die Wehmut der Erinnerung an ein Frankreich, das es nicht mehr gab.
Der Hauptmann lenkte ein: «Wissen Sie, ob wir noch weit entfernt sind von der Ferme St. Denis?»
«Keine Ahnung.»
Billerot zuckte mit den Achseln. Die schlafende Kompanie setzte sich in Bewegung. Das Dorf brannte. Der Hund des Leutnants heulte. Der Mann von der Marne verschwand im Halbdunkel. Dési fluchte über sein defektes Fahrrad. Und das einzige, was wir wußten, war dies: Die Ferme St. Denis ist nirgends. Der Feind überall.
In Belleville rasteten wir an einer Straßenkreuzung. Der Ort war längst geräumt worden, ein graues Dorf mit einer breiten Hauptstraße. Der Friedhof befand sich mitten im Dorf, an der Straßenkreuzung, das Herz von Belleville. Ein paar Stufen führten zur Kirche hinauf. Jetzt erinnerte nur noch der Friedhof an die Lebenden: Belleville, die «schöne Stadt», war der erste zerstörte Ort, den wir sahen. Vom ersten Stock eines Hauses, dessen ganze Straßenfront eingestürzt war, hing ein Kinderbett in die Leere, ein weißes Kinderbett, mit einem hochgezogenen Gitter und rosa Kissen. Drei Wände der Puppenhäuser: Der kindliche Trieb, in den «Bauch» der Spielzeuge zu sehen, hatte sich hier grauenvoll befriedigt. In einem Haus war die Küche vollständig zerstört – der Herd hing wie krankes Gedärm über die Brüstung des Stockwerks, während das Schlafzimmer ganz verschont geblieben war: mit Ehebetten, Waschbecken und Marienbild. Die Geschosse hatten die eine Straßenseite von Belleville fortgefegt, während die andere unberührt geblieben war. Der Bäckerladen blickte mit seinem friedlichen Schild verwundert auf das gegenüberliegende Friseurgeschäft, in dem der Friseurstuhl die Beine in die Luft streckte, und der Krämerladen entsetzte sich über die Mühle, die ihr weißes Gut auf den Asphalt gespieen hatte. Die halbe

Vernichtung ist schlimmer als die ganze, die Spur des Lebens erschreckender als der Tod. Man beweint im Verlorenen nur das Bleibende.
Ich war gerade wieder eingeschlafen, als mich ein schriller Pfiff weckte. Schon schlug die erste Granate ein, etwa zwanzig Meter von mir, in ein Haustor. Das Haus brannte. Ein Unteroffizier schrie. Die spanischen Freiwilligen, die einzigen, die all dies unzählige Male erlebt hatten, liefen auf bombensichere Unterstände zu. Ich glaube nicht, daß jemand Angst hatte. Der Krieg ist so ausgeklügelt, daß man in die höchste Gefahr erst gerät, wenn man zu müde ist, sie zu empfinden.
Wir sahen uns an, übernächtigt und bleich. Die Brille Groblas, eines polnischen Juden, war ihm beim ersten Schuß von der Nase gefallen und auf dem Asphalt zerbrochen. Er kroch jetzt auf dem Bauch herum, in lächerlichem Eifer; er suchte verzweifelt die Glasscherben, als könnte er sie auflesen und seine Brille zusammenkleben. Ich erinnerte mich, daß ich ihn, wenige Tage vor Weihnachten, in Perpignan getroffen hatte, in einem Warenhaus: Er kaufte eine Puppe für seine Tochter und eine Eisenbahn für seinen Sohn. Jetzt kroch er auf allen vieren am Boden und suchte nach zerbrochenem Glas. Adjutant Lesfauries, der Verleger aus Paris, hatte sich in den Friedhof geflüchtet. Er verbarg sein Gesicht in der Erde eines frischen Grabes, den Stahlhelm auf dem Nacken. Der Nachtlokalinspizient Kellenberger schaufelte sich Heu über den Kopf, wie ein Kind, das glaubt, nicht gesehen zu werden, wenn es selber nicht sieht. Die Spanier aber schrien aus ihren Kellerlöchern dem kleinen Mayer etwas Unverständliches zu, der, Suppenschüssel und Kochtöpfe immer noch auf dem Rücken, aufrecht an der Straßenkreuzung stand, ratlos um sich blickend: der einzige, der es vergessen hatte, sich zu Boden zu werfen.
Außer den Spaniern dachte niemand daran, ihm zu helfen. Kein Offizier war weit und breit zu sehen. Die *Companie de Commendement* des *21. Régiment de Marche des Volontaires*

Étrangers bestand die Feuertaufe, ohne aus der Taufe gehoben zu sein, ohne Eltern und ohne Taufpaten. Das Vertrauen zu unseren Führern, primitivstes Lebenselement einer Armee, die siegen soll, wurde uns genommen, bei der Feuertaufe, im erwachenden Frühlingstag von Belleville, der «schönen Stadt».

Capitaine Billerot war verschwunden. Wir suchten ihn wie hilflose Kinder. Jetzt hätten die goldenen Galons, Zeichen der Erfahrung, jetzt hätten die Orden, Symbole des Heldentums, Wunder wirken können. Aber er blieb verschwunden.

Ein anderer Offizier des Regiments tauchte auf. Es war Capitaine Berley, der sich mit seiner Kompanie, der C.R.E. – *Companie Régimentaire d'Engins* – der Kompanie der Granatwerfer und Panzerknacker, verirrt hatte und eben erst in Belleville eintraf. Er versuchte, seine Kompanie wieder zu sammeln. Er war ein freundlicher Herr aus der Normandie, der stets die ausgezeichneten Likörbonbons seiner Heimatstadt in der Tasche trug. Im Zivilberuf war er Steuerbeamter. Vielleicht trennte er sich deshalb nie von dem Leutnant seiner Kompanie, dem Dr. Pecqueraud, der im Leben – *dans la vie* sagten die Franzosen, um zwischen Leben und Krieg einen Trennungsstrich zu ziehen – den Notarberuf ausübte. Steuerbeamter und Notar standen auf der Landstraße von Belleville, ihre Kompanie suchend, Ausschau haltend nach dem Hauptmann Billerot.

Das Artilleriefeuer hatte nachgelassen. Es war vier Uhr früh. Ein strahlender Frühlingstag kündigte sich an. Um die Gräber von Belleville summten die Bienen. Einer der Spanier lag mit zerfetztem Unterleib am Eingang des Kellers. Adjutant Daroussat, ein alter Haudegen, Fremdenlegionär und Feldwebel unserer Pioniere, kam von einem Spaziergang zurück. Er berichtete, daß die Straße, der wir folgen mußten, um zu unseren Stellungen zu gelangen, total «eingeschossen» sei. Sie liege frei unter Feindeinsicht. Bei hellichtem Tag werde kein Mensch

unten lebend ankommen. Man habe höchstens noch etwa eine halbe Stunde, in der man sie passieren könne; jede Minute sei kostbar. Aber der Hauptmann war nirgends zu finden.
Ich versuchte, einen Polen zu verbinden, der an meiner Seite von einem Granatsplitter gestreift worden war. Er jammerte und kotzte. Ich fragte Capitaine Berley, ob er wisse, wie man die Ambulanz verständigen könne. Nein, das wisse er nicht; er wüßte auch nicht, wie er es wissen sollte. Immerhin könnte ich einen Ambulanzwagen anhalten – wenn einer vorbeiführe. Im übrigen solle ich mich um das kümmern, was mich anginge; ob ich Sanitäter sei oder Infanteriebeobachter? Ich salutierte und wollte zu meinem Polen zurück. Der Capitaine fühlte anscheinend, daß er mich zu hart angefaßt hatte, und schenkte mir ein Likörbonbon.
«Il ne faut pas chercher à comprendre», meinte er. Es war sein Lieblingssatz. Es gab wirklich nichts zu verstehen.
Gegen halb fünf erschien Capitaine Billerot. Wo er während des Bombardements gewesen war, blieb sein Geheimnis. Er gab Befehl, die Kompanie zum Abmarsch zu sammeln. Adjutant Daroussat machte ihn auf die Gefahren aufmerksam.
»Wir gehen die Straße einzeln hinunter», erklärte der Kompaniechef.
Dann trat er auf Capitaine Berley zu. Der erzählte, daß er sich verirrt hatte.
«Ich freue mich, daß ich Sie gefunden habe, Capitaine Billerot. Ich weiß nämlich nicht, wo die Ferme St. Denis liegt. Und ich besitze leider keine Karte.»
Die beiden Offiziere tuschelten.
So erfuhren die Kompaniechefs, die für das Leben von vierhundert Mann verantwortlich waren, in der Nähe der ersten Linie, zwei Kilometer vom Feind, daß keiner von ihnen eine Landkarte besaß.

SCHOF QUI PO!

Entgegen dem Befehl, die Straße, die von Belleville hinabführt nach Châtillon sur Bar, in der Nacht oder im ersten Morgengrauen zu passieren, traten die beiden Kompanien den Marsch bei hellichtem Tag an.
Indes sollte aus dem Eilmarsch nach der Ferme St. Denis nichts werden. Unseren Vormarsch machte eine Waffe unmöglich, mit der die alten Krieger nicht gerechnet hatten, weil sie jenseits ihrer Erfahrungen aus dem Ersten Weltkrieg lag: die Luftwaffe.
Kaum hatten wir die abschüssige Straße betreten, als wir Flugzeuglärm vernahmen. Das Surren der Motoren war diesmal lauter als sonst, tief und krächzend; die beiden Maschinen, die über unseren Köpfen auftauchten, von besonders plumper Form. Sie flogen nicht höher als fünfhundert Meter.
Der Kapitän fragte mich, ob ich das Flugzeug identifizieren könne. Ich stellte fest, daß es sich um ein deutsches Flugzeug handle, selbstverständlich, daß das Modell aber unbekannt sei. Als unsere D.C.A., die Flak, später eines dieser Flugzeuge abschoß, erfuhren wir, daß es sich um ein umgebautes deutsches Schulflugzeug handelte, das, tief fliegend, jede Artilleriestellung auszumachen vermochte. Die französischen Geschütze, von Pferden gezogen – Kettenfahrzeuge waren Raritäten –, konnten nicht schnell genug ihre Positionen wechseln. Man nannte die Maschine *Mouchard*, den Spion, Angeber, Denunzianten. Der fliegende Denunziant säte Schrecken und Unsicherheit. Man fühlte sich verraten, konnte

sich nicht verbergen. Ein verbessertes Schulflugzeug, unverletzlich, Sinnbild der deutschen Überlegenheit.
Von zwei *Mouchards* aufs Korn genommen, stiegen wir, einzeln, in vollem Sonnenschein, die Straße nach Châtillon hinunter. Kein französischer Jäger zeigte sich, die D.C.A. schwieg. Kein Krieg, eine Jagd.
Kurz vor Châtillon erreichten wir einen Wald, rechts von der Straße. Capitaine Billerot setzte über einen Graben: Er gab uns Zeichen, ihm zu folgen. In wenigen Minuten befanden sich die beiden Kompanien im Gehölz.
Niemand verstand, was geschah. Auf der Straße waren wir verhältnismäßig sicher gewesen, denn es war nicht anzunehmen, daß die deutsche Artillerie auf einzelne Soldaten das Feuer eröffnen würde. Es stand nicht einmal fest, ob es die *Mouchards* für wert befunden hatten, unsere Anwesenheit zu melden. Capitaine Billerot aber, der es im Weltkrieg nie mit «Denunzianten der Luft» zu tun gehabt hatte, verlor die Nerven. Er erklärte, daß an einen weiteren Marsch nicht zu denken sei: Man müsse trachten, sich «vergessen» zu lassen.
Wie sehr uns die deutsche Artillerie vergaß, zeigte sich wenige Minuten später. Kaum waren wir im Wald versammelt, als sich die Hölle um uns auftat. Wir lagen zusammengepfercht nebeneinander, denn der Wald war klein und vom Herrgott für Liebespaare, nicht für Marschkompanien geschaffen. Wir bohrten die Köpfe in den feuchten Boden. Die Erde schmeckte hölzern. Auf einmal war ich dem Kleinsten und Niedrigsten nahe, den Insekten und Würmern, allem, was arm und demütig und hilflos auf dem Boden kriecht. Die Würmer ringelten sich weiter, während die Granaten platzten, sie schienen sich nicht um Menschenlärm zu kümmern; die Bienen summten, und manchmal hörte man, zwischen platzenden Granaten, das Trillern eines Vogels.
Der lange Radioingenieur Nádai, ein Ungar, lag neben mir. Der sonst ruhige, wortkarge Mensch war wie verwandelt. Das

Gesicht auf die Erde gepreßt, rechnete er mir vor, daß wir höchstens noch zehn Minuten zu leben hatten. Er hatte eine gleichsam technische Beziehung zum Sterben. Er bewies mir schlüssig, daß die Deutschen jetzt das Feuer regulierten.
Tatsächlich platzten die Geschosse immer näher. Zuerst hatte es noch auf der Straße eingeschlagen, dann hart am Waldrand, nun fielen die ersten Bäume. Es regnete Granatsplitter.
«Sie verkürzen das Feuer», analysierte Nádai. «Noch höchstens fünf Minuten.»
Der Architekt Ouchakoff, zu meinen Füßen, sagte: «Es sind die Siebenundsiebziger.»
Ich konnte mir nicht vorstellen, woher er das wußte. Es gab Leute, die wußten an der Front gleich alles: das Kaliber der Geschütze, die Machart der Gewehre, die Schnelligkeit der MGs. Aber vielleicht wußten sie auch gar nichts. Wenn Ouchakoff Angst hatte, tröstete er sich mit wissenschaftlichen Erklärungen.
Berkowitz, der kleine, kahle Automechaniker aus Paris, rief mir etwas zu, was ich nicht verstehen konnte. Sein spitzer Schädel leuchtete zwischen den Ästen. Seinen Stahlhelm hatte er auf seinen Unterleib gelegt. Endlich verstand ich ihn: «Meine Eier sind mir wichtiger als der Kopf.»
Der Hauptmann schrie ihn an, aber er tat, als hörte er nicht.
«Wollen wir nicht gehen, ehe wir alle tot sind?» wagte Nádai die Frage an den Capitaine.
Die beiden Kompaniechefs rührten sich nicht. Nur der junge Notar meinte tröstend:
«Tun wir, als ob wir schon alle tot wären. Dann hören sie vielleicht auf.»
Über unseren Köpfen kreuzte der *Mouchard*. Zwischen zwei Einschlägen konnte man das gurgelnde Maschinengeräusch vernehmen. Der *Mouchard* überzeugte sich von Zeit zu Zeit, ob wir wirklich tot waren oder nur so taten.

Wir blieben einundzwanzig Stunden im Wald. Dann begruben wir sieben Mann, die so taten, als ob sie tot wären.

Nach einundzwanzig Stunden, in denen er vom P.C., dem Gefechtsstand des Obersten, abgeschnitten war, entschloß sich Hauptmann Billerot, drei Freiwillige auszuschicken, um die Ferme St. Denis zu suchen. Adjutant Lesfauries, Sergeant Kervran und ich meldeten uns für diese Mission. Wir hatten genug vom Wald am Wegrand. Im letzten Moment schloß sich uns Sergeant-Chef Gärtner an. Wir fanden die Ferme und den Colonel, verloren aber Gärtner unterwegs.
Der Oberst erzählte uns, daß er mit seinen drei Bataillonen Position bezogen habe, ohne zu wissen, wo sich die Stellungen des Regiments befunden hatten, das wir ablösen sollten. Das 48. Infanterieregiment war vom Erdboden verschwunden. Eine Panzerabwehrabteilung, die sich in der Nähe befunden hatte, war herbeigeeilt und hatte die Deutschen aufgehalten. Capitaine Duvivier war ausgezogen, um das Divisionskommando zu suchen, von dem man ebenfalls nicht genau wußte, wo es zu suchen war. Wütend über die Verspätung der beiden Kompanien, fragte mich Oberst Debuissy, ob ich genau den Wald bestimmen könnte, in dem sich die Capitaine Billerot und Berley verschanzt hatten. Das war mir unmöglich, da der Colonel nur eine alte *Michelin*-Autostraßenkarte besaß. Die einzige Militärkarte hatte Capitaine Duvivier mitgenommen.
Der Oberst zeigte sich nicht minder besorgt über das Verschwinden des Unteroffiziers Gärtner. Daß er gefallen oder verwundet sein sollte, war unwahrscheinlich, da die Deutschen seit Stunden nicht mehr feuerten. Gärtner hatte behauptet, im Zivilleben Theologiestudent zu sein, aber mit den apfelroten Bäckchen vieler Elsässer, den pfiffigen kleinen, hellblauen Augen und den breiten Hüften konnte man von

ihm sagen, was die Marschallin im *Rosenkavalier* von Herrn Ochs behauptet: Er war kein «*Kostverächter*». Im Elsaß hatten wir uns das häufige Verschwinden des Sergeant-Chefs mit seiner Zuneigung für die Weiblichkeit erklärt, und Gärtner hatte durchblicken lassen, daß wir von der Wahrheit nicht weit entfernt waren. Aber auch seit wir uns der Front genähert und alle weiblichen Wesen hinter uns gelassen hatten, verschwand Gärtner nicht minder häufig. Jeden Abend war er unsichtbar geworden, jeden Abend hatte man ihn suchen müssen. Er sprach besser Deutsch als Französisch.
Der Oberst fragte mich, ob ich zum Wald zurückfinden und die beiden Kompanien zum Bauernhof führen könnte.
Ich brach auf. Da die Deutschen zu schlafen schienen und auch der *Mouchard* heimgekehrt war, beschloß ich, die Wälder zu umgehen und mich über die Hauptstraße, quer durch Châtillon, zu meiner Kompanie zu begeben.
Überall lagen Gewehre, Rucksäcke, Tornister, Konserven und Patronentaschen in den Straßengräben. Ausrüstungsgegenstände im Werte von vielen hunderttausend Francs kollerten auf der Straße herum: Niemand dachte daran, sie aufzuklauben. Alle diese Gegenstände waren den Infanteristen zu schwer geworden. Während auf deutscher Seite – ich erfuhr es später – die Soldaten in Lastautos und Autobussen bis knapp hinter die erste Linie gebracht wurden, mußten die französischen Infanteristen Hunderte Kilometer zu Fuß zurücklegen, ehe sie an die Front gelangten. Und während der deutsche Infanterist ohne Mantel, nur mit dem Gewehr, der Feldflasche und einem Brotbeutel vorging, glich der französische Soldat einem bepackten Weihnachtsmann.
Knapp nach Châtillon traf ich einen Soldaten, der auf seinem Tornister saß und eine Fleischkonserve verzehrte.
«Welches Regiment?» erkundigte ich mich.
«Achtundvierzigstes Infanterieregiment.»
«Wo ist dein Regiment?»

«Weiß ich nicht.»
Er aß ruhig weiter.
«Wohin gehst du jetzt?» fragte ich.
Er war ein vierschrötiger, dunkler Bursche. Er starrte stumpf vor sich hin.
«Weiß ich nicht», antwortete er endlich. «Ich suche mein Regiment.»
Ich fragte ihn, ob sie Befehl zum Rückzug erhalten hätten.
«Was weiß ich?» Er rieb seine Knie. Dann fügte er hinzu: «Auf einmal rief's: *Sauve qui peut*! Rette sich, wer kann! Da liefen wir halt!»
«Waren die Deutschen da?»
«Nein. Wir haben sie nie gesehen.» Er stand auf und maß mich mißtrauisch.
«Gehen wir!»
Er nahm seine Feldflasche und schickte sich an, mir zu folgen.
«Und dein Gewehr?» fragte ich.
Er warf einen Blick auf sein Gewehr im Straßengraben. Er verabschiedete sich von seinem Gewehr. «Zu schwer. Verrostet. So ein Ding finde ich überall.» Er steckte die Hände in die Hosentaschen und hinkte neben mir einher.
Wir hinkten fast alle.
«Wann wird das aus sein?» seufzte er.
Ich zuckte mit den Achseln.
Er sagte: «Möchte wissen, wozu wir diesen Krieg angefangen haben. Vielleicht für die Polen? Was gehen uns die Polen an?»
«Zum Teufel, wir haben den Krieg nicht angefangen!»
«Wir haben Krieg erklärt. War gar nicht notwendig.»
«Hitler wollte die ganze Menschheit unterwerfen.»
«L'humanité – je l'emmerde.» Er spuckte aus. Die Menschheit – Scheiße. «Seit vierzehn Tagen habe ich keinen warmen Bissen im Magen.» Er kramte in seinen Taschen und holte eine

zerbrochene Zigarette hervor. «Uns Franzosen hat Hitler nichts getan. Wir hätten längst mit ihm Frieden schließen sollen.»
Als ich nicht antwortete, schien sein Mißtrauen zu steigen.
«Von welchem Regiment bist du?»
Ich zeigte ihm die grünen Aufschläge unter den zugeknöpften Klappen auf meinem Kragen.
«Einundzwanzigste R.M.V.E.»
«Freiwilliger?»
«Ja.»
«Warum hast du dich gemeldet? Wolltest du Franzose werden?»
«Nein. Ich wollte gegen die Nazis kämpfen.»
«Was haben dir die Nazis getan?» Er schüttelte den Kopf. «Freiwilliger! Schön blöd warst du! Wenn du noch die Staatsbürgerschaft bekommen hättest!»
Vor einem zerschossenen Haus saßen zwei Neger und rauchten. Sie waren vom 24. Kolonialregiment. Sie gesellten sich zu uns. Auch sie «suchten» ihr Regiment. Einer von ihnen war Korporal und sprach, anders als die meisten Neger, Französisch. Auch er fragte mich, ob es bald «aus» sei. Auch er fand, daß ihm Deutschland nichts «getan» habe. Ich versuchte, ihm klarzumachen, daß Hitler das Ende Frankreichs bedeute. Er schien nicht zu verstehen.
«Hitler nicht kommen nach Senegal», wiederholte er. Er zeigte seine Zähne. «Hitler nicht kommen nach Senegal. Ich nicht kommen nach Deutschland. Ich und Hitler nicht Feind.»
Ein verirrtes deutsches Geschoß schlug wenige Meter vor uns ein; wir warfen uns auf den Bauch. Der zweite Senegalneger, der kein Wort Französisch sprach, rief: *«Sauve qui peut!»* Es klang wie: Schof qui po. Wahrscheinlich verstand er nicht, was er rief. Er hatte das Wort in höchster Gefahr gehört. Seitdem wiederholte er es, wenn er sich in Gefahr glaubte.

Unsere Artillerie antwortete. Wir waren in der Nähe der in den Wäldern um Châtillon verborgenen Artilleriestellungen. Der harte Ton der feuernden Fündundsiebziger schlug uns mit aller Kraft ans Ohr.
«Wir werden gleich etwas abbekommen», sagte mein Franzose und blieb liegen.
Er hatte Erfahrung. Schon durchschnitt das metallische Pfeifen die Luft. Die deutschen Beobachter jenseits des Ardennenkanals hatten uns entdeckt. Ich bedauerte, die Straße gewählt zu haben.
Der Franzose lag im Graben neben mir, die beiden Neger fünf Schritte vor uns. Das Geräusch der einschlagenden Granaten kam immer näher. Bei jedem einschlagenden Geschoß rief der Senegalneger:
«Schof qui po! Schof qui po!»
Der Ruf, sich ständig wiederholend, klang wie ein orientalisches Gebet.
Die Deutschen verkürzten das Feuer. Jetzt prasselte es auf das Feld.
Plötzlich hörte ich einen verzweifelten Schrei. Der Neger schrie. Der andere, der schwarze Korporal, hatte sich, schluchzend und lamentierend, über ihn gestürzt. Ich näherte mich, so gut ich konnte, auf allen vieren. Der Rücken des Negers war zerfetzt.
Seine Augen waren weit aufgerissen, Schaum stand ihm vor dem Mund. Seine Zunge, eine dicke Zunge, schob sich zwischen seine Lippen. Und wie einen letzten Wunsch oder wie den Namen eines geliebten Menschen lallte er:
«Schof qui po! Schof qui po!»
Rette sich wer kann! Es war der Schlachtruf der französischen Armee des Jahres 1940.

In mörderischem Kampf hielt das 21. *Étrangers* vier Wochen lang den ihm anvertrauten Sektor zwischen Le Chesne und Les Petit Armoises.

Nachdem er seine Truppen in Eile zusammengezogen hatte, gab Colonel Debuissy dem dritten Bataillon des Capitaines Ravel Befehl, die Deutschen hinter den Ardennenkanal zurückzuwerfen. Im ersten Ansturm drängte Graf Ravel an der Spitze der elften Kompanie die fünffache Übermacht der Deutschen zwei Kilometer zurück; er nahm ihnen die Südhälfte des Städtchens Chesne und ließ hinter ihnen die Brücke über den Kanal sprengen. Von Attigny bis Sy hielt die 35. Division die Deutschen beinahe vier Wochen in Schach, und während sich westlich und südlich von uns die Wehrmacht täglich um mehr als fünfzig Kilometer vorwärtsschob, hielt die Spitze, die wir in die siegreiche deutsche Sedan-Armee getrieben hatten, bis zum großen, endgültigen Zusammenbruch.

Vom ersten Tag an litten wir unter dem bittersten Feind, dem Hunger. Aus Angst, der Rauch der fahrenden Küchen, der *roulants*, könnte von den Deutschen gesehen werden, hatte der Offizier, der für die Versorgung verantwortlich war, die Küchen in der Ortschaft Boult-aux-Bois stationiert, über zwölf Kilometer hinter unseren Linien. Zweimal am Tag fuhren unsere Leichtkraftwagen, von denen inzwischen einige eingetroffen waren, nach Boult-aux-Bois. Die Nahrung, die sie brachten, war eiskalt, denn die gegnerische Artillerie war auf die Straße eingeschossen, und die Wagen mußten immer wieder anhalten. Nach einer Woche wurde die Verbindung bei Tag überhaupt unmöglich, und die Nahrung erreichte uns nur einmal in vierundzwanzig Stunden, um Mitternacht. Es ereignete sich, daß es die Fahrer nicht wagen konnten, Boult-aux-Bois zu verlassen. Und da die Reserven an Sardinen, Zwieback und *singe* bald erschöpft waren, blieben wir oft achtundvierzig Stunden ohne Nahrung.

In diesen Tagen, in denen ich meinen Beobachtungsposten einen Kilometer östlich der Ferme St. Denis bezogen hatte, lebten wir von der «Jagd». Hauptjägermeister war der spanische Freiwillige Gomez, der erste Freiwillige der französischen Armee.
Gomez war ein winziges, bleiches, mageres Bürschlein, der mit der fliehenden spanischen Loyalistenarmee über Le Perthus nach Frankreich gekommen war. Nachdem man ihn durch verschiedene Auffanglager geschleppt hatte, meldete er sich bei Kriegsausbruch «freiwillig» zur französischen Armee. Da das Lager, in dem er sich zur Zeit befand, in der Nähe von Barcarès lag, wo unser Regiment ausgebildet wurde, nahm man Gomez als ersten Freiwilligen auf. Bis jetzt war der kleine schwarze Mann nie aufgefallen. Er galt als schüchtern, schwächlich und feminin, und man lachte über ihn, weil er sich immer, wenn er salutierte, wie ein Tänzer beim Menuett verbeugte. Nun entwickelte Gomez ungeahnte Qualitäten. Es stellte sich heraus, daß die zarte Erscheinung im Hauptberuf das Gewerbe eines Metzgers und Fleischhauers ausgeübt hatte. Von Hunger getrieben, entblößte Gomez seine Arme, und es kamen athletische Muskeln zum Vorschein. Die fliehenden Besitzer des Hofes hatten einige Schweine zurückgelassen. Nachdem er zwei Tage gezögert hatte, stürzte sich Gomez mit seinem Taschenmesser auf die Tiere. Wir besaßen nichts, was zum Schlachten einer Sau notwendig gewesen wäre, aber der Hunger war stärker als alle menschliche Rücksicht. Die Tiere quietschten. Verwundet, blutend rissen sie sich los und liefen um den Hof: der kleine Gomez, mit aufgekrempelten Ärmeln, das bluttriefende Taschenmesser in der Hand, immer hinterdrein. Der Oberst schaute dieser Szene zu, wandte sich ab, konnte aber nichts unternehmen. Der Hunger war stärker.
Die Bevölkerung, die in Hast evakuiert worden war, hatte fast alles Vieh zurückgelassen. Auf den Feldern trieben sich Hun-

derte von Kühen herum. Sie wurden nicht gemolken, ihre Euter wurden schwer und zogen sie zu Boden. Heulend, wilden Bestien gleich, liefen sie über die Wiesen. Kühe sprangen in den Graben, in dem ich meinen Beobachtungsposten notdürftig eingerichtet hatte: Instrumente fielen um, Papiere wurden zerstampft, Balken zerbrochen. Manchmal besuchte mich eine friedlichere Kuh, legte sich vor mein Fernrohr, das aus dem Boden ragte: Sie sah mich an, mit traurigen, vorwurfsvollen Augen. Gomez machte auch auf Kühe Jagd. Er rannte sein Messer in den Bauch einer Kuh, aber meistens mußte er schnell beiseite springen, denn das verwundete Tier drohte, ihn niederzutrampeln. Nie war ein Mord sinnloser als dieser, denn es war verboten, Feuer zu machen; roh konnten wir das Fleisch der Rinder nicht verzehren. Aber wer sollte nach sinnlosem Mord fragen, fünfhundert Meter vom Feind ...? In Paris wurden Fleischkarten eingeführt, die Armee hungerte; das ganze Land war verpestet vom Geruch faulender Kadaver.

Zwei Nächte hindurch, auf meinem Beobachtungsposten, hatte ich das Geräusch nahender Panzer vernommen. Die Nächte vergingen damit, hineinzuhorchen in die Stille, sich anzuklammern an die Finsternis, dem großen Nichts seine Geheimnisse zu entreißen. Allein mit der Nacht, verkrallten sich meine Finger in der finsteren Wand; ich wünschte, meine Augen wären Scheinwerfer. Härter als der Kampf mit der Stille war das Ringen mit trügerischen Tönen. Langsam nur gewöhnte ich mich daran, Laut von Laut zu unterscheiden, den Schall vom Echo, das nachklingende Rollen eines Geschosses vom Geräusch nahender Kettenfahrzeuge. Oft dachte ich in diesen Nächten der Wacht an den Capitaine Mirambeau, der uns eingeschärft hatte, alle Aufmerksamkeit auf den Lärm der *chars d'assaut* zu konzentrieren; das Herannahen der Panzer sei das sicherste Zeichen für einen baldigen feindlichen Angriff. Schon zum zweiten Male hatte ich in der

Nacht das Rasseln jenseits des gegenüberliegenden Hügels vernommen, das schwere, langsame Schlurfen der schleifenden Ketten. Der Angriff rollte heran.
Oberst Debuissy befahl, zwischen unseren Stellungen und denen des Feindes Minen zu legen. Leutnant Imbach, ein Elsässer, wurde mit der Aufgabe betraut, die Gruppe zusammenzustellen. Als Chef der Gruppe wurde ein alter Fremdenlegionär bestimmt, Leutnant Castaner, der zwanzig Jahre in Afrika verbracht und dort die Sitten der Legion angenommen hatte.
Das war ein gedrungener Mann mit einem harten schwarzen Schnurrbart, funkelnden schwarzen Augen, kurzen Beinen und einem beträchtlichen Embonpoint, einem Stiernacken und roten Händen. Er ging nie ohne seine Reitpeitsche aus und schlug, lächelnd und leutselig, den Soldaten so stark auf die Schultern, daß sie tagelang die Spuren dieser Freundlichkeit trugen. Er reiste mit einem Koffer voll pornographischer Bücher, ließ sich die *Vie Parisienne* bis in die Etappe nachsenden und heuerte als Ordonnanz den ungarischen Maler Fodor, der zwar keine Stiefel zu putzen, dafür aber paarende Männer und Frauen zu zeichnen verstand. Dem Leutnant beigegeben wurde als Unteroffizier der Adjutant unserer Pioniere, Ferdinand Daroussat, ein alter Soldat, der den Ersten Weltkrieg mitgemacht hatte und sich in seinem stillen Häuschen in den Ardennen nicht hatte träumen lassen, daß er nochmals in den Krieg werde ziehen müssen. Sein kleiner Besitz lag kaum vierzig Kilometer vom Ort entfernt, wo wir standen, und war längst den Deutschen in die Hände gefallen. Sein Haus war wahrscheinlich abgebrannt, seine Frau und seine beiden Töchter waren über irgendeine Landstraße geflohen, irgendwohin. Sein ältester Sohn befand sich in einem anderen Frontabschnitt.
Ich war gerade abgelöst worden und lag neben meinem Unterstand mit Torczynszky. Der kleine jüdische Schneider aus

Galizien hatte während der Ausbildungszeit keine Lorbeeren geerntet. Er hatte keine gute Figur bei den Paraden gemacht; hatte vergessen, die Fahne zu grüßen; hatte neben die Zielscheibe geschossen. Aber seit wir an der Front waren, war er wie verwandelt. Er ermüdete bei keinem Marsch und trug den Tornister manches großen, starken Jungen, der nicht hatte weitermarschieren können. Wie ein Maulesel beladen, kam er oft an, denn viele mißbrauchten seine Hilfsbereitschaft. Wenn er im Abenddämmern zurückkam aus der Feuerlinie, wo er Unterstände geschaufelt hatte, setzte er sich noch hin und flickte unsere zerrissenen Hosen: aus alten Wickelgamaschen setzte er Flecken auf unsere Knie und Hintern. Wenn er ging, um seinen Blechnapf – das war ein riesiger Topf mit einer rasselnden Kette, an der ein Deckel hing, den Blechtöpfen der Sträflinge ähnlich –, in dem benachbarten Bächlein zu waschen, nahm er gleich fünf oder sechs andere Blechtöpfe mit und schrubbte sie sauber.
Jetzt lag er neben mir und erzählte. Er erzählte von seiner polnischen Heimat und wie er nach Paris gekommen war. Zwölf Geschwister waren sie gewesen; von keinem hatte er je wieder gehört. In Polen hatte man ihnen ihr Haus genommen und den Paß verweigert, obwohl der Vater an den polnischen Freiheitskämpfen teilgenommen und sich ausgezeichnet hatte. Der kleine Torczynszky war siebzehn Jahre alt gewesen und hatte von Frankreich geträumt, dem Land der Freiheit. So war er ausgezogen von zu Hause. Aber zwischen Polen und Frankreich lag Deutschland. Er hatte sich über die deutsche Grenze gestohlen und war festgenommen worden. Er war in den Nächten gelaufen und hatte sich verborgen bei Tag. Er hatte gearbeitet, Geld verdient und war hinausgeworfen worden. In Brüssel hatte er seine Uhr verkauft und dem Vater die Hälfte des Erlöses gesandt. Er hatte sich selbst durchgeschmuggelt, wie eine Ware. Er war achtzehn, hatte nichts verbrochen und kannte die Gefängnisse von Deutsch-

land, Holland und Belgien. Er hatte einer Fliehenden bei der Entbindung in einer Scheune geholfen und neun Tage auf der Brücke zwischen Belgien und Deutschland gestanden. Er hatte sich das Recht zum Leben errungen und zur Verachtung des Überflüssigen. Er war neunzehn gewesen, als er acht Monate vor dem Krieg in Paris angekommen war. Als er sich am ersten Kriegstag als Freiwilliger stellte, hatte er sich seinen Unterhalt verdient, sich in ein Mädchen verliebt und seiner Mutter Fahrgeld geschickt. Das einzige Ausweispapier, das er besaß, war sein Ausweisungsschein.

Auf dem schmalen Waldweg, einige Meter von meinem Unterstand, versammelten sich die Freiwilligen zum Aufbruch für das Minenlegen. Es waren ihrer fünfunddreißig. Hegedüs, der ungarische Schneider; Spitzer, ein rumänischer Jude; Ramos, ein spanischer Flüchtling; Da Souza, ein portugiesischer Bergarbeiter. Die Mehrzahl bestand aus Galiziern. Keiner von ihnen verstand das Gewehr zu präsentieren oder eine Fahne zu tragen. Aber sie alle, die Isaac Purlichs und die Moses Kleinmanns, meldeten sich freiwillig, wenn es sich um eine gefährliche Mission handelte.

Wir hörten, wie Castaner brüllte und mit seiner Reitpeitsche ins Gebüsch schlug. Der alte Daroussat spaßte und gab Ratschläge. Leutnant Imbach kam an meinem Unterstand vorbei. Er blieb stehen, sah uns an und rief durch das Gebüsch dem anderen Offizier zu:

«Castaner! Kannst du noch einen Mann brauchen?»

«Ja!»

Torczynszky erhob sich. Er wußte sofort, daß er gemeint war. Imbach trug den Stahlhelm, den sein Vater im Weltkrieg getragen hatte. Es war ein deutscher Stahlhelm.

«Also, Torczynszky. Gehen Sie mal schön mit. *Ça vous fera une belle promenade*.» Los, Torczynszky – das wird ein schöner Spaziergang werden!

Ich begleitete den kleinen Schneider bis an den Waldweg. Die sechsunddreißig zogen an mir vorbei. Sooft ich einen sah, den ich kannte, sagte ich *«Merde!»* «Scheiße» und «Gut Glück!» Alle blickten mit dem gleichen abwesenden Blick vor sich hin. Keiner zeigte Angst. Daroussat, mit dem Gesicht aus gutem gegerbtem Leder, pfiff vor sich hin. Er hatte ein vertrautes Verhältnis zum Tod.

Als letzter kam Torczynszky. Er trug die Schaufeln von zwei Kameraden auf der schmalen Schulter. Ich sagte *«Merde!»* und wir reichten uns die Hand. Es dämmerte.

In dieser Nacht unternahmen die Deutschen einen Vorstoß aus der Richtung von Tannay. Sie überraschten unsere Pioniere beim Minenlegen. Fünf Mann, die versucht hatten, im Kugelregen der Maschinengewehre ihre Minen einzugraben, kamen nicht zurück.

Unter ihnen war Samuel Torczynszky.

Meine Kompanie lagert im Wald von Noirval. Ardennenwald, düster und kalt, mit hohen Kiefern, deren Wipfel ein Dach über unseren Köpfen bilden. Wir sehen aus unserem Wald die grünen Wiesen, die abfallen zur zerschossenen Ortschaft Noirval, aber wir dürfen sie nicht betreten, denn hier wären wir von allen Seiten den Blicken der Deutschen ausgeliefert. Ein Kindheitsparadies, so sind diese Wiesen mit dem hohen, ungemähten Gras, sonnensatt, im gelben Licht eines späten Nachmittags. Die Felder und die Halme, mit denen ein leiser Maiwind spielt, rufen Vergangenes zurück. Eine Frau, die mit flatternden blonden Haaren über die Dünen ging, irgendwo in der Bretagne. Über die Felder kam sie, die Arme voll Blumen, auf das Fischerhaus zu. Es ist gut, daß man den Soldaten die Wiese verbietet und die Sonne. Manchmal verirrt sich ein Schmetterling in den feuchten Wald, aber er flattert gleich wieder davon. Nur der Kuckuck schlägt hier und da, ein kalter, militärischer Vogel.

Es heißt, daß wir längere Zeit im Wald von Noirval bleiben werden. Noch spricht niemand vom Rückzug: Wir erörtern ernstlich, wohin man uns, nach vierzig Tagen in der ersten Linie, zum *repos* schicken werde.
Augenblicklich heißt es für jeden einzelnen, sich einen bombensicheren Unterstand zu schaufeln. Die Arbeit ist leichter, als wir gefürchtet haben, denn wir finden Unterstände aus dem Ersten Weltkrieg. Der Wald scheint seit zwanzig Jahren nicht aufgeräumt worden zu sein. Er wartet von einem Krieg zum anderen. Ganz entsprechen die Unterstände aus dem Ersten Weltkrieg unseren Bedürfnissen allerdings nicht. Sie sind nicht tief genug. Es sind viereckige Löcher, in denen man sich zur Not betten kann. Wir aber brauchen kleine Keller, die man mit großen runden Holzscheiten oder Baumstämmen zudeckt und auf die man Erde schaufelt; wir müssen uns, so gut es geht, vor dem MG-Feuer der Flieger und vor Bomben- und Granatsplittern schützen. Immerhin können wir die vorhandenen Löcher tiefer graben; sie sind uns nützlich, wie unsere Unterstände unseren Söhnen nützlich sein werden: Der Mensch entwickelt sich, indem er immer tiefer unter die Erde kriecht.
Unsere Bergmannsarbeit fördert wahre Schätze an den Tag. Kellenberger, der sich neben mir ein Loch schaufelt, stößt auf etwas Hartes, und er hebt einen deutschen Helm hoch, einen Helm aus dem Ersten Weltkrieg, mit Spitze und Doppeladler. Ich grabe einen krummen Säbel aus, ebenfalls aus dem Weltkrieg: Adjutant Daroussat behauptet, er habe einem französischen Reitersmann gehört. Imoudsky, der russische Zeichner, findet eine verrostete Pistole, und wie wir uns so alle bekleiden mit den Requisiten eines altmodischen Todes, wirken wir wie Operettendarsteller auf einer Provinzbühne, die nehmen, was sie finden: eine makabre Theatergruppe.
Jeder hat sich einen eigenen Unterstand geschaufelt, in dem er sich gerade hinlegen kann. Ich beneide den kleinen Garai

und den roten Dési, denen ein Kindergrab genügt; sie sitzen längst herum und lesen eine drei Wochen alte Zeitung, während ich noch an meinem Zweimetergrab schaufle. In der Nacht ist es verboten, außerhalb der Grube zu schlafen. Das ist auch gar nicht möglich, denn um Punkt drei Uhr dreißig entlädt die Luftwaffe ihre Bomben über unseren Wald. Schwerer gewöhnt man sich an die Würmer, die einem im Schlaf übers Gesicht kriechen, an die Regenwürmer, die sich durch die Wickelgamaschen fressen, an die kleinen schwarzen Insekten, die einem gegen die Stirn schlagen, an den Geruch von Lehm und Fäulnis, an die feuchte Erde, die an der Uniform klebt. Bei Edgar Allen Poe erwacht ein Scheintoter in seinem Grab. Es gibt auch Scheinlebende.

Von Zeit zu Zeit treibt mich der Hunger nach Noirval oder nach Châtillon. In diesen beiden Orten hinter uns liegt französische Artillerie, und die Artillerie kann sich noch Nahrung verschaffen. Die Kanoniere sind gut zu uns. Es wird uns regelmäßig übel, wenn wir, nach dem Hunger von drei Tagen, alles, was sie uns bieten, in wenigen Minuten hinunterwürgen.

Die Kanoniere wohnen in Häusern; sie können sich selber etwas kochen. Sie wärmen auch Wasser, man kann sich zuweilen waschen und rasieren; nachher fühlt man sich beinahe wie ein Mensch. Ich unternehme diese verbotenen Ausflüge mit einem Beobachter des ersten Bataillons, mit Desiré Weiß; wir riskieren unser Leben gern für eine Tasse heißer Suppe.

Unsere Freunde von der *5. pièce* des 28. Artillerieregiments sind in einem zerschossenen Haus einquartiert. Das Haus hat dem Gemischtwarenhändler von Châtillon gehört. Neben der Wohnung befindet sich der Laden, von dem allerdings nur noch der eiserne Rollbalken ganz ist. Vom Speisezimmer fehlt eine Wand, so daß man dasitzt wie auf einer Bühne, die gegen den Zuschauerraum geöffnet ist. Hier stehen und hängen überall Familienbilder. Auf der Kommode stehen die eingerahmten Bilder von zwei Soldaten, und wenn man nicht genau hinblickt, glaubt man, daß beide den gleichen jungen Mann darstellen. Dann bemerkt man den Unterschied: Die Bilder zeigen Vater und Sohn, und die Aufnahmen stammen aus zwei verschiedenen Kriegen. Der Vater läuft jetzt vielleicht über irgendeine Landstraße, und der Sohn schreibt hierher, an die Eltern, die das Haus verlassen haben. Ja, der Vater muß den «anderen Krieg», *l'autre guerre*, wie die Franzosen sagen, mitgemacht haben, denn unsere Gastgeber haben eine herrliche dicke rote Zuavenhose gefunden; ich würde sie gerne mitnehmen, denn meine ist an den beiden Knien zerrissen. Während ich mich rasiere, wandere ich im Zimmer auf und ab. Auf dem Tisch liegt das Haushaltungsbuch, die letzte Eintragung ist kaum zwei Wochen alt. Sie ist vom elften Mai; die Familie hat an diesem Tag Kalbfleisch und Bohnen gegessen. Die Großmutter hat sich in Taney fotografieren lassen, ein verwundertes Gesicht, in silbernem Rahmen, auf grauem Karton.

Unsere eigene Verpflegung stockt seit zwei Tagen, seit dem letzten Fliegerangriff. Unser Chauffeur Nahmias ist schon zum dritten Male auf dem Weg nach Boult-aux-Bois umgekehrt; die deutschen Artilleriegeschosse haben die Straße «gesäubert». Nahmias behauptet, sie sei voller Löcher. Ich bin so hungrig, daß ich beschließe, selbst nach Boult-aux-Bois zu fahren. Weiß will mich begleiten. Wir planen, uns an der fahrenden Küche mit warmer Suppe satt zu essen, der Rest wird sich geben. Wir melden uns beim Capitaine, und er vertraut uns den Peugeot-Leichtkraftwagen an, den einzigen, der noch brauchbar ist. Imoudsky und Kellenberger lösen mich auf dem Beobachtungsposten ab. Weiß und ich starten um elf Uhr nachts.

Die Nacht ist still. Der Himmel ist weit und voller Sterne. Es ist gut, hinauszukommen aus dem sternenlosen Wald.

Ich lege meinen Stahlhelm neben mich auf den Sitz. Irgendwo

kracht ein Schuß. Ein Maschinengewehr rattert. Aber alles ist weit, weit fort.
«Kannst du schätzen, wie weit entfernt der Schuß fiel?» frage ich Weiß.
«Gut zwei Kilometer.»
Zwei Kilometer, das ist sehr weit. Ich bemerke, daß ich schneller fahre.
«Die neunte Kompanie soll heute morgen aufgerieben worden sein», sagt Weiß.
«Kanntest du jemand von der Neunten?»
«Ja, mehrere.»
«Weißt du, was mit ihnen geschehen ist?»
«Nein.»
Wir schweigen. Denken wir an die Toten? Kaum. An die Gefahr? Auch nicht.
«Als ob die Kameradschaft, hier an der Front, doch enger geworden wäre», sagt Weiß.
«Meinst du?»
«Ja, man ist aufeinander angewiesen.»
«Nennst du das Kameradschaft? Ich habe jedenfalls nichts von der Kameradschaft bemerkt, von der ich in Büchern gelesen habe. Ich weiß nicht, ob die Bücher lügen oder ob sich auch das geändert hat. Die Gefahren sind größer geworden seit dem letzten Krieg. In der Gefahr will jeder nur sich selbst retten.»
«Ja», sagt Weiß, «man hilft einander höchstens, weil man einander braucht. Der Krieg ist wie die Schule. Hat nichts mit dem Leben zu tun. Auch von den Schulfreundschaften ist nichts geblieben.»
Die Straße beginnt anzusteigen gegen Belleville. Es ist schwer, leise zu fahren. Es ist, als ob nicht wir die Stille belauschten, als ob sie uns belauschte.
«Ob es warme Suppe gibt?» frage ich.
«Und warmes Fleisch?» träumt Weiß.

«In den letzten Tagen werden die Herren von der Küche wohl alles selber aufgefressen haben.»
Mein Magen knurrt.
Wir fahren durch Belleville. Das Städtchen unserer Feuertaufe ist ausgestorben. Ich fahre ohne Lichter, und der Ort scheint kein Ende zu nehmen. Nur die Kirche ist noch unversehrt.
Ich halte am Rande von Boult-aux-Bois, um mich nach unserer Küche zu erkundigen. Ich wecke Artilleristen, die am Straßenrand schlafen. Sie sind erst seit gestern hier und wissen von nichts. Ich kehre zum Wagen zurück und bitte Weiß, am Wagen zu warten. Ich tappe durch die Finsternis, stolpere über Menschen, die am Wald schlafen, trete einem Soldaten auf die Hand. Ich finde einen Wachtposten, der einen Munitionskeller bewacht. Eine Küche? Nie gehört. Er schläft sofort wieder ein. Mit Mühe finde ich zum Wagen zurück. Ich sage Weiß, er möge sich gedulden. Ich stürme hinein in das Dorf und in die Finsternis. Ich fühle, wie der Zorn in mir hochsteigt. Es ist die tierische Wut eines Menschen, der eine geliebte und verzweifelt begehrte Frau nicht, nicht, nicht bekommen kann. Nur sexuelle Enttäuschung kann so wild und zügellos sein wie meine, da ich mich um meine Suppe betrogen fühle. Ich kümmere mich nicht mehr um die Menschen, auf die ich trete. Wahrscheinlich suche ich sogar Menschen niederzutrampeln. Ein Schlafender schreit auf; ich knurre ihn an. Dumpf empfinde ich, daß ich, einmal satt, mich schämen werde. Aber ich werde nie mehr satt sein.
Der Amoklauf des Hungers endet in den Armen eines jungen Offiziers, der in der Nähe seiner Kanone wacht. Ich kann ihn nicht sehen, aber er hat die wohlklingende Stimme eines Mädchens.
«Die Küche des einundzwanzigsten Regiments? Ist gestern abgezogen, *mon pauvre ami.*»
«Wohin?» frage ich.
«Weiß ich nicht.»

«Warum?»
«Weiß ich nicht. Wahrscheinlich ist den Herren der Boden zu heiß geworden.» Er lacht trocken. «Es war schlechtes Wetter gestern in dieser Gegend. Ich hörte, daß sie sich nach Le Morthomme abgesetzt haben. Wenn Sie weiterfahren wollen . . .»
Nein. Ich will nicht weiterfahren. Ich suche meinen Wagen. Weiß ist vor Hunger eingeschlafen. Wir machen uns wortlos auf den Rückweg. Von Belleville an fahren wir durch einen Granatenregen. Wahrscheinlich haben die Deutschen den Motorenlärm vernommen. Sie nehmen an, daß wir Munition bringen. Aber wir bringen nicht einmal einen Topf kalter Suppe.

CHRISTUS VON NOIRVAL

DIE Katastrophe um uns bereitet sich vor und breitet sich aus.
Es ist der achte Juni. Die deutsche Offensive ist an allen Fronten entfesselt. Laôn, Rouen, Reims, Le Havre sind in den Händen der Deutschen. Marsch auf Paris. In der Hauptstadt tagt der letzte Ministerrat des Kabinetts Reynaud.
Was wissen wir? Unsere Feldfunkgeräte stammen aus dem Jahr 1924, wir hören nur Brocken des täglichen Kommuniqués.
Die Tage vergehen gleichmäßig. Um drei Uhr dreißig bombardiert die Luftwaffe unsere Stellungen. Um sechs beginnt das Artillerieduell – das ist noch ein Duell, da unsere Fünfundsiebziger den Deutschen fast immer überlegen sind. Einen Tag lang stellt mein Beobachtungsposten fest, daß jede achte deutsche Granate «krepiert». Noch weist die 35. französische Infanteriedivision alle deutschen Angriffe – im Morgengrauen und Abenddämmern – zurück.
Wir leben im Element des Soldaten: in der Unwissenheit. Wir können es uns nicht erklären, daß uns die deutschen Bomber tagelang verschonen. Wir ahnen nicht, daß die Ausführung des Planes begonnen hat, die Dörfer und Städte auf unseren Rückzugswegen aufzubrennen und uns so in einen Feuerkessel zu jagen. Die Welt um uns brennt, und wir wissen es nicht.
Es ist der 8. Juni. Ich hatte von sechs Uhr abends bis sechs Uhr morgens Dienst, vorne, auf meinem Beobachtungsposten.
Der Morgen brach an. Zwischen drei Uhr und fünf Uhr drei-

ßig konnte ich den Kopf nicht aus meinem Unterstand stekken. Die Kanoniere, die neben mir mit ihren kleinen Vierundachtziger-Panzerabwehrgeschützen Stellung bezogen hatten, zählten die Geschosse, die auf unserem Abschnitt einschlugen. Auf einen Quadratkilometer waren innerhalb von zwei Stunden 650 Granaten gefallen.
Ich hatte um diese Zeit meinen Posten am überhöhten Rande des Waldes *Maison rouge* eingerichtet. Um den Blicken der Deutschen zu entgehen und doch selber zu sehen, hatte ich einen Punkt gewählt, der etwa fünfzig Meter tief im Wald lag, seitlich jedoch an die Straße Chesne–Châtillon grenzte. Als ich an diesem Morgen, um fünf Uhr dreißig, aus meinem Unterstand kroch, sah ich mich den deutschen Stellungen gegenüber. Fünfzig Meter Wald, meine Deckung vor den feindlichen Blicken, hatten die deutschen Geschütze glattrasiert.
An diesem Morgen meldete ich fast ununterbrochen das Nahen feindlicher Panzer. Drei Stunden lang hörte das Geräusch der rasselnden Ketten nicht auf. Dutzende von deutschen Bombenflugzeugen gingen langsam hinter dem Ardennenkanal nieder. Das Ganze hatte etwas von einem gigantisch-gespenstischen Manöver. Die Offenheit, mit der die Deutschen ihre Offensive vorbereiteten, ließ ihr Manöver unglaubwürdig erscheinen. Kein französisches Flugzeug zeigte sich. Auch unsere Artillerie war diesmal weniger rege. Einer der Panzerjäger, ein zwei Meter großer Bretone, Bauer aus jenem Land, wo die Bauern Seefahrer und die Seefahrer Bauern sind, kam zu meinem Unterstand. Er berichtete, daß mehrere *pièces* unserer Artillerie abgezogen worden seien. Wir lagen nebeneinander, flach auf dem Bauch. Er erzählte mir von seinem Bauerngut, von einem Erbstreit mit seinen Brüdern, und daß er nach seiner Heimkehr die abgebrannte Scheune wieder aufbauen lassen würde. Es tat mir gut.
Gegen sechs Uhr früh läutete mein Feldtelefon, das seit vier oder fünf Stunden geschwiegen hatte. Da die Drähte nicht un-

terirdisch gelegt worden waren, mußten unsere Telefonisten im dichtesten Feuer hinaus, um die Verbindungen zu reparieren. Der Spanier Vincent Vallace, der Staatenlose Isaac Purlich, Jacques Tini aus San Marino, Eugen Gleichmann aus Budapest, der Schweizer Bernard waren immer Freiwillige für diese Aufgaben. Auch jetzt hatten sie die Linie zwischen dem P.C. des Obersten und mir hergestellt.
Ich hörte die tiefe, warme Stimme meines ehemaligen Kompaniechefs, Oberleutnant Truffy:
«Dort drei A?»
«Ja.»
«Hier zehn B.»
«Ich höre.»
Die Stimme des Oberleutnants klang gebrochen.
«Drei A! Sie haben Weisung, alle Papiere zu vernichten.»
«Jawohl, *mon lieutenant*. Sonst etwas?»
«Nein. Sonst nichts.» Der sachliche Ton änderte sich. Das war wieder die herzliche Stimme Truffys: «Hast du etwas zu essen?»
«Ich habe zwei Konserven gefunden.»
«Wenn du abgelöst wirst, bring mir etwas mit. Ich habe seit zwei Tagen nichts gegessen.»
«Einverstanden!»
Ich sah den Kanonier an. Dann wandte ich mich dem zweiten Beobachter meines Regiments zu, einem jungen rumänischen Arzt aus Montpellier. Er galt als Kapazität auf dem Gebiete der Herzneurosen. Als Ausländer hatte er im Sanitätsdienst keine Chancen bekommen; er diente als einfacher Soldat. Er war mir als Beobachter zugeteilt.
«Wir haben Weisung, unsere Papiere zu vernichten.»
Ich muß sehr bleich gewesen sein, als ich es sagte. Das kleine, gelbe Gesicht Dr. Barátis wurde grün. Die Sommersprossen waren wie grüne Konfetti auf dem früh verfallenen Gesicht.
«Was heißt das?»

Ich zitierte die eingelernten Worte:
«En cas d'abordage par l'ennemi, les observateurs anéantissent leurs documents et détruisent leur matériel. Les observateurs ne se retirent en aucun cas sans ordre.» Im Falle der Eroberung des Beobachtungspostens durch den Feind vernichten die Beobachter vorher ihre Dokumente und ihr Material. Die Beobachter ziehen sich in keinem Fall ohne ausdrückliche Weisung zurück.
Baráti fragte: «Haben wir Befehl, zurückzugehen?»
«Nein.»
Ich blickte durch das Fernrohr. Drüben, auf dem Bergkamm, zeichneten sich die Konturen der deutschen Panzer ab. Sie bewegten sich nicht. Sie wirkten wie Urwelttiere. Nur aus der Ferne war das Rasseln der Ketten zu hören.
«Also, machen wir Feuer?»
Mein Bretone protestierte. So nahmen wir Schaufel und Spaten und gingen daran, ein Loch zu graben. Als das Loch tief genug war, warfen wir, nachdem wir die Seiten einzeln zerrissen hatten, das Heft mit den Meldungen und das Chiffrebuch hinein. Baráti fragte, ob wir auch unsere Instrumente vernichten müßten. Ich sagte, ich hätte keine Weisung. Das schien ihn zu beruhigen. Er wollte sich daranmachen, das Loch zuzuschaufeln, aber ich hielt ihn zurück.
«Weißt du, was mit uns geschieht, Baráti, wenn wir den Deutschen in die Hände fallen?»
«Ja, wir werden beide hingerichtet. Du wegen deiner Bücher. Und ich als Arzt, der die Waffe ergriffen hat. Noch dazu als Fremder.»
«Lieber sterben als gefangengenommen werden.»
«Lieber sterben als gefangengenommen werden.»
Baráti fingerte an der Kette mit der Erkennungsmarke, die er um das Handgelenk trug.
«Wollen wir die Ketten gleich mit begraben?»
«Ja.»

Wir lösten die Erkennungsmarken vom Handgelenk. Der lange Bretone stand eine Weile verständnislos dabei. Er sah uns an wie Wesen aus einer fremden Welt. Jetzt legte er eine schwielige, harte Bauernhand auf meine Schultern.
«Du denkst wohl nicht weit . . .?» fragte er.
Ich sah ihn an. Sein schmales Gesicht mit den schlechten, schwarzen Zähnen der Bretonen und der langen knochigen Nase zeigte auch jetzt keine Regung.
In der Talmulde begannen die Maschinengewehre zu rattern. Der Nahkampf hatte begonnen.
«Hast du keine Angehörigen?» fragte der Bretone.
«Doch. Meine Frau. Meine Eltern», antwortete ich.
Dann wandte er sich an Baráti.
«Und du?»
«Meine Eltern. Und meine Braut.»
Er nickte.
«Gut», sagte er endlich etwas schwerfällig. «Was wird, wenn ihr fallt? Sollen eure Angehörigen nie erfahren, was aus euch geworden ist?»
Wir waren zu dritt im schmalen Unterstand, einen Meter unter der Erde. Der berühmte Herzspezialist. Ich. Und der Bauer aus der Bretagne. Dr. Baráti und ich sahen uns an. Wir legten die Erkennungsmarken wieder an. Jeder ergriff in Eile seinen Spaten. In Eile schaufelten wir den Lehmboden über die Papiere.
«Ich will euch schnell was bringen», sagte der Bretone. Er lächelte. Er war zufrieden.
Wir wollten ihn zurückhalten, aber er kroch behutsam aus der Stellung. Die Geschosse platzten. Wir sahen ihm nach. Nach fünf Minuten war er unversehrt zurück. Er hatte den Gürtel voll Handgranaten. Er gab sie uns, als würde er uns eine Schürze voll Birnen bringen, frisch vom Baum.
Es war sechs Uhr zwanzig. Eine betäubende Stille senkte sich über das Land. Es war, als hätte ein göttlicher Dirigent sein

Orchester mit einer einzigen Handbewegung zum Schweigen gebracht. Nichts regte sich. Auf der anderen Seite schien alles wie erstarrt. Der Morgen war frisch, die Natur stieg aus dem Bad.
Der Bretone ging aufrecht zu seinem zerstörten *abri* zurück. So brach der 8. Juni des Jahres 1940 an.

Gegen Abend steige ich nach Noirval hinunter.
Seit sieben Uhr früh schweigen die Deutschen. Nur hier und da ein Schuß. Niemand weiß, was sich vorbereitet. Im Gefechtsstand des Colonels ein unentwegtes Kommen und Gehen. Commandant Le Guaillard streichelt seinen borstigen Schnurrbart. Mit seinen stets frisch gewichsten Stiefeln sieht er wie ein gestiefelter Kater aus. Capitaine Guy, einer der höchstdekorierten Helden des «anderen» Weltkrieges, läuft auf und ab. Der Artillerieleutnant, der die Verbindung der Division mit uns aufrechterhält, verteilt Handgranaten. Major Mirabeille, Kommandeur des I. Bataillons, ist gekommen, um Bericht zu erstatten. Mirabeille ist ein geistlicher Würdenträger; er hat Aussicht, Bischof zu werden. Er ist abgemagert und gealtert. Auch Graf Ravel erscheint. Seine Kompanie, die Elfte, hält den Übergang über den Kanal. Die Kompanie hat in der Nacht schwere Verluste erlitten. Hauptmann Ravel ist leicht verwundet, aber er hat sich geweigert, seine Kompanie zu verlassen. Mit dem Zug des Moses Gattegno, eines Legionärs aus Tarnopol, hat er die deutsche Vorhut wieder hinter Chesne zurückgeworfen; er will Gattegno für eine Auszeichnung vorschlagen. Er ist tadellos rasiert, seine hellgelben Stiefel glänzen. Er ist seit dreißig Jahren Soldat, von den Soldaten geliebt. Er unterhält sich mit dem Kommandeur des III. Bataillons, Major Poulaine, einem Mann über Sechzig, der sich zu Beginn des Krieges freiwillig gemeldet hat. Erregung vibriert in der Luft, scheint die Blätter der Bäume zu bewegen.

Nur Oberleutnant Truffy ist ruhig. Sein großer, runder Kinderkopf mit den blonden Augenbrauen und der ungefaßten Brille ist rosig wie immer.

Gegen Abend steige ich, trotz Verbot, nach Noirval hinunter. Ich laufe durch den Wald und bewege mich vorsichtig vorwärts, sobald ich auf freiem Feld bin. Ich erreiche die zerschossene Ortschaft.

Mitten in der Ortschaft liegt die Kirche. Sie ist fast unversehrt. Einige Fenster sind zerbrochen. Ich räume ein paar Steine aus dem Weg und betrete die Kirche.

Ich bin allein. Ich lege meinen Stahlhelm auf die erste Bank und kniee nieder.

Auf dem Altar steht das Bild des Herrn in blauem Gewand. Christus hat die Arme ausgebreitet. Links davon das Standbild der Jungfrau von Orléans. Um den Sockel ist die Trikolore gewickelt.

Es ist still, der Krieg ist fern. Ich sehe zum Gekreuzigten empor. Die Arme des Herrn, an das Kreuz geschlagen: ausgebreitete Arme, bereit, im Leid zu umfangen. Nicht anders konnten sie ihn töten: die plebejischen Pharisäer, die entfesselte Menge, die Barrabas liebte, die Mittelmäßigen und Kurzsichtigen, die Nörgler am Wunder, die Feigen und Hochmütigen: die Welt umarmend, mit seinen mageren, gemarterten, blutenden Armen. Er konnte nicht sterben auf der Straße, zusammensinkend unter der Last des Kreuzes, nicht unter der Wucht der Schwertschläge wie ein verlorener Kämpfer, nicht vergiftet, erschlagen, geköpft – noch sterbend gehörte ihm die Wahl; so starb er, die Arme aufgetan.

Ich spreche den dreizehnten Psalm Davids:

«Herr, wie lange willst Du mein so gar vergessen? Wie lange verbirgst Du Dein Antlitz vor mir?

Wie lange soll ich sorgen in meiner Seele und mich ängsten in meinem Herzen täglich? Wie lange soll sich mein Feind über mich erheben?

Schaue doch und erhöre mich, Herr, mein Gott! Erleuchte meine Augen, daß ich nicht im Tode entschlafe,
daß nicht mein Feind rühme, er sei mein mächtig geworden, und meine Widersacher sich nicht freuen, daß ich niederliege.
Ich hoffe aber darauf, daß Du so gnädig bist; mein Herz freut sich, daß Du so gerne hilfst. Ich will dem Herrn singen, daß Er so wohl an mir tut.«
Durch die zerbrochenen Fensterscheiben flutet das Licht eines sterbenden Nachmittags. Die Kapelle ist hell. Ich frage mich, ob es wirklich des Krieges bedurft hatte, um zu ihm zu finden. Aber ich weiß schon, daß es keinen anderen Weg gibt als den des Leides. *«Herr, wie lange willst Du mein so gar vergessen?»* Nie hat er mein vergessen. Ich trete näher an den Altar heran. Und wie der besessene Mensch, jenseits des Meeres in der Gegend der Gadarener, bete ich: Herr, tue ein Wunder! Und wie der *«besessene Mensch mit einem unsauberen Geist»*, von dem es im fünften Kapitel des Markus heißt: *«Er hatte seine Wohnung in den Gräbern; und niemand konnte ihn binden, auch nicht mit Ketten»*, wie der Unsaubere des Evangeliums, antwortete ich auf die Frage: *«Wie heißest du?»* mit den Worten: *«Legion heiße ich; denn wir sind unser viele.»*
Ich spüre auf einmal, daß ich nicht allein bin. In der letzten Bank kniet Colonel Debuissy.
Ich gehe auf Zehenspitzen an ihm vorbei. Er erreicht mich am Wald. Er sagt nichts. Der riesige Mann mit den breiten Schultern und dem roten Nacken trägt keine Waffe bei sich, nur einen dicken Stock, auf den er sich stützt. Zum ersten Male wirkt er alt. Dreißig Jahre Legion hat er hinter sich, siebenmal im Ersten Weltkrieg verwundet. Zweitausend Mann fürchten ihn. Er stützt sich auf den Stock wie auf Krücken.
Er bleibt stehen.
«Erinnerst du dich?» fragt er. «Unser Fest in Perpignan?»
«Ja», sage ich. Natürlich erinnere ich mich. Wir spielten eine Revue, die ich verfaßt hatte.

«Was macht man für Dummheiten», sagt er. Und gleich darauf: «Meine Familie ist im Norden. In Lille. Weiß Gott, was aus ihr geworden ist ...»
«Sie ist sicher evakuiert, *mon colonel* ...»
«Evakuiert?» Er lacht trocken. «Zum dritten Male in zwei Generationen ... Die Parade in Rivesaltes. Und der Abschied in St. Laurent de la Salanque. Als alle Frauen weinten ...»
«Ich erinnere mich.»
Er hustet. «Unsere Schuld ist es nicht. Das Regiment hat sich tapfer gehalten. Stimmt es?» Er sucht Bestätigung.
«Ja», sage ich. «Ja, Herr Oberst.»
«Tapfer geschlagen», wiederholt er. «Ich bin stolz auf euch. Obwohl der General ...»
Er schweigt. Mit dem Stock schlägt er ins Gebüsch. Wir kommen an den Fünfundsiebzigern vorbei. Sie feuern gerade. Wir stehen kaum zwei Meter von dem Geschütz entfernt. Wir spüren den harten Wind; ich wundere mich, daß wir nicht weggefegt werden. Der Oberst scheint nichts zu hören.
«Der General», sagt er, «der General meint: Jeder Fremde weniger ist ein Fresser weniger in Frankreich.»
Das Blut steigt mir zu Kopf. Der Oberst spricht leise, als könnte ihn der Feind hören.
«Wir haben es nicht gewollt ...» Als vertraute er mir ein Geheimnis an: «Wir haben uns geschlagen.»
Ehe uns der Wald aufnimmt, dreht er sich noch einmal um. Die Kirche liegt in Rauch und Nebel.
«Möge ihnen der Herrgott verzeihen», sagt er.
Aber ich verstehe nicht, wen er meint.

DREI MANN UND SECHS DIVISIONEN

Ich hatte mich sechsunddreißig Stunden in der Nähe des Gefechtsstandes, drei Kilometer hinter meinem Beobachtungsposten, aufgehalten. Jetzt gehe ich mit Dr. Baráti vor, um Kellenberger und Imoudsky abzulösen. Die beiden Beobachter hatten sich in den letzten zwölf Stunden mit uns kaum verständigen können, denn die Telefonverbindung war unterbrochen gewesen. Deshalb beschließe ich, einen kleinen Portugiesen, Firminio Malagrida, mitzunehmen, um ihn als *agent de liaison* zu verwenden. Bevor wir aufbrechen, läßt sich Baráti unsere Rationen für vierundzwanzig Stunden geben. Außer dem Käse, den wir aus dem Elsaß mitgenommen haben, gibt es nicht mehr viel. Dafür erscheint Baráti mit einer doppelten Portion *Gniol.*

Wir wissen, was das heißt. Seit wir vorne sind, bekommen wir täglich *Gniol.* Das ist ein Getreideschnaps von unglaublicher Stärke, beinahe purer Alkohol. Ich hatte es immer für eine Fabel gehalten, daß man Soldaten vor dem Angriff mit Alkohol auftankt. Auch hatte ich nicht geglaubt, daß man besoffen besser tötet. Wir waren tatsächlich nicht blutdürstiger geworden, wenn wir ein Viertel *Gniol* getrunken hatten. Wir waren nicht blutdürstiger geworden, aber optimistischer. Vielleicht führt der Weg vom Optimismus direkt zur Barbarei. Diesmal gibt es doppelte Ration *Gniol.*

Es ist sechs Uhr abends, als wir den Beobachtungsposten erreichen. Der Weg durch das Gestrüpp hat fast zwei Stunden gedauert. Kellenberger und Imoudsky sind froh, daß wir sie ablösen. Die Deutschen feuern ununterbrochen. Unsere Artillerie schweigt fast ganz. Kellenberger erzählt, daß die Deutschen vor einer Stunde auf dem gegenüberliegenden Bergabhang erschienen sind. Sie brachten Maschinengewehre in Stellung. Kellenberger forderte Artilleriefeuer, aber bisher war nichts erfolgt. Die Deutschen sind längst verschwunden. Ihre Maschinengewehre sind so tief eingegraben, daß man sie nicht sieht. Imoudsky und Kellenberger kriechen erleichtert aus der Stellung.

Wir lösen uns jede halbe Stunde am *monoculaire* ab. Der eine beobachtet, der andere schreibt oder telefoniert. Wie durch ein Wunder funktioniert unser Apparat.

Um sieben Uhr übernehme ich den Posten am Fernrohr. Jetzt bringt jeder Augenblick neue Überraschungen. Die Deutschen kriechen aus ihren Unterständen. Offenbar haben sie in den vergangenen Nächten auf dem abfallenden Hügel Unterstände gebaut. Köpfe wachsen aus dem Erdboden. Ich sehe Soldaten, die nicht einmal Stahlhelme tragen. Ihre Blechbüchsen mit den Gasmasken glitzern in der Abendsonne. Baráti telefoniert mit Truffy und verlangt Artilleriefeuer. Es geschieht nichts. Deutsche Offiziere tauchen auf dem Bergkamm auf. Sie tragen graue Schirmmützen, keine Stahlhelme. Die Luft ist rein, ich kann jede Bewegung beobachten. Die Offiziere benehmen sich, als ob wir gar nicht da wären. Sie breiten Landkarten aus und weisen mit behandschuhten Fingern nach unseren Stellungen. Einige haben Feldstecher umgehängt und blicken in unsere Richtung. Glasaugen blicken in Glasaugen. Nie können sich zwei Menschen so feindlich ins Auge sehen wie zwei Ferngläser.

Ich nehme den Telefonhörer. Es dauert mehrere Minuten, ehe ich mit Truffy verbunden werde. Die Deutschen haben sich nicht gerührt. Baráti, am Scherenfernrohr, berichtet, daß Ordonnanzen kommen und den Offizieren etwas melden. Alles geschieht völlig ungeniert. Ich gebe den Standort der Offiziere auf den Meter genau an. Von unserer Seite fällt kein Schuß.

«Wir haben den ganzen Stab auf einem Haufen beisammen, *mon lieutenant*!» rufe ich in den Apparat.

«Ich weiß, mein Junge», antwortet Truffy.

Er hängt auf.

Der lange Bretone von den Achtundvierzigern kommt herüber, um sich zu verabschieden. Seit zwei Tagen, sagt er, hätten sie keine Munition mehr. Seit zwei Tagen habe er nur Briefe geschrieben. Briefe schreiben könne man auch anderswo. Er fragt, ob wir bleiben. Ich sage, daß wir keinen Befehl haben, uns zurückzuziehen. Er schüttelt den Kopf. Sein Besuch ist wie eine Beileidsvisite. Wir sind Tote und Hinterbliebene zugleich.

Die Nacht kommt langsam. Der Kirchturm von Chesne-Populeux versinkt im Nebel. Ich denke an versunkene Sommerabende, Beauvallon-sur-Mer, Siófok, die Genfer Promenade, der Pariser Bois. Ich sage Baráti, daß ein verlorener Sommer ein verlorenes Jahr ist. Er antwortet nicht. Er blickt angespannt in der Richtung des Beobachtungspostens, den das 11. französische Infanterieregiment kaum zwanzig Meter von uns errichtet hat. Das 11. Infanterieregiment gehört zu unserer Division und deckt unsere Rechte. Es ist unsinnig, daß unsere beiden Beobachtungsposten so nahe beieinander liegen, aber das Gelände ist ungünstig. Ich kenne die Beobachter des 11. I.R., denn wir haben zusammen die Kurse des Capitaines Mirambeau in Pfaffenhoffen besucht. Ich folge dem Blick Barátis. Die Beobachter des 11. Regiments kriechen aus ihren Erdlöchern und ziehen sich, ihre optischen Instrumente auf dem Rücken, zurück.

Ich rufe sie an.

«Hallo, Pierro!» Pierro nähert sich. «Was treibt ihr? Werdet ihr abgelöst?»

«Nein. Wir sind zum P.C. gerufen worden. Das Regiment geht zurück.»

«Und wir?»

«Weiß ich nicht», antwortet Pierro. «Wir haben Weisung, alles mitzunehmen.»
Wir winken uns zu.
«A bientôt!»
«A bientôt!»
Baráti, Malagrida und ich sehen uns an.
Die Nacht ist hereingebrochen. Der Lärm der Panzer wird immer deutlicher. Sie müssen sich knapp hinter der Ortschaft Chesne befinden. Ich telefoniere wieder mit Truffy. Eine müde Stimme antwortet.
«Panzereinheiten?»
«Ja, *mon lieutenant*.»
«Ich werde es an die Division weitergeben.»
Plötzlich sagt Baráti:
«Ich glaube, es steht keine Artillerie mehr hinter uns.»
«Lächerlich . . .!»
Ich sage es ohne Überzeugung.
Ich erwarte Aufflammen der Leuchtkugeln, die gewöhnlich von unseren Posten in der vordersten Reihe abgeschossen werden. Es gibt Raketen in allen Farben. Aber als wir, schon an der Front, die Kisten auspackten, hat sich herausgestellt, daß man uns nur rote mitgegeben hatte. Jetzt müssen wir bis zu sieben rote Leuchtkugeln abschießen, um uns zu verständigen. Drei bedeuten Panzerangriff des Feindes. Die Nacht ist heiß, und die Sterne sind nahe. Aber es gibt noch andere Sterne. Sie leuchten aus den Tiefen. Es sind die Lichtzeichen der Deutschen, hinter dem Hügel. Rote, gelbe, grüne Sterne springen aus dem Boden. Seit kurzem verwenden die Deutschen Leuchtkugeln, die auf dem Firmament stehen und funkeln wie Sterne. Wenn das Geräusch rollenden Stahls nicht wäre, könnte man glauben, einem sommerlichen Feuerwerk beizuwohnen. Die Terrasse eines Hauses am Berghang; unten irgendwo, ein feierndes Dorf. Ich wartete auf drei rote Sterne.

Wir sind es gewohnt, abwechselnd zu wachen. Heute starren Baráti und ich in die Dunkelheit. Nur Malagrida, der schmale portugiesische Bergarbeiter, mit dem langen Kinn und den tiefen, schwarzen Augen, der immer lächelnde, liebenswürdige, entgegenkommende Malagrida, ist eingenickt. Er liegt auf der Erdstufe unseres Unterstandes. Wenn eine deutsche Leuchtkugel sein Gesicht erhellt, sieht man, daß er lächelt. Vielleicht träumt er von einem Feuerwerk in den Gärten von Bussaco.

Es ist halb zehn, als ich auf der Straße, die von Chesne nach Châtillon an unserem Wald vorbeiführt, Schritte und flüsternde Stimmen vernehme. Ich erkenne die Stimme des Leutnants Gay, von der 2. Kompanie. Ich rufe ihn an.

«Wohin, Herr Leutnant?»

Der große, dicke Gay, der in Perpignan immer weiße Gamaschen trug, ein lebenslustiger junger Mensch, antwortet mit Fistelstimme:

«Wir gehen zurück.»

«Die zweite Kompanie?»

«Nein, das ganze erste Bataillon.»

Ich hebe den Hörer ab. Ich drehe an der Kurbel. Stille, die fürchterliche Stille des Mechanismus, die nur der Mensch zu beseelen vermag. Ich kurble aus Leibeskräften, von machtlosem Zorn übermannt, aber ich höre nur das eigene Läuten, ein höhnendes Echo.

«Keine Verbindung!» Ich überlege, ob ich Malagrida zum Obersten schicken soll. Vielleicht werde ich ihn noch dringender brauchen. Wir können nur warten.

Vom Weg höre ich immer noch Schritte. Ich rufe einen Kameraden an. Er ist von der 7. Kompanie. Ja, sagt er, auch das zweite Bataillon, das zuletzt die Südhälfte von Chesne hielt, geht zurück. Warum? Befehl. Nein, die Deutschen haben nicht angegriffen. Vielleicht werden wir abgelöst, meint einer. Niemand glaubt ihm. Stiefel schlurfen über den Steinboden.

Und drei Menschen wissen: wenn auch der letzte Schritt verhallt ist, sind sie allein.
«Es ist das dritte Bataillon», sagt Baráti. «Es ist niemand mehr da.»
Malagrida ist aufgewacht. Beide sehen mich an. Ich bin der «Vorgesetzte» dieser beiden Männer – des rumänischen Arztes aus Montpellier und des Bergmanns aus Bussaco. Verantwortung für zwei oder zweitausend – was ist der Unterschied? Gibt Verantwortung Recht auf Vormundschaft?
Ich weiß, was die beiden wollen. Ich weiß, was ich selbst will. Fort von hier! Es gibt keinen Heroismus in solcher Sinnlosigkeit. Darf ich den beiden untreu werden, die mir vertrauen?
Ich kritzle ein paar Zeilen auf ein Papier:
«Seit Unterbrechnung der Telefonverbindung haben sich nicht nur die Beobachter des 11. I.R. und des Panzerabwehrbataillons, sondern auch unsere drei Bataillone zurückgezogen. Erbitte Weisung!«
Es ist alles, was ich im Augenblick tun kann.
Ich gebe Malagrida den Zettel.
«Du bringst dem Colonel oder Oberleutnant Truffy dieses Papier. Du kommst mit der Antwort so schnell wie möglich zurück. Es ist jetzt zweiundzwanzig Uhr. Du versuchst, um Mitternacht zurück zu sein.»
Malagrida nimmt sein Gewehr, das nicht viel kleiner ist als er. Der Weg ist gefährlich. Trotzdem ist er froh, fortzukommen. Er ist unsere einzige Hoffnung.
Das deutsche Artilleriefeuer wird heftiger. Man fühlt, daß der Wald ausgestorben ist. Wir bleiben in unserem Versteck. Wir sprechen kaum. Wir packen wortlos unsere Instrumente. Wenn Malagrida mit dem Befehl kommt, uns zurückzuziehen, mit den anderen . . .
Die Deutschen haben jetzt den Waldweg, auf dem sich Malagrida entfernt hat, unter Feuer genommen. Überall brennen Bäume. Wir berechnen, daß Malagrida vor halb eins nicht zu-

rück sein kann. Ich trinke rasch einen Schluck *Gniol* aus meiner Flasche.
Mitternacht ist knapp vorbei, als sich Schritte nähern. Ich klettere vorsichtig aus dem Unterstand. Zwei Männer sprechen, ganz in meiner Nähe. Sie sprechen deutsch. Ich packe Baráti am Handgelenk. Wir halten den Atem an.
«Das wird wohl der Weg nach Châtillon sein», sagt einer der Männer. Jetzt müssen es drei oder vier sein. Sie sprechen laut und stehen aufrecht.
Ich denke: Wenn jetzt Malagrida kommt! Ich taste nach meinem Gewehr. Es ist noch immer die Waffe Remington 1891, und ich weiß, daß sie nicht schießt.
Dann wird es still. Die Deutschen haben sich entfernt. Ich versuche, mein Taschenmesser vom Rost zu reinigen. Baráti zerreißt Briefe. Man muß etwas tun.
Das leuchtende Zifferblatt meiner Uhr zeigt eins.
«Malagrida kommt nicht mehr», sagt Baráti.
Ich denke das gleiche. Fünf Beobachter fielen im Laufe der letzten Wochen auf diesem Weg. Oder Malagrida hat sich einfach aus dem Staub gemacht. Ja, auch das denken wir, beide. (Ich bin es dir schuldig, Firminio Malagrida aus Bussaco, ich muß es niederschreiben. Wir haben dir nicht vertraut. Warum vertrauen Menschen einander nicht in höchster Not? Und du hast uns nicht betrogen, braver, kleiner Malagrida. Um ein Uhr vierzig erschienst du, aus dem brennenden Wald . . . Du warst wie eine Erscheinung. *‹Und der Engel des Herrn erschien ihm in einer feurigen Flamme aus dem Busch. Und er sah, daß der Busch mit Feuer brannte und ward doch nicht verzehrt . . .›*)
Malagrida kann kaum atmen. Er wirft sein Gewehr in den Graben. Er sagt:
«Sie sind fort.»
«Wer?»
Wir fragen es gleichzeitig.

«Alle!» sagt Malagrida und trinkt hastig aus meiner Feldflasche.
Ich verstehe nicht.
«Hast du mit dem Obersten gesprochen?»
«Es gibt keinen Obersten mehr!»
«Du warst im Wald, wo unsere Kompanie liegt?»
«Der Wald ist leer.»
«Man hat uns vergessen», sagt Baráti.
Ich beginne zu begreifen. Zugleich verstehe ich auch, daß das Gesetz tot ist.
«Wir gehen!» sage ich.
In der nassen Grube, die uns vier Wochen lang Behausung war: ein Schlafsack, ein Paar Reservestiefel, ein Kochapparat, Decken, Pullover. Wir beraten schnell. Wir beschließen, alles zurückzulassen, was uns gehört, und die «Augen des Regiments» zu retten. Es ist kein großartiger Entschluß. Drei Soldaten können in einer einzigen Nacht nicht alles vergessen, woran sie geglaubt haben.
Auch zweifle ich immer noch an Malagrida. Vielleicht hatte er sich verirrt und war in einen fremden Wald geraten. Ich bin sicher, im Wald von Noirval den Obersten mit seinem Stab wiederzufinden.
Wir erreichen den Wald des Gefechtsstandes ohne Zwischenfall. Es ist beinahe drei Uhr. Im Osten, über Châtillon mit seinen zerschossenen Häusern, graut der Morgen. Am Eingang des Waldes ist ein gewaltiger Baumstrunk über den Weg gelegt. Hier stand, Tag und Nacht, ein Wachtposten. Niemand antwortet. Wir steigen über das gefällte Holz. Rechts lag der Stab eingegraben. Hier sind die Unterstände des Obersten, des Stabchefs, einiger anderer Offiziere. Ich rufe: *«Mon colonel!»* Niemand antwortet. Ich rufe: *«Mon commandant!»* Niemand antwortet. Ich rufe: *«Mon capitaine!»* Niemand antwortet.
Ich erreiche den Unterstand des Obersten. Ich springe in den

Graben. Meine Füße versinken. Ich bücke mich. Es ist eine Daunendecke. Sonst erinnert hier nichts an menschliches Leben.

Ich klettere aus dem Graben. Ich denke nicht daran, daß mich der Feind hören kann, und rufe: *«Mon lieutenant! Mon lieutenant!»* Aber der Wald antwortet nicht. Nur hier und da hört man das Geräusch eines brechenden Astes.

Baráti und Malagrida haben sich niedergelegt. Ich setze mich zu ihnen. «Was tun?»

Die Wipfel des Waldes färben sich violett im Zwielicht des neuen Tages. Nichts vor uns, nichts hinter uns. Die Bäume sind hoch wie der Himmel. Alles um uns wächst zu gigantischer Größe.

Drei Menschen warten im Wald. Sie sind allein, gegenüber von sechs deutschen Divisionen.

MAHLZEIT MIT DEN «FRÖHLICHEN»

Wir liefen achtundvierzig Kilometer. Nach achtundvierzig Kilometern, beinahe ohne Rast, fanden wir unser Regiment. Baráti, Malagrida und ich hatten einen kurzen Kriegsrat abgehalten. Die einzige Straße, die uns frei zu sein schien, war die Straße nach Südosten. Es bestand kein Zweifel, daß das Regiment auf dem Rückzug diese Straße gewählt hatte.

Um uns brannten die Dörfer, der Himmel war rot. Brennende Dörfer haben eine eigene Farbe. Kein Rot, kein Rosa, ein rötlicher Aussatz, der den Himmel überzieht.

Wir durchquerten die brennenden Ortschaften. Hier und da stand ein Haus, stand eine sinnlose Mauer. Die Wände waren schwarz, in der Luft war ein Prasseln. Die Wände brannten mit dem knisternden Geräusch von brennendem Papier. Zuweilen waren die Mauern verschont geblieben: nur das Dach brannte, oder das Innere des Hauses. Ich mußte an die Papierhäuser meiner Kinder denken, mit rotem Cellophanpapier als Fenster, Kerzen im Inneren. Zu Weihnachten kamen die Spieler von Bethlehem und zeigten uns den Stall, in dem der Herr geboren worden war. Die Häuser an der Straße waren nicht schrecklich, weil sie nichts Wirkliches hatten. Manchmal stürzte eine Mauer. Sie fiel beinahe lautlos, zerbröckelte, wie Brot unter Menschenhand. Leichengeruch vermischte sich mit Brandgeruch. Wir hasteten durch die Dörfer. Denn in den Dörfern war es heiß.

Ich weiß nicht, was uns trieb und warum wir glaubten, daß alles noch gut werden würde, wenn wir nur unser Regiment fanden. Weggeworfene Gewehre und Ausrüstungsgegenstände wiesen uns den Weg des Rückzuges. Sonst trafen wir nur Leichen; sie konnten uns keine Auskunft geben. Malagrida war von der Idee besessen, daß die Toten am Wegrand nicht tot seien. Er drehte Tote um, die auf dem Gesicht lagen, und versuchte sie wachzurütteln. Ich sagte nichts, bis ich bemerkte, daß der kleine Portugiese auch eine halbverkohlte Leiche zum Sprechen bewegen wollte. Wir mußten ihm lange zureden, ehe er seine Versuche aufgab. Von da an sprach er kein Wort mehr.

Allmählich wurde uns klar, was geschehen war. Während unsere Division die Deutschen aufgehalten hatte, waren fast alle Regimenter hinter und neben uns zurückgenommen worden. Zwischen uns und dem Hinterland klaffte eine Kluft von vielen Kilometern. Die Deutschen aber hatten vor uns und hinter uns das Land in Brand gesteckt. Wohin wir uns auch wandten, fieberte der Himmel. Man konnte nur den Kopf senken und weitermarschieren. Von Zeit zu Zeit mußten wir uns auf den Bauch werfen. Die Luftwaffe warf Bomben ab. Zweimal stürzten Stukas vom Himmel. Von französischen Flugzeugen keine Spur. Montherlant berichtet in seinem *Mors et vita*, daß er, nach zwei Kriegsjahren, die ersten französischen Flugzeuge gesehen hat: *«Il y avait donc des avions autres que boches!»* Das war im Ersten Weltkrieg gewesen. In diesem Krieg hatten wir keine Zeit, zwei Jahre zu warten. Im Morgengrauen des erwachenden Junitages säten Stukas den Tod in den toten Boden. Sie bombardierten Ortschaften, die schon brannten, zerrissen den Boden, der schon klaffte, töteten Tote, zum zweiten, dritten und vierten Mal. Wie rächende Engel stürzten sie vom Himmel, aber auf der ganzen Rückzugsstraße der französischen Ostarmee wanderten nur drei müde Freiwillige, mit wunden Füßen. Wir fanden es komisch, daß man auf unseren Tod so viel Mühe verwendete.

In der Nähe des Bois de Cornay stießen wir auf die Nachhut unseres Regiments. Es waren einzelne Soldaten, die zurück-

geblieben waren, weil sie nicht weitermarschieren konnten. Es gab keine Wagen mehr. Fünfundvierzig Kilometer waren sie gelaufen. Unterernährt waren sie und krank. Sie lagen am Straßenrand und wollten nicht wissen, woher wir kamen. Auf unsere Fragen zuckten sie mit den Achseln. Sie erklärten, daß sie auf die Deutschen warteten.
Die Last, die wir schleppten, die Beobachtungsinstrumente des Regiments, schien zentnerschwer auf unserem Rücken zu wiegen. Jetzt erst wurden wir uns bewußt, daß wir während der ganzen Flucht keine Müdigkeit gespürt, unter dem Gewicht kaum gelitten hatten. Die Riemen mußten unsere Schultern längst wundgerieben haben, aber unsere Schultern begannen erst jetzt zu schmerzen. Erst jetzt wußten wir, daß wir gelaufen waren, wie im Traum, im luftleeren Raum, in die Unendlichkeit, Mittelpunkt einer nichtexistierenden Welt, von nichtexistierenden Schrecken umstellt, gehetzt, aber ohne jene Müdigkeit, die noch von dieser Welt ist. Wenige Kilometer vor dem Ziel fühlten wir unsere wunden Füße, unsere wunden Schultern, unsere wunden Gehirne.
Es dämmerte, als wir den Wald von Cornay erreichten. Wir fanden den Obersten, der unsere «Tapferkeit» lobte. Er werde uns für das *Croix de guerre* vorschlagen, alle drei. Wir warfen uns in ein Loch, das eine Bombe gerissen hatte, und schliefen ein. Wir waren zu müde, um unsere Schultern von der unerträglichen Last zu befreien.
Als ich aufwachte, lag Oberleutnant Truffy neben mir.
Ich fragte ihn, was geschehen war.
Er sah mich nicht an.
«Nichts. Man hat euch einfach vergessen.»

In einer Stunde soll es weitergehen. Zu Fuß – dreißig, vierzig, fünfzig Kilometer . . .? Manche sagen, daß sie nicht weiterkönnen. Manche sind schon auf den Beinen und drängen. Alle suchen Sicherheit. Jemand, der stark ist. Wenn man wenigstens bei den alten Kriegern Halt finden könnte! Aber es ist nicht wahr, daß der Krieg abhärtet. Heroismus ist Ahnungslosigkeit. Es kommt keine Hilfe von den alten Kriegern.

Wir liegen in einem riesigen Krater, den eine Bombe in den Boden des Waldes gerissen hat. In diesen Wäldern ist nie Frühling. Der Boden ist feucht, und das Moos ist glatt wie der Körper einer schleimigen Alge. Die gelben, die braunen Blätter auf dem Boden sind vom vorigen Herbst übriggeblieben, oder vom vorvorigen. Der Herbst schläft hier im Sommer seinen Sommerschlaf und wartet auf seine Zeit. Die Baumkronen bewachen die Träume des schlafenden Herbstes vor den zudringlichen Strahlen der Sonne. Nur vor den Stukas schützen sie nicht.

In dem Massengrab, in dem wir liegen, taucht zum ersten Male der Gedanke auf, daß wir den Krieg verlieren könnten. Was dann? Niemand wagt die Frage auszusprechen. Selbst Vágo, sonst voller Optimismus, schweigt. Vágo ist ein ungarischer Architekt, Schüler der *Beaux-Arts*, Erbauer eines Pavillons der jüngsten Weltausstellung. Ein Junge, der wie neunzehn gewirkt hatte, als wir in Paris verladen worden waren, um nach Barcarès geschickt zu werden. Er ist inzwischen Gefreiter geworden und hat sich, der größeren Würde halber, einen Bart wachsen lassen. Er hat ein Gesicht von ungewöhnlich edlen Zügen und erinnert an seinen Onkel, den ich kenne, den Erbauer des neuen Völkerbundpalais. Selbst im heftigsten Feuer hat Vágo mindestens eine Stunde im Tag darauf verwendet, seinen Bart zu pflegen. Er hatte immer einen kleinen Kamm und einen Taschenspiegel bei sich getragen. Jetzt liegt er apathisch neben mir. Er blickt mit tiefen, traurigen Augen den Schweizer Kellenberger an, der Zukunftspläne schmiedet.

«Wie der Krieg auch ausgehen mag», meint Kellenberger, «es wird ein großes Nachtleben geben in Paris.»

Oberleutnant Truffy nähert sich im Straßengraben. Er winkt mir zu. Wir setzen uns an den Rand des Grabens.
Er ist bleich und unrasiert, seine Uniform ist schmutzig, aber hinter den Brillengläsern die guten, ruhigen Augen.
«Warum sind wir zurückgegangen?» frage ich.
Er zuckt mit den Achseln. «Der Oberst ist wütend. Er wollte den Abschnitt nicht kampflos räumen. Aber . . .»
«Aber . . .?»
Er stützt den Kopf in die Hände. Leise sagt er: «Ich verstehe nichts mehr. Man hat uns gesagt, daß die Division zu unserer Linken zurückgewichen ist. Wir müßten ein paar Kilometer zurück, um die Linie auszugleichen. Und der Division zu unserer Linken hat man gesagt, daß wir es waren, die dem deutschen Druck nachgegeben haben. Daß sie sich deshalb zurückziehen müssen.»
«Ja, aber . . .» Ich denke den Gedanken nicht zu Ende.
«Mit der Division zu unserer Rechten geschah das gleiche», sagt Truffy. «Und so weiter. An der ganzen Front.»
«Aber das ist doch nicht möglich. Das wäre doch . . .» Auch dieser Satz bleibt unvollendet. «Glaubst du, daß es noch eine Hoffnung gibt?» Wenn wir allein sind, duzen wir uns.
Truffy sieht mich verwundert an. «Hoffnung? Höchstens ein Wunder. Wie sollten wir diesen Krieg gewinnen? Haben wir vom Sieg gesprochen? Nie! Wir kannten das Wort *victoire* nicht. Wir kannten nur das Wort *paix*. Neun Monate haben unsere Generale davon geträumt, Frieden zu schließen, ehe es zum Krieg kommen würde. Neun Monate lang wurden alle Vorbereitungen sabotiert. Wir wußten es – aber was sollten wir tun?»
«Die wollen also den Krieg verlieren?»
«Sie denken nicht einmal so weit. Sie wollten Frieden haben, auch mit Hitler, verstehst du? Sie wollen es um keinen Preis wahr haben, daß wir in einem Krieg zweier Welten begriffen sind. Sie haben . . .»

«Aber das sind doch Verräter!»
«Verräter? Sie sind aufrichtig. Aufrichtiger als wir. Denn wir sagen, daß wir für Frankreich kämpfen. Aber es geht gar nicht um Frankreich. Oder Deutschland. Wir wagen nicht zu sagen: Ja, wir sterben für eine Idee! Siehst du, wir waren stolz, daß wir diesmal nicht singend in den Krieg zogen. Aber man gewinnt keinen Krieg ohne Gesang. Die Leute, die du Verräter nennst, stehen auf der anderen Seite. Der Idee der anderen Seite sind sie treu – dem Verrat, der mit München begonnen hat.»
Ich kann nichts erwidern, denn eine Ordonnanz ruft Truffy. Der Oberst will ihn sprechen.
Auf der Straße strömen Truppen nach rückwärts, ohne Unterlaß. Kanonen verstellen die Straßen. Weit und breit kein Panzer, kein Kraftwagen, kein Kettenfahrzeug. Nur Pferde, Pferde, Pferde. Wenn ein feindliches Flugzeug auftaucht – und es gibt nur feindliche Flugzeuge –, treiben die Fahrer mit den Peitschen knallend ihre Pferde in den Wald. Die Pferde wissen nicht, was Stukas sind, oder Junkers 88, sie wissen nicht, daß der Himmel Feuer speit. *«Planquez-vous! Planquez-vous!»* tönt es von allen Seiten aus dem Wald. Volle Deckung! Die im Wald liegen, fürchten, daß die Wagen der Artillerie sie den Fliegern verraten könnten. Nur so schnell wie möglich ins Gehölz. Die auf der Straße marschieren, fürchten, die Bomben könnten den Wald verfehlen und auf den Weg fallen. *«Planquez-vous! Planquez-vous!»* Gespenstersprache mit tausend Stimmen.
Ich krieche zu unserem Massengrab zurück. Adjutant Lesfauries, der Chef unserer Funker, hält gerade einen Vortrag. Er erklärt, er müsse zu Hause sein, bei seiner Frau, ehe Paris fällt.
Und er versteht nicht, warum Frankreich nicht längst den Waffenstillstand angeboten hat.

Niemand weiß, woher eine Nachricht auftaucht. Plötzlich ist sie da. Niemand forscht nach ihrer Quelle. Es genügt, daß jemand behauptet, er habe sie vom Obersten empfangen oder ein Offizier hätte sie im Vorbeigehen erzählt. Oft heißt es auch, eine Nachricht käme «von der Division». Die Division begleitet das Regiment, unsichtbar. Die Division steht in Verbindung mit dem Armeekorps, das Armeekorps steht in Verbindung mit dem G.Q.G., dem *Grand Quartier Général*. Das G.Q.G. kann sich nicht irren. Wenn es heißt, daß eine Nachricht von der Division kommt, glaubt man sie, auch wenn sie sich am nächsten Tag als falsch erweist.
Ehe wir aufbrechen, verbreitet sich die Nachricht, die Russen hätten Deutschland den Krieg erklärt, Deutschland habe in Eile den größten Teil seiner Truppen nach Osten werfen müssen, die Westfront atme auf. In wenigen Tagen, in wenigen Stunden vielleicht, würden wir zur Gegenoffensive antreten. Schon werden Einzelheiten bekannt. Die RAF habe die deutschen Munitionsfabriken an der Ruhr in Brand geworfen. In Dunkerque seien frische englische Truppen gelandet. Die Polen und Rumänen marschierten mit den Russen. Paul Reynaud habe eine Rede an das Volk von Paris gehalten und erklärt, das erwartete Wunder habe sich ereignet.
So brechen wir auf. Die Müdigkeit ist gewichen. Seit zwei Stunden hat sich kein deutscher Flieger gezeigt. Auch das ist ein gutes Zeichen.
Sergeant-Chef Gärtner, der elsässische Theologiestudent, der abends zu verschwinden pflegt, steht im Mittelpunkt des Interesses. Er ist Funker und bedient einen *E.R. 11*, der seit Tagen streikt. Indes scheinen die guten Nachrichten der alten Kiste Leben eingehaucht zu haben. Gärtner erzählt, er habe Paris gehört: Paris verkünde, daß die Russen die deutsche Grenze überschritten haben.
Die vierzig Kilometer, die wir vor uns haben, erscheinen mit einemmal nicht so weit. Adjutant Daroussat geht singend vor

mir. Er ist über Vierzig, aber er läßt sich nicht unterkriegen. Schade, meint er, daß wir in einigen Tagen den gleichen Weg wieder werden zurückmarschieren müssen.
Wir marschieren bei lichtem Tag. Dieser hastige Rückzug, gegen alle Vernunft bei Tageslicht, steht zwar im Widerspruch mit den guten Nachrichten, aber man tröstet sich mit der Weisheit der Division.
An diesem zweiten Tag des Rückzugs erscheint alles in rosigem Licht. Offensichtlich hat die Glückssträhne begonnen. Am Abend gibt es sogar etwas zu essen.
Und das geschieht so:
Wir verlassen bei Séchaulet die Straße nach Süden und verfolgen die nach Reims führende Nebenstraße in westlicher Richtung. Wir wissen, daß die Deutschen im Westen durchgebrochen sind und Rethel überschritten haben. Daß wir plötzlich in die sinkende Sonne marschieren, ist das sichere Zeichen, daß der Widerstand sich im Westen organisiert.
Ein lauer Abend senkt sich über das Land. Mein Magen knurrt; er ist schwer von Leere.
Auf einer ansteigenden Straße gelangen wir bei der Ortschaft Maure an den Bahnübergang. Hier treffen wir zum ersten Mal unsere Gefährten der kommenden Tage, das *XVIII. Bataillon des Chasseurs à pied*.
Dieses Jägerbataillon hat neben der klangvollen Bezeichnung noch einen viel knapperen und ausdrucksvolleren Namen: *«Joyeux»*, die «Freudigen». Ich weiß nicht, wer ihnen diese burschikose Bezeichnung aufgebunden hat. In Wirklichkeit hat die Geschichte der *Joyeux* nichts Erfreuliches. Die Bataillone der *Joyeux* bestehen aus entlassenen Schwerverbrechern. Die schweren Jungen wurden für die Dauer des Krieges auf freien Fuß gesetzt – sofern Soldaten auf «freiem Fuß» leben. Der Gedanke, solche Bataillone ins Leben zu rufen, entstand wahrscheinlich, um es keinem «Drückeberger» zu erlauben, sich durch privaten Mord oder Diebstahl der Pflicht zu pa-

triotischem Mord und Diebstahl zu entziehen: Das wäre ja noch schöner, wenn man sich im Krieg einfach einen so angenehmen Aufenthaltsort wählen könnte, wie es ein wohlgeheiztes Gefängnis ist. Kleine Verbrecher erhielten im Krieg Strafaufschub, während die Schwerverbrecher in eigens aufgestellten Bataillonen an die Front geschickt wurden. Vorsichtigerweise wurden die Bataillone der *Joyeux* zwischen andere Regimenter «eingekeilt». Die Kerkermauern fielen, aber das Mißtrauen blieb. Ihre Offiziere waren zwar keine Verbrecher, aber die Versetzung zu den *Joyeux* war die schlimmste Strafe, die man über einen französischen Offizier verhängen konnte. Diese Offiziere blieben nur wenige Monate bei den «Fröhlichen». In dieser Zeit durften sie mit den Offizieren anderer Regimenter nur dienstlich verkehren. Die «Fröhlichen» wurden überall dort eingesetzt, wo es am wenigsten fröhlich zuging.

Am Bahnübergang von Maure begegneten wir den *Joyeux* zum erstenmal. Nie war der Name des glorreichen Bataillons berechtigter gewesen, denn die braven Jungen, die in ihrem nebensächlichen und nun vergessenen «Vorleben» Frauen getötet, Kameraden erstochen oder Banken geplündert hatten, beschenkten uns nun mit dem Köstlichsten, das ein Soldat dem anderen zu geben vermag: mit Nahrung und guter Nachricht.

Die *Joyeux* hausten im verlassenen Wärterhaus, wo sie ein wahres Festgelage veranstalteten. Während wir seit Wochen keine Feldküche besaßen, kochten die «Fröhlichen» am Herd des Wärterhauses, und ein friedlicher Rauch stieg aus dem lieblich-roten Schornstein empor. Die vom 18. Jägerbataillon hatten sich hier offenbar schon seit längerer Zeit häuslich niedergelassen; sie hatten Kühe geschlachtet und offerierten dampfenden Kaffee. Ihr Offizier bastelte an dem großen braunen Kasten, der im Wohnzimmer stand, einem Radioapparat, von dem er behauptete, er habe gerade erst zu spielen

aufgehört. Zu welcher Division die *Chasseurs à pied* gehörten und was sie in dieser Gegend suchten, war nicht festzustellen: Ich glaube nicht, daß sie es selbst wußten.
Wir bildeten eine Schlange vor der Küche, aus der die lockenden Düfte stiegen. Nie waren Wirte freundlicher als diese Schwerverbrecher, die alles mit uns teilten, was sie besaßen.
Ich betrat die Küche als einer der letzten. Es waren nur noch zwei Stück Fleisch vorhanden, und mindestens zwanzig warteten. Am Herd stand ein hagerer, langer Kerl mit vorstehenden Backenknochen, einem zahnlosen Mund und einem runden Schädel, auf dem die schwarzen Haare gerade erst flaumig zu wachsen begonnen hatten. Nach einem kurzen Kriegsrat mit seinen Kameraden erklärte der Lange:
«Ich gebe ihnen unser Abendbrot. Wir werden schon was finden. Die armen Teufel . . .!» Und er reichte mir ein dickes, blutiges Stück Fleisch, *«Mon pauvre vieux»*. Er hatte höchstens noch fünfzehn Jahre Kerker abzusitzen und allen Grund, mich zu bemitleiden.
Der Leutnant verteilte Kaffee. Ich fragte:
«Wissen Sie etwas Neues, *mon lieutenant*?»
«Und ob, mein Guter! Die Russen sind schon über die polnische Grenze!»
«Also ist es wahr?»
«Das will ich meinen!»
Ich trat auf die Straße hinaus. Das Hemd klebte mir am Leib. In der Luft war der Duft von Frühling, Saftbraten und Erinnerung. Der Himmel war dunkelviolett, wie eine reife Pflaume. Mein Magen schmerzte mehr als früher.
Wir kamen gegen zehn Uhr abends in einen Wald, in dem wir rasten durften. Der Oberst und einige Offiziere waren vorgefahren und erwarteten uns. Der Oberst ließ mich rufen und bezeichnete auf der Karte die Stelle, wo ich am Morgen den Beobachtungsposten einrichten sollte.
«Wir ziehen uns also nicht weiter zurück, *mon colonel*?»

«Nein. Wir gehen in Stellung. Gleich werden wir übrigens mehr wissen. Ich erwarte den General.»
Ich kehrte durch das Gebüsch zu meinen Kameraden zurück. Einige hatten sich ihrer Schuhe entledigt, die meisten konnten es nicht. Unsere Füße waren blutig, das Blut klebte an den Socken. Aber das war nicht wichtig. Wir sprachen vom großen Wunder.
«Was hat der Oberst gesagt?» fragte man mich.
«Wir gehen morgen in Stellung.»
«Und . . .?»
«Die guten Nachrichten stimmen», log ich. «Sie stimmen alle.»
Ich wußte nicht, warum ich log. Die Lüge ist fruchtbar: Sie pflanzt sich durch Zellteilung fort. Die Lüge ist ansteckend: Sie erzeugt Epidemien. Aber ich glaube, ich log, um mich selbst zu belügen. Ich wünschte wohl, daß sich die Lüge fortpflanze und, in Wahrheit verwandelt, zu mir zurückkehre.
Kaum hatte ich die Lüge ausgesprochen, als wir von nebenan das Gespräch der Offiziere mit dem General vernahmen.
«Ja», erwiderte er auf eine Frage des Obersten. «Rußland hat Deutschland den Krieg erklärt. Rumänien und die Türkei mobilisieren. Der deutsche Vormarsch ist aufgehalten.» Er sprach so laut, daß wir jedes Wort hören konnten. «Fast das ganze deutsche Rheinland steht in Flammen. Die Engländer haben die Ruhr mit achthundert Flugzeugen bombardiert. Diesmal zahlt es sich aus, *mon colonel.*»
Als der General gegangen war, kam der Oberst zu uns herüber.
«Also, Jungens – trinken wir ein Glas. Ihr habt es verdient.»
Er ließ jedem von uns ein Achtel *Gniol* einschenken. Nikola, sein Koch, brachte eine Korbflasche. Der Oberst trank nicht. Er trank nie. Aber er setzte sich zu uns, mit seinem Stabschef und Truffy.
Wir stießen an mit Truffy.

«Also die Russen . . .», sagte ich.
«Ja, die Russen», meinte Ouchakoff. Er war Weißrusse, Emigrant, Kommunistenhasser. Aber plötzlich hatte er das alles vergessen. Er war nur noch Russe. «Die Russen haben immer die Welt gerettet.»
Ich weiß nicht, worauf seine Geschichtsweisheit beruhte. Jedenfalls stimmten wir ihm zu. Wir hätten auch dem Teufel zugestimmt. Euphorie hatte sich unser bemächtigt, die Seligkeit vor dem Tod. Wir waren aufgerieben, wund, unsere Nerven lagen frei wie die Gedärme eines getöteten Tieres. Das Leben an der Front, von dem Berufslügner behaupten, daß es «männlich» sei, dieses wilde Leben des gehetzten Wildes, die stete Konfrontation mit dem Tod: Uns hatte es nicht gestählt. Es hatte uns verweichlicht. Wir waren Leid gewohnt, aber nicht Freude. Wir weinten. Dann schliefen wir ein, selig.
Zur gleichen Stunde erreichten die motorisierten Vorausabteilungen der Deutschen die französische Hauptstadt.

DER SPIELMANN UND DER TOD

Wie entstanden Gerüchte, glaubte man ihnen, warum verwarf man sie? Der Krieg ist eine kollektive Tragödie, die nur durch das Kollektiv erträglich wird. Im Augenblick, in dem der Soldat seine individuelle Tragödie zu empfinden beginnt, ist der Krieg verloren. Da wir von Stund an unsere Funkgeräte nicht mehr auf Empfang stellen konnten, weil sie nicht funktionierten oder das Tempo des Rückzuges ständig zunahm, war unser individueller Instinkt unsere einzige Antenne. Indessen sind menschliche Intuitionen nicht phänomenaler als Radiowellen; sie sind vorhanden, nur unbegreiflich. Es zeigte sich dann auch, daß die seelischen Empfänger fehlerlos funktionierten. Anders kann ich es nicht erklären, wie wir, am nächsten Morgen aufwachend, gewußt haben sollten, daß die Nachrichten, an die wir am Vorabend blind geglaubt hatten, falsch gewesen waren. Und doch wußten wir am Morgen, wußten mit Gewißheit, daß wir belogen worden waren. Noch wagte niemand seinem Nächsten zu verraten, was ihm auf geheimnisvollen Wellen zugeflogen war. Wir lagen da und schwiegen. Hier und da versuchte einer, das Thema von gestern abend aufzunehmen. Aber die Worte fielen zu Boden, zerbrachen. Niemand klaubte die Scherben auf. Beschämt wagten wir es nicht, uns anzusehen. Wir schämten uns des Glaubens von gestern.

Die Enttäuschung wurde vollständig, als uns gegen acht Uhr befohlen wurde, in Eilmärschen die Stadt Vienne la Ville anzustreben.

Vienne la Ville liegt etwa dreißig Kilometer südöstlich von

dem Wald, in dem wir gerastet hatten; ich hörte aber, daß Capitaine Billerot Befehl erhielt, uns am Bahngeleise entlangzuführen, und daß sich dieser Weg etwa vierzig Kilometer bis Vienne la Ville schlängle. Unser Aufbruch bedeutete also nicht nur weiteren Rückzug, bedeutete auch, daß er sich bei hellichtem Tag vollziehen mußte.

Der Eilmarsch nach Vienne la Ville gehörte zu jenen Torturen, die jedes Heer kampfunfähig machen würden. Mein Instruktor, Capitaine Mirambeau, pflegte zu sagen, der moderne Krieg bestehe aus einem Maximum von Gefahren bei einem Minimum von Strapazen. Bisher hatte das Maximum von Strapazen zu einem Maximum von Gefahren geführt.

Zwölf Stunden lang marschierten wir auf spitzen Steinen. Die Deutschen wußten, daß die Eisenbahnen nicht mehr verkehrten; deshalb hielt man es für das richtigste, uns über die Bahngeleise zu hetzen. So marschierten wir vierzig Kilometer, in Einzelreihen, auf den aufgeschütteten Steinen zwischen den Schienen, die wir durch unsere dünnen, nassen, zerrissenen Schuhsohlen bei jedem Schritt spüren mußten.

Die deutschen Flugzeuge hatten uns dennoch entdeckt, noch ehe wir die Bahnschranke von Autry erreicht hatten, wo das Bahngeleise beginnt. Man hatte unserethalben keine Bomber bemüht; die *Messerschmitts* stießen drei- bis vierhundert Meter tief herab, um uns unter Maschinengewehrfeuer zu nehmen. Wir versteckten uns in den Gebüschen. Der Krieg war eine Schule zur Einführung in die Haut von Rehen, Hirschen, Hasen und Fasanen.

Zu unserem Glück begann es bald zu regnen. Die Jäger schienen sich in ihre Jagdhäuser zurückgezogen zu haben. Wir marschierten in triefenden Uniformen über die Steine oder versuchten, von einer hölzernen Schwelle auf die andere zu hüpfen, fliehendes, verwundetes Wild. Keiner von uns verstand, warum die Eisenbahn stillgelegt worden war. An keiner einzigen Stelle waren die Geleise zerstört, nirgends waren

Bombeneinschläge wahrzunehmen. Ein Regiment von zweitausend Mann war sicher nicht schwerer zu entdecken als ein paar Viehwagen, doch wäre es, hätte man solche Vernunft walten lassen, zur wilden Flucht gar nicht gekommen. Man fuhr nicht auf Schienen, aber man hatte sie auch nicht gesprengt. Zweitausend Mann liefen vierzig Kilometer über spitze Steine, aber dem Feind wurde ein Schienenteppich hinterlassen. So zog die Truppe der Stadt zu, die zu halten ihr bestimmt war.

Ein schrilles Läuten schlug plötzlich an unsere Ohren. Wir näherten uns einer Station. Seltsames Gefühl, dieses langsame Herannahen einer Station, die man nicht in einem Eisenbahnzug, sondern zu Fuß erreicht und in der einen nichts erwartet: keine Reisenden, keine Träger, kein Stationsvorstand, keine Zeitungen, kein Bier. Aber es gab ein Lebewesen in dieser Station: die Glocke. Sie läutete ohne Unterlaß. Auch die Uhr über dem Stationseingang ging noch.

Es regnete immer heftiger. Viele von uns waren zu müde, um sich bis zum Stationsgebäude zu schleppen. Im Augenblick, in dem die Pfeife des Hauptmanns ertönte, fielen sie hin, wo sie gerade standen. Sie lagen in Pfützen, der Regen benetzte ihre Gesichter, ihre Tornister hingen ins Wasser. Auf zwanzig, zehn, fünf Schritte entfernt stand das Haus, in dem sie Unterschlupf gefunden hätten, aber sie lagen auf dem Steinboden vor dem Haus, unter der Uhr. Und die Glocke läutete.

Ich schleppte mich bis zum Gebäude. Die Türen standen offen. Der Wind bewegte eine knarrende Tür. Auf dem Tisch des Stationsvorstehers lagen Haufen von Papieren und Briefen. Ein Windstoß hob die Papiere hoch; sie flatterten durch das Zimmer. An den Wänden des Wartesaales hingen die Fahrpläne für den Sommer neunzehnhundertvierzig. Die braunen Stühle mit den durchlöcherten Rückenlehnen drückten sich an die Wand. Die losgelöste Ecke eines bunten Plakates raschelte. Die Frau auf dem Plakat, eine Badende mit nacktem Rücken, sah mich aus blöden Reklameaugen an. Die ganze Szene schien von unsichtbaren Händen bewegt. Es war, als wären alle noch hier: Bahnbeamte, Weichensteller, Träger, unsichtbar.

Als ich den Wartesaal betrat, saß schon ein Soldat auf der Bank. Er lehnte sich an den kleinen Eisenofen. Wer ist er, dachte ich. Er kam mir bekannt vor, aber ich kannte ihn nicht. Der Mann lächelte. Die Tränensäcke hingen wie Säcke unter seinen Augen. Das Gesicht hatte sich aus der Haut entfernt.

Der Mann sprach mich an: Jetzt erkannte ich ihn. Er hieß David Laifer und war aus meiner eigenen Kompanie. Das war ein dicker Junge gewesen, Buchdrucker von Beruf. Im Trainingslager Barcarès hatte ich täglich mit ihm gesprochen. Der rosige Laifer, der sich überall nützlich zu machen verstanden hatte und jeden Samstag von Verwandten in Narbonne mit Bäckereien beladen zurückgekehrt war, hatte sogar eine Zeitlang neben mir geschlafen.

Ich fragte ihn, ob er etwas zu essen habe. Er wies auf seinen Brotsack. Ich fand eine Dose Sardinen. Wir teilten den Inhalt. Er war halb verhungert, aber er hatte keine Kraft gehabt, den Sack zu öffnen.

Die Tür zum Vorstandszimmer quietschte unentwegt. Ich fand den kleinen Dési im Zimmer und erstarrte bei seinem Anblick. Der rote Dési, der nie den Mut verloren, keine Müdigkeit gekannt hatte und stets zu einem tiefgründigen Gespräch aufgelegt gewesen war, lief im Zimmer hin und her, als ob er etwas Wichtiges suchte. Er warf Papiere durcheinander, tappte an dem Telegrafenapparat herum und versuchte, das Gehäuse einer Uhr mit Gewalt zu öffnen. Der Stahlhelm saß schief auf seinem roten Kopf, das Wasser rann ihm in den Hals.

Er zuckte zusammen, wandte sich um, hielt inne.

«Was tust du?» fragte ich.

«Ich suche», sagte er. Seine kleinen Augen flackerten.
«Was suchst du?»
«Die Glocke.»
Und er suchte weiter, als wäre ich nicht im Zimmer. Endlich näherte er sich mir, beugte sich zu mir und flüsterte:
«Hältst du sie denn aus – diese Glocke? Ich halte es nicht aus. Ich muß sie abstellen.»
Dann setzte er sich nieder, legte die Hände auf seine Knie. Sein Jungengesicht war alt und verfallen.
Henri Laifer kam herein. Er war der Besitzer des einzigen noch vorhandenen Motorrades unserer Kompanie. Er hatte den Weg über die Hauptstraße genommen und uns jetzt wiedergefunden. Im Zivilberuf war er Buchdrucker, wie sein Bruder David. Er berichtete, daß sich auf der Straße nicht das geringste ereignet habe. Wir hätten ohne weiteres die Straße nehmen können. Er erkundigte sich nach seinem Bruder, den er seit vier Tagen nicht gesehen habe.
«Du bist doch gerade an ihm vorbeigegangen», sagte ich. «Er sitzt im Wartesaal.»
Er sah mich an und wurde bleich.
Es waren nur zwölf Minuten vergangen. Das Pfeifensignal erscholl. Wir gingen auf den Bahnsteig hinaus. Die in den Pfützen gelegen waren, erhoben sich. Der Zug, der Beine hatte, verließ die Station. Ich warf einen letzten Blick auf die Stationstafel. Der Ort hieß Monplaisier. Mein Vergnügen. Die Glocke schrillte immer noch.
Dann waren nur noch Schienen da, Schienen, Schienen, Schienen. Sie versinnbildlichten die Ewigkeit. Parallelen schneiden sich im Unendlichen, hörte ich eine Stimme in mir. Es war die Stimme meines Gymnasialprofessors. Er hieß Steppan und hatte im Franz-Josephs-Gymnasium zu Wien Geometrie unterrichtet. Die Stimme schien mich zu verhöhnen. Parallelen schneiden sich im Unendlichen. Schienen schneiden sich im Unendlichen. Schienen und Parallelen sind dasselbe. Wir

marschierten zwischen Parallelen, also marschierten wir ins Unendliche.
Rechts und links breiteten sich Wälder aus. Man hörte das Geräusch rollender Panzer.
«Was geht vor?» fragte ich Adjutant Daroussat, der an mir vorbeilief, von einer Schwelle auf die andere springend.
Der Adjutant zuckte die Achsel. Er hatte, wie immer, eine gesunde Gesichtsfarbe. Er half, wo er konnte. In seinem *bidon* schleppte er zwei Liter *Gniol* mit und flößte den Erschöpften einen Schluck ein. Als Adjutant, ein halber Offizier, trug er kein Gewehr, nur einen Revolver. Jetzt trug er zwei Gewehre. Einen Stahlhelm trug er nicht. Der alte Soldat, der im Ersten Weltkrieg zuerst in der Marine, dann in der Fremdenlegion, schließlich als Infanterist gedient hatte, hielt nichts von Stahlhelmen. Er weigerte sich, seine weiße Legionärskappe abzulegen. Der weiße Überzug war immer blütenweiß. Er trug die Legionärskappe trotz der Proteste der Offiziere, trotz Bestrafung, beim Minenlegen, auf einem Patrouillengang, auch an diesem Abend. Sein Haus in den Ardennen war abgebrannt, seine Frau und seine Kinder liefen über fremde Straßen, sein Sohn schlug sich an einer anderen Front. Aber er half den Schwachen und klopfte dem Tod auf die Schulter. So war Adjutant Daroussat. Und auch solche Männer hatte Frankreich.
Er lief an mir vorbei. «Ich weiß nicht, was vorgeht», rief er mir zu. «Komm schnell mit.»
Wir näherten uns einem Wärterhaus.
«Man muß der erste sein», sagte Daroussat und lachte. Er setzte über den Zaun, ich immer hinter ihm drein. Er hatte sich nicht geirrt. Im Hof fanden wir einen Verschlag mit Kaninchen. Sie knabberten an Salatblättern. Daroussat packte drei an den Ohren und drückte mir zwei in die Hand.
Wir schöpften schnell Wasser aus dem Brunnen neben dem Wärterhaus. Inzwischen war die Kolonne nachgerückt, über

hundert Menschen. Sie stießen, pufften und drängten einander beiseite. Sie hatten Durst und wollten das Regiment nicht verlieren. Wo es um einen Tropfen Wasser ging, gab es keine Kameradschaft.
Der Lärm der Schlacht kam näher. Ich ging weiter zwischen den Schienen, meine zappelnden Freunde in der Hand.
Der Capitaine tauchte neben mir auf.
«Das sind unsere Panzer», sagte er. «Wir sind an beiden Seiten gedeckt.»
Ein Schrei aus dem Wald. Wir alle kannten ihn: den letzten Schrei der getroffenen Kreatur, Lebensschrei und Abschied. Wir sahen uns an, sagten nichts. Der Wald wirkte friedlich. Der Regen tropfte von den Ästen, die Erde dampfte, der Boden duftete. Irgendwo starb ein Mensch.
Es hatte zu regnen aufgehört. Der Abend war gekommen, unmerklich ging der Regenhimmel in den Nachthimmel über. Nur am Horizont leuchtete ein gelber Streifen.
Zu beiden Seiten der Schienen breitete sich jetzt die Ebene aus. Sie war so weit, daß sie hell wirkte. Unweit von uns lagen Soldaten im Gras. Ihre Pferde weideten auf den Feldern. Es war eine Kavallerieschwadron. Die Männer schliefen den tiefen Schlaf der Erschöpften. Die Pferde wieherten.
«Unsere Panzer . . .», sagte Daroussat.
Wir standen nebeneinander, schauten hinweg über das Land. Die Dünste, die aus der Erde stiegen, waren wie kleine Lagerfeuer, die Schleier webten. Manchmal zuckte ein silbernes Licht über die Rücken der Pferde. Der Frühling war von einer anderen Welt. Im Jenseits war Frühling. Und über dem Märchenhaften, Umwobenen, Verschleierten lag etwas von der Sterbensgrazie eines Goya.
«Quel beau pays était-ce, la France!» sagte Daroussat. Es klang ohne Bitterkeit. Wie ein Dank an Gewesenes.

Vienne la Ville war die erste Stadt, in der wir wieder der Zivilbevölkerung begegneten. Als wir am Nordende der Stadt einmarschierten, verließen die Bewohner Vienne la Ville im Süden.
Wurde bisher wenigstens der Anschein eines geordneten Rückzuges aufrechterhalten, so waren hier alle Bande der Ordnung gesprengt.
In Vienne la Ville treffen sich drei Straßen. Von drei Seiten strömte das kampflos geschlagene Heer in der Richtung der vierten Straße zusammen, die nach dem Süden führt. Die Kanoniere schliefen auf ihren Protzen, die Pferde blieben stehen oder trotteten weiter. Fast jeder Wagen zog eine unversehrte Kanone; nur wenige Wagen schleppten leere Lafetten. An der Straßenkreuzung stand niemand, um die Ordnung aufrechtzuerhalten. Die Wagen fuhren ineinander, verkeilten sich oder wurden gegen eine Hauswand gedrückt. Unabsehbare Züge, Hunderte Wagen, Tausende Pferde, zahllose Geschütze und Maschinengewehre. Wie durch ein Wunder wurden die Stockungen von Zeit zu Zeit behoben; weiter trieben die Kolonnen. Fast auf jedem Wagen hingen Infanteristen, die sich mitnehmen ließen: sie wußten nicht, von wem, und nicht, wohin. Sie hingen an den Wagen wie Trauben an der Dolde. Wenn den Pferden die Last zu schwer wurde, blieben sie stehen. Dann wachte der Fahrer auf, knallte mit seiner Peitsche zwischen die Pferde, und wenn das nichts nützte, zwischen die Menschen. Meistens fruchtete es nichts. Die Infanteristen klammerten sich verzweifelt an die Wagen, die Finger verkrampft, als hätte der Starrkrampf des Todes sie so, am Wagen hängend, überrascht. Manchmal schlief einer von ihnen ein. Dann lösten sich seine Finger von den Balken, und er stürzte auf die Straße. Die Pferde trampelten ihn nieder.
Wir blieben in Vienne la Ville. Ich bezog mit meinen Beobachtern ein kleines gelbes Haus an der linken Straßenseite, das die Einwohner eben erst verlassen hatten. Wir sahen noch, wie

ein Mann, eine Frau und zwei Kinder hinausliefen in die Nacht. Ich weiß nicht, wohin sie liefen; nicht einmal, ob sie vor uns davonliefen oder vor den Deutschen. Das Haus hatten sie offengelassen. Die Hälfte der Stadt stand in Flammen. Die versperrten Türen wurden von den Soldaten gesprengt. Fliehende mußten zusehen, wie ihre Häuser geplündert wurden. Feuer fiel vom Himmel, von allen Seiten strömte das Unheil: Was sollte da ein armer Schlüssel nützen?

Es war ein freundliches, bürgerliches Haus. Unser erster Weg führte in die Küche. Imoudsky war nicht nur ein begabter Maler – seine Mutter entwarf die Kostüme der Metropolitan Opera in New York –, er war auch ein erfahrener Koch. Er entdeckte im Rohr einen warmen Braten: Die Familie hatte noch Vorbereitungen zum Abendbrot getroffen. Der Braten war zwar angebrannt, aber ich hatte ja meine Kaninchen; Kellenberger war schon im Begriff, zwei Hühnern den Hals abzuschneiden, Garai schälte Kartoffeln, zwei Pioniere, die sich zu uns gesellt hatten, schleppten Kompottflaschen herbei, Baráti machte sich an die Zubereitung von Nudeln mit Käse, nur Ouchakoff zog es vor, einen wissenschaftlichen Vortrag über die Kunst der Küche im allgemeinen zu halten.

Ich besichtigte das Haus. Zwei, drei Vasen waren noch voll frischer Blumen: große, aufgeblühte Pfingstrosen. Die Schürze der Frau lag hingeworfen auf dem Bett. Ich berührte sie, die hellblaue Schürze mit den kleinen Blumen. In der Tasche fand ich fünfundsiebzig Centime. Ich hängte die Schürze in den Schrank. Im Schlafzimmer stand ein großes Waschbekken. Ich holte Wasser, zog mich aus und wusch mich. Ich weiß nicht, wieviel Tage ich mich nicht gewaschen hatte. Ich wusch mich in der Finsternis. Nach dem Handtuch tastend, stieß ich auf Kerzen. Jetzt sah ich, daß über dem Waschbecken ein Spiegel hing. Ein fremdes, abgezehrtes Gesicht sah mich an. Das Flackern der Kerzen überzog mein Gesicht mit tiefen Furchen. Alt und blatternarbig war der Spiegel.

Ich sah durch das Fenster auf die Straße. Menschen und Wagen, Pferde und Kanonen. Die endlose Flut flutete weiter.
Ehe ich in die Küche zurückging, wollte ich erfahren, was für den nächsten Morgen geplant war. Ich fand Capitaine Billerot in einem benachbarten Haus. Er lag bleich und erschöpft auf einem alten Kanapee. Seine spitze Nase war noch spitzer geworden. Die Aufgabe, die man ihm gestellt hatte, warf ihn nieder. Er tat mir leid.
Er sprach mit leiser Stimme, die Augen geschlossen. «Wir sollten die Stadt halten», sagte er. «Aber ich habe soeben Befehl erhalten, um Punkt Mitternacht abzuziehen.»
«Das ist unmöglich, *mon capitaine*!»
«Ich weiß. Die Leute brechen zusammen. Heute . . . die vierzig Kilometer . . . aber was soll ich machen? Ich habe Befehl . . .» Er richtete sich halb auf. «Wir müssen bis Sainte Menehould kommen. Wir haben Sainte Menehould zu verteidigen. Das sind zehn Kilometer.»
«Es sind zehn Kilometer zuviel, *mon capitaine*.»
Er überlegte. «Wir müssen um vier Uhr früh in Sainte Menehould, Südende, angetreten sein. Ich sehe nur eine Möglichkeit. Jeder soll hinkommen, wie er will. Ich kann sie nicht zwingen, zu marschieren.»
«Compris, mon capitaine!»
Ich erhob mich. Er reichte mir die Hand. «Danke, daß Sie noch da sind, Habe. Hoffentlich finden Sie einen Wagen, der Sie mitnimmt.»
Da verstand ich, daß wir den Krieg verloren hatten.

An der Tür einer Scheune hielt mich Sergeant-Chef Gärtner an. Er war frisch und rosig. Er war allein, wie gewöhnlich um diese Zeit: des Abends, wenn er zu verschwinden pflegte.
«Schon gehört?» fragte er. «Die Deutschen sind gestern nacht in Paris eingezogen.»

Ich packte ihn am Arm:
«Hör zu, Gärtner. Wenn du jemand ein Wort davon sagst, schieß ich dich über den Haufen.»
Er schrie auf: «Laß mich los!»
Ich drückte noch fester zu. Ich weiß nicht, was mir den Gedanken eingab, aber ich flüsterte ihm auf deutsch ins Ohr: «Ich schieß dich nieder wie einen Hund!»
Dann ließ ich ihn los. Er lief auf die andere Straßenseite. Meine letzte Vision war, daß er in einem brennenden Haus verschwand. (Aber in Wirklichkeit erfuhr ich später, daß im Moment des Abmarsches von Vienne la Ville der Sergeant-Chef einen «epileptischen» Anfall bekommen hatte. Er wurde zurückgelassen. Einige Stunden später wurde er dabei ertappt, wie er, unter dem Vorwand, seine Pfeife anzuzünden, deutschen Flugzeugen Lichtzeichen gab. Manche behaupteten, er sei von einem Artillerieleutnant auf der Stelle erschossen worden. Andere wollten wissen, daß er immer wieder «epileptische Anfälle» bekommen habe, bis die Deutschen in Vienne la Ville einmarschierten und sich Sergeant-Chef Gärtner endlich bei seinen Auftraggebern melden durfte.)
Ich kehrte zu den Beobachtern zurück, um ihnen mitzuteilen, was ich vom Hauptmann gehört hatte.
Wohlige Gerüche zogen durch das Haus. Imoudsky hatte sich eine weiße Schürze umgebunden und machte die Hausfrau. Kellenberger hatte sich eine Blume ins Haar gesteckt und mimte das Stubenmädchen. Das Speisezimmer hatte kein Fenster, man konnte also Kerzen anzünden. Rotwein war aus dem Keller geholt und, wie Ouchakoff sachkundig mitteilte, *chambriert* worden. Kellermeister Garai entschuldigte sich, daß der Weißwein nicht eisgekühlt sei. Dr. Baráti hatte den Tisch feierlich gedeckt. Er gab acht, daß kein Teller zerbrochen wurde.
Nach dem üppigen Mahl beschlossen wir, wenigstens für zwei, drei Stunden auszuruhen. Einer von uns stand von Zeit

zu Zeit auf, um nachzusehen, was sich inzwischen draußen ereignete. Jetzt war die Reihe an Garai. Er kam totenbleich zurück. «Die Deutschen sind in Paris!»

Ich fuhr ihn an: «Wer hat dir das gesagt?»

«Truffy.»

Wir gingen einzeln aus dem Zimmer. Keiner konnte dem anderen helfen. Es war, als sei eine Frau gestorben, die jeder von uns, auf seine Art, geliebt hatte.

Draußen trottete sie weiter, die schlafende, die geschlagene Armee.

Im Schlafzimmer legte sich Kellenberger mit den schmutzigen Stiefeln ins Ehebett. Imoudsky und ich nahmen die Matratzen aus dem Bett und legten sie auf den Boden. Es brannte nur noch eine Kerze. Es war plötzlich bitter kalt.

Ich hatte Fieber. Ich sah, wie deutsche Stiefel über die Place de la Concorde marschierten. Ich dachte an die Frau, die mich erwartete. Ich weiß nicht, ob ich an die Deutschen dachte, die uns auf den Fersen waren. Alles war fieberhaft verzerrt und fieberhaft lebendig. Ich versuchte zu schlafen und fürchtete, den Aufbruch zu versäumen. Ich dachte an den Capitaine, dem ich versprochen hatte, um vier Uhr früh in Ste. Menehould zu sein. Ich dachte daran, krank zu werden und am Straßenrand zu sterben. Ich wollte schlafen, zurückbleiben, und wurde bei dem Gedanken, allein zu bleiben, von Panik ergriffen. In meine Phantasie zuckten die Bilder von Paris. Ich ging unter den Arkaden der Rue de Rivoli. Von den Stufen der Madeleine brüllte der Mann, den sie Führer nannten. Die Blumenverkäuferinnen boten Frühlingsblumen an. Geschütze rollten auf den Triumphbogen zu. Ich rüttelte mich wach, überzeugt, daß mit dem einen Alptraum auch der andere schwinden würde, der meiner Gegenwart. Die Kerze flackerte.

Es war Mitternacht. Ich nahm Abschied. Ich suchte mein Gewehr, meine Feldflasche, meinen Tornister. Meine Decke

hatte ich längst eingebüßt. Ich nahm die Decke, die ich im Schlafzimmer gefunden hatte, legte sie über meine Schultern, hängte den Tornister drüber und betrat die Straße.
Ich stellte mich an den Straßenrand und wartete.

Die Nacht war finster. Ich sah nichts, hörte nur das einförmige Trappen der Pferde. Plötzlich schlugen vertraute Töne an mein Ohr. Jemand fluchte laut auf ungarisch.
Ich rief den Mann an. Er lenkte seinen Wagen an den Straßenrand.
«Nimmst du mich mit?» fragte ich. Die Kolonne stockte gerade.
«Steig rasch hinten auf! Wenn es weitergeht, kann ich das Biest nicht halten.»
Ich kletterte hinten auf den Wagen. Ein Wagen war es eigentlich nicht, zwei Räder nur, mit einem Brett dazwischen. Darauf war ein Maschinengewehr befestigt. Der Mann saß vorne auf dem Rohr. Ich hielt mich an dem Brett fest, den Rücken gegen seinen Rücken gepreßt.
«Fällst du nicht hinunter?» murmelte er.
«Hoffentlich nicht.»
«Mach dir's bequem!»
Er rückte etwas weiter nach vorn. Die Kolonne setzte sich in Bewegung. Das Pferd begann zu galoppieren. Ein einsames Pferd lief hinter uns her.
«Du paßt mir auf, daß wir das Pferd nicht verlieren», sagte der Mann.
Er gehörte zu unserem Regiment, zur C.A.3, der *Companie d'Accompagnement* des III. Bataillons.
Ich hielt mich krampfhaft an der Planke fest. Das Gewehr hatte ich zwischen die Knie gepreßt. Wozu schleppe ich es noch mit, fragte ich mich, während sich mir der Stahl in den Magen preßte. Der Gurt, an dem die Feldflasche hing, hatte

sich in das Rad verwickelt und drohte mich zu erwürgen. Meine Beine hingen zwischen den Rädern. Der Tornister lastete auf dem Rücken des Mannes.
«Was hast du im Tornister?» fragte er.
«Nichts.»
«Dann wirf ihn weg.»
Ich ließ den Tornister fallen. Ich hätte alles getan, was der Mann von mir verlangte. Es war ein Glück, nicht marschieren zu müssen.
Der Mann vor mir hatte einen breiten Rücken. Ein fleischiger Nacken vom Stahlhelm zu den Schultern. Das war alles, was ich von ihm sah. Auch seine Stimme schien fett.
«Wohin fährst du?» fragte ich.
Der Mann antwortete nicht.
«Wohin fährst du?»
Keine Antwort.
Der Fahrer auf dem Maschinengewehr schläft.
Wir fahren über Steine. Der Soldat auf dem Maschinengewehr sackt zwischen die Räder. Mit einer Hand ziehe ich ihn hoch.
«Wohin fährst du?» frage ich, zum drittenmal.
«Weiß ich nicht. Immer der Kolonne nach.»
«Seit wann fährst du?»
«Seit vier Tagen.»
«Ohne zu schlafen?»
«Ohne zu schlafen.»
«Hattet ihr schwere Verluste?»
Wieder keine Antwort. Wieder rüttle ich ihn wach.
«Wie lange werden wir noch so fahren?» sagt er. «Wir sind doch längst umzingelt.»
«Woher weißt du das?»
«Bloß so.»
Das Gewehr schneidet mir ins Fleisch. Ich bin hinuntergeglitten und hänge gleichsam an einem Haar.
«Was hast du im Zivilberuf getrieben?» fragt der Mann.

«Ich bin Schriftsteller.»
Er lacht. Seit Wochen lachen alle, wenn sie hören, daß man Schriftsteller ist.
«Hast ja was Schönes zu schreiben . . .»
Wir halten mit Mühe. Das Pferd bäumt sich, als wüßte es, daß Stillstand Tod bedeutet. Vor uns eine Kanone. Das Pferd springt immer wieder in die Kanone.
«Und du?» frage ich. «Was warst du?»
«Ich hatte einen lustigen Beruf.»
«Einen lustigen Beruf?»
«Ja.»
Er lacht heiser. Wie mag er aussehen, der Mann mit dem lustigen Beruf?
«Ich hatte ein Glücksrad», sagte er. «Es ist was Schönes, ein Glücksrad.»
«Und davon hast du gelebt?»
«Ja. Ich fuhr mit dem Glücksrad von Jahrmarkt zu Jahrmarkt. Man konnte allerhand gewinnen in meiner Bude. Schaumwein und Hühner und Bettdecken und Weckeruhren. Meine Frau arbeitete in der Fabrik.»
Wir stehen noch immer, an einer Straßenkreuzung. Von der anderen Straße ein Strom von Wagen, Pferden, Soldaten. Ich höre das Fluchen der Marokkaner, die sich auf ihren Pferden einen Weg zu bahnen suchen. Sie schimpfen auf arabisch. Es klingt monoton, wie der Gesang der Moslem. Auch das Surren der deutschen Flugzeuge, Begleitmusik, ist monoton.
Ich weiß nicht, wie lange ich geschlafen habe. Vielleicht eine Minute, vielleicht mehr. Aber ich hatte von einem Soldaten geträumt, der das Glücksrad dreht, von deutschen Soldaten, die lachend über die Champs-Elysées marschieren, Kaninchen in der Hand, von einer Frau mit einer blauen Schürze, die durch das Feuer springt und ruft: «Keine Niete, meine Herrschaften, keine Niete!»
Ein heftiger Stoß weckt mich. Die Wagen haben sich in Bewe-

gung gesetzt. Ich spreche zu dem Unbekannten auf dem Maschinengewehr, spreche, um zu sprechen.
«In welcher Fabrik arbeitet deine Frau?»
«Waffen.»
«Ungarin?»
«Nein, Pariserin. Hast du eine Zigarette?»
«Ja. Aber wir können sie nicht anzünden.»
«Warum?»
«Hörst du nicht? Flugzeuge.»
Er lacht. Es ist wieder das heisere Lachen von vorhin. Mit der ausgestreckten Hand weist er nach dem Horizont. Vor uns brennt die Stadt Sainte Menehould.
«Dort brennt mehr als eine Zigarette.»
Ich reiche ihm mühsam eine von meinen zerbrochenen Zigaretten. Wir setzen sie in Brand.
«Das tut gut.»
«Ja, das tut gut.»
Jetzt beginnt er zu sprechen. Er spricht hastig, als hätte er es eilig, mir seine Geschichte zu erzählen.
«Ich habe meine Frau auf dem Jahrmarkt kennengelernt. Wir hatten unsere Zelte in Ste. Maxime aufgeschlagen. Gleich am Meer. Es war Sommer. Sommer 1932, ein heißer Sommer. Wenn ich die Leute anlockte, rauschten hinter mir die Wellen. Sie machten Musik. Ein kleines Mädel gewann eine Flasche Wein. Wir tranken sie zusammen. Das war meine Frau. Ich hatte viel Glück in dem Sommer. Ein reicher Amerikaner schenkte mir ein neues Glücksrad. Ein glitzerndes, silbernes. Mit Lampen, vierfarbig. An der ganzen Riviera machte niemand ein solches Geschäft. Sogar die Wahrsagerin beneidete mich, und die Wahrsagerin verdiente sonst am meisten. Schläfst du?»
«Nein. Ich höre.»
«Meine ältere Tochter ist jetzt sechs. Sie tanzt wie eine Fee. Die müßtest du einmal tanzen sehen.»

Sein Rücken bewegt sich. Vielleicht zeigt er, wie seine Tochter tanzt.
«Und die kleinere?» sage ich.
«Habe ich noch nicht gesehen. Ich war schon weg, als sie geboren wurde. Sie heißt Marie. Glaubst du wirklich, daß wir eingekesselt sind?»
«Ich weiß nicht.»
«Wahrscheinlich. Die Bomber werfen nichts mehr ab, seit zwei Tagen. Die geben kein Geld mehr aus. Die wollen uns lebend bekommen.»
Ich hänge kaum noch am Wagen.
«Das Pferd hinter uns ist weg», sage ich.
«Schade.»
Ich wache auf, als ich vom Wagen falle. Der Wagen hinter uns kann gerade noch anhalten. Ich sehe die Hufe des Pferdes über meinem Kopf. Ich fühle etwas Warmes im Gesicht. Mein Gesicht ist voll Blut und Kot. Ich schreie: «Du! Du!» Ich kenne den Namen meines Fahrers nicht. Ich erhebe mich, laufe dem Wagen nach.
Der Mann auf dem Wagen wacht auf.
«Spring auf!» ruft er mir zu. «Ich kann das Pferd nicht anhalten.»
Ich laufe neben dem Wagen einher. Ich reiche ihm mein Gewehr hinauf. Eine Hand greift nach dem Gewehr. Eine Hand greift nach mir. Es gelingt mir, mich emporzuziehen.
Ich klammere mich jetzt von rückwärts an den Gürtel des Fahrers. Sein massiver Körper sinkt immer wieder vornüber. Ich muß an die alte Varieténummer denken: der Clown, der, mag man ihn noch so oft aufrichten, immer wieder zusammensackt.
Es beginnt zu dämmern. Die Straße ist so voll, daß man sie mit Stecknadeln bombardieren könnte. Neben mir tauchen Radfahrer auf. Bald kommen Zivilisten, Frauen, Kinder. Sie schlüpfen unter den Wagen hindurch, unter den Bäuchen

der Pferde. Die Reiter wollen mit Gewalt vorwärts. Ein Spahi gibt seinem Pferd die Sporen. Kennen die Pferde keine Müdigkeit? Oder wittern sie die Gefahr? Über uns ziehen die Bomber der Luftwaffe Schleifen und Kreise. Aber es fällt keine Bombe mehr. Der Motorenlärm ist wie ein höhnisches Gelächter.

So ziehen wir in Ste. Menehould ein.

Auch hier ist wieder eine Straßenseite vollkommen vernichtet, die andere ist verschont geblieben. Die rechte Straßenseite wirkt wie die Hauptstraße einer freundlichen Kleinstadt am Sonntag. Die Läden des Bäckermeisters, der Tabakladen, die Metzgerei sind geschlossen, die Rollbalken herabgelassen, die Holzplanken vor die Schaufenster gestellt. Auf der linken Straßenseite stehen nur noch schwarze Säulen. Der Wind bewegt eine Tür. Aber sie führt aus einer Leere in die andere.

Mein Mann wacht auf. Er setzt seine Erzählung fort:

«Marceline geht in die Ballettschule, weißt du. Sie hat die besten Lehrerinnen. Die ehemalige Primaballerina der Pariser Oper.»

«Du», sage ich, «wie siehst du eigentlich aus?»

Er antwortet nicht. Sein Kopf ist wieder auf seine Brust gesunken. Am Ende der Stadt, knapp vor der Brücke, erblicke ich Oberst Debuissy mit seinem Stab. Er läßt die Geleitzüge an sich vorbeiziehen und sucht sein Regiment zusammen. Er sieht mich entgeistert an. Dann beginnt er zu brüllen:

«Habe, verdammter Kerl, wie siehst du denn aus?»

Ich hebe die Hand zu meinem blutigen, schmutzigen Gesicht.

«Herunter von dem Wagen!» brüllt der Oberst.

Jetzt erst wird mir klar, was ihn so erzürnt hat. In Vienne la Ville hatte ich eine Decke um meine Schultern gelegt. Ich hatte sie in der Dunkelheit nicht weiter geprüft. Jetzt sehe ich mich an. Ein blutender Soldat mit Stahlhelm und Gewehr und einer hellroten Bettdecke mit blauen Blumen.

«Laß mich absteigen!» sage ich zum Spielmann.
«Ich kann nicht. Bis die Kolonne hält . . .»
Ich werfe mein Gewehr hinunter; dann lasse ich mich selbst vom Wagen fallen. Ich falle auf die Hände und schlage sie blutig. Als ich mich aufrichte, ist mein Freund in einer Staubwolke verschwunden.
Ich blicke ihm nach.
Ich habe sein Gesicht nie gesehen.

Unsere Kompanie versammelte sich auf dem Hauptplatz. Er war vollständig erhalten. Die Kirche, die Bank, das Postgebäude wirkten sonntäglich. Kleinstädtische Sonntagnachmittage, mit dem Korso auf dem Hauptplatz, mit jungen Mädchen und jungen Männern, festtäglich gekleidet, mit Billardpartien im Kaffeehaus und Altweiberklatsch hinter Gardinen. Kulissen auf einer Bühne, auf der nicht mehr gespielt wird.
Ich legte mich auf die Kopfsteine und schlief sofort ein. Als ich aufwachte, lastete der Kopf Gabriel Kohns auf meinem Bauch.
Kohn, Gabriel, Matrikel-Nummer 1553, der amüsanteste unter meinen Kameraden. Ich hatte immer eine Vorliebe für ihn gehabt. Dieser Kohn, Gabriel, mit dem runden, schweren Kopf der unterernährten Kellerkinder, mit dem von zuviel Bohnen und Flüssigkeit aufgeschwemmten grauen Gesicht, hatte weder eine Heimat noch einen Beruf. Viele unter uns hatten keine Heimat mehr, und in ihren Militärpapieren stand: *Nationalité indéterminée*. Sie stammten aus dem Land Indéterminé, dem größten weitesten Staat Europas, und sie verteidigten ein namenloses Reich. Vielleicht waren sie deshalb so tapfer, diese Indéterminés, weil sie, und sie allein, wußten, was sie verteidigten. Kein Land. Sondern etwas so Weites, Großes, Grenzenloses, daß es nicht mehr determi-

nierbar war. Aber die *Indéterminés*, wie wir sie nannten, als sei das Unbestimmte wirklich eine Nation, hatten einmal eine Heimat gehabt: Sie waren «ausgebürgert» worden, nach dem Willen des «Führers». Kohn, Gabriel, hatte nie eine Heimat gehabt: Er war ein individueller *Indéterminé*, ein Friedens-*Indéterminé*, ein *Indéterminé* auf eigene Rechnung. Er war ein *Indéterminé*, weil man nicht wußte, wo seine Wiege gestanden hatte – aber er hatte natürlich nie eine Wiege gehabt, der Kohn, Gabriel –, wer sein Vater gewesen war, ob ihn je eine Mutter in den Schlaf gesungen hatte. Kohn, Gabriel, hatte auch keinen Beruf gehabt, zumindest keinen anerkannten. Ich erinnere mich, daß der schlaksige große Junge mit den herabhängenden Schultern, den langen Armen, den feuchten Lippen neben mir gestanden hatte, als wir zu der letzten Musterung in Barcarès aufgerufen wurden. Auf die Frage des Unteroffiziers, was sein Beruf sei, hatte Kohn, Gabriel, seelenruhig geantwortet: «Schmuggler!» Im Übungslager am Meer war uns Kohn, Gabriel, als ein Auswurf der Gesellschaft erschienen. Wir hatten nicht geahnt, daß er, der Schmuggler und Indéterminé, der wahre Vertreter seiner Epoche war, der gejagten Epoche. Viele von uns sollten später zwischen den Grenzen leben, uns über Grenzen schmuggelnd wie Ware; Kohn, Gabriel, hatte vorgebaut: Ihm war die Epoche zum Beruf geworden. Er hatte, seit er denken konnte, in Paris gelebt, sprach die Sprache der Vorstadt, ernährte redlich-unredlich eine Frau und zwei Kinder, stand mit allen Detektiven der Hauptstadt auf du und du, nannte die Handschellen liebevoll Monokel und setzte, wenn er aus dem Gefängnis kam, seinen Beruf fort, als hätte er ihn nur für Ferien unterbrochen. Als er zum ersten Male aus dem Urlaub kam, hatte er eine ganze Musterkollektion seiner Schmuggelware mitgebracht: Knöpfe, Gürtel, Zigaretten, Feuerzeuge, Hosenträger, Büchsenöffner. Besonders liebgewonnen hatte ich den flachsblonden Jungen aber, als er eines Tages auf der Schreibstube erschien und einen «Sonderurlaub» von drei Tagen erbat. Pierre Truffy, damals noch Chef der Kompanie, hatte ihn gefragt, womit er sein Gesuch begründe. «Meine kleine Tochter ist krank», hatte Kohn, Gabriel, erwidert, «und meine Frau hat kein Geld.» Truffy hatte den Kopf geschüttelt. «Sie schwindeln doch wieder, Kohn. Wie wollen Sie in drei Tagen der Familie Geld beschaffen?» Kohn hatte die Fersen zusammengeschlagen: «Ich werde stehlen, *mon lieutenant*.» So war Truffy, daß er das Böse entweder nicht für möglich hielt oder daß ihn die Aufrichtigkeit bestach: Er setzte die *permission* durch. Kohn aber kehrte pünktlich zurück. Er hatte nicht nur seine Familie versorgt, sondern er brachte noch ein Köfferchen voll Waren mit, und er trat uns, zu ermäßigten Preisen, seine *camelotte* ab: Briefpapier, Rasierklingen, Batterien, Fleischkonserven. So waren wir alle zu Hehlern geworden für Gabriels krankes Töchterchen.

Jetzt rührte sich der Kopf auf meinem Bauch. Gabriel Kohn rieb sich die roten Augen.

Ich beachtete ihn nicht. Ich stand auf und ging hinkend über die Place d'Austerlitz zur Kirche hinüber. Meine Hände bluteten wieder. Ich hatte nicht versucht, sie verbinden zu lassen, denn unsere einzige Ambulanz war mit Wichtigerem beschäftigt, auch war im ganzen Ort kein Wasser zu finden.

In der Kirche herrschte kühle Stille. Meine Schritte hallten auf dem Steinboden wider. Weihrauchgeruch vermengte sich mit Brandgeruch. Aus der Ferne hörte man die nahenden Panzer. Ich horchte hinaus aus der Stille der geweihten Wände. Selbst die Heiligen schienen zu lauschen. Der heilige Franziskus von Assisi blickte auf mich herab. Kein Zufall, dachte ich, daß der Versucher an den Herrn in der Wüste herangetreten war. Die Wüste selbst war die Versuchung. Ich faltete die Hände, ich betete: Herr, erlaube mir, daß ich an Dich glaube! Es schien mir nicht sonderbar, daß ich betete, glauben zu dürfen. Ich sah auf meine Hände hinab. Sie schmerzten nicht mehr.

Als ich aus der Kirche hinaustrat, lag Kohn, Gabriel, auf den Stufen.
Ich setzte mich neben ihn, und er teilte mit mir ein Stück Brot.
Als ich das Brot nahm, fiel sein Blick auf meine Hände.
«Was ist los mit dir?»
Ich erwiderte nichts.
Kohn nahm mich an den Schultern.
«Mensch, du holst dir ja todsicher eine Blutvergiftung.»
«Es ist kein Wasser im ganzen Ort.»
Er hörte zu kauen auf. Er zog am Zahn, was ein Zeichen scharfen Nachdenkens war. Mit einemmal sprang er auf, riß mich hoch. Und ehe ich mich noch wehren konnte, schleifte er mich in die Kirche, nahm meine Hände, tauchte sie in die marmorne Schale mit geweihtem Wasser. Er sagte:
«Hab' keine Angst! Ich weiß nicht, ob der Herrgott katholisch oder jüdisch ist. Aber jedenfalls ist Er gut. Und wenn Er gut ist, kann Er nicht kleinlich sein.»
Er säuberte meine Wunden. Das Weihwasser war salzig, brannte auf meiner Hand. Aber seine behaarten Hände waren zart wie die einer Frau.
Als wir wieder hinaustraten in den Tag, murrte der barmherzige Sanitäter: «Das mit dem Weihwasser mußt du mit deinem Herrgott selber ausmachen. Ich habe schon zu tun, mich bei meinem zu entschuldigen, daß ich in einer katholischen Kirche war. Und daß ich noch dazu meinen Hut abgenommen habe.»
Darunter verstand er seinen Stahlhelm. Er drehte ihn zwischen den Fingern hin und her. Er sprach im Apachendialekt seiner Vorstadt.
Aber ich hörte ihn nicht mehr. Während wir in der Kirche waren, hatte das Bombardement von Sainte Menehould begonnen.

DAS VERBRECHEN VON STE. MENEHOULD

Ich kann der Historiker der Schlacht von Ste. Menehould nicht sein – ich war «nur» dabei: Teilnehmer einer Schlacht sind schlechte Historiker. Ich weiß auch nicht, wie viele Divisionen die Stadt Sainte Menehould hielten und ob es mehr waren als eine, die Fünfunddreißigste, der wir angehörten. Ich sehe indessen heute, welcher Plan der Schlacht von Sainte Menehould zugrunde lag – wenn man das Gemetzel von Sainte Menehould «Schlacht» nennen darf.

Der strategische Plan war selbst dem einfachen Soldaten klar.

Auf fünf großen, aus Norden, Nordosten oder Nordwesten führenden Straßen war die kampflos geschlagene Armee nach Sainte Menehould zurückgeflutet. Aus Vouziers über Ville-sur-Tourbe, von der luxemburgischen Grenze über Vienne la Ville, aus dem Argonnenwald über Sachalade, zum Teil von Verdun und von zahllosen Nebenstraßen waren die Truppen in Sainte Menehould zusammengeströmt, um sich von dort auf einer einzigen Straße nach Südosten zurückzuziehen. Ob der Plan darin bestand, uns nach Südosten zu führen, damit wir, angelehnt an die Ligne Maginot, weiterkämpften; ob wir die schweizerische Grenze von Basel bis zum Jura erreichen sollten, kann ich nicht beurteilen. Wahrscheinlich, daß zu dieser Zeit überhaupt nur noch der Plan bestand, uns so lange auf französischem Boden «spazieren» zu führen, bis der Moment des Waffenstillstandes gereift war, militärisch und psychologisch.

Jedenfalls war Sainte Menehould der Treffpunkt für mehrere

Armeen, die in das Städchen mit seinen einst dreitausend Einwohnern auf verschiedenen Wegen gelangt waren, nun aber auf eine einzige Nebenstraße, die Straße Verrières–Passavant–Commercy, geworfen wurden. Diese Aktion, jämmerlich vorbereitet und rücksichtslos durchgeführt, bedurfte einer Atempause. Die Deutschen mußten um jeden Preis aufgehalten werden, bis sich der Rückzug im Süden von Sainte Menehould «organisiert» hatte.

Nun eignete sich das liebliche Städtchen – einst gepriesen als Ausgangspunkt für die Besichtigung der argonnischen Schlachtfelder – ausgezeichnet für einen verzweifelten Widerstand. Von der Aisne und dem Aisne-Kanal vollständig umschlossen, ist Ste. Menehould eine natürliche Festung, die insbesondere von schweren Panzern nur mit den größten Opfern genommen werden kann. Da die 35. Division als letzte in Ste. Menehould ankam, oblag ihr die Aufgabe, den «geordneten Rückzug» all jener zu decken, die vorher Ste. Menehould passiert hatten. Der Rückzug jeder geschlagenen Armee wird von einer oder mehreren Divisionen gedeckt; es bestand kein Grund, warum nicht gerade wir für diese Aufgabe bestimmt werden sollten. Das Verbrechen von Ste. Menehould war etwas anderes.

Wer sich die Situation von Ste. Menehould vergegenwärtigt, gelangt zu dem selbstverständlichen Schluß: Die Brücke nach Norden mußte, nachdem der letzte Mann der zur Verteidigung der Stadt bestimmten Division diese Brücke passiert hatte, gesprengt werden. Anderseits mußte die nach Süden führende Brücke tunlichst so lange erhalten bleiben, als sich die Verteidiger von Ste. Menehould noch in der Stadt befanden, damit ihnen dieser einzige Rückzug offenbliebe.

Was geschah? Die Nordbrücke wurde nie gesprengt, öffnete also der Wehrmacht aufs gastfreundlichste die Stadt. Dagegen wurde die Südbrücke vor uns in die Luft gejagt, damit wir uns nicht «vorzeitig» zurückziehen konnten.

Nachlässigkeit oder Verbrechen? Für die unterlassene Sprengung der nördlichen Brücke ließe sich eine Erklärung finden. Vielleicht war die Verwirrung so vollständig, daß das Armeekommando nicht wußte, ob wir die letzte Division waren, die sich zurückgezogen hatte. Keine Erklärung, geschweige denn eine Entschuldigung gibt es jedoch für die Sprengung der Südbrücke. Man versuchte, die Deutschen möglichst lange Zeit mit dem Gemetzel aufzuhalten, um so für die nach Südosten flutenden Truppen Zeit zu gewinnen. An einem einzigen Morgen wurden vierhundert Mann meines Regiments getötet. Sie fielen in den Kämpfen zwischen der Place d'Austerlitz, der Rue Camille Margraine und der Rue Cauteraine. Sie verteidigten die Stadt Haus um Haus. Zwei Drittel erlagen ihren Verletzungen, weil sie sich nicht schwimmend über den Kanal zu retten vermochten. Die deutschen Panzer rollten über sie hinweg. Allerdings: Es waren Fremde. Das Leben eines Fremden zählt nicht.

Als ich mit Kohn, Gabriel, aus der Kirche trat, hörte ich, daß die ersten deutschen Panzer in die Stadt einfuhren. Während wir in der Kirche gewesen waren, hatte die Panik um sich gegriffen.

Soldaten laufen, Deckung suchend, auf dem Platz auf und ab. Kein Offizier ist zu sehen. Manche Soldaten haben den Verstand verloren. Ich sehe den Sergeant Rupin vor mir, wie er auf einem Fahrrad in rasender Eile ununterbrochen um den Platz saust, einem Sechstage-Rennfahrer gleich; er flitzt an meiner Nase vorbei, ohne daß ich ihn aufhalten kann. Andere werfen sich flach auf den Bauch. Männer mit Gewehren, Tornister auf dem Rücken, liegen auf dem Asphalt des Hauptplatzes wie bleierne Spielsoldaten auf dem Teppich eines Kinderzimmers. Man kann den Lärm von Panzern und Flugzeugen nicht mehr unterscheiden. Eine Bombe explodiert

mitten auf dem Hauptplatz. Steine fliegen wie Schneebälle. Die Bomben verbreiten Helle und Finsternis.
Ich liege vor der Kirche. Plötzlich höre ich eine Stimme: «Deckung in den Häusern nehmen! Die Panzer aufhalten!» Niemand weiß, wer den Befehl gegeben hat. Man gehorcht, ohne zu denken. Ich schlüpfe unter ein Haustor an der Ecke des Platzes und der Rue Margraine. Im gleichen Augenblick rasseln die deutschen Panzer durch die schmale Straße. Die Straße scheint sich zu bewegen wie eine Rolltreppe. Sie fährt mit, mit den Panzerwagen. Sie füllen die Straße aus, nehmen sie mit. Feuerzungen bohren sich in die Wände. Das Bild hat nichts Menschliches mehr: Marsbewohner und Retortenmenschen. Ein Maschinengewehr knattert. Es ist ein beinahe freundlicher Ton. Ich blicke hinauf. Von dem ersten oder zweiten Stockwerk des benachbarten Hauses feuert ein Maschinengewehr. Nun wird von allen Seiten geschossen. Der Versuch ist hoffnungslos. Es hat sich längst erwiesen, daß selbst die für die Panzerabwehr bestimmten Achtundvierziger machtlos sind gegen die deutschen Panzer. Und nun kämpfen wir mit Maschinengewehren und Karabinern.
Ich laufe geduckt auf die andere Straßenseite hinüber. Da ist das Haus; ich eile die Stiegen hinauf. Im Halbstock steht die Klosettür offen. Es gibt nichts Groteskeres als ein Klosett, wenn die Welt untergeht.
Die Maschinengewehrschützen kenne ich nicht. Wie sie ihr Maschinengewehr in Stellung gebracht haben, ist mir rätselhaft; ebenso rätselhaft, wie sie es bedienen können, ohne samt ihrer Waffe «fortzusegeln». Aber darüm kümmere ich mich jetzt nicht. Im Zimmer nebenan steht ein Mann am Fenster. In mir steigt ein Glücksgefühl auf. Truffy.
Ich nähere mich dem Fenster. Sein rundes Kindergesicht, jetzt von einem wilden roten Bart umrahmt, ist ruhig, wie immer. Seine Brille ist nicht verrutscht. Er formt die linke Hand zur Faust, um seinen Revolver darauf zu stützen. Ich lade meine

alte Remington, obschon ich sicher bin, daß sie keinen Schuß abgeben wird.
Die Kolonne der Panzerwagen hat angehalten. Wir blicken aus unserem Versteck auf die Straße hinunter. Gefallene Soldaten liegen quer über der Rue Camille Margraine. Die Straßenrinne ist rot von Blut. Weil man nicht denken kann, wirkt alles dimensionslos. Blut im Rinnstein: kein Leid, kein Schmerz, ohne Bedeutung. Rotes Wasser. Man schaut sich selbst zu.
Ein Verwundeter brüllt. Zuweilen bäumt sich sein Oberkörper hoch. Wenn er hinfällt, glaubt man, daß der Mann tot ist. Aber der Tote bäumt sich brüllend wieder auf.
Hinter dem Panzer unter unserem Fenster erscheinen jetzt deutsche Motorradfahrer. Neben dem Fahrer ein oder zwei Mann im Beiwagen, alle mit Maschinenpistolen bewaffnet. Wie viele sind es? Wie viele sind wir? Sind wir schon allein mit den Toten?
Endlich starten die Kraftfahrer. Sie begleiten die Panzer, die Maschinenpistolen nach oben oder auf die Straße gerichtet. Die Panzer fahren weiter. Aus den Motorradbeiwagen feuert es ohne Unterlaß. Truffy beugt sich vor, zielt. Ich setze mein Gewehr an. Trotz des höllischen Lärms – Motorräder, Panzer, Flugzeuge, Maschinengewehre, Gewehre – vernehme ich deutlich deutsche Kommandorufe. Jemand schreit: «Rein ins Haus!» Das Fenster neben uns zersplittert.
Ich krieche ins Nebenzimmer, um mir Munition zu holen. Eine Kugel pfeift an mir vorbei. Sie kann nicht von der Straße kommen. Als ich mich halb aufrichte, sehe ich in einem Fenster des gegenüberliegenden Hauses einen deutschen Stahlhelm. Für den Bruchteil einer Sekunde starren wir uns an, der Deutsche und ich. Die Angst packt mich. Es ist die Angst vor dem Menschen, schrecklicher als die Angst vor Kugeln, Bomben, Granaten.
«Rein ins Haus!» ruft es unten.

Einer der Jungen am Maschinengewehr gibt den beiden andern ein Zeichen. Sie schleppen das Maschinengewehr an die Treppe, bringen es in Stellung.
Truffy steht noch immer am Fenster. Er gibt mir Zeichen, daß er keine Patronen mehr hat. Dann kommt er auf mich zu, packt mich beim Arm.
Ich folge ihm. Er führt mich durch einen schmalen Korridor, einen ausgebombten Raum, über eine Holzstiege abwärts, durch eine Rumpelkammer.
Wir verlassen das Haus auf der Rückseite. Wir stehen in einem kleinen Gemüsegarten. Um uns ist der Sommervormittag.
«Komm!» sagt Truffy.
Wir laufen quer über ein Feld. Um an die Brücke zu gelangen, müssen wir jedoch wieder in den Ort einbiegen. Die Deutschen sind jetzt überall. Was von unseren Regimentern übrig ist, verteidigt sich verzweifelt. Soldaten knien hinter Leichen, die Gewehre auf den Rücken der toten Kameraden gestützt. Andere bohren ihre Köpfe in die Gedärme krepierter Pferde, um nichts zu hören. Die Stadt riecht nach Rauch und Zucker. Ich erblicke Oberst Debuissy, der versucht, mit einigen Leuten vor der Brücke eine Panzerfalle zu bauen. Ein absurder Kontrast: vereinzelte Schützen, der Leutnant mit dem Revolver, die mageren Drahtverhaue, die verlorenen Maschinengewehre – und auf der anderen Seite: Panzer, Motorradfahrer, Kettenfahrzeuge. Und doch wird das Grauenvolle gerade durch seine Absurdität erträglich. Die auf der anderen Seite können es nicht ernst meinen; dieser Einbruch der Wirklichkeit ins Zimmer, wo Kinder Soldaten spielen, muß sich als Spuk erweisen. Und schon steigt eine Spukgestalt aus dem Nebel des Pulverrauches: Mayer, Mayer-Mayeresco aus Bukarest.
Ich sehe ihn nur im Vorbeihasten. Er steht an der Brücke. Er steht da, an das Brückengeländer gelehnt; er hat vergessen, sich zu Boden zu werfen. Den glitzernden Kochtopf hat er

wieder auf seinem Rücken. Der Stahlhelm sitzt ihm noch immer auf dem Kopf wie eine traurige, schwarze Melone. Sein Gesicht ist grau von Ruß, die fahlblonden Haare hängen ihm über die schmale, rote Nase. Ich rufe ihm etwas zu, aber er erwidert nichts.

Ein einziges Maschinengewehr hält noch die Brücke des Rückzugs. Ein junger Franzose vom 11. Regiment und ein Neger vom gleichen Regiment bedienen das MG. Der Neger greift sich ans Herz und sackt zusammen. Ich bin schon auf der Brücke, als ich sehe, daß sich Mayer-Mayeresco auf den toten Mann wirft. Auf dem Neger liegend, treibt er das Band des Maschinengewehrs weiter.

Mit mir zusammen sind Pioniere über die Brücke gelaufen. Schneller als ich denken kann, führen sie aus, was ihnen befohlen worden war. Die Brücke fliegt in die Luft. Der letzte Weg des Rückzugs ist abgeschnitten. Jenseits der Brücke glitzert es. Mayer-Mayerescos Kochtopf leuchtet in der Sonne.

Hinter der Brücke stoße ich wieder auf Truffy, den ich verloren hatte. Ich erzähle ihm vom kleinen Mayer. Er sagt:

«Komm! Schnell!»

Wir laufen den Fluß entlang. An einer Stelle ist er besonders schmal. Truffy setzt sich ins Gras und beginnt, sich die Stiefel auszuziehen.

«Was tust du?» frage ich.

«Ich hole den kleinen Mayer!»

Ich setze mich neben ihn und schnalle meine Ledergamaschen auf. Die Stiefel von den geschwollenen, blutigen Füßen zu entfernen, ist beinahe ein chirurgischer Eingriff.

In der Zeit von zwei Uhr nachmittags bis sieben Uhr abends kehrte Oberleutnant Truffy dreimal in die vom Feind inzwischen vollständig besetzte Ortschaft zurück. Mayer war der erste, den er aus der brennenden Stadt geholt hatte. Mindestens fünfzehn anderen Kameraden wies er später den einzigen Weg der Rettung. Endlich, gegen sieben, beschloß er, sich «zu trocknen». Er setzte sich nieder, putzte seine Brille und zog sich die Stiefel an. Als sein Hemd halbwegs getrocknet war, zog er seinen zerschlissenen Offiziersrock wieder an. Ich habe nie jemand getroffen, der des Offiziersrockes würdiger gewesen wäre als dieser Notar aus Anger.

Truffy war, als Nachrichtenoffizier des Regiments und Chef der Beobachter, ein Platz bestimmt worden, wo er die Befehle des Divisionskommandos erwarten und an das Regiment weitergeben sollte. Der Platz war die Schule des Städtchens Verrières.

Als wir in Verrieres ankamen, fanden wir die Stadt leer. Obschon Truffy sicher war, daß wir, diesseits der gesprengten Brücke, mindestens einen Vorsprung von fünf bis sechs Stunden vor den motorisierten Einheiten der Deutschen hatten, waren die Truppen aus der Stadt abgezogen worden.

Nachdem wir einen Zettel mit der Aufschrift «Kommen gleich wieder!» an die Tür des Schulgebäudes genagelt hatte, zogen wir aus, um uns nach Nahrung und anderen irdischen Gütern umzusehen.

Das erste irdische Gut, das ich fand, war eine Hose. Meine eigene hatte längst Löcher im Hosenboden; seit geraumer Zeit vermißte ich die Nähkünste des kleinen Torczynszky. Auf dem Hauptplatz des Ortes fanden wir einen Garten, in dem Hosen wuchsen wie Blumen. Ein Lastwagen hatte einem in Verrières stationierten Pionierbataillon neue Ausrüstungsgegenstände gebracht. Sie bestanden überraschenderweise aus Produkten dieses Krieges: neuen Pluderhosen, verschließbaren Suppenschüsseln, warmen Decken, Feldflaschen, Hosenträgern, Massen von Tafelschokolade, Kondensmilch und Sardinen.

Neben der Kirche von Verrières befindet sich ein schöner Stadtgarten mit einem künstlichen Bach, verstohlenen Lauben, romantischen Rosenhecken und einem wohlgepflegten Rasen. Inmitten dieser Wunderwelt aber schlief ein menschliches Wesen, das man für Dornröschen hätte halten können, wäre das Kinn Dornröschens nicht von einem dichten schwarzen Bart umrahmt gewesen. Das aufgescheuchte Dornröschen erzählte uns, es sei mit dem Lastwagen hier angekommen; das gesuchte Pionierbataillon hätte es nicht mehr angetroffen. Es hätte sich daraufhin seiner Ware entledigt und sei gerade im Begriff gewesen, abzufahren, als der Wagen von einigen Offizieren beschlagnahmt wurde. Den Fahrer hätten die Offiziere mitgenommen, ihm aber hätten sie Befehl gegeben, auf die Lieferung «aufzupassen». Was er hier noch treibe? fragte Truffy.

«Ich warte auf die Deutschen», meinte Dornröschen, ohne aufzustehen. «Schließlich werden mich die Deutschen auch nicht auffressen.»

Mit diesen Worten streckte es sich wieder aus, griff liegend nach einem der umherliegenden Zigarettenpäckchen und traf Anstalten, sein Sonnenbad fortzusetzen. Mit einer einladenden Geste deutete es an, wir sollten uns ungeniert bedienen.

Der Oberleutnant und ich sahen uns nicht an. Wir tauschten unsere Hosen gegen neue aus, wechselten das Hemd und steckten soviel Schokolade und Zigaretten ein, wie wir nur konnten. Dann setzen wir unsere Entdeckungsreise fort.

Das Dorf war groß und staubig, wie die Dörfer meiner Kindheit in Österreich-Ungarn. Die Holztüren zu den kleinen Höfen standen immer offen. Wenn die Kühe am Abend von der Weide kamen, zogen sie bedächtig durch das Dorf, jede Kuh fand von selbst heim in ihren warmen Stall, langsam fiel die ganze Reihe ab. Die Bauern saßen vor den Häusern und pafften an ihren langen Pfeifen. Manchmal sang ein Mädchen. Der Himmel war staubig wie die Straßen.

So war dieses Dorf, im Herzen Frankreichs, im Herzen der Schlacht, wenige Stunden bevor es fiel. Zuweilen jagte ein Reiter durch den Ort, ein Gespenst aus dem Ersten Weltkrieg.

Manchmal fuhr ein Pferdewagen vorbei. Der Fahrer fragte nach dem Weg, aber er wußte nicht, nach welchem. Alles erinnerte an die Militärpostkarten aus den Jahren, da man die Weltkriege zu numerieren begann. Man konnte sich kaum vorstellen, daß es Bombenflugzeuge gab und Panzer. Von Zeit zu Zeit trottete, von zwei müden Pferden gezogen, eine verbeulte Gulaschkanone des Weges; auf dem Bock schlief der Fahrer. Die Küche glitt vorbei, im Hintergrund einer Bühne, von Schnüren gezogen. Hinter den verlorenen Reitern wirbelte Staub auf.
Wir entdeckten, daß das Dorf nicht ganz so ausgestorben war, wie es anfangs den Anschein gehabt hatte. Hier, zum ersten Male, fanden wir die Waisen des Rückzugs: Greise und Schwachsinnige. Der Dorftrottel saß in einer Scheune, gegenüber der Schule, jagte Hühner und Hunde, fiel hin, lachte und verkroch sich im Stroh. Er fragte uns, ob wir die *boches* seien. Als wir ihm versicherten, daß wir nicht die *boches* seien, führte er uns zu seiner Mutter, einer zahnlosen Greisin, die in einer verfallenen Hütte am Dorfende hauste. Sie war an die Achtzig und hatte sich offenbar seit Jahren nicht mehr gewaschen. Sie beklagte sich, daß sie wegen «dieses elenden Krüppels» nicht mit den anderen habe mitziehen können. Auf dem Hof stand ein alter Renault. Der sei ihr anvertraut worden – ob wir ihn haben wollten? Wir feilschten um den Preis; schließlich begnügte sie sich mit zwei Laib Brot. Wir kehrten auf den Hauptplatz zurück, wo Dornröschen immer noch schlief, nahmen zwei Laib Brot, brachten sie der Alten. Der Idiot wich nicht mehr von unserer Seite. Als wir zurückkehrten, schien uns die Alte nicht mehr zu erkennen. Schließlich nahm sie das Brot. Wir machten uns daran, den Wagen in Ordnung zu bringen.
Im Benzintank befanden sich noch ein paar Liter stinkenden Benzins. Wir behandelten das vorsintflutliche Gefährt wie einen Rolls-Royce. Endlich rollten wir aus dem Hof. Die Alte

stand in der Tür ihrer Küche und winkte neckisch mit ihrer Schürze. Der Idiot blökte. Über Verrières senkte sich die Nacht.
In der Schule hatte uns niemand gesucht. Der Zettel hing noch an der Tür. Trotzdem zögerten wir noch immer, den uns zugewiesenen Platz ohne Befehl zu verlassen. Vergebens versuchte ich, den Oberleutnant zu überzeugen, daß wir den Ort zu zweit schwer würden halten können. Truffy verließ sich jetzt ganz auf den Renault.
«Die Deutschen haben keinen Grund, in der Nacht zu marschieren», sagte er. «Sie werden von Ste. Menehould im Morgengrauen aufbrechen. Wir können uns ruhig ausschlafen. Wenn bis dahin kein Befehl kommt, fahren wir um drei Uhr weiter.»
In der Küche der Lehrerwohnung bereiteten wir Rühreier aus zwanzig Eiern, die wir in einer Scheune gefunden hatten. Dazu leisteten wir uns eine Flasche Burgunder aus dem Keller. Dann legten wir uns auf eine Bank im Schulzimmer.
Nach einigen Minuten fragte Truffy:
«Warum seufzt du?»
«Habe ich geseufzt?»
«Und ob!» Auch er seufzte.
«Was glaubst du», fragte ich, «wie lange werden wir so weiterrennen?»
«Keine Ahnung! Vielleicht bis die Deutschen ganz Frankreich besetzen.»
«Und die Ligne Maginot? Und die Ligne Daladier, angeblich hinter ihr? Der Widerstand an der Loire? Warum soll dieser Krieg nicht seine Marne haben?»
Ich fühlte in der Dunkelheit, wie er sich mir zuwandte und den Kopf aufstützte.
«Ich glaube nicht daran», sagte er. «Es sind nicht die Waffen. Wir hatten neun Monate Zeit, um den deutschen Vorsprung einzuholen. Wir führten einen Krieg der Nationen – als es

längst um Ideen ging. Als der Krieg begann, befanden wir uns längst im Bürgerkrieg.»
«In Kriegszeiten haben die Franzosen immer vergessen, was sie trennte.»
«Früher einmal . . . Patriotismus ist stärker als Politik. Aber Philosophie ist stärker als Patriotismus.»
So hatte er früher nie gesprochen. Wir hatten die Distanz gewahrt, zwischen Vorgesetztem und Untergebenem, zwischen Franzosen und Fremdem.
«Ein Hauptmann hat mir neulich gesagt», fuhr Truffy fort, «daß ihm Frankreich lieber sei als Deutschland, aber Hitler lieber als Léon Blum. Was willst du mehr? Haben wir nicht auch den Weltkrieg gewonnen, ungerüstet wie wir waren? Der größte Teil unserer Flugzeuge soll auf dem Boden vernichtet worden sein. Es gab Offiziere, welche unsere Flieger mit dem Revolver hinderten, aufzusteigen. Wir sind verraten worden, ohne verkauft worden zu sein.»
Wir versuchten zu schlafen, aber das Gespräch hatte uns erregt. Der Kanonendonner kam näher.
«Artillerievorbereitung», sagte Truffy. «Die glauben, daß sie noch Widerstand erwartet.» Er fuhr fort: «Es sind die gleichen, die die Rüstungen sabotiert haben. Es sind immer die gleichen. Sie haben den Prozeß Dreyfus gemacht – und verloren. Seither waren sie entthront. Jetzt rächen sie sich für die Affäre Dreyfus. Kein Mensch wird das verstehen, noch lange nicht. Weil der Krieg zufällig zwischen Deutschland und Frankreich geführt wird, zwei Nationen. Der spanische General hat die Fremden wenigstens ganz offen in sein Land gerufen. Ein Krieg von Franzosen gegen Franzosen – und man hat es uns nicht einmal gesagt . . .»
Er konnte nicht weitersprechen. Ich spürte, daß er sich schüttelte. Hatte er sich erkältet in Ste. Menehould? Hatte er Fieber? Oder weinte er?
Ich stand auf, die Decke über den Rücken gebreitet, und setzte

mich zu ihm. Die Kälte der Stunde vor Sonnenaufgang erfüllte den Raum. Die Aschfarbe des Morgens überzog die Wände des Schulzimmers. Von einem Bücherbrett blickte eine ausgestopfte Eule aus ihren Glasaugen bösartig auf uns herab. Der Kanonendonner kam immer näher.
«Es war . . . es war . . .», sagte ich. «Vielleicht ist es noch nicht zu spät.»
«Vier Uhr», sagte Truffy. «Es hat keinen Sinn, länger zu warten.»
Wir zündeten uns wortlos unsere Zigaretten an.
Dann gingen wir hinaus zu unserem Wagen. Er sprang sofort an, als ob er nicht gewußt hätte, daß er bloß zwei Laib Brot gekostet hatte.

DER MÖRDER SEINER FRAU

KANN ich sie aufzählen, alle Leidensstationen dieses Rückzuges, der in Verrieres begann und in der deutschen Gefangenschaft endete . . .? Von jenem kühlen Junimorgen an, als ich mit Oberleutnant Truffy in Verrières den alten Wagen bestieg, habe ich den Feind nicht mehr gesehen. Eine Nation floh vor einem Gegner, den sie nicht sah.

Wir fanden Oberst Debuissy mit den Resten des Regiments elf Kilometer südöstlich von Verrières, in der engen, langgezogenen Ortschaft Passavant. Meine Kompanie war in einer Scheune, mitten im Ort, einquartiert. In der gleichen Scheune lagerte seit anderthalb Tagen, was von einem Bataillon der *18. Chasseurs à pied*, den *Joyeux*, übriggeblieben war.

Am Eingang der Ortschaft erlebte ich eine freudige Überraschung. Ich fand meinen bretonischen Bauern wieder, der damals neben meinem Beobachtungsposten mit seinen Panzerabwehrgeschützen gestanden hatte. Er war im Begriff, mit seinen Kanonieren eine Panzerfalle zu bauen; wir sollten, hieß es, den Vormarsch der Wehrmacht in Passavant aufhalten. Die Panzerfalle bestand aus Drähten, die man mit einer Gartenschere zerschneiden konnte, und etlichen Pflügen, die man aus Bauernhöfen herbeigeschafft hatte. Diese Pflüge waren so geschickt aufgestellt, daß der Panzerführer sie nicht umfahren konnte – es sei denn, daß er aussteigen und die «Panzerfalle» einfach beiseite schieben sollte. Die 48er Kanonen waren dem Feind nördlich von Sainte Menehould in die Hände gefallen.

Neben unserer Scheune lag ein Bauernhaus, das eine Kompanie von Arabern gerade verließ. Die Araber saßen im Hof, die

Stahlhelme auf die mit viel Kunst gewundenen Turbane gestülpt, und delektierten sich an eingemachtem Obst. Jeder von ihnen hielt eine geköpfte Kompottflasche in der Hand und fischte daraus Kirschen, Pflaumen oder Himbeeren. Um jeden Krieger standen vier oder fünf angebrochene Flaschen. In dieser Gegend, zwischen Meuse und Marne, herrscht großer Reichtum an Früchten, und die Bäuerinnen hatten das Obst in schlanken Weinflaschen eingelegt. Die Marokkaner delektierten sich an einem gemischten Kompott.

Im Haus waren die Matratzen aus den Betten gerissen worden, die große Standuhr im Speisezimmer war in ihre Bestandteile zerlegt, auf dem Speisezimmertisch lagen Briefschaften, Bilder, Leintücher, Nähspulen, in den Betten zerbrochene Flaschen, überall roch es nach Tabak und Zucker, alles klebte von dem Saft des Dunstobstes. Keiner der Araber verstand Französisch. Schließlich fand ich einen Korporal, den ich nach dem Offizier seiner Kompanie fragte. Mein Korporal war ein älterer Mann mit einem schwarzen Vollbart, einer edel geformten Nase und einem hellgelben Turban. Er roch nach Kompott und Alkohol.

«Offizier genommen Auto», erklärte er. «Vorgestern fort. Gesagt, kommen in einer Stunde zurück. Nicht mehr gekommen zurück. Fort, wie Vogel.» Er ahmte lachend den Flügelschlag der Vögel nach. «Wir allein. Wir aufhalten Zeit.» Er wies auf die Uhr. «Jetzt wir auch Vogel. Jetzt wir auch fort.»

«Warum geht ihr gerade jetzt?»

Er zeigte auf den Tisch. «Wir nichts mehr essen. Und wir nichts mehr trinken.»

«Wohin geht ihr?»

Er tat, als verstünde er meine Frage nicht; in seinen schmalen Augen leuchtete es auf einmal vor Erregung. Er hatte etwas gehört, was ich noch nicht vernommen hatte. Schnell trat er auf den Hof hinaus, blickte zum Himmel empor, rief seinen

Kameraden einen Befehl zu. Sogleich warfen sich alle zu Boden, verharrten in kniender Stellung, kreuzten ihre Arme vor der Brust, streckten sie wieder von sich, wie beim Gebet.

«Ins Haus!» schrie ich.

Keiner folgte mir. Neun deutsche Flugzeuge, in drei V-Formationen, kreuzten über uns. Die betenden Araber verrieten nicht nur sich selbst, sondern auch die übrigen in Passavant stationierten Truppen. Gleichgültig murmelten sie ihre Gebete. Nur zuweilen hielten ihre schmalen, langen Hände in der ritualen Geste inne; sie stopften sich die Finger in die Ohren. In der Hast hatten sie einige Kompottflaschen umgeworfen. Mit den Knien lagen sie in den Scherben und neigten ihre Gesichter so tief zu Boden, daß ihre Nasen die süße, ölige Flüssigkeit berührten. Die Flugzeuge der Luftwaffe flogen tief; der monotone Motorenlärm vermengte sich mit dem monotonen Gemurmel der Araber.

Als die Flugzeuge verschwunden waren, erhoben sich die Soldaten. Drei oder vier Kinderwagen kamen zum Vorschein, weiße, rosa, hellblaue Kinderwagen. Ein Kinderwagen war so klein, daß er eher einem Puppenwagen glich. In den Kinderwagen hatten die Araber ihren Proviant untergebracht: Kompottflaschen, Wein, Käse, Bettdecken. Der bärtige Korporal gab den Befehl zum Abmarsch. Zugleich öffneten sich die Regenschirme. Ich bemerkte sie erst jetzt. Die marokkanischen Krieger hatten alle Regenschirme gesammelt, die im Ort zu finden waren; sie verwendeten sie als Sonnenschirme. So verließen die Soldaten des französischen Kolonialreiches die Ortschaft Passavant: ohne Offizier, ohne Unteroffizier, von einem bärtigen Korporal geführt, der seinen Karabiner geschultert hatte, in der Linken einen geöffneten Regenschirm hielt und die Kolonne der fröhlichen Kinderwagen befehligte. In den Kinderwagen strampelten die Kompottflaschen ...

Ich kehrte in meine Scheune zurück. Der kleine Dési empfing mich mit der Nachricht, daß wir über Nacht bleiben würden.

«Der Colonel soll abgesetzt sein», flüsterte er mir zu. «Es heißt, daß wir schon einen neuen Kommandanten haben.»
Ich legte mich neben Dési ins Stroh.
Um uns schliefen oder spielten die *Joyeux*. Neben mir im Stroh saß ihr Leutnant und schrieb. Er war ein magerer Mensch mit einem feinen Kopf und so blauen Augen, daß sie wie blind wirkten. Seine Lippen waren ein einziger schmaler Strich. Er sprach kein Wort. Von Zeit zu Zeit sah er von seiner Schreiberei auf und beobachtete seine Leute mit einem halb furchtsamen, halb lauernden Blick. Wenn ihn jemand ansprach, nickte er nur, wie einer, der Angst hat, sich durch ein unvorsichtiges Wort etwas zu vergeben. Nie habe ich eine größere Distanz zwischen Mannschaft und Offizier erlebt, als zwischen diesen Leuten und ihrem Leutnant, der mit ihnen wachen, essen und schlafen mußte, deklassiert und bestraft wie sie. Stunden vergingen, und der Leutnant schrieb immer noch. Er faltete die Briefe sorgfältig, verschloß sie, malte F. M. – *Franchise Militaire* – auf das Kuvert. Seit Wochen hatten wir keine Post mehr bekommen, seit Tagen gingen keine Briefe mehr ab. Warum der Offizier schrieb und an wen – ich habe es nie erfahren. Wenn einer von seinem Bataillon aus der Scheune ging, sah er auf, mit seinen merkwürdig scharfen und zugleich blinden Augen. Ich fühlte, was er dachte: Den sehe ich auch nie wieder. Aber gleich darauf glitt seine Feder über das Briefpapier.
Hinter mir lag einer der *Joyeux* im Stroh. Wir gerieten ins Gespräch. Der Mann war bleich und ausgemergelt; ein kleiner koketter Schnurrbart saß ihm fremd im Gesicht. Ein Schwerverbrecher? Er sah eher aus wie ein Heiratsschwindler, der seinen Sex-Appeal eingebüßt hatte. Seine Uniform war zerrissen, um den Hals trug er ein schmutziges Tuch. Er hustete unentwegt. Zuweilen unterbrach er die Unterhaltung und sagte: «Ich bin froh, daß meine arme Frau das nicht erleben mußte . . .!»

Ich bot ihm eine Zigarette an. Eine Weile rauchte er wortlos.
«Meine Frau hätte den Fall von Paris nicht überlebt», sagte er. «Ich bin aus der Provinz. Aus dem Norden. Aus Lille. Aber sie war eine echte Pariserin. *Une vraie parisienne.* Sie hätte es nicht ertragen, *boches* zu sehen in Paris ... Wenn wir am Sonntag in die Stadt gingen, in den Tuileriengarten, war sie wie betrunken. Sie konnte sich an Luft berauschen, wirklich ...»
Er sah mich nicht an. Wir lagen beide auf dem Rücken, er hinter mir im Stroh.
«Sie war fein und zart», sagte er. «Sie war eine Echte. Aus nichts konnte sie sich kleiden. Ich erinnere mich an einen Hut. Ein bißchen Stroh, eine Rose aus Seidenpapier, ein Bändchen. Aber wie sie den trug ... Nein, es ist besser für sie ...!»
Der Leutnant sah uns mißbilligend an.
Ich fragte mit gedämpfter Stimme:
«Was ist aus deiner Frau geworden?»
«Ich habe sie umgebracht», sagte der *Joyeux*.
Dann hörte man nur noch das Kratzen der Feder.
Ich ging vor das Haus. Ein Motorradfahrer hielt gerade.
«Weißt du, wo die achtzehnten Chasseurs liegen?»
«Hier in der Scheune.»
«Ist ein Offizier dabei?»
«Ja.»
«Hol ihn mal heraus. Ich bin todmüde.»
Ich ging in die Scheune zurück. Der Leutnant verbarg seine Briefe sorgfältig unter seinem Mantel. Der Motorradfahrer übergab ihm ein geschlossenes Kuvert. Der Offizier las den Befehl. In der Tür blieb er stehen. Er lehnte sich gegen den Holzpfosten, als suchte er Rückendeckung. Dann klatschte er in die Hände: «*Allons-y, messieurs!* Aufbruch!»
Ein Murren kam ihm entgegen. Das Murren kroch über das Stroh. Der Mann in der tadellosen Uniform wirkte wie ein von allen Seiten bedrängter Löwenbändiger.

Jemand fragte: «Wohin?»
Zögernd gab der Offizier zurück:
«*On monte au feu* – wir verteidigen das Dorf.»
Einzelne standen auf. Einzelne nahmen wortlos ihre Gewehre. Ein großer Kerl mit einem Pflaster über der Nase blieb liegen. Der Leutnant stieg über seine ausgestreckten Beine. Noch sagte er nichts. Er ging auf den Platz zurück, den er vorher eingenommen hatte. Er zog seinen Mantel an, schnallte das Koppel um und prüfte seinen Revolver. Die Briefe legte er auf ein Wagenrad, sorgfältig, als wäre das Wagenrad ein Briefkasten. Es war totenstill.
Der Leutnant tat, als hätte er vergessen, den Revolver wieder einzustecken. Er hielt ihn in der Hand. Der Große mit dem Pflaster stand fluchend auf.
«In Einzelreihen, mir nach!» rief der Leutnant.
Die *Joyeux* setzten sich langsam in Bewegung.
So zogen sie an mir vorbei, hundert oder mehr, die zum Tode Verurteilten des *18. Chasseurs à pied*. Sie hatten Frauen umgebracht, Kassen erbrochen, Unschuldige überfallen. Die irdische Gerechtigkeit hatte sie aufgestöbert. Seit Jahren hatten sie aus dem Blechnapf gegessen, Sträflingsgewänder getragen. Vom Himmel hatten sie nur noch ein vergittertes Viereck gekannt. Sie hatten nichts zu verlieren und alles zu gewinnen. Ich habe die Angst nie so unbarmherzig in menschliche Gesichter geschrieben gesehen. Nie wollten Menschen sowenig sterben wie diese hundert, oder mehr, vom *18. Chasseurs à pied*.
So zogen sie an mir vorbei:
Ein aufgedunsener Kopf. Mit wulstigen Lippen. Mit winzigen Augen. Brutale Augen, jetzt voll Entsetzen: schrecklich, wenn die Brutalität sich fürchtet.
Der nächste. Ein kleines Männchen. Ein komischer kleiner Mann – vielleicht ein Buchhalter, der eine lustige, blonde Vorstadtwitwe kennengelernt und anvertrautes Geld veruntreut

hatte. Der flehende Blick, nach aufwärts gerichtet, sucht Gott.
Der nächste. Aus dem Verbrecheralbum. Abstehende Ohren, hervorstehende Augen, zwei gelbe Zähne, kreidebleich, zitternd. En face, Profil, en face, Profil. Blätter im Verbrecheralbum.
Der nächste. Ein junger Bursche. Ein harmloses Gesicht, weich, mädchenhaft. Ein roter Mund. Ein scheues Lächeln. Das Gesicht lächelt nicht mit.
Der nächste. Ein verfallenes Gesicht, alt, von einem grauen Bart umrandet. Ein altes Gesicht, ohne Alter. Ein großer Kopf, mit Stirnrunzeln wie von Kinderhand gezeichnet. Er schlägt die Augen nieder. Gesenkten Blickes geht er.
Jetzt ist es schon eine lange Reihe. Sie gehen den Weg zurück, in Richtung Panzerfalle. Aber plötzlich dreht sich einer am Tor um und beginnt zu laufen. Er läuft in entgegengesetzter Richtung. Es ist mein Nachbar, der Gattenmörder.
Der Leutnant, weit vorn, bemerkt es nicht. Niemand bemerkt es. Die Fröhlichen ziehen aus, um Passavant zu verteidigen.

Wir verloren beinahe sechsunddreißig Stunden in Passavant. Die Geschichte dieser sechsunddreißig Stunden verdanke ich einem Augenzeugen. Sie ist verbürgt.
Oberst Debuissy hatte Sainte Menehould an der Spitze seines Regimentes verteidigt. Debuissy war ein alter Offizier. Er hatte den Ersten Weltkrieg mitgemacht und war siebenmal verwundet worden. Er war achtzehn Jahre lang in Afrika gewesen, wo er das 4. Regiment der *Legion Étrangère* befehligt hatte: das ruhmreichste Regiment der Fremdenlegion. Er hatte sich in den Kämpfen um Marokko ausgezeichnet. Zu Beginn des Krieges hatte der kurz vorher pensionierte Oberst sein Heim in Lille verlassen, um sich Frankreich zur Verfügung zu stellen. Er war Offizier der *Légion d'honneur*.

Oberst Debuissy hatte Weisung, am Abend, bevor Truffy und ich selbst in Passavant ankamen, um neun Uhr in der Ortschaft zu sein. Der General, der die Brigade kommandierte, hatte den Oberst im Hause des Notars erwartet. Die Kämpfe von Sainte Menehould hatten sich jedoch nicht fahrplanmäßig abbrechen lassen. Oberst Debuissy traf zu Fuß, dem Tod wie durch ein Wunder entronnen, um fünf Uhr früh in Passavant ein. Oberleutnant Costa, ein Korse, der Kommandant unserer Motorradfahrer, war neben dem Oberst gefallen.

Zwischen dem General und dem Obersten spielte sich folgendes Zwiegespräch ab:

Der General: Warum so spät, Oberst Debuissy?

Der Oberst: Wir hielten Sainte Menehould, solange wir konnten.

Der General: Sie hätten sich längst zurückziehen können. Ich habe Sie hier um einundzwanzig Uhr erwartet.

Der Oberst: Es tut mir leid. Wir taten, was wir konnten. Leider war unsere Ausrüstung mehr als mangelhaft.

Der General: Wieviel Mann sind gefallen?

Der Oberst: Mindestens fünfhundert. Bei einer einigermaßen normalen Ausrüstung wären es vierhundert weniger gewesen.

Der General: Vierhundert Juden weniger, meinen Sie.

Der Oberst: Die Juden haben sich ebenso tapfer geschlagen wie die anderen. Außerdem waren es etwa zur Hälfte Christen.

Der General: Sie sehen sehr erschöpft aus, Oberst Debuissy.

Der Oberst: Ich bin müde.

Der General: Madame Debuissy wird sich sehr freuen, Sie wiederzusehen.

Der Oberst: Heißt das, daß mir das Kommando meines Regiments entzogen ist?

Der General: Das heißt, daß Sie innerhalb einer Stunde in einem Sanitätswagen nach dem friedlichen Süden gebracht werden.
Der Oberst: Ich bin weder krank noch verwundet. Ich habe dieses Regiment ausgebildet. Ich gedenke bis zu meinem letzten Atemzug an der Spitze meiner Leute zu bleiben. Mein Regiment hat sich heldenhaft geschlagen, *mon général.*
Der General: Wie alt sind Sie, Oberst Debuissy?
Der Oberst: Sechzig.
Der General: Sie bedürfen der Ruhe. Sie werden in einer Stunde abgeholt. Zugleich trifft Oberstleutnant Landry hier ein.
Der Oberst: Mein Nachfolger ist schon bestimmt?
Der General: Jawohl. Genießen Sie die wohlverdiente Ruhe.
Der Oberst: Ist das ein Befehl?
Der General: Ja.
Der Oberst: Ich gehorche unter Protest.
Der General: Ich bin überzeugt, daß Madame Debuissy nicht protestieren wird, Sie bald wieder bei sich zu haben.
Eine Stunde später wurde der Oberst in einen Sanitätswagen der Division verladen und nach Commercy gebracht.
Die Tragbahre wurde in einen geräumigen Saal gebracht, in dem zwei Generale – ein Brigadegeneral und ein Divisionskommandeur – im Gespräch begriffen waren. Der Raum war so groß, daß die Generale annehmen durften, der Oberst würde ihre flüsternde Unterhaltung nicht hören.
Der Brigadegeneral: Er wollte um jeden Preis weiterkämpfen.
Der Divisionskommandeur: Diese Fremdenlegionäre sind lauter Scharfmacher.
Der Brigadegeneral: Was soll ich berichten?
Der Divisionskommandeur: Weiß ich nicht.
Der Brigadegeneral: Er hat mir erklärt, daß er gegen die Krankheitsversion protestieren werde.

Der Divisionskommandeur: Ich sage Ihnen ja – der Mann macht uns dauernd Scherereien. Er ist genau wie das Gesindel, das er kommandiert. War nichts Belastendes in seinen Papieren?

Der Brigadegeneral: Ich habe seine gesamten Effekten durchsuchen lassen. Aber es war nichts dabei. Außer einer leeren Flasche.

Der Divisionskommandeur: Alkohol?

Der Brigadegeneral: Vielleicht.

Der Divisionskommandeur: Melden Sie, daß seine alkoholischen Exzesse eine plötzliche Absetzung notwendig erscheinen ließen.

Oberst Debuissy, Ohrenzeuge des Gesprächs, schlug die Augen auf. Der Brigadegeneral trat auf die Tragbahre zu. Er versicherte Debuissy, wie sehr er sich freue, ihn wiederzusehen. Flüsternd teilte er ihm mit, daß er die Absicht habe, den Obersten für eine hohe Auszeichnung vorzuschlagen. Erst als der General geendet hatte, fragte der Colonel:

«Hat man nicht unter meinen Sachen eine Flasche gefunden? Eine Flasche Jod. Eine Gewohnheit aus Afrika. Ich trage immer eine Flasche Jod bei mir.»

Der General antwortete, daß der Oberst jetzt kein Jod benötigen werde.

Noch am selben Tag wurde Oberst Paul Debuissy weiterbefördert. Wir bekamen einen neuen Kommandeur. Die kommenden Erfahrungen zeigten, daß sich seine Vorgesetzten nicht über ihn zu beklagen hatten. Er setzte der Wehrmacht keinen Widerstand entgegen.

Wir marschierten zwei Tage, fast ohne zu rasten, bis wir, zehn Kilometer von Commercy, einen Ort erreichten, in dem wir uns ausruhen durften.

Selbstverständlich ging ich wieder zu Fuß. Oberst Landry

hatte den Wagen, den wir mit Truffy ergattert hatten, für seine Küche beschlagnahmt. Nicola, der ungarische Koch, erhielt Befehl, zweimal am Tag für eine warme Mahlzeit zu sorgen. Der Oberst war ein Feinschmecker.

Auf den Straßen stießen wir überall auf die zurückflutende Zivilbevölkerung. Die Dörfer brannten. Die Reiter versuchten, ihre Pferde durch die Ortschaften zu jagen, aber die Pferde scheuten das Feuer, Frauen schrien, Kinder gingen verloren, Soldaten fielen hin. Immer hieß es: Die Deutschen sind da! Immer waren sie zwei Kilometer hinter uns, vor uns, rechts von uns, links von uns. Niemand sah sie, niemand hatte sie je gesehen. Automobile, denen der Brennstoff ausgegangen war, standen zu Dutzenden am Straßenrand. Auf den meisten stauten sich Matratzen und Linnen. Ein Transportwagen war gegen eine Hausmauer gepreßt worden; die toten Soldaten hingen über dem Holzverschlag wie weggeworfene Marionetten. Das Horn des Wagens hatte sich verklemmt. Der Wagen mit den Toten, einem toten Chauffeur am Steuer, hupte ohne Unterlaß, als wollte er sich Eingang verschaffen in die steinerne Mauer. Oder in die Ewigkeit.

Außerhalb der Ortschaften überfielen uns die Gegensätze. Aus der Hölle trat man in den Frühling hinaus. Der Himmel war hellblau, kleine weiße Wolken platzten im Äther. Wenn zufällig keine Pferdekadaver am Straßenrand lagen, roch es nach Erde, Geruch eines warmen Regens, im Juni, Geruch schwitzender Pferde, Geruch trocknender Wäsche. Aber dann flutete es wieder an uns vorbei: humpelnde Soldaten, fliehende Frauen, schreiende Kinder. Die Automobile der Offiziere, die sich einen Weg zu bahnen suchten, die bunten Reiter auf müden Pferden, die Wagen mit den schlafenden Fahrern, die Kanonen ohne Munition. Manchmal war es, als würde irgendwo vorn, weit in der Ferne, ein Sarg uns vorangetragen, als hinkten wir diesem Sarg nach, ein Trauerzug von Invaliden; manchmal war es, als seien wir trauernde Hinterbliebene von uns selbst, uns selbst beweinend, uns selbst begrabend. Und als sollte alles den gespenstischen Eindruck noch erhöhen, so fuhr bisweilen ein Leichenwagen vorbei, jedes Transportmittel genehm, mit Frauen, Kindern, Soldaten, mit Matratzen auf dem Dach, einem Kinderwagen auf der Motorhaube.

Auch die Phantasie wurde zu Grabe getragen. Man vermochte nicht einmal, etwas zu wünschen. Wenn man sich etwas wünschte, so war es höchstens, verwundet in einem der Wagen mit den Totenglöcklein zu liegen, die vergeblich ein Lazarett suchend an uns vorbeifuhren, kreuz und quer durch das Land.

Die deutschen Bomber verschwendeten ihre Ladung längst nicht mehr auf uns, auch die *Messerschmitt* nahmen unsere Kolonnen nur noch selten unter Maschinengewehrfeuer. Nichts war unheimlicher als dieses «Laufenlassen» – in des Wortes wahrstem Sinne. Welche Verachtung seitens des Gegners, daß er uns am Leben ließ! Nur von Zeit zu Zeit kamen die *Messerschmitt* auf zwei- bis dreihundert Meter herab und fegten mit ihren Maschinengewehren über eine Kolonne, wie ein Gärtner mit dem Wasserstrahl über einen Garten. Im Kreis ihrer Maschinengewehre blühte kein Leben mehr. Laufend, den Blick nur selten nach dem Himmel gerichtet – als fürchtete man, durch einen Blick die Aufmerksamkeit der Flieger auf sich zu lenken –, war man sich des Katz-und-Maus-Spiels bewußt, das die Luftwaffe mit uns trieb.

Zehn Kilometer vor Commercy kamen wir endlich zur Ruhe. Wir waren die erste Truppe, die durch die abseits gelegene Ortschaft kam. Einzelne Bewohner waren noch nicht evakuiert. Zwei alte Frauen standen vor ihrem Haus und warteten auf einen Wagen. Ein Artillerist, der eine leere Lafette an seinen Wagen gehängt hatte, rief ihnen zu:

«Los, los, Mütterchen – schnell aufgestiegen!»

Die beiden Alten trippelten zum Wagen. Sie trugen rührend

feierliche schwarze Strohhüte mit rosa Blumen, die wie die künstlichen Blumen auf den Gräbern Südfrankreichs aussahen. In ihren Händen hielten sie Einkaufstaschen aus zerschlissenem schwarzem Lack. Die Soldaten halfen ihnen auf die Lafette; da saßen sie nun mit aufgerissenen Augen in den Gesichtern voll Runzeln. Sie lamentierten nicht. Ich habe sie nicht verstanden, diese schier revoltierende Geduld der Franzosen und, noch mehr, der Französinnen. Es war wohl viel Heroismus in dieser Ergebenheit, Müdigkeit auch, vor allem aber ein nimmer endender Glaube an das Wunder christlicher Demut, der sich in orientalischen Fatalismus gewandelt hatte. *«On verra bien . . .»:* Wie oft habe ich diese Worte gehört! Bis zum letzten Moment glaubten sie, daß sie etwas «sehen» würden, das Erlösende und Rettende. Ich werde nie die alte Bäuerin vergessen, die wir zwischen Ste. Menehould und Passavant aufgeladen hatten. Ihr Sohn war irgendwo an der Front. Ihr Haus hatte eine Bombe zerstört. Ihre Tochter und ihr zweijähriges Enkelkind hatte sie unterwegs verloren. Aber sie war sicher, daß sie sie alle wiederfinden würde: Tochter, Sohn, Enkelkind – irgendwo im weiten französischen Land. Antike Größe war diesen französischen Bäuerinnen eigen, die nicht an ihrer Scholle klebten, es sei denn an der Scholle Frankreichs: aus Frankreich hätten die Deutschen sie vertreiben müssen, um sie zu vertreiben von zu Hause.

Wir suchten ein Obdach. Vorräte fanden wir in Hülle und Fülle. Aus einer Molkerei holten wir Hunderte von Schachteln Käse, Wein aus den Kellern des Postmeisters, Eier von einer Geflügelfarm.

Ich ließ mich im Hause des Postmeisters nieder. Er hatte alles in peinlicher Ordnung zurückgelassen. Ein paar Zeitungen waren noch mit einer Schnur zusammengehalten. Zeitungen aus den ersten Maitagen. Sie meldeten, daß uns eine deutsche Patrouille in die Hände gefallen sei. Sonst herrsche *«calme sur l'ensemble du front»*. Ich hob den Telefonhörer ab, als ob sich jemand melden könnte am anderen Ende des Drahtes. Die Stempel auf dem Tisch standen ausgerichtet wie eine paradierende Armee.

Dann ging ich mit Dési in den Friseurladen hinüber. Dési war mein einziger Freund, der noch da war. Wir stellten fest, daß der Friseur ein kleiner Mensch gewesen sein mußte. Wir waren in den letzten Tagen so stumpf geworden, daß uns verlassene Häuser nichts mehr bedeuteten. Vielmehr bedeuteten sie uns allerlei; sie dienten dem frivolen Zeitvertreib. Dési nannte sie «Murologie»: von *mur*, Mauer. Dési betrat ein Haus und erklärte, sein Bewohner habe eine blonde Frau gehabt und drei Kinder, nebst einem Herzklappenfehler.

Der Coiffeur war – es bedurfte kaum der Murologie – kein feiner Mann gewesen. Der Geizhals hatte seine Flaschen bis zum letzten Tropfen geleert. Alles, was er hinterlassen hatte, waren Reklamen von Rasierseifen, ein geplatzter Gummizerstäuber und die Ankündigung, daß Haare am Samstag nur zu erhöhten Preisen geschnitten würden.

Wir traten auf die Straße hinaus und erblickten sofort die beiden alten Frauen, die gerade ächzend von der Lafette kletterten. Sie waren zurückgekehrt. Gleich darauf folgten Reiter aus der Richtung Commercy, also unserer Marschrichtung. Einer der Reiter rief uns zu:

«Die Straße ist gesperrt. Die Brücken gesprengt. Man hat uns zurückgeschickt.»

«Wer?»

«Die *Gardes Mobiles*.»

«Warum?»

«Die Deutschen kommen. Wir sind eingekesselt!»

Der Reiter verschwand. Von diesem Augenblick an erinnerte alles an eine Mausefalle. Die Kilometer zählten doppelt. Wir liefen in einer Richtung, bis wir Leute fanden, die uns sagten, die Deutschen näherten sich gerade aus dieser Richtung. Gendarmen, Frauen, ja Kinder waren für unsere Offiziere authentische Informationsquellen. Mit der Armee war die Verbindung längst unterbrochen. Wir liefen im Kreise wie verirrte Touristen. Soldaten, die an uns vorbeigezogen waren, kamen eine Stunde später wieder zurück. Jedesmal hieß es, der Feind sei da: er stünde im Süden oder im Norden. Niemand sah ihn. Die Kanonen schwiegen. Die Flugzeuge wurden seltener. Überall gab es einen, der alles wußte. Meistens waren es vereinzelte *Gardes Mobiles*. Die Deutschen auf zwei Kilometer. Immer auf zwei Kilometer, immer in der nächsten Ortschaft.

Imbach, der elsässische Leutnant, saß im Zimmer des Postmeisters, als ich ihm meldete, was ich auf der Straße gehört hatte. Er schrieb weiter.

«Wenn das so ist», meinte er, «dann schreibe ich auf meinen Brief: Via Rotes Kreuz, Genf.» Damit setzte er seinen Brief fort.

Eine Stunde später brachen wir dennoch nach Commercy auf.

Neben mir wankte Vágo, der ungarische Architekt mit dem wohlgepflegten Bart. Er roch wie ein ganzer Parfümladen.

«Was hast denn du gesoffen?» fragte ich.

Auf meine Frage hauchte er mir ins Gesicht. Er deutete auf den Friseurladen.

«Im Keller . . .»

Ich verstand. Der Barbier hatte seine duftenden Vorräte im Keller versteckt. Vágo hatte sie für Wein gehalten und einen Schluck aus der Flasche getan.

Capitaine Billerot war auf einmal neben mir.

«Wir marschieren nur drei Kilometer», sagte er. «Westlich. Dort am Bergkamm liegt ein Dorf. Die Deutschen müssen über das Dorf. Wir haben Befehl, sie aufzuhalten.»

Dési und ich nahmen Vágo in die Mitte. So marschierten wir, in einer Welle von *Coty*, gegen die Deutschen.

DIE HOCHZEIT IM NAMENLOSEN ORT

Das Dorf – ich weiß seinen Namen nicht mehr und finde ihn auf keiner Landkarte – befand sich abseits von der Straße, etwa vier oder fünf Kilometer im Westen von Commercy, auf einer Anhöhe von rund dreihundertfünfzig Metern. Die vierzig oder fünfzig Häuser der Ortschaft lagen in einer Mulde zwischen zwei Hügeln und waren bewohnt, beinahe als wäre der Lärm des Krieges nicht hierher gedrungen. Der Ort, so hieß es, bilde den wichtigsten Übergang für die vom Westen vorstoßenden Deutschen in Richtung Commercy und Ligny-en-Barrois. Ligny-en-Barrois aber, einer der wichtigsten Eisenbahnknotenpunkte der Gegend, müsse um jeden Preis verteidigt werden.

Es regnete. Seit wir die Hauptstraße verlassen hatten, versanken unsere Füße im Schlamm. Der Kot klebte an unseren elenden Stiefeln. Unsere naßen Mäntel, unsere triefenden Gasmasken, unsere durchtränkten Brotsäcke zogen uns herab. Mir war, als sei mein Kopf weit, weit von meinen Füßen entfernt. Ich suchte eine Verbindung von meinem Kopf zu meinen Füßen, aber der Weg war weit. Ich versuchte zu marschieren, ohne die Füße zu heben. Bald versank ich in Wasser.

So zogen wir in die Ortschaft ein, wo wir das übliche Bild zu sehen erwarteten: verlassene Häuser, fliehende Menschen, hilfesuchende Kinder, geplünderte Höfe. Statt dessen fanden wir ein Dorf in Feststimmung. Sie hatte doppelte Ursache. Die Bewohner, die erst vor wenigen Tagen vom raschen Vormarsch der Deutschen vernommen hatten, hatten seither auf die französischen Truppen gewartet. Sie hielten uns für die rettenden Engel. Tagelang hatten sie gefürchtet, daß wir zu spät kommen würden: Nun waren wir da, begrüßt, als hätten wir die Schlacht bereits gewonnen. Die zweite Ursache der festlichen Stimmung war privater Natur: Die Tochter des Bürgermeisters feierte Hochzeit.

Ich marschierte mit Dési, Vágo und einem Polen namens Dvonicky, der mir, an Stelle meiner vermißten Beobachter, beigegeben worden war, an der Spitze der Kolonne. Hinter einem kleinen Fichtenwald tauchte das Dorf auf. Vor den ersten Häusern standen zehn oder zwölf Männer und etwa ebenso viele Frauen, barhaupt im Regen. Als wir uns näherten, flogen die Hüte in die Luft. Der Bürgermeister trat vor. Er war ein alter Mann und trug ein strahlend weißes Hemd, eine Sonntagskrawatte zum Sonntagsrock. Im Knopfloch glänzten die bunten Bändchen der Tapferkeitsmedaillen aus dem Ersten Weltkrieg.

Die Reihe stockte. Etwa tausend Mann standen Gewehr bei Fuß.

Der Alte sprach. Wenige Worte des Willkomms, aus vollem Herzen. Wir könnten, so sagte der Bürgermeister, auf die Zivilbevölkerung rechnen. Jeder werde seinen Mann stellen. Und er schloß: «Die alten Krieger grüßen die jungen!»

Noch einmal flogen die Hüte in die Luft.

Dann teilte uns der Bürgermeister mit, daß die Ortsbewohner vorgesorgt hätten. Sie hatten angenommen, daß wir müde ankommen würden, um das Dorf, ihr Dorf, zu verteidigen. Deshalb hätten sie, zum größten Teil Soldaten des Ersten Weltkrieges, auf der Westseite des Dorfes Schützengräben gezogen: wir müßten sie nur «beziehen». *Monsieur le maire* ging uns voran. Es waren vorbildlich gezogene, etwa anderthalb Meter tiefe Schützengräben am Waldrand. Der Bürgermeister sprang als erster in den winkelig angelegten Graben. Er war stolz auf sein Werk wie auf eine neue Kirche. Die

Frauen standen dabei und schneuzten sich in ihre Schürzen. Jeder von uns war bereit, sein Leben für das namenlose Dorf einzusetzen.
Meine Kompanie sollte für zwei Stunden den Schützengraben beziehen. Diese Kompanie, die C.C., *Compagnie de Commandement*, bestand aus Beobachtern, Funkern, Fernsprechern, Meldern und Pionieren. Aber auf solche Kleinigkeiten kam es jetzt nicht an. Wir reihten uns im Schützengraben auf, brachten unsere Gewehre in Anschlag und warteten auf den Feind. Der Regen prasselte nieder, wir standen tief im Schlamm. Wir versuchten, mit unseren Augen die Nebel zu durchdringen, die aus den Feldern stiegen und aus denen jeden Moment die erste feldgraue Uniform auftauchen konnte. Capitaine Billerot, das mausgraue Gesicht noch grauer als sonst, kletterte zu uns herunter, den Kompaß in der Hand. Er zeigte, von wo der Feind vermutlich auftauchen würde.
«Wir leisten so lange Widerstand», sagte er, «wie wir können. Niemand rührt sich, ehe ich pfeife. Wenn das Pfeifensignal ertönt, ziehen wir uns geordnet in dieser Richtung zurück.»
Er wies in die Richtung des Dorfes. Keiner dachte daran, zu weichen. Ich dachte an das Wunder der Marne. So leicht werden Helden aus einer demoralisierten Horde.
Neben mir stand jetzt Mayer-Mayeresco aus Bukarest. Sein Kopf schien noch kleiner geworden zu sein, der Stahlhelm glitt ihm über die Ohren. Den Kochtopf hatte er endlich verloren. Er klammerte sich an sein Gewehr, als suchte er Halt. Während unserer Beutezüge hatte er es stets abgelehnt, etwas zu essen. Er hatte zugesehen, als wir uns an Schinken, eingelegtem Obst, Käse gütlich getan hatten. Er hatte nie etwas anderes gegessen als den spärlichen Zwieback, den die «Küche» verteilt hatte.
«Hörst du?» fragte er.

Ich wandte mich um. Im Dorf spielte jemand Ziehharmonika.
Zwei Stunden lang standen wir Posten. Zweimal kamen Frauen und brachten uns heißen Tee. Sie wurden jubelnd empfangen. *«Ce sont les hommes qui ne sont pas capable de réflechir sur la vie, qui réflechissent sur la mort»*, heißt es bei Montherlant. Wir dachten nicht an den Tod.
Schließlich wurden wir abgelöst. Ich ging mit Dési, Vágo und Dvonicky in das Café, in dem das Hochzeitsfest unterdessen seinen Höhepunkt erreicht hatte. Da der Bürgermeister gleichzeitig Besitzer des Kaffeehauses war, fehlte es an nichts. Die Braut war nicht mehr jung, etwa vierzig. Sie hatte ein müdes Gesicht, und wenn sie lächelte, wurde es noch müder. Sie hielt die Hand des Bräutigams. Er war ein Mann nahe Fünfzig, Witwer. Im Norden, bei Amiens, besaß er ein schönes Gut; er hatte sich hierher geflüchtet. Er war der einzige, der in die allgemeine Fröhlichkeit nicht einstimmte. Er saß neben seiner Braut, in steifer Fotografiehaltung, und sagte kein Wort.
Das Fest drehte sich längst nicht mehr um das Brautpaar. Die Gefeierten waren die Soldaten. Unsere Mäntel wurden zum Trocknen gehängt. Ein junges Mädchen brachte mir ein großes Glas Rum. Sie hieß Jeanne, wie jenes Bauernmädchen Jeanne d'Arc, das nur ein paar Meilen von hier entfernt geboren worden war. Der Blick der Frau wirkte auf mich wie die zärtlichste Zärtlichkeit. Ich hielt ihre Hand fest:
«Bleiben Sie einen Moment bei mir!»
«Wozu?» lächelte sie. Sie war nicht schön, aber sie hatte weiße Zähne und volle Formen.
Ich konnte es nicht begründen. Aber sie blieb einen Moment und hielt meine Hand. Dann sagte sie lachend:
«Werden Sie mich verteidigen, wenn die *boches* kommen?»
«Gewiß!»
Der Bürgermeister, Wirt und Vater, saß jetzt am langen Tisch,

unter den beiden Ölgemälden, von denen eines die Mutter Gottes darstellte, wie sie der heiligen Jungfrau von Orléans erscheint; das größere die Antrittsrede des Präsidenten Sadi Carnot vor der französischen Volksvertretung. Der Bürgermeister erzählte von seinen Kriegserlebnissen, mit jener wohlwollenden Überlegenheit, mit der die *anciens combattants* zu sprechen pflegten, wenn ihnen Soldaten des «neuen» Weltkrieges zuhörten. Immer wieder kehrte das Gespräch zum Schützengraben zurück, den die Männer des Ortes für uns geschaufelt hatten.

«Ich habe euch ja gesagt», erklärte ein Alter mit einer dünnen Zwirnstimme, «daß die Jungen zurechtkommen werden.» Hustend klopfte er Dési auf die Schulter. Alle klatschten Beifall.

Ich trat vor das Haus. Wie ein Reifen lag es mir um den Hals. Ich setzte mich an den Rand eines alten Steinbrunnens. Der Regen klatschte in den Brunnen. Mein Gesicht glühte, meine Ohren brannten, meine Hände waren kalt. Ich sah nach dem Schützengraben. Dahinter hockte Capitaine Billerot, die Pfeife im Mund. Die Hügel waren im Nebel verschwunden.

Die Bäuerin kam mit einem Eimer voll Tee aus dem Café. Sie bugsierte mich in das Lokal zurück, in dem der Ziehharmonikaspieler gerade wieder zu spielen begonnen hatte. Er war bucklig. Braut und Bräutigam saßen, als wären sie schon eingerahmt. Die blau-weiß-roten Girlanden um das Bild der Jeanne d'Arc bewegten sich leise.

Da erscholl ein Pfiff.

Der Ziehharmonikaspieler setzte ab. Ein paar Leute sprangen auf. Eine Frau riß die Tür auf. Wir schnallten unsere Koppel um und griffen nach unseren Gewehren. In der Eile wurden sie vertauscht. Der Bürgermeister rief mir etwas zu. Nur das Brautpaar saß reglos da, Hand in Hand.

Einer der Soldaten ließ das Wort «Rückzug» fallen.

Wir wußten alle, was das Pfeifensignal bedeutete, aber ich

weiß nicht, wer es wagte, die Wahrheit auszusprechen. Ich weiß auch nicht, wie die Leute plötzlich begriffen, daß wir sie im Stich lassen wollten.

Zwei Frauen hingen sich an meine Arme. Eine von ihnen war Jeanne. In ihren Augen stand Entsetzen. Ihre Lippen waren weiß wie ihre Zähne. Der Alte mit dem Bart hatte Vágos Gewehr ergriffen; sie zerrten daran wie Hunde an einem Knochen. Der Bucklige stand mit seiner Ziehharmonika drohend in der Tür.

Wir bahnten uns einen Weg. Die im Schützengraben gewesen waren, standen schon abmarschbereit. Adjutant Daroussat lief an mir vorbei und sagte:

«Scheiße. Wir laufen schon wieder davon.»

Der Regen troff von seiner weißen Kappe.

Ich schüttelte Jeanne ab. Ich versuchte, ihr etwas zu erklären, aber ich konnte es nicht.

Wir verließen das Dorf am Hang. Keiner wagte, den Kopf zu heben. Am Straßenrand standen die Bewohner des Ortes, Greise, Frauen, Kinder. Noch sagten sie nichts. Aber als der erste Offizier vorbeikam, begann eine Frau zu schreien:

«Liefert ihr uns den *boches* aus?»

Da wachten sie auf. Eine Flut von Beschimpfungen prasselte auf uns nieder. «Rettet euch, Feiglinge!» schrien die Frauen. Am lautesten schrie Jeanne. Auch die Braut war herausgelaufen. In ihrem schwarzseidenen, glänzenden Kleid, die Schleppe durch den Kot schleifend, lief sie neben den Soldaten einher. Sie spuckte aus, rief Unflätigkeiten und ballte ihre roten Hände. Der Bräutigam rannte hinter ihr her, versuchte sie zu beruhigen. Die Bäuerin mit der blauen Schürze schüttete uns einen Eimer voll Tee vor die Füße. Der Bucklige lachte. Nur der Bürgermeister stand an den Brunnen gelehnt, den Hut in der Hand.

Tagelang hatte die Agonie gewährt. Schlimmer war die Euphorie, die nun begann.

In der Nähe des Ortes, den wir verlassen hatten, fanden wir – Vágo, Dési, Dvonicky und ein Türke, Raphael Adatto – einen verlassenen Lastwagen, den Adatto, Automechaniker von Beruf, wieder flottmachte. Trotz der Proteste von Colonel Landry behielten wir den alten Karren.

Wir trachteten, stets fünfzehn bis zwanzig Kranke aufzuladen. Der Wagen war klein und ächzte unter der schweren Last. Die Reifen waren abgenützt; wenn es regnete, konnte sich der Wagen nur im Schritt vorwärts bewegen. Jedenfalls holten wir, die «Besitzer» des Wagens, Adatto immer wieder ein. Ein demütiges Ringen um einen Platz auf dem Wagen hatte begonnen. Adatto gewann Macht über Leben und Tod. Er war unentbehrlich, denn nur er konnte mit dem Autoveteranen vernünftig reden.

Viele Soldaten konnten nicht mehr marschieren. Ihre Füße bluteten, das Blut sickerte durch Strümpfe und Schuhe. Viele lagen krank am Wegrand, totenbleich mit langen Bärten. Aber keiner hatte die Hoffnung aufgegeben. Alles, was menschliche Hoffnung bedeutet, was sie umfaßt an Täuschung und Vertrauen, an Selbstbetrug und Gottesfurcht, an Traum und Wirklichkeit, war versinnbildlicht in dem Lieferwagen eines Metzgers, der durch das gemarterte Land fuhr. Wenn wir an einer Gruppe von Verzweifelten vorbeikamen, leuchtete etwas in ihren Augen. Sie riefen uns zu, erhoben sich, liefen humpelnd hinter dem Wagen einher, warfen die Arme beschwörend in die Luft oder hingen sich mit der letzten Kraft an das Gefährt und ließen sich mitschleifen, bis sie hinfielen.

Die im Wagen Platz gefunden hatten, wußten, daß er eine größere Belastung nicht werde ertragen können. Sie wußten auch, daß sie verloren waren, wenn sie zu Fuß gehen mußten. Sie stießen die Kameraden, die sich auf den Wagen hinaufziehen wollten, hinunter. Die Finger eines Kranken hatten sich an das rückwärtige Brett des Wagens geklammert, und der Mann, der oben saß oder stand, versuchte mit zusammengebissenen Zähnen die Finger des Kranken vom Brett zu lösen. Aber wenn er einen Finger gewaltsam losgelöst hatte, verkrallten sich die anderen neun nur um so verzweifelter. Wie die Erschöpften mit erhobenen Armen hinter dem armseligen Fahrzeug herliefen, dann abfielen und schließlich verschwanden, waren sie wie die Aussätzigen der Bibel, die vergeblich um Hilfe flehen. Kriegskameradschaft, Treue, Aufopferung? Ich habe nichts davon gesehen. *«Keiner kann keines Gefährte hier sein.»*

Während Adatto den Wagen lenkte und reparierte, oblag mir die Benzinbeschaffung. Es war keine geringere Aufgabe. Auf dem Weg von Commercy nach Ligny – wir fuhren sinnlos gegen Westen, um hinter Ligny wieder umzukehren und ebenso sinnlos nach dem Südosten abzubiegen – standen enorme Benzinlager in Flammen. Der Himmel war rot. Die Pioniertruppen hatten den Auftrag, die Benzinvorräte auf dem Rückzug in die Luft zu sprengen, damit sie nicht in die Hände der Wehrmacht fielen. Zehntausende Liter Benzin brannten lichterloh. Wir suchten stundenlang vergeblich nach zehn Litern für unseren *Renault*.

Knapp vor Ligny fand ich eine Benzinpumpe an der Straße. Ich suchte den Tankwart. Die Pumpe war versperrt. Ich fragte den Mann, ob er Benzin habe. Er bejahte: etwa achtzig Liter Benzin befänden sich noch in der Pumpe. Ich stieß einen Freudenschrei aus.

«Aber das Benzin bleibt hier», sagte der Mann.

«Was soll das heißen?»

«Das soll heißen, daß das Benzin hier bleibt. Außer, wenn Sie einen gestempelten Befehl vom Capitaine bringen.»

«Von meinem Capitaine?»

«O nein, vom Ortskommandanten.»

«Wo ist er?»

Mit einem Lächeln zeigte der Mann auf ein brennendes Haus am Ende des Ortes.
«Dort.»
Gehörte er der «fünften Kolonne» an? Er gehörte zu jenen Franzosen, deren Seelen eine bürokratische Erziehung getötet hatte. Er glaubte weder an Frankreich noch an Deutschland, nicht an Gott und nicht an die Menschen, nur an ein Papier und an einen Stempel. Ich mußte seine Vorstellungswelt erschüttern. Ich zog meinen Revolver, den ich unterwegs irgendwo aufgelesen hatte.
«Den Schlüssel!»
Er gab mir den Schlüssel heraus, wir gossen dreißig Liter Benzin ins leere Reservoir, schleppten die Kanister, die wir in der Station fanden, auf die Straße, füllten sie bis zum Rand.
In mancher Ortschaft kamen wir als erste an; wir waren immer die letzten, die sie verließen. Unser Colonel hatte den Leichtlastwagen mit der *Popote*, der Offiziersküche meistens vorausgeschickt. Wenn er in seinem hellgrauen *Renault*, von seinem eigenen Chauffeur, einem jungen Franzosen, gesteuert, ankam, setzte er sich zur Tafel. Erst nachdem die anderen Truppen längst vorbeigezogen waren, wurde die *Popote* wieder verladen. Ihre Vorräte gingen nie aus. Mehrere Offiziere des Stabs waren stets beschäftigt, die *Popote* aufzufüllen. Die *Popote* triumphierte über die Schrecken des Rückzuges.
Oft lagen wir so am Straßenrand und sahen, wie die anderen weiterzogen. In der Abendsonne wirkten sie durchsichtig. Wie Schatten waren sie, mit ihren müden, mageren, durchsichtigen Pferden. Der Staub wirbelte auf, wurde rosa in der Sonne. Nur hier und da fiel ein Schuß.
So war unsere Agonie. Wie ein Furioso setzte der Schlußakkord ein, der Hexensabbat der Euphorie. Denn wen der Herrgott verlassen hat, den läßt er nicht sterben in Würde.

Ligny-en-Barrois hat 4612 Einwohner und einen Bahnhof. Als wir dort ankamen, war die Stadt leer und der Bahnhof voll.

Etwa hundert Meter vor Ligny verstellten uns Offiziere den Weg. Ein Hauptmann, der nicht von unserem Regiment war, packte mich am Arm.

«He, Sergeant! Sie fahren am Bahnhof vorbei. Nehmen Sie, was Sie finden. Was Sie nicht mitnehmen, zünden Sie an!» Er rülpste. Er roch nach Alkohol. «Zu trinken gibt es auch was!»

Vor dem Bahnhof standen schon mehrere Automobile: Wagen von Offizieren, ein oder zwei Lastkraftwagen, drei oder vier Lieferwagen, «requiriert» wie unser alter blauer *Renault*. Ich gab Adatto meinen Revolver, denn ich wußte, daß Verzweifelte nicht zögern würden, sich unseren Wagen mit Gewalt anzueignen.

Auf dem Bahnhof standen Waggons, die mit Waren beladen waren. Die Waggons waren geöffnet und Hunderte von Kisten waren erbrochen worden. Die meisten enthielten Kognak und Champagner. Ligny-en-Barrois liegt in der Champagne. Ein ganzer Zug, fünfzehn bis zwanzig Waggons, war ausschließlich mit Champagner beladen. Champagner- und Kognakflaschen lagen geöffnet umher. Von einem Bahnsteig zum anderen mußte man durch ein Feld von Scherben waten. Halbgeleerte Flaschen von Kognak und Champagner waren ausgeronnen; die Waggons schwammen in einer klebrigen hellbraunen Flüssigkeit von Kognak und Schaumwein.

Fliehende Zivilisten hatten sich am Gelage beteiligt. Ich stolperte über eine alte Frau, die betrunken von einer Champagnerkiste gefallen war, mit dem Gesicht in die Scherben. Sie lag in Champagner, Blut und Kognak. Ein Soldat saß, blöd vor sich hin starrend, auf einer Kiste, in jeder Hand eine Champagnerflasche. Ein Offizier versuchte mühsam, sich eine Kiste mit der Aufschrift *Grand Marnier* auf den Rücken zu

laden. Drei Unteroffiziere kegelten. Sie stellten neun Champagnerflaschen in der Ordnung von Kegeln auf und warfen mit anderen Flaschen nach den gläsernen Figuren.
Wie der Alkohol verschieden wirkt auf verschiedene Gemüter, so boten sich auch hier verschiedene Bilder. Auf einer umgestürzten Kiste saß ein Hauptmann, den Kopf in die Hände vergraben, und lallte ununterbrochen: *«La ligne Daladier! La ligne Daladier!»* Es war ein älterer Mann mit zahlreichen Auszeichnungen. Ein adrett gekleideter, ältlicher Herr in Zivil kam auf mich zu, zupfte mich am Ärmel und fragte: «Wann geht der nächste Zug nach Hause?» Ich fragte ihn, wo er zu Hause sei. Aber er sah mich nur verständnislos an: «Wann geht der nächste Zug nach Hause?» Viele Soldaten lagen zwischen den Schienen und schnarchten. Aus dem Fenster des Vorstandbüros beugte sich ein Beduine mit einem bunten Turban. Er übergab sich auf den Bahnsteig. Der ganze Bahnhof roch wie der Mund eines Trinkers nach einer durchzechten Nacht.
Ich konnte meine Leute gerade noch daran hindern, an diesem tragischen Karneval teilzunehmen. Jeder von ihnen steckte zwei Flaschen Champagner ein; wir verluden eine Kiste mit fünfzig Fläschchen *Grand Marnier*. Dann ging es weiter.
Nun überkam auch mich das Gefühl der Gleichgültigkeit. Ich zwängte mich rücksichtslos auf den Sitz neben Adatto.
Südlich von Ligny fuhren wir nur noch an Regimentern vorbei, welche die Weisung, den Deutschen nichts zurückzulassen, wörtlich befolgt hatten. Ganze Kolonnen von Infanteristen trugen Champagnerflaschen in den Taschen. Einzelne Offiziere, unter ihnen Hauptmann Billerot, marschierten mit gesenktem Kopf vor ihren Kolonnen einher, von Ekel ergriffen, von Traurigkeit übermannt. Sie waren in der Minderheit. Immer häufiger wurden wir von Automobilen überholt, in denen fliehende Offiziere saßen: die Wagen beladen mit Flaschen, Kisten, Lebensmitteln. Immer häufiger begegneten wir

Gruppen ohne Offiziere. Niemand dachte daran, sie aufzuhalten. Die Desertion wurde selbstverständlich: Offiziere verließen ihre Kompanien, Kompanien verließen ihre Regimenter, Regimenter verließen sich selbst.
Vor fast jeder Ortschaft wiederholte sich das Schauspiel von Ligny. Frankreichs blutende Champagne hatte sich in ein rollendes Bachanal verwandelt, in eine marschierende Orgie, in eine schwarze Masse auf der Flucht. Wer sich verraten fühlt, mit dem hat der Versucher leichtes Spiel. Und wenn der Versucher auf eine uniformierte Masse stößt, die sich verraten glaubt, dann hat er gewonnen.
Vor jedem Ort stand der Versucher. Die Geschäfte, von ihren Besitzern vor wenigen Stunden verlassen, wurden geplündert. Man raubte, was einem unter die Hände geriet: immer nur, um zu rauben. Soldaten humpelten über die Landstraße – aus ihren Taschen hingen Flaschen, Frauenschuhe, Krawatten, Bänder, Spielzeug. Ein schwarzer Soldat schleifte drei oder vier Damenkorsetts hinter sich her; die Schnüre hingen herunter und hinderten ihn am Gehen, Champagner, Kognak, Hemden, Uhren, Regenschirme, Kaffeemaschinen wurden in Kinderwagen transportiert. Fast keiner der Soldaten trug noch einen Stahlhelm oder die khakibraune *bonnet de police*. Ein Hutgeschäft hatte graue, schwarze, braune Filzhüte, blaue, grüne, weiße Baskenmützen geliefert. Einige Araber trugen blumengeschmückte Frauenhüte. Da jede Ortschaft, jedes Dorf, jedes Städtchen neue Herrlichkeiten bot, warfen die Chauffeure der fliehenden Wagen die Beute des letzten Ortes über Bord, um neue Ware aufzuladen. Was in einem Ort erbeutet worden war, fand man fünf Kilometer weiter auf der Straße.
Am Weg lagen mehrere große Käsefabriken, die vollständig ausgeraubt worden waren. Da man aber gleich darauf andere Lebensmittel gefunden hatte, waren die Portsaluts, die Reblochons, die Roqueforts zu Hunderten auf die Straße ge-

worfen worden. Minutenlang fuhr unser Wagen durch Käse. Die Räder sanken ein in die weiche gelbe Masse. Adatto fluchte, weil unsere alten Reifen im Käsebrei hin und her schaukelten.
So jagten wir durch die Provinzen Marne, Meuse und Vorges, durch die Städte Void und Vaucouleurs, und so gelangten wir nach Domrémy-la-Pucelle, dem Ort, wo die französische Nationalheilige Jeanne d'Arc geboren worden war. Vor dem Haus, in dem die heilige Johanna das Licht der Welt erblickt hatte, stritten zwei Soldaten um ein Fahrrad. Im Städtchen Vaucouleurs, schon in Lothringen, befanden sich die Einwohner noch in ihren Häusern. Von hier an gab es keine Evakuierung mehr.
Ich hielt vor einem Gasthaus und bat den Wirt, jedem von uns ein Glas Pernod zu geben. Wir saßen an den kleinen runden Tischen aus falschem Marmor, wie richtige Gäste in einem richtigen Kaffeehaus. Der Wirt war ein dicker Mann mit einer offenen Weste und einer schweren Uhrkette; der liebenswerte Bistro-Wirt Frankreichs. Er sagte, daß er keine Angst habe vor den Deutschen, sie könnten ihn «höchstens» umbringen.
«Es ist nicht eure Schuld», sagte er. «Man hat uns verkauft und verraten.»
«Wer?» fragte ich.
Er zuckte mit den Achseln.
«Wir waren unvorbereitet», sagte ein Soldat.
«Und warum?» Der Wirt reinigte den Tisch. «Aber das nächste Mal . . .»
«Noch ein Krieg . . .?»
«Der Krieg ist noch nicht vorbei. Es gibt noch ein anderes Frankreich. Aber das versteht ihr nicht.»
Wir verstanden ihn wirklich nicht. In den wenigen Minuten, die wir blieben, nahm ich Abschied von allen Bistros, die ich geliebt hatte. Ich streichelte die alte Theke, setzte mich für einen Moment auf den Barstuhl, legte die Hand auf die Fla-

schen, ich ging sogar in das Klosett hinaus – ein Klosett kann die Illusion des zivilen Lebens heraufbeschwören. Ich sah mich in dem Spiegel, erkannte mich nicht, ging weiter. Ich hatte meinen Spaß daran, die Rechnung zu bezahlen; der Wirt nahm verwundert das Geld entgegen.

Auf der Straße torkelten die Soldaten durch ein Spalier feindlicher Frauen und Mädchen. In der Bäckerei wurde heißes Brot verteilt; ich nahm ein Stück und wurde sofort von Magenkrämpfen befallen. In der Konditorei gab mir ein Mädchen eine Tafel Schokolade; es meinte, ich sei am Unglück vielleicht gar nicht schuld. Dann verfiel ich auf die Idee, in die Apotheke zu gehen und mir Eau de Cologne zu kaufen. Ich betrat die *Pharmacie de la Croix Lorraine*, neben der *Confiserie Jeanne d'Arc*, und erwarb eine kleine Flasche Kölnischwasser . . .

Das heiße frische Brot hatte auf mich die Wirkung des stärksten Alkohols. Glücksrausch zuerst, dann Ernüchterung. Als wir aus dem glühenden Dorf fuhren, in dem Soldaten, Mädchen, Männer, Frauen auf den Straßen saßen, schrien, tranken, hinfielen, sich pufften, lachten, kreischten, weinten, drehte es sich mir im Kopf, alles purzelte durcheinander: das Mädchen aus der Konditorei trug den weißen Kittel des Apothekers, und aus dem Spiegel des Wirtshauses grinste mir das Gesicht der betrunkenen Frau vom Lignyer Bahnhof entgegen.

Ich erinnere mich nur dumpf, daß wir in die Richtung von Toul getrieben wurden und daß die Brücke von Vaucouleurs hinter uns in die Luft flog. Wir fuhren einen ganzen Tag, bis wir auf der Landstraße zwischen Nancy und Neufchâteau, hinter der kleinen Ortschaft Alain, angehalten wurden. Am Straßenrand stand Truffy.

«Steigen Sie aus», sagte er mir, «und schicken Sie den Wagen vor.» Dann zu Adatto: «Etwa fünfhundert Meter von hier, im Wald, finden Sie den Colonel. Der Sergeant und ich kommen nach.»

Ich stieg aus. Der Wagen entfernte sich.

«Ich habe mit dir zu sprechen», sagte Truffy und setzte sich ins Gras. Er spielte mit einem Grashalm. «Wir dürfen stolz sein auf das ‹Einundzwanzigste›. Von den Überlebenden fehlt kein Mann. Das ganze Regiment hat sich bis hierher durchgeschlagen – ich weiß nicht wie. Sie schlafen alle oben im Wald.»

Ich hörte ihm zu, aber ich wußte, daß es nicht das war, was er mir sagen wollte. Ich fragte:

«Marschieren wir weiter?»

«Nein», sagte er. «Wir haben Befehl, die Waffen niederzulegen. Wir sind vollkommen eingekesselt. Frankreich hat um Waffenstillstand ersucht.»

Er erhob sich und wandte sich ab. Das Feld war weit, es reichte bis hinauf zum Waldrand. Die Wiese war gelb in der Mittagssonne. Die Grillen zirpten. An der Straße stand eine Kapelle. Wir gingen auf die kleine Kapelle mit dem vergitterten Altar zu. Ein paar welke Blumen lagen auf dem weißen Tuch, unter dem Bild der Mutter Gottes.

ZWEITES BUCH

Gefangenschaft und Flucht

ABSCHIED VOM LEBEN

Wir blieben zwei Tage im finsteren Wald von Alain. General Weygand hat später erklärt, daß von jenen Divisionen, die *«Inseln des Widerstandes»* gebildet hatten, neun vollkommen aufgerieben worden seien, während zwei die Hälfte ihres Bestandes eingebüßt hatten und zwölf mit einem Viertel ihrer Truppe in die Hände der Deutschen gefallen waren. Zu jenen zwölf Divisionen, die fünfundsiebzig vom Hundert verloren, gehörte die Fünfunddreißigste.

Im Wald von Alain war nur noch jeder vierte Mann unseres Regimentes am Leben, sechshundert Mann, vollkommen erschöpft. Im Wald war keine Nahrung zu finden, an einen Nachschub war nicht zu denken. Der einzige Wagen schleppte die mit Champagner, Kognak und Geflügel reich versehene *Popote* des Colonel: Adattos fahrende Nähmaschine streikte endgültig.

Ich lag im Wald und brütete vor mich hin. Ich hatte stets gewußt, daß deutsche Gefangenschaft für mich bestenfalls den Tod bedeuten würde: im schlimmsten Fall Konzentrationslager und Tortur. Ich war jüdischer Abstammung, wenn auch als Christ erzogen, dazu noch Ausländer und Freiwilliger im Krieg gegen Hitler: das hätte genügt. Aber ich hatte auch, in der Schweiz, in England, Amerika und einer Reihe anderer Länder drei Romane veröffentlicht, die nach dem Einmarsch der Deutschen in Wien verbrannt worden waren. Gegen die Veröffentlichung meines Romans *Zu spät?* hatte die deutsche Botschaft in Bern offiziell Protest eingelegt. Mein erster Roman *Drei über die Grenze* war ein Bekenntnis zum freien

Deutschland der Zukunft gewesen: der Held von *Zu spät?* war ein deutscher Ingenieur, der seine patriotischen Gefühle mit dem Dienst am Nationalsozialismus nicht zu vereinen vermag – aber für solche Subtilitäten würden wohl Hitlers Armeen wenig Verständnis haben. Vom ersten Tag des Krieges an war ich entschlossen, meinem Leben lieber ein Ende zu bereiten, als Hitlers Gefangener zu werden. Ich wunderte mich, daß mich der Gedanke beruhigte. Ich fragte mich, ob ich klüger daran getan hätte, in der Sicherheit meines Genfer Heimes zu bleiben. Auch dieser Gedanke war nicht quälend. In einer Welt zu leben, in der Hitler regierte, wäre sinnlos gewesen. Hunger und Müdigkeit hatten ihr Werk getan: Sie allein sind der Rohstoff des Heldentums, wenn sich in heroischen Büchern auch nichts davon findet.

Hier und da feuerte die deutsche Artillerie in den Wald. Sie wollte vermutlich keinen Schaden anrichten, sondern uns nur daran erinnern, daß dem geschlagenen Frankreich noch kein Waffenstillstand gewährt worden war.

So nahte der 21. Juni heran.

An diesem strahlenden Junitag, an dem die Sonne durch die dunklen Äste brach, ließ mich Truffy gegen sieben Uhr morgens rufen.

«Sie haben den Auftrag», sagte er, über eine Karte gebeugt, «mit einem zweiten Beobachter die Straße in der Richtung von Charmes aufzuklären. Es heißt, daß es noch eine Möglichkeit gibt, über Charmes durchzukommen.»

Ich sah ihn verwundert an.

Er wartete, bis sich Capitaine Guy, der neben ihm gestanden hatte, entfernte.

«Ist natürlich Unsinn», fuhr er fort. «Kein Mensch kommt mehr durch. Aber . . .» Er zögerte. «Es ist nicht notwendig, daß du draufgehst. Wenn du mit uns gefangengenommen wirst, kannst du deine wahre Identität nicht verheimlichen.»

«Und du . . .?» fragte ich.

«Ich bin Franzose. Mir wird nichts geschehen. Versuche, zwischen dich und uns so viele Kilometer zu bringen, wie du nur kannst. Wirf dein Soldbuch und deine Erkennungsmarke weg. Entferne die Nummer einundzwanzig von deinem Kragen. Du hast ungefähr zwölf Stunden.»
Ich sagte: «Ich kann doch nicht einfach auf und davon.»
«Ich gebe dir mein Wort, daß wir keinen Schuß mehr abfeuern werden. Wir haben Befehl, nicht mehr zu schießen. Auf was willst du hier warten? Wenn die Deutschen kommen, heben wir die Arme, und damit basta.»
Capitaine Guy kehrte zurück.
«Sie sind noch da?» fragte er.
«Ja, *mon capitaine.*»
«Was soll das heißen . . .?» murrte Guy. «Machen Sie, daß Sie fortkommen. Vielleicht gibt es noch eine Möglichkeit.»
Ich ging zu meinen Kameraden zurück. Ich sagte Dvonicky, er möge sich fertig machen. Dann packte ich meine Siebensachen, übergab Adjutant Daroussat mein Gewehr, schnallte mir den Revolver um, steckte drei Handgranaten zu mir und kehrte zu Truffy zurück.
«Siehst du», sagte er, «Guy glaubt wirklich, daß es noch eine Möglichkeit gibt. Vielleicht hat er recht.»
«Ich hoffe es, *mon lieutenant.*»
Wir gingen am Waldrand ein paar Schritte nebeneinander.
«Keinen langen Abschied!» sagte Truffy. Er schüttelte mir die Hand. «Wir sehen uns bald.»
Ich verabschiedete mich von ein paar Kameraden. Nicola, der dicke Koch des Colonel, gab mir ein Stück Wurst von der *Popote*. Wir wechselten ein paar Worte mit Daroussat, mit Dési, mit dem Schneider Hegedüs, dem Bierfahrer Pap. Von den Beobachtern war niemand mehr da. Ich suchte den kleinen Portugiesen Malagrida, aber es hieß, er sei in den letzten Kämpfen gefallen. Ich suchte Desiré Weiß, aber er war schwer verwundet worden; man wußte nichts Näheres über ihn. Ich

wollte mich bei Capitaine Ravel melden, dem eleganten Grafen Ravel mit den blitzblanken Stiefeln, aber er hatte an der Spitze seiner elften Kompanie den Tod gefunden. Ich fand Mayer-Mayeresco, aber er schlief an einen Baumstrunk gelehnt, und ich brachte es nicht über mich, ihn zu wecken. Daroussat begleitete mich ein paar Schritte. Seine Haare waren grau geworden. Dési fuhr mit bis zu der Ortschaft, von wo Dvonicky und ich aufbrachen. Désis roter Kopf leuchtete noch lange aus dem grünen Feld, als wir die Straße in Richtung Charmes einschlugen. Ich begann beinahe, an unsere Mission zu glauben.

Wir fuhren oder marschierten an diesem Tag ungefähr sechzig Kilometer. Ich war zu müde, um noch Müdigkeit zu empfinden; Alfred Dvonicky dagegen war unermüdlich. Er war drei- oder vierundzwanzig Jahre alt, von schlankem Körperbau und der durchsichtigen Noblesse der polnischen Aristokraten. Niemand hätte ihn für einen polnischen Juden gehalten. Dvonicky war ein Aristokrat und zugleich zäh wie die meisten Ostjuden.

Wir beschlossen, unbekümmert um alles, was wir unterwegs vernehmen würden, bis Charmes vorzustoßen, um zu sehen, ob sich von hier, wo viele Wege zusammenlaufen, vielleicht doch noch eine Rückzugsstraße für das Regiment finden ließe. Wir hatten eine *ordre de mission* in der Tasche und mußten nicht befürchten, von einem Offizier aufgehalten zu werden. Unsere Vorsicht war unbegründet. Hunderte Deserteure liefen über die Landstraßen; sie hätten sich über unseren «Auftrag» nur amüsiert.

Agonie, Euphorie: nun folgte Apathie. Soldaten ruhten im Straßengraben und antworteten auf unsere Fragen stereotyp: *«On attend les allemands.»* Manche unterhielten sich darüber, ob sie in der Gefangenschaft ihre Fahrräder würden behalten können. Ganze Einheiten traf man überhaupt nicht mehr. Zwei Fahrer eines Militärlastwagens, die Munition nach

Charmes hätten bringen sollen, nahmen uns fünfzehn Kilometer mit, blieben dann plötzlich stehen und erklärten, für zwei Stunden pausieren zu wollen: es sei die Stunde des *casse-crout*, des Gabelfrühstücks. Sie setzten sich unter einen Baum, holten ihr Gabelfrühstück aus säuberlich gefalteten Servietten, stellten den Rotwein in die Sonne und trafen Anstalten, ein sonntägliches Familienpicknick zu improvisieren. Ich versuchte, ihnen klarzumachen, daß über Charmes voraussichtlich der einzige Weg in die Freiheit führe, aber sie meinten, man käme immer noch zurecht, im übrigen würden uns die Deutschen nicht auffressen. Sie wünschten uns, als wir weiterzogen, *«bon voyage»*. *«Enfin . . . on était fatigué»*, sagt der Sergeant Pierre Seraphin Flambeau in *L'aiglon*. Die Armee war müde. Sie hatte nur noch einen Wunsch: nicht mehr zu laufen. Herzkönig und Karodame traten in ihre Rechte. Auf den kühlen Steinstufen der Häuser erwartete eine Armee, *Belote* spielend, den Eroberer.

Wir sprangen auf Transportwagen, fuhren mit Artilleristen auf ihren Pferdefuhrwerken, stahlen Fahrräder und ließen sie wieder liegen, marschierten und rannten. Kanoniere, die einen Radioapparat besaßen, erzählten uns, daß Paris unsere vollständige Einkesselung gefunkt hatte. Sie standen an ihren Feldküchen und riefen uns spöttische Schimpfwörter zu, als wir es ablehnten, auf die heiße Suppe zu warten.

Der Begriff «Kessel» wurde greifbar. Auf den Straßen verkeilten sich die Wagen ineinander. Fliehende, von Norden gegen Süden, von Süden gegen Norden, kamen einander immer näher. Beide hatten den unsichtbaren Feind im Rücken. Ein Wagen fuhr die Straße aufwärts, ein anderer abwärts. Wenn sie sich begegneten, hielten sie.

«Wo sind die Deutschen?»

«Hinter uns.»

«Hinter uns auch!»

Schließlich gab man es auf, parallel in entgegengesetzter Richtung zu marschieren. Die Soldaten stiegen aus, machten Feuer, spielten Karten. Offiziersautos, die sich Durchfahrt zu erzwingen versuchten, wurden aufgehalten, die Offiziere herausgeholt. Ihre Erzählungen, die man tagelang gehört hatte – «Wir fahren zur Division!» oder «Wir holen Verstärkung!» «Wir fahren unserem Regiment nach!» –, wurden mit Gejohle aufgenommen. Die jüngeren Offiziere stiegen aus ihren requirierten Pariser Privatwagen. Sie machten sich mit Hammer, Gewehrkolben und Beilen daran, ihre Wagen kurz und klein zu schlagen. Alles beteiligte sich an dem Amüsement. Dann wurden die Offiziere zu einer Partie Belote eingeladen.

Nur wir liefen weiter. Man lachte uns aus, fluchte, bewarf uns mit Steinen.

Wir waren zu müde, um zu sprechen. Wenn uns aus einem Wagen zugerufen wurde: «Es geht nicht weiter!» kehrten wir um, schlugen einen anderen Weg ein. Nur unsere Müdigkeit trug uns noch; wir konnten nicht mehr stehenbleiben. Allmählich entledigten wir uns aller Last: unserer Patronentaschen, unserer Brotbeutel, unserer Gasmasken. Lebensmittel lagen in Hülle und Fülle am Straßenrand. Dvonicky legte sein Gewehr auf einen Haufen von Gewehren, ich warf meine Handgranaten auf ein freies Feld. Weiter, immer weiter. Wir torkelten über Steine, Waffen, Säcke, Gasmasken. Wir entdeckten immer ein Zeichen, das uns bewies, der Weg hinter Charmes führe immer noch in die Freiheit. Wir rasteten überhaupt nicht mehr. Die Hitze war unerträglich. Es war, als brannten Tausende Feuer, irgendwo, als käme uns die Hitze Tausender glühender Öfen entgegen. Es war nicht die Hitze des Sommers. Vielleicht waren wir tot im Fegefeuer.

So kamen wir, vier oder fünf Kilometer westlich von Charmes, in das Gebiet des Schweigens.

Wir hatten uns der Stadt auf der Chaussee Miracourt–Charmes genähert. Unser Auftrag bestand darin, in Charmes mit dem Armeekommando Fühlung zu nehmen und zu erkunden, ob die Straße Epinal–St. Dié frei sei. Der letzte Plan, den man uns freilich nicht mitgeteilt hatte, hatte darin bestanden, den Weg über St. Dié nach Kolmar zu nehmen, um, angelehnt an die Ligne Maginot, auf der Höhe von Ferette die Schweizer Grenze zu überschreiten. Der Glaube an die Unverletzlichkeit der Ligne Maginot war noch an diesem 21. Juni so stark, daß man ernstlich mit ihr rechnete, während die Wehrmacht schon am 16. Juni den Rhein überschritten hatte.
Die aus der Richtung von Charmes nach Westen fliehenden Truppen hatten die Stadt fünf Kilometer hinter sich gelassen, als sie auf Truppen stießen, die, ihrerseits nach dem Osten strebend, Charmes zu erreichen trachteten. Etwa fünf Kilometer westlich der Stadt waren sich die beiden Armeen darüber einig geworden, daß es in der einen wie in der anderen Richtung müßig sei, weiterzumarschieren. Sie standen sich gegenüber wie zwei Lokomotiven, die, auf dem gleichen Geleise, im letzten Moment angehalten hatten.
So waren wir plötzlich auf der Landstraße allein. Ein leiser Wind hatte sich erhoben und sprang von Baumkrone zu Baumkrone. Die Blätter raschelten. Von Zeit zu Zeit fiel ein Blatt zu Boden.
Knapp vor Charmes begegneten wir zwei Männern und zwei Frauen auf Rädern.
«Die Deutschen sind da!» riefen uns die Männer zu. «Die Deutschen sind in Charmes!»
Und als sollte sich bestätigen, was sie sagten, hörten wir den lange nicht mehr vernommenen Motorenlärm deutscher Bomber.
Ich weiß nicht, warum wir weitermarschierten. Das Wort Charmes zog uns wie ein Magnet. Und tatsächlich: Wir fanden Charmes frei von Deutschen. Diesseits des Canal d'Est

und der Mosel, der beiden breiten Flußarme, die Charmes in zwei Teile schneiden, war die Stadt ausgestorben. Vereinzelte Zivilisten standen vor den Häusern und starrten nach dem Himmel. In den Gasthöfen, in denen wir um ein Glas Bier bettelten, wurden wir abgewiesen.
Die staubige, häßliche Stadt mit den Häusern im Stile der Jahrhundertwende verdiente weniger denn je den Namen, den sie trägt. An der mächtigen Grand Pont standen Senegalneger Posten. Kleine graue Päckchen, der Brücke entlang aufgereiht, zeigten, daß sie auf die Sprengung warteten.
Ich fragte den Korporal nach dem Armeekommando. Er wies auf ein Gebäude jenseits der Brücke.
«Wollt ihr die Brücke in die Luft sprengen?» fragte ich.
Er lachte. «Jemand wird sie in die Luft sprengen.» Er wies auf seine schwarzen Kameraden, die das andere Ende der Brücke bewachten. «Wer weiß, von welcher Seite die Deutschen zuerst da sind.»
Wir überquerten die Brücke. Unter uns floß die Mosel in sommerlichem Frieden.
Im Hauptquartier war niemand zu finden. Die Zimmer standen leer. Endlich trafen wir einen Leutnant, der uns erklärte, der Generalstab befände sich im Luftschutzkeller des benachbarten Weingutes. Er führte uns zum Bauernhof. Die Kellertür stand offen, auf einer Stufe saß ein Major.
«Was wollen Sie?» fragte er.
«Einen Befehl holen, *mon commandant*.»
Ich brachte mein Ansinnen vor. Der Major hörte zu. Er blickte zu mir empor, ich blickte zu ihm hinab. Der Major war ein älterer Herr mit dem langen behaarten Hals eines Truthahns. Als ich geendet hatte, rief der Major nach dem Hauptmann, der sich im Winzerkeller aufhielt. Kaum war der Kopf des Capitaine pilzartig aus dem Boden gewachsen, als der Major von einem Lachkrampf geschüttelt wurde. Sein Putenkopf lief rot an.

«Da sehen Sie sich dieses Exemplar an!» rief er hustend. «Der Sergeant will einen Befehl holen.» Plötzlich wurde er still. Er musterte mich mißtrauisch. «Wollen Sie gefälligst in das große Haus dort drüben gehen und ein Bier trinken. Das ist die einzige Weisung, die ich Ihnen geben kann, Sie Idiot!»
Ich kehrte zu Alfred zurück, der mit unfehlbarem Instinkt den Bierausschank längst entdeckt und zwei Glas Bier hinuntergespült hatte. Das Bier war kalt und kostete nichts.
Rings um das Bauernhaus lagen schlafende Soldaten auf der Straße. Frauen und Kinder saßen auf Bänken oder am Straßenrand. Wir stiegen vorsichtig über die schlafenden Menschen, näherten uns wieder der Stadt.
Eine Hand legte sich mir auf die Schulter. Es war eine Frauenhand. In der Tür eines schmalen grauen Hauses stand die Frau. Sie fragte: «Willst du mich besuchen, *mon petit*?»
Es war ein hochbusiges, geschminktes Frauenzimmer mit kurzen fetten Händen und monumentalen Schenkeln.
«Bist du von hier?» fragte ich.
«Sehe ich so aus?»
«Nein», sagte ich höflich.
«Ich bin aus Epinal. Ich bin evakuiert.»
Sie sagte das Wort «evakuiert», als wäre es etwas besonders Feines. «Ich empfange jetzt hier.» Sie stieß die Haustür auf. Im schmalen Steinkorridor standen ein Kinderwagen und ein Diwan.
Wir gingen weiter, immer noch weiter. Hinter dem Bahnhof, wo wir in einem kleinen Obstgarten Stachelbeeren pflückten, tauchten drei prachtvolle Automobile auf. Ich packte Alfred beim Arm. In den Wagen hatten fünf oder sechs Generale und ebenso viele Obersten gesessen. Die Wagen waren in einer Staubwolke verschwunden.
«Vorwärts, Alfred!» sagte ich. «Denen nach. Ich habe noch nie gehört, daß Generale gefangengenommen wurden. Die wissen ganz sicher den richtigen Weg.»

Wir fühlten uns wie neu geboren. Die Straße, die wir kurz darauf erreichten, führte nach Baccarat und war die *Route de Grande Circulation No. 9*. Sie bog scharf gegen Nordosten ab. Es war kein Lebewesen zu sehen auf dieser «Straße des großen Verkehrs». Vor Tagen mußte hier ein Luftbombardement stattgefunden haben. Die Luft war erfüllt von Leichengeruch. Tote Menschen und tote Pferde lagen zu Dutzenden am Straßenrand. Überall beladene Wagen, umgekippt; sie hatten ihre Ladung auf die Straße erbrochen. Die Bäuche der Pferde waren aufgerissen, die Gedärme hingen aus den Leibern.

Links von der Straße erblickten wir endlich ein weißes Bauernhaus, Rauch stieg aus dem Schornstein des roten Daches. Es war ein Haus, wie es Kinder zeichnen. Im Hof stand ein Mädchen. Wir sahen nur seinen Rücken. Das Mädchen schaufelte Mist auf den Düngerhaufen. Wir riefen es an. Es drehte sich um, kam zum Zaun und lächelte. Es hatte einen weichen, roten Mund und roch nach Heu.

«Geht es hier weiter?» fragte Alfred.

«Warum nicht?»

«Sind die Deutschen nicht dagewesen?» forschte Alfred.

«Aber nein!» Sie lachte. «Wollt ihr nicht hereinkommen und ein Glas Milch haben?»

Wir dankten.

«Haben Sie hier drei Wagen vorbeifahren gesehen?» fragte Alfred.

Sie bejahte. Die Wagen seien vor wenigen Minuten vorbeigerast.

Wir eilten weiter und erreichten bald einen dichten Wald.

Alfred blieb stehen. Er wies nur stumm in die Richtung des Waldrandes.

Da standen die drei Automobile.

Der Wald umschloß einen kleinen Friedhof. Es war ein Soldatenfriedhof aus aus Ersten Weltkrieg, mit rosa Grabsteinen.

Nur Frankreich konnte solche Friedhöfe errichten. Die Grabsteine waren von zarter Farbe, wie Puderquasten. Jetzt stieg Rauch aus den Gräbern. Die Generale und Obersten standen um die Grabsteine und warfen Papiere in ein brodelndes Feuer. Ein junger Major ging immer wieder zu den Wagen, um Papiere und Aktenmappen herbeizuschleppen.
Das seltsamste aber war dies: Am offenen Feuer stand ein deutscher Soldat und tat, als wärmte er sich die Hände.
Wir blieben am Wagen stehen und fragten den Fahrer, was hier vorging.
«Wir vernichten Papiere», antwortete er.
«Und der da?»
Ich wies auf den deutschen Soldaten. Der wandte uns jetzt sein Gesicht zu. Es war ein viereckiges Gesicht mit blutunterlaufenen Augen. Der Junge konnte höchstens zwanzig Jahre alt sein. Er grinste über das ganze Gesicht. Als ich ihn zu lange anstarrte, streckte er die Zunge aus.
Der Fahrer lachte. «Unser Gefangener!» sagte er. «Ein Vorposten. Hat sich verirrt. Der General hat ihn persönlich gefangengenommen. Jetzt weiß er nicht, was er mit ihm anfangen soll. Der Deutsche freut sich wie ein Schneekönig. In einer Stunde wird er den General bewachen.»
Die Generale warfen immer noch Papier in die Flammen. Ein Oberst stand neben dem Deutschen und bewachte ihn, das Gewehr des Soldaten in der Hand.
Wir hasteten weiter. Die Stille umfaßte uns. Hinter uns humpelte jetzt schon seit geraumer Zeit ein Pferdewagen. Ein müder Gaul zog ihn. Es war kein Kutscher zu sehen. Der Wagen fuhr, weil das Pferd vor Müdigkeit nicht stehenbleiben konnte. Hinten saß ein kleiner Mann mit einer Brille und ließ die Beine baumeln. Er trug die roten Samtaufschläge der Mediziner. Wer im Wagen lag, konnte man nicht sehen. Man hörte nur das Röcheln eines Sterbenden.
«Wenn in dieser Richtung noch Verwundete evakuiert wer-

den», meinte Alfred optimistisch, «muß es hier einen Weg geben.»
Ich rief zum Arzt hinauf: «Wohin, *mon lieutenant*?»
Er zuckte die Achseln und antwortete nicht. Über dem Seitenbrett des Wagens tauchte das Gesicht eines Negers auf. Tränen liefen über sein Gesicht.
«Bist du verwundet?» fragte ich.
«Nein. Mein Bruder ist tot.»
Im gleichen Augenblick fuhren, uns entgegenkommend, zwei Radfahrer an uns vorbei.
Es waren deutsche Soldaten.
Alfred und ich erstarrten.
Die beiden Deutschen beachteten weder uns noch den Wagen. Sie hatten Maschinenpistolen geschultert. Aber sie trugen die Waffen quer übergehängt, als hätten sie keine Absicht, sie je zu verwenden. Sie waren frisch rasiert, ihre blonden Haare naß und sorgfältig gelegt.
Alfred und ich berieten. Es war sinnlos, weiterzulaufen. «Gehen wir zum Bauernhaus zurück», schlug ich vor. «Wir müssen uns Zivilkleidung beschaffen.»
«Wenn wir in Zivilkleidung angetroffen werden . . .»
«Na und? Zu verlieren haben wir doch nichts.»
Wir kehrten um. Der Totenkarren trottete weiter, mit dem stummen Leutnant, dem weinenden Neger und dem Pferd, das noch nicht gemerkt hatte, daß es gestorben war. Als wir, uns immer vorsichtig durch den Wald fortbewegend, an dem rosa Friedhof vorbeikamen, sahen wir den Gefangenen im Gespräch mit den zwei Radfahrern. Er wies in die Richtung von Charmes. Man sah nur eine Staubwolke, in der die Wagen der Generale verschwunden waren.
Wir betraten das Bauernhaus. Das Mädchen war nicht mehr allein. In der Küche saßen zwei französische Soldaten. Der eine trank Milch, der andere Wein. Der Soldat, der Milch trank, war ein großer blonder Bauernjunge. Er musterte das

Mädchen. Der zweite Soldat war besoffen. Er hämmerte auf den Tisch, fluchte, murrte und verlangte, daß ihm Hitler seinen zerrissenen Hosenboden flicke.

Ich zog das Mädchen beiseite.

Ja, sagte sie, sie würde uns gerne Zivilanzüge geben, aber sie selbst sei hier nur angestellt. Der Bauer und seine Frau seien nicht zu Hause, nicht einmal ihr Sohn sei da. Sie müßten jeden Moment kommen.

Jeden Moment müßten auch die Deutschen dasein, erwiderte ich. Ob sie nicht die beiden Radfahrer gesehen habe?

Doch, sie habe sie durch das Fenster gesehen. Als sie vorbeigefahren seien, sei der blonde Sergeant aufgesprungen, sei zum Fenster gelaufen, habe den Arm aus dem Fenster gestreckt und «Heil Hitler!» gerufen.

Solange er im Haus sei, könne man überhaupt nichts tun.

«Dann wollen wir also gehen», sagte ich.

Sie hielt uns zurück. Nein, sagte sie, wir mögen uns auf dem Dachboden verstecken, bis die Luft rein sei oder die Bauern zurückkämen. Auf Zehenspitzen führte sie uns in die Dachkammer hinauf.

Wir waren allein.

Der Dachboden roch nach Moder, Tabak, geräuchertem Fleisch und Staub. Ein paar Schinken hingen im Schornstein. Eine alte Nähmaschine und eine Sichel standen im Winkel, in einem anderen lagen eine große, gerahmte Fotografie und zerstreute Spielkarten. Durch die Dachluke sah ich einen Teil der Straße und den Wald. Über die Straße fuhr von Zeit zu Zeit ein deutscher Radfahrer. Der Wald war still.

Gegenüber der Tür befand sich eine gebrechliche Bettstatt. Wir legten uns nieder. Die Stahlfedern preßten sich in unsere Hüften. Wir empfanden es nicht. Unsere Körper waren wund und unsere Beine tot.

«In spätestens ein bis zwei Stunden sind die Deutschen im Haus», sagte Alfred.

Es war halb neun Uhr. Es dunkelte.
«Wenn sie heraufkommen, schießen sie sofort», fuhr Alfred fort. «Wollen wir nicht lieber unten warten?»
«Ich bleibe», sagte ich.
Wir lagen nebeneinander, auf dem Rücken, die Hände unter den Köpfen verschränkt. Wir starrten nach der Tür.
«Wenn ich getötet werden sollte», sagte Alfred, «verständige meine Schwester.» Er gab mir ihre Adresse. «Soll ich sie dir aufschreiben?»
«Nein. Ich merke sie mir.»
«Sicher?»
«Sicher. Und wenn du am Leben bleibst . . .» Ich gab ihm die Adresse meiner Frau und meiner Eltern.
«Wollen wir schlafen?» fragte Alfred.
«Ja», sagte ich.
«Leb wohl», sagte Alfred, als ob er fortginge.
«Leb wohl», sagte ich, als ob ich fortginge.
Wir sahen uns nicht an. Unsere Blicke waren auf die Tür geheftet. Jeden Moment . . . dachten wir. Und zugleich, abergläubisch: Die Tür kann sich nicht öffnen, solange wir sie anstarren. Langsam versank die Dachkammer im Dunkel. Wir hielten die Umrisse der Tür fest, ängstlich, uns anklammernd. Hier und da zuckte der Schein einer elektrischen Taschenlampe auf. Gleich wird uns eine elektrische Taschenlampe in die Augen leuchten. Wir warteten. Dann senkte sich die Nacht über die Tür. Ich schlief ein.
Das Schreien einer hohen Frauenstimme weckte mich:
«Herunter mit euch! *Les allemands sont là!*»
Die Tür wurde aufgerissen. Eine Frau, Kerze in der Hand, stand auf der Treppe.
«Schnell, schnell, man erwartet euch!»
Wir standen auf. Wir folgten ihr die Treppe hinunter, über den Hof, der nach Jasmin und Jauche roch. Der Mond stand hoch. Es war zwei Uhr früh.

Sobald wir den Hof verlassen hatten, leuchteten uns zwei Taschenlampen ins Gesicht. Hände betasteten meinen Körper.
«Keine Waffen?»
«Non.»
«Stellt euch dazu!»
Mehrere hundert französische Soldaten, drei oder vier Offiziere standen auf der Straße. Ein deutscher Soldat bewachte die Gefangenen. Der kühle Wind griff in mein Haar. Seit mich der deutsche Soldat angefaßt hatte, war eine seltsame Wandlung in mir vorgegangen. Oder war es im Schlaf geschehen? Oder keines von beiden? War es, daß ich, nach einem Jahr, in dem ich das Rad in einem Uhrwerk gewesen war, Rad in einer verdorbenen Uhr, mich nun wieder als Herr meiner Entschlüsse fühlte? Ich empfand keine Angst mehr. Ich strich mir die Haare aus dem Gesicht. Und als ein deutscher Unteroffizier auf die Gruppe zutrat und fragte, ob hier jemand deutsch verstünde, sah Dvonicky mit Entsetzen, daß ich vortrat: «Ich spreche deutsch.»
Ich tat es mit französischem Akzent.
«Ausgezeichnet», erklärte der Unteroffizier. «Komm mal mit!»
Wir gingen in den Wald. Er hieß mich einige Pferde losbinden.
«Na, für dich ist der Krieg aus», meinte er.
Zur Vorsicht hielt er seinen Revolver auf mich gerichtet.
Als wir wieder aus dem Wald traten, beriet der Unteroffizier mit einem Gefreiten. Dann gab er einen anderen Befehl:
«Du führst die Bande ab. Wir haben noch zu tun. Du schaffst das doch allein, was?»
«Und ob . . .!»
«Sie haben keine Waffen. Außerdem sind sie froh, daß der Krieg für sie aus ist. Es sind höchstens fünfhundert.» Er wandte sich wieder an mich. «Du bleibst bei uns. Vielleicht können wir dich noch brauchen.»

«Jawohl. Kann mein Freund mit mir bleiben?»
«Meinethalben.»
Ich gab Dvonicky einen Wink. Vorher hatte ich ihm gesagt, so zu tun, als ob er kein Wort deutsch verstünde.
Wir gingen zu viert – der deutsche Unteroffizier, der Gefreite, Alfred und ich – zum Bauernhaus zurück. Die Bäuerin stand vor dem Tor und fragte, ob ihr die Herren nicht die Ehre erweisen wollten, ein Glas Milch bei ihr zu trinken. Wir gingen ins Haus. Die Bäuerin führte uns in die gute Stube. Unter der Lampe saß der alte Bauer, die Hände auf dem Tisch. Er stand auf und machte wortlos Platz. Die kleine Magd ging hinaus und holte warme Milch. Als sie an mir vorbeikam, sagte sie:
«Nur Mut! Es ist noch nichts verloren!»
«Was sagte sie?» fragte der Unteroffizier.
«Ob ich auch Milch will», antwortete ich.
Sie setzten sich um den Tisch. Ich blieb stehen. Der Krieg ist vielleicht aus, dachte ich. Mein Krieg hat erst begonnen.
«Setzen Sie sich», sagte der Unteroffizier. Er siezte mich auf einmal.
Es war ein ganz junger Mensch, mit einer runden, ungefaßten Brille. Der Gefreite war ein stämmiger Mann mit gläsernen Augen. Es waren die Augen eines Säufers, der nichts zu trinken hat.
«Wir müssen heute noch ein paar hundert Gefangene zusammentreiben», sagte der Unteroffizier, während er eine Karte auf dem Velourstischtuch ausbreitete. Es war eine französische Generalstabskarte. Wir hatten im ganzen Krieg keine gesehen.
«Ist Charmes schon besetzt?» wandte sich der Gefreite an mich.
«Ich weiß nicht.»
«Wollen wir die Stadt besetzen, Herr Unteroffizier?» fragte er seinen Vorgesetzten.

«Warum nicht? Aber zuerst wollen wir noch ein paar hundert Franzosen aus den Wäldern holen.»
Er trank seine Milch aus, wandte sich an den Bauern. «Na», meinte er wohlwollend, «bald ist der Krieg vorbei.»
Der Alte sah ihn verständnislos an.
«Übersetzen Sie!» befahl der Unteroffizier.
Ich übersetzte. Der Alte erwiderte nichts. Der Gefreite fuhr fort:
«Jetzt fliegen wir mal nach England 'rüber. In vierzehn Tagen ist der ganze Schwindel aus.» Und zu mir: «Übersetzen Sie!»
Ich übersetzte.
«Sag doch etwas», stieß die Bäuerin ihren Mann an.
Der faltete die runzligen Hände und sprach kein Wort. Aber schon wurde die Aufmerksamkeit von ihm abgelenkt. Ein tierisches Geräusch kam von der Tür. Ein Kopf erschien im Türspalt. Eine Stimme blökte:
«Der Hitler soll mir die Hose flicken!»
Dabei drehte sich der Mann um und zeigte seinen Hosenboden, aus dem das nackte Fleisch heraushing.
Der Gefreite sprang auf. Er hatte keine Ahnung, was der Betrunkene gesagt hatte, er hatte nur den Namen seines Führers gehört und die obszöne Geste gesehen. Mit seinem Revolver schlug er auf den Hinterkopf des gebückt dastehenden Mannes. Der sackte zusammen. Der Unteroffizier und sein Untergebener stiegen über den Körper hinweg. Dvonicky und ich folgten ihnen.
Auf der Straße sagte der Mann mit der Brille:
«Wir wollen noch ein paar hundert Gefangene machen. Sie werden in die Wälder gehen und schreien: Der Krieg ist aus! Kommt heraus! Verstanden?»
«Ist der Krieg wirklich aus?» fragte ich.
«Für die, die aus den Wäldern kommen, ist er vorbei. Die dürfen bei uns bleiben. Also, los!»
Ich trat an den Waldrand. Ich überlegte. Würde ich schreien:

«La guerre n'est pas finie! Ne bougez pas!», so konnte es leicht geschehen, daß der Mann die Negation verstehen würde.
Ich rief also:
«La guerre continue! Bougez pas! Bougez pas!»
Nichts rührte sich. Wir gingen weiter. In der großen Stille war nur meine Stimme.
Der Gefreite blieb stehen.
«Was schreist du da?» fragte er.
«Der Krieg ist aus! Kommt heraus!»
«So?»
Die Wälder waren voll von Soldaten, Waffen, Munition. Man glaubte den verhaltenen Atem Tausender Menschen zu hören.
Am Waldrand erblickten wir zehn oder zwölf Fahrräder.
«Was ist das?» fragte der Unteroffizier. «Da müssen doch Soldaten im Wald liegen. Schreien Sie mal!»
Ich schrie. Nichts rührte sich.
«Was heißt: *guerre?*» fragte der Unteroffizier.
«Krieg.»
«Und: *continue?*»
«Ist aus!»
«Gut.» Aber er ging nicht weiter. «Und diese Fahrräder?»
«Ach», meinte ich, «die haben Fliehende liegengelassen. In der Unordnung . . .!»
Das Wort Unordnung, auf die Franzosen angewandt, schien ihm zu gefallen.
Wir erreichten den Bahndamm hinter Charmes, den wir vor einigen Stunden voller Hoffnung passiert hatten. Aus dem Obstgarten, in dem wir gerastet hatten, erscholl ein «Heil Hitler!» durch die Nacht.
Die Deutschen richteten ihre Taschenlampen auf den Garten. Ein französischer Soldat trat vor, die Hand zum deutschen Gruß erhoben.
«Heil Hitler!» wiederholte der Mann.

«Heil Hitler!» sagten die Deutschen.
Einen Moment lang standen sie sich gegenüber. Dann sagte der Franzose in akzentfreiem Deutsch:
«Ihr seid wahrscheinlich hungrig. Ich habe euch ein Essen vorbereitet.»
Die beiden Deutschen dankten. Ich räusperte mich.
Der Unteroffizier wandte sich an mich: «Ihr geht jetzt zum Bauernhaus zurück. Meinethalben dürft ihr dort schlafen. Morgen früh laßt ihr euch vom ersten deutschen Wagen mitnehmen.» Er wandte sich an den Franzosen: «Es sollen noch ein paar Generale hier versteckt sein.»
Ich fragte, ob wir einen Passierschein haben könnten, um unbehelligt zum Hof zurückzukehren. Der Unteroffizier riß einen Zettel aus seinem Notizbuch. Er fragte mich nach meinem Namen. Da fiel mir ein, daß ich vergessen hatte, meine Erkennungsmarke von meinem Arm zu entfernen und mein Soldbuch wegzuwerfen.
«Wie heißt du?» wiederholte der Unteroffizier.
«Ich heiße . . .», sagte ich.
Der Soldat in französischer Uniform musterte mich. Er hatte dreieckige Augenbrauen und sah wie der Teufel aus.
«Diable», sagte ich, «Jean Diable.»
Der Deutsche notierte, ohne aufzublicken. «Und du?» Ich antwortete für Alfred: «Mein Kamerad heißt Alfred. Alfred Polonais.»
Der Unteroffizier schrieb. Schließlich händigte er mir das Papier aus:
«Sergeant Jean Diable und Soldat Alfred Polonais haben für mich als Dolmetscher gearbeitet. Es ist ihnen gestattet, hier zu schlafen. Sie haben sich morgen bei der nächsten deutschen Stelle zu melden.» Ort, Datum, Unterschrift.
Es war vier Uhr vorbei, als wir im Bauernhaus ankamen. Das Haus war finster. Wir schlugen Lärm. Ein Fenster wurde geöffnet, gleich darauf erschien die Bäuerin in einem langen wei-

ßen Hemd, mit einer Schlafhaube, die Kerze in der Hand. Ich versicherte ihr, daß wir das Recht hätten, hier zu schlafen. Sie begleitete Alfred in den ersten Stock und hieß die kleine Magd, mir im Speisezimmer ein Bett zu bereiten.

Ich blieb allein im Speisezimmer. Die Kleine kam und stellte eine Kerze auf den Tisch. Dann kehrte sie mit einem Haufen frischer schneeweißer Wäsche zurück, mit Kissen und Dekken. Sie verschwand beinahe unter all der Herrlichkeit.

Ich half ihr. Wir breiteten das knisternde Leintuch auf dem alten Plüschsofa aus; sie klopfte die Kissen zurecht. Über dem weißen, gestärkten Hemd trug sie einen winzigen grauen Mantel. Wenn sie sich bückte, öffnete sich der Mantel und ihre kleinen Brüste wurden sichtbar.

Sie blickte erst auf, als sie das dritte Kissen zurechtgeklopft hatte.

Sie warf ihre Haare zurück und lachte. Sie nahm die Kerze und stellte sie wieder hin. Aus ein paar zerrissenen roten Pantoffeln guckten winzige Füße.

Ich strich über die weiche, volle Bettdecke. Sie beugte sich zu mir nieder. Ich spürte ihren Atem in meinem Gesicht.

Wir setzten uns auf das Bett. Ich fragte, wie sie heiße.

Sie hieß Yvette.

DER SOLDAT MAURICE PIONNIER

Wir verbrachten beinahe den ganzen kommenden Tag in der verzweifelten Anstrengung, uns Zivilkleider zu beschaffen. Gleich am Morgen bezogen wir wieder die Dachkammer. Die Wehrmacht hatte inzwischen die ganze Gegend besetzt. Yvette, die uns besuchte, so oft sie konnte, berichtete, daß die Deutschen das Haus als Feldküche benutzten. Im Hof stand eine gewaltige Gulaschkanone. Die Sieger durchkämmten die Wälder, trieben Regimenter zusammen, banden die Pferde der Artillerie los, sammelten Waffen und Munition, versuchten, Automobile flottzumachen. Yvette hatte den Bauern gefragt, ob er uns Zivilkleider geben wolle, aber er hatte abgelehnt. Sie hatte auch versucht, uns mit Lumpen auszurüsten, aber sie fand nicht genügend Kleidungsstücke für uns beide. Unten, in der Küche, sagte sie, könne man unsere Schritte hören; der Koch habe bereits gefragt, wer «auf seinem Kopf» spazierengehe. Der Koch, der «sehr böse auf die Engländer» sei und es kaum erwarten könne, «hinüberzufahren», habe auch die Einquartierung von zwanzig Mann angekündigt. Einmal kam auch die Bäuerin herauf und erklärte, daß wir nun bald gehen müßten, denn sie hätte nicht die Absicht, sich unserethalber «an die Wand stellen» zu lassen.
Um zwei Uhr nachmittags meldete Yvette, daß die Luft rein sei. Wir stiegen die Treppe hinunter.
Nur die Bäuerin war in der Küche, eine hagere ältere Frau mit verhärmten Zügen. Der Bauer und ihr Sohn seien beschäftigt, sagte sie, ein Pferd sei in die Jauchegrube gefallen. Sie erregte sich über das Pferd in der Jauchegrube; es war ihr offenbar

wichtiger als die Besetzung Frankreichs. Ich dachte darüber nach, wie wenig die Freiheit bedeutet, wenn ein Pferd in die Jauchegrube gefallen ist.
Hatte ich mein Herz an einen überflüssigen Luxusartikel gehängt, der Freiheit heißt?
Dennoch beruhigte mich die Erzählung der Bäuerin. Sie tat mir wohl, weil ich mich in diesen Stunden dem Tod nahe fühlte und das Leben deutlicher wurde. Statt daß mir die Erzählung vom Pferd und von der Jauchegrube gleichgültig gewesen wäre, wurde sie wichtig, weil sie zum Leben gehörte wie der Strohhalm, das letzte Greifbare, an das sich der Ertrinkende klammert. Alles, was man zum letzten Mal sieht, prägt sich mit schmerzender, aber auch mit beglückender Schärfe ein; jede Geste, jeder Gegenstand waren beleuchtet, als fiele das letzte Licht nun auf sie. Auf dem Brett über dem Herd standen Töpfe, «Nelke», «Pfeffer», «Salz» – sie bedeuteten das Leben. Vor der Tür hing ein Klöppelvorhang, die Sonne fiel auf die Steinfliesen; es entstand ein Schachbrett aus Sonne und Schatten. Ein leiser Wind bewegte den Vorhang – Sonne und Wind und Klöppelvorhang waren das Leben. Hier und da kam Yvette herein, braungebrannt und schwitzend, Wäsche in der Hand, lachend – und sie war das Leben. Endlich erschien der Bauer, einen riesigen Strohhut auf dem Kopf, die Hände voller Jauche, den Hals gegerbt – und auch er war das Leben. Der Gedanke, daß das Leben nach meinem Ende weitergehen würde, war nicht schrecklich, sondern beruhigend. Ich schöpfte Kraft aus dem Leben, das mir entglitt. Ich klammerte mich an Salztöpfe, Sonnenspiele, an einen Strohhut, ein Lächeln, an den Hauch des Windes, den Geruch der Jauche. Denn das alles war Leben. Und der Tod ist nur im Sterben.
Minutenlang beschäftigte sich der Bauer mit dem Jaucheunfall. Schließlich wandte er sich uns zu.
Ich bat ihn, er möge uns Zivilkleider geben und uns entweder

einige Tage als Knechte aufnehmen oder uns unserem Schicksal überlassen.
Er saß mir gegenüber, rauchte seine Pfeife und sagte nichts.
«Hm», brummte er dann. «Vielleicht läßt sich etwas machen. Schließlich sind wir alle Franzosen ...»
«Willst du an die Wand gestellt werden?» fragte die Frau.
«Man wird nicht so schnell an die Wand gestellt.»
Ich versuchte, ihm zuzureden. «Wenn Sie uns nicht behalten wollen», sagte ich, «brechen wir sofort auf. Sobald wir aus dem Haus sind, erfährt niemand, daß die Anzüge von Ihnen stammen.»
«Ja», wiederholte der Bauer, «das könnte dann eigentlich niemand erfahren ...»
Die Bäuerin setzte sich neben ihren Mann. Sie hielten die Hände im Schoß; Hände, die sich ähnelten, wie die Gesichtszüge von alten Ehepaaren. Die Finger hielten sich nicht, sie berührten sich nur, sie ruhten sich aus ineinander.
Plötzlich fragte die Bäuerin:
«Aus welchem Teil Frankreichs sind Sie?»
Ich zögerte. Dann log ich:
«Aus den Pyrenäen.»
Die Hände rührten sich nicht. In den farblosen Augen der Frau war ein mißtrauisches Funkeln.
«Aus den Pyrenäen? Man würde es nicht glauben ...»
Ich erwiderte nichts. Durch das kleine Fenster sah ich deutsche Radfahrer, die am Haus vorbeifuhren.
Dvonicky begann jetzt seinerseits, Überredungskünste spielen zu lassen.
Der Bauer wischte sich mit einem roten Taschentuch den Schweiß von der Stirne. Er wandte sich an seine Frau:
«Der Herrgott hat uns befohlen, unserem Nächsten zu helfen.»
«Der Herr spricht so komisch französisch», sagte die Frau.
Der Bauer stand auf.

«Komisch oder nicht – ich werde euch helfen.»
Er rief nach Yvette. Aber statt Yvette kam sein Sohn herein. Er war noch voll Dreck, aber zwei lustige Augen leuchteten aus einem hellen Gesicht.
«Vater! Vater!» rief der Junge.
«Ist das Pferd draußen?»
«Ja. Die Soldaten haben mir geholfen. Aber das ist gar nichts. Sie haben uns zwei Pferde geschenkt! Komm, schnell!»
Die Bäuerin stürzte zur Tür. Der Alte setzte bedächtig seinen Strohhut auf. Wir blieben allein. Wir sahen uns an. Nie hatten Menschen deutlicher gefühlt, daß zwei Pferde wertvoller sind als zwei Menschen.
Dvonicky ging auf und ab. Ich sagte:
«Setz dich nieder. Du machst mich rasend.»
Schließlich kam die Bäuerin zurück. Sie war allein.
«Also . . .», sagte sie.
Wir warteten.
«Also», wiederholte sie, «. . . ihr müßt gehen. So schlimm wird die Gefangenschaft nicht sein. Die Deutschen sind sehr nett. Und sie sagen, der Krieg ist aus, in vierzehn Tagen. Ich werde euch Zigaretten mitgeben.»
Sie kehrte uns den Rücken zu, machte sich am Herd zu schaffen. Wir entfernten die Erkennungsmarken von unseren Handgelenken. Wir warfen sie ins Herdfeuer. Die Bäuerin sah uns erstaunt an. Nach den Erkennungsmarken wanderten unsere Soldbücher in die Flammen. Ich zerriß die Umschläge, behielt aber die Briefe, die mir lieb waren. Meine Beobachtungsnotizen, unser Code, die Zeichnungen der deutschen Flugzeugmodelle wurden geopfert. Schließlich rissen wir uns die Regimentsnummer von Mantel und Uniform. Indes hatte der grüne Zwirn, mit dem meine Regimentsnummer an den Kragen genäht war, abgefärbt. Grün war Farbe und Zeichen der Fremdenlegion. Die Farbe allein würde genügen, um mich zu verraten; ich faltete meinen Waffenrock und warf ihn in ei-

nen Winkel. Ich behielt nur einen braunen Pullover, das Geschenk meiner Frau, und meinen Mantel, von dem ich zum Glück die *écussons* abreißen konnte, ohne daß ein grünes Mal zurückblieb.
Dann wandten wir uns zum Gehen.
Die Bäuerin bot uns Zigaretten, Käse, Butter und Schokolade an.
Wir schlugen es aus. Es war die letzte Geste, die an menschliche Würde erinnerte.
Der erste vorbeifahrende deutsche Militärwagen hielt neben uns. Er nahm uns mit. Die Landser hatten weggeworfene Gasmasken gesammelt. Wir saßen auf einem Berg von Gasmasken.
Es war gegen fünf, als wir in der Ortschaft Bayon ankamen. Vor dem Hotel zu den *Deux frères* stand schon eine unübersehbare Reihe von Gefangenen.
Alle Gefangenen sehen elend aus; der Mensch ist nicht dazu geschaffen, Gefangener zu sein. Aber diese Gefangenen sahen elender aus als sonst der gefangene Mensch. Etwas Geringfügiges ließ sie besonders verkommen erscheinen. Fast alle Soldaten hatten ihre Stahlhelme weggeworfen. Kappen besaß niemand. Um sich vor der Sonne zu schützen, hatten die Soldaten aus ihren Stahlhelmen ein schwarzes Futteral, halb Leder, halb Filz, herausgenommen und auf den Kopf gestülpt. Schwarze Schuhriemen, welche die vier Lappen des Futterals zusammenhielten, hingen ihnen in den Hals.
Von allen Häusern wehte die Hakenkreuzfahne. Das Symbol war so deutlich, daß ich immer noch glaubte, ein böser Traum, kraß, deutlich, unwirklich, narre mich. An uns zogen immer wieder deutsche Soldaten vorbei. Es war ein Zug von ungefähr hundert Mann, die in Viererreihen die Dorfstraße auf und ab marschierten. Kein Soldat trug irgendeinen Ausrüstungsgegenstand oder eine Waffe, sie waren alle ohne Kopfbedekkung. Sie sangen: *«Jetzt geht's ins Heimatland, ins schöne*

Schwabenland.» Lastwagen fuhren vorbei, die Gefangene transportierten. Auf einem Lastwagen stand ein französischer Capitaine und grüßte die Hakenkreuzfahne mit deutschem Gruß.

Ich fragte mich, warum ich mich nicht erschossen hatte. Ich fand nur eine läppische Antwort: Ich hatte es vergessen. Man vergißt, was man nicht tun will. Man klammert sich an den Strohhalm, bis er bricht. Feigheit? Man ist feig, solange man hofft. Heines Verse aus der Matratzengruft fielen mir ein: *«Leben wie der ärmste Knecht / In der Oberwelt ist besser, / Als am stygischen Gewässer / Schattenführer sein, ein Heros / Den besungen selbst Homeros.»* Die Soldaten zogen vorbei: *«Jetzt geht's ins Heimatland, ins schöne Schwabenland.»*

Ein deutscher Unteroffizier ließ sich mit mir in ein Gespräch ein, und als ich deutsch antwortete, gesellten sich andere hinzu. Ich erkundigte mich, wann wir weitermarschierten.

«Da müssen wir erst die Heckenschützen zusammentreiben, sagte einer der Unteroffiziere, ein Mann von intelligentem Aussehen.»

«Was sind Heckenschützen?»

«Das wißt ihr ganz genau», antwortete ein anderer.

«Heckenschützen», erklärte der Intelligente, «sind Schweinehunde, die aus Fenstern oder von Dächern feuern, wenn wir friedlich in einen Ort einziehen. Das ist ja eure Spezialität. Besonders von diesen da!» Er wies auf Neger und Araber. «Eure Kulturträger . . .! Hier in Bayon sind heute zwei von unseren Leuten erschossen worden. Ihr könnt mal schnell beten, daß man die Schuldigen findet . . .»

Die Kolonne zog wieder vorbei. Der Gesang sprang mich an, wie ein Dorfhund den zerfetzten Bettler.

«Sonst . . .», sagte der Intelligente, «werdet ihr alle erschossen.»

Aus dem Restaurant gegenüber kamen Offiziere. Ordonnanzen fuhren vor.

Ich wagte die Frage: «Haben Sie Nachricht vom Krieg?»
«Vom Krieg?» antwortete einer der Unteroffiziere. «Es gibt keinen Krieg mehr. Frankreich bettelt um Waffenstillstand, und England haben wir in vierzehn Tagen erledigt. Der Führer ist in Compiègne.»
Einer der Deutschen schrieb eine Feldpostkarte auf dem Rükken eines anderen. «Diesmal kann ich meiner Frau wirklich schreiben: Auf baldiges Wiedersehen!»
Jemand riß eine Zote; alle lachten.
Der Mann mit dem intelligenten Gesicht wandte sich an mich.
«Haben Sie Nachrichten von Ihren Angehörigen?»
«Nein, seit sechs Wochen nicht mehr.»
Der Unteroffizier wandte sich dozierend an seine Kameraden:
«Sehen Sie, meine Herren – seit sechs Wochen keine Post. Hatten wir nicht auch im vordersten Einsatz täglich Post?»
Alle stimmten zu. Ein pausbäckiger, kleiner Unteroffizier mit dem schwarzweißroten Band des Eisernen Kreuzes II. Klasse trat auf die Gruppe zu. «Nicht zu finden, der Heckenschütze», sagte er. «Wir stellen wohl doch die ganze Bande an die Wand.»
Der Intelligente nickte.
«Man weiß jetzt wenigstens, daß es Schwarze waren», fuhr der Pausbäckige fort. «Aber die Kerle kann man ja nicht unterscheiden. Sind alle schwarz.»
Vor mir, neben mir, standen Neger. Sie wirkten noch jämmerlicher als die anderen, mit ihren Futteralen auf den Köpfen, den Schnürsenkeln im Hals. Einer neben mir, ein junger Riese, bemerkte, daß man von ihm sprach. Er sah die Deutschen an und lächelte aus vollem Munde.
«Lächle nur», sagte der Intelligente. «Gleich machen wir dich um einen Mohrenkopf kürzer.»
Alle lachten. Auch der Neger lachte.

Von allen Seiten näherten sich Wagen mit Gefangenen. In jeder Gruppe gab es Schwarze: Nicht umsonst hatten Kolonialregimenter den Rückzug der letzten Armee gedeckt.
«Neger und Juden sollten eure Kultur nach Deutschland bringen», erklärte der Dozent.
«Der Hauptmann hat den Kerlen noch fünfzehn Minuten gegeben», berichtete der Dicke.
Dann setzte sich unsere Kolonne in Bewegung. Der Dicke und der Intelligente sahen uns nach. Soldaten mit aufgepflanztem Bajonett trieben uns in Dreierreihen vorwärts.
Eine Stunde später tauchte das Lager von Villacourt auf. Es lag hinter der Ortschaft Villacourt, auf einem abschüssigen Hügel. Die Wehrmacht hatte in aller Eile einen Drahtverhau um die Wiese gezogen. An den vier Ecken dieses Drahtverhaues waren Maschinengewehre aufgestellt, hinter denen Soldaten im Gras lagen. Rund vierzigtausend Gefangene wurden auf die Wiese getrieben.
Im Augenblick, in dem meine Gruppe durch das Loch im Drahtverhau getrieben wurde, schlug eine Stimme an mein Ohr:
«Habe!»
Ich erkannte die Stimme nicht. Ich sah mich nicht um. Mein Herz schlug mir in die Kehle. Ich dachte: Das Regiment! In der Nähe gefangen. Mein Name. Ein Verräter. Es ist vorbei. Aber ich sah niemand, den ich kannte.
Die Wärter forderten uns auf, die Angehörigen der gleichen Regimenter mögen sich zusammenfinden. Alfred und ich standen allein in der Menge. Wir beschlossen, uns einem Regiment anzuschließen. Wir wählten willkürlich das 98. Infanterieregiment und setzten uns zu einigen Soldaten dieser Einheit.
Für diesen Abend hatten wir noch zu essen. Unsere Feldflaschen dagegen waren leer. Die Deutschen hatten einen einzigen Wasserwagen in das Lager gebracht, und um den Wagen

drängten sich Tausende. Die Landser kümmerten sich nicht um die Gefangenen, die sich balgten, kratzten, beschimpften, gegen den Wagen preßten. Sie betrachteten ruhig diese französische Selbstverwaltung. Alfred und ich warteten vier volle Stunden. Es war drückend heiß. Ein schwüler Sommertag ging zur Neige.

Wir hatten uns gerade wieder niedergelassen – die Wiese war zu klein; man saß zusammengepfercht –, als wir Landser beobachten konnten, die durch das Lager eilten, um die «Schwarzen» – Neger oder Araber – an einen Ort zusammenzutreiben.

Der Himmel hatte sich inzwischen bezogen. Die Wolken waren wie die ungelüfteten Bettdecken der Bauern. Ein Dorf und ein Kirchturm jenseits des Drahtverhaues kamen nahe. Aus der Ferne hörte man das Grollen des Gewitters.

Die Neger bewegten sich vorwärts. Ihre Bewegung hatte etwas Groteskes, weil sie zu hüpfen schienen, wenn sie hinkten. Als alle Schwarzen an einem Ort versammelt waren, erschien ein deutscher Offizier, der eine Ansprache an sie richtete. Ich war zu weit, um zu verstehen, was er sagte. Keiner der Neger verstand ihn. Einige lachten.

Dvonicky und ich standen am Drahtverhau. Draußen patrouillierten die Wächter. Der eine blieb stehen, fragte:

«Na, was gaffst du denn?»

Ich antwortete deutsch. Er wurde freundlicher. Wenn man deutsch sprach, begegnete einem immer Freundlichkeit. Die Menschen hassen nichts wie fremde Sprachen.

Ich erkundigte mich nach Nachrichten.

«Der Waffenstillstand ist unterzeichnet», sagte er.

«Auch mit Italien?»

«Nein, mit Italien noch nicht. Da müßt ihr erst klein beigeben.»

«Bleiben wir lange hier?» fragte ich.

«Ihr bleibt, bis Frieden ist.»

«Wann ist Frieden?»
Er zuckte mit den Achseln und patrouillierte weiter.
Der Offizier hatte zu schreien aufgehört. Die Neger mußten sich jetzt in Zehnerreihen gruppieren.
Wir versuchen, einen Platz zu finden. Wer noch ein Wachstuch hatte, spannte es auf. Man drängte sich näher aneinander heran, aus Angst vor dem Gewitter. Die Luft wurde immer drückender. Der Abend kam. Das Dorf und die Kirche verschwanden im Nebel.
Die Zählung der Schwarzen war beendet. Es waren ungefähr viertausend.
Ich wagte nicht zu sprechen.
«Glaubst du wirklich . . .?» fragte Alfred.
«Was?»
«Daß man sie an die Wand stellt?»
«Unsinn!»
Ungefähr vierzig Neger waren jetzt ausgewählt worden. Die übrigen wurden fortgeschickt. Sie schienen keine Ahnung zu haben, was man von ihnen gewollt hatte. Sie bettelten um Nahrung, um Wasser, um einen Platz unter einem Wachstuch.
Wir konnten nicht schlafen, aber wir rührten uns nicht, um den Platz unter dem Wachstuch nicht zu verlieren. Es donnerte. Zuweilen wurde die Szene erhellt: ein paar tausend schlafende Menschen, ein paar tausend Wachende. Auf dem Hügel, oben, am Drahtverhau, vierzig Neger.
Der Strahl eines Scheinwerfers strich über uns. Im Scheinwerferlicht sahen wir, daß die vierzig Neger aus dem Lager getrieben wurden.
Die Kirchenglocken begannen zu läuten, fröhlich und feierlich. In allen Dorfkirchen wurden gleichzeitig die Glocken geläutet. Über die Straße ratterte ein Motorrad. Der Kraftfahrer rief unseren Wärtern zu:
«Frieden! Frieden! Es ist Frieden!»

Im ganzen Lager sprangen die Menschen auf.
Ein Lastwagen klomm den steilen Weg herauf.
Ein Landser fragte: «Wo ist der Herr Hauptmann?»
«Im Haus vom Bürgermeister, neben der Kirche.»
«Es ist Sekt für die Siegesfeier gekommen.»
Die Kirchenglocken läuteten immer noch. Sie kamen nicht zur Ruhe, als kündeten sie Feuer.
«La paix! La paix!» rief neben mir ein Franzose, ein alter Soldat mit einem Bart. Auf der Straße fuhren die Motorräder auf- und abwärts. Die Posten begannen, leise zu singen. Auch ein Franzose sang, irgendwo, am anderen Ende des Lagers.
Ich blieb liegen. Mein Gesicht war dem Boden nahe. Der Boden dampfte. Dann fiel der Regen. Der Himmel entlud sich mit solcher Heftigkeit, als könnte er sich nicht mehr ertragen. Vierzigtausend Menschen suchten Obdach unter einigen gelben Fetzen aus Zelttuch.

Der Strom von Gefangenen dauerte am nächsten Tag an, der Raum wurde immer enger. Einzelne Gefangene stammten aus der Gegend; einer war hundert Meter hinter seinem Haus gefangengenommen worden, seine Frau hatte zugesehen. Er wies nach seinem Haus neben der Kirche.
Dvonicky und ich irrten den ganzen Tag umher, um uns eine «Existenz» zu suchen. Wir konnten uns auf die Dauer weder Teufel noch Pole, weder Diable noch Polonais, nennen. Ein Ausweis, eine Erkennungsmarke mußte gefunden werden. Ich hoffte, viele Soldaten hätten ihre Papiere, ihre Erkennungsmarken verloren; so würden wir bei der unvermeidlichen Registrierung der Gefangenen nicht auffallen. Aber ich hatte die Franzosen falsch eingeschätzt, sie verloren alles, aber kein Dokument.
Allmählich wurde die Jagd nach dem Namen zur Besessenheit. Ich ging stundenlang auf und ab: Aber ich sah nur Hand-

gelenke. Ich suchte ein Handgelenk ohne Erkennungsmarke. Ich sah schwarze und weiße Handgelenke, dicke und zarte, voll Knochen und voll Adern, aber an allen Handgelenken hing die kleine ovale Plakette mit dem Namen, der Nummer, dem Dienstjahr und dem Mobilisierungsort. Dieses winzige Stück gestanzten Metalls bedeutete das Leben. Ich suchte nach einem solchen Stück Metall, mit der Gier eines Hungernden. Ich suchte auf dem Boden, zwischen den Tornistern, ich bückte mich nach etwas Glitzerndem, das nur ein Stück Glas war, ich fühlte, daß der Mensch kein Mensch ist, wenn er nicht abgestempelt ist und registriert. Die Welt war ein großer Weihnachtsbaum, an dem Erkennungsmarken hängen. Keine war für mich bestimmt.

Seit Stunden ging das Gerücht um, daß wir noch heute, nach Regimentern aufgeteilt, abtransportiert werden würden. Zuvor würde man natürlich unsere Namen niederschreiben. Schließlich wurde uns tatsächlich befohlen, uns nach Regimentern geordnet aufzustellen. Alfred und ich konnten nicht beim 98. I. R. bleiben. Für die *Isolés*, die keinem der in Gefangenschaft geratenen Regimenter angehörten, sondern als Einzelgänger gefangengenommen worden waren, bestimmten unsere Wärter den schlimmsten Platz. Sie hatten am Rande des Lagers Latrinen schaufeln lassen; hier sollten sich die *Isolés* sammeln.

Doch sind die Wege des Herrn sonderbar. Göttliche Kulissen bestehen nicht immer aus weißen Wolken auf blauem Himmel. Manchmal erscheint der Herr am Rande einer Latrine. Der Herr schickte mir, im Fäulnisgeruch des Lagers von Villacourt, seinen rettenden Engel. Er hieß Maurice Pionnier.

Als ich mich erschöpft niedergelassen hatte, erblickte ich ein paar rote Stiefel. Sie wirkten so eigentümlich, diese feinen, beinahe hellroten Stiefel, daß ich aufblickte.

Neben mir lag ein Gefangener und gähnte. Er war sehr jung, zwanzig oder einundzwanzig. Er hatte hellblonde Haare, die ihm in die Stirne hingen, gute graue Augen. Seit Wochen hatte ich nur in müde, verzweifelte Augen geblickt. Dieser Jüngling sah fröhlich in die Welt.

Wir sahen uns an und lächelten.

«Wo hast du die roten Stiefel her?» fragte ich.

«In einem Haus gefunden.»

Dann begann er zu trällern. Er trällerte vor sich hin, wie ein Mensch, der entschlossen ist, sich mit sich selbst zu unterhalten und sich dabei nicht zu langweilen.

«Ja. Das heißt, wir sind zu zweit. Bedaut und ich. Viel mehr ist von unserem Regiment nicht übriggeblieben.»

Wie hypnotisiert blickte ich nach der Erkennungsmarke, die ein schlankes Handgelenk umschloß.

«Welches Regiment?» fragte ich.

«Dreihunderteinunddreißigstes Infanterieregiment. Wir fingen den Stoß von Sedan auf. Vielmehr: Wir hielten ihn nicht auf. Schöne Schweinerei.»

Er kreuzte die Arme unter dem Kopf und schickte sich an, ein Sonnenbad zu nehmen. Er hatte sich zwei Blätter kunstvoll in die Nasenlöcher gestopft.

«Auch ich habe mein Regiment verloren», sagte ich.

«Welches?»

Ich nannte es.

Er pfiff durch die Zähne. «Wirst besser tun, es nicht zu sagen. Bei Laon sind die Deutschen mit den Freiwilligen ganz schön Schlitten gefahren.»

«Ich weiß», sagte ich. «Ich habe meine Papiere weggeworfen.»

«Was wirst du tun, wenn wir freigelassen werden? Sie werden dich behalten.»

Ich erwiderte nichts. Er stützte sich auf seine Ellbogen auf. Wir sprachen von gleichgültigen Dingen. Er erzählte mir, daß

er Chauffeur sei. Zuletzt habe er den Wagen einer Zirkusgesellschaft gesteuert. Seine Mutter sei Witwe, sie wohne in Millau, in der alten Stadt der Handschuherzeuger, sie erzeuge Handschuhe. Er habe einen älteren Bruder. Wo der sei, wisse er nicht.
«Eigentlich könntest du mein älterer Bruder sein», sagte er.
«Ja . . . eigentlich . . .»
Er holte sein Taschenmesser hervor und begann langsam, die Kette mit der Erkennungsmarke zu öffnen.
«Was tust du?» fragte ich mit angehaltenem Atem.
«Ich gebe dir meine Erkennungsmarke. Warum soll es nicht zwei Pionnier geben? Mir bleibt doch immer noch mein Soldbuch.»
«Danke, Maurice», sagte ich. «Es kann doch nicht zwei Pionnier mit dem gleichen Vornamen und der gleichen Matrikelnummer im gleichen Lager geben.»
«Nein, das geht natürlich nicht.» Er stieß sein Taschenmesser wütend in die Erde. «Will mich mal umschauen.» Er stand auf und ging.
Nach etwa zehn Minuten kam er zurück.
«Tout va bien», erklärte er lachend. Die Erkennungsmarke hielt er in der Hand. «Wir werden von hier in mindestens zehn verschiedene Lager geschickt. Wir müssen es so einrichten, daß wir in zwei verschiedenen Gruppen abmarschieren.»
Er setzte sich zu mir und gab mir die «Hundemarke». Ich drückte ihm die Hand.
«Nichts zu danken», sagte Maurice etwas verlegen.
«Übrigens . . .»
Er holte seine Brieftasche hervor, kramte zwischen Briefen, griff drei oder vier heraus, reichte sie mir.
«Hier! Das sind Briefe von meiner Mutter. Von unserer Mutter, vielmehr. Zum Glück habe ich die Kuverts aufbewahrt. Wenn jemand an deiner Identität zweifeln sollte, zeigst du diese Briefe.»

Ich wollte die Briefe nicht annehmen, aber er bestand darauf. Er behielt nur den letzten, den er bei Sedan erhalten hatte.
«Ich habe Schwein gehabt, da oben», sagte er.
Ich warf einen Blick in die Briefe. Sie waren mit der zitternden Handschrift einer alten Frau geschrieben. Es mußte eine alte Bäuerin sein, mit vielen Runzeln und einem Kopftuch. Gib acht, mein Sohn, erkälte dich nicht. Wickle dir den Schal um den Hals. Gott wird dich beschützen. Alle Mütter schreiben die gleichen Briefe.
Wir teilten unser letztes Stück Brot. Alfred brachte einen Kochtopf voll heißer Suppe, die ihm eine Frau aus Villacourt über das Gitter hinweg gereicht hatte. Er durfte sogar den Topf behalten. Wir feierten. Alfred hatte noch kein Ausweispapier gefunden, aber er schien nicht weiter besorgt. Er hatte sich über ein aufgelöstes Regiment nähere Angaben verschafft und wollte sich als Soldat dieses Regiments ausgeben.
«Dabei fällt mir Bedaut ein», meinte Maurice. «Er ist jetzt auf Wassersuche. Er darf nichts erfahren. Bedaut ist Postbeamter. Er ist etwas schwierig.»
Wir verstanden. Bedaut kam gleich darauf zurück. Er war ein kleiner Mann mit einer Haut voll Pickel. Er war schwerhörig; der Knall einer Granate hatte sein Trommelfell beschädigt. Er brachte kein Wasser.
Alfred und ich kehrten zur Schlange am Wasserwagen zurück. *«Und wer dieser Geringsten einen nur mit einem Becher kalten Wassers tränkt in meines Jüngers Namen, wahrlich, ich sage euch, es wird nicht unbelohnt bleiben.»* Als die Reihe an uns war, gab es kein Wasser mehr. Die Zunge klebte mir am Gaumen. Aber das kümmerte mich jetzt nicht mehr. Nichts kümmerte mich. Ich sah keine Handgelenke mehr. Die Welt bestand nicht mehr aus baumelnden Metallplättchen. Ich war nicht mehr gefesselt wie Gulliver, mit tausend Zwergketten. Ich hatte einen Namen. Ich hieß Maurice Pionnier.

Der Marsch nach Lunéville war ein Spießrutenlaufen. Wir waren von Villacourt in Gruppen zu je tausend Mann aufgebrochen. Maurice Pionnier I. und Maurice Pionnier II. hatten sich voneinander verabschiedet. Die Dörfer und Städtchen, durch die wir zogen, waren längst besetzt. Es war ein heißer Sommertag. Wir marschierten schweißgebadet in unseren langen Mänteln. In den Dörfern saßen die Sieger halbnackt in der Sonne und tranken Bier. Die meisten hatten nur winzige Badehöschen an, die Mützen saßen schief auf den rasierten Köpfen; sie schoben Kegel, spielten Karten, weideten Pferde. Wir marschierten durch ein Spalier von nacktem Fett. Nichts konnte demütigender sein als diese Nacktheit der Sieger, die sich zuhause fühlten, die Frauen mißachteten, mit ihrer Männlichkeit auftrumpften, ein umgekehrter Alptraum: der Marsch der Bekleideten unter Nackten.

Der Hauptspaß der siegreichen Armee aber bestand darin, die Besiegten zu fotografieren. In jedem Dorf wurden wir zehnmal, zwanzigmal aufgenommen, und wenn sich die Neger oder Araber absonderten, wurden sie sofort mit uns zusammengetrieben, damit das Bild die gewünschte Schwarz-Weiß-Wirkung erzielte.

Die Verwandlung der französischen Orte in deutsche hatte sich blitzschnell vollzogen. Wenige Stunden nachdem die Deutschen einmarschiert waren, hingen überall gedruckte deutsche Aufschriften. «Zur Pferdetränke!» war mit einem Pfeil kenntlich gemacht, an den Stalltüren hingen Verordnungen, in jedem Städtchen war eine «Flakabteilung» stationiert. All das war klar und praktisch: Ich mußte immer wieder an die französische Armee denken, mit ihrer furchtsamen Vorsicht, ihrer kindischen Tarnung, ihrer gespenstischen Unsicherheit.

Automobile, Lastautos, Truppentransporte fuhren an uns vorbei. Soldaten, die zur Arbeit fuhren, hatten hübsche, blitzsaubere, weiße Arbeitskittel an, einen Mantel trug niemand,

die Mäntel unserer Wächter wurden ihnen in Lastwagen nachgefahren. Dem deutschen Soldaten des Jahres 1940 sollte der Krieg leicht gemacht werden – ein gefährliches, aber fröhliches Handwerk. Deutschland legte kein Gewicht darauf, seine Soldaten zu Pazifisten zu erziehen.
Der Durst wurde immer schlimmer. Die Bewohner der Ortschaften hatten Eimer mit frischem, klarem Wasser vor die Häuser gestellt. Wir trugen unsere Becher in der Hand, und jeder hätte aus den Eimern und Töpfen schöpfen können. Aber unsere Wächter wollten von diesem Kontakt mit der Zivilbevölkerung nichts wissen. Sie konnten indes nicht verhindern, daß uns die Frauen und Mädchen mit ihren Eimern nachliefen, sogar mit Wasser bespritzten. Auch diese tapferbarmherzigen Frauen, die mit den Siegern zurückblieben, waren Frankreich.
Wir waren nun den dritten Tag in Gefangenschaft und hatten noch nichts zu essen bekommen. An den Straßen lag kein «Proviant» mehr: Die Sieger hatten mit bewundernswerter Geschwindigkeit alles aufgelesen und fortgeschafft. Zudem hatten Hunderttausende den gleichen Weg über Lunéville, Dieuze, Sarrebourg, Sarre Union, Bitche und Sarreguemines in Richtung Deutschland genommen; den ersten hatten die Frauen gegeben, was sie besaßen. Von Zeit zu Zeit warfen die weißgekleideten deutschen Soldaten von ihren mit Brot hochbepackten Wagen einen Laib Brot unter die Marschierenden. Danach entstand eine zügellose Rauferei.
Alfred, der neben mir humpelte, entsetzte sich dauernd über die Unverschämtheit, mit der ich deutsch sprach. Ich empfand instinktiv, daß es der einzige, wenn auch gefährliche Weg war, mit meinen Wärtern Fühlung zu nehmen. Der Unteroffizier, der meine Kolonne befehligte, stellte dann auch prompt fest: «Du bist natürlich Elsässer. Habe ich gleich gemerkt. Sehen gleich viel intelligenter aus, die Elsässer.»
Ich konnte gegen diese schmeichelhafte Erklärung nicht pro-

testieren. Sie trug mir später Weißwein und einen Laib Brot ein.

In fast allen Orten liefen die Frauen dem Zug nach. Sie fragten nach irgendeinem Regiment, einer Kompanie, einem Namen. Die ganze französische Armee hätte man kennen müssen, um all die Fragen zu beantworten: Ist er unter euch; wo kann er sein; habt ihr von ihm gehört . . .?

Immer mehr Leute blieben im Straßengraben liegen. Hatten wirklich so viele alte Männer gedient, oder waren die Soldaten so schnell gealtert: Lauter Greise lagen am Straßenrand, Männer mit roten, grauen, schwarzen Bärten.

«Auf, auf!» brüllten die deutschen Soldaten.

Wenn sich einer nicht erheben konnte, halfen die Soldaten mit ein paar Fußtritten nach. «Auf! Auf!» – man hörte es die ganze Straße entlang, auf dem Weg nach Lunéville, wo einst der berühmte Friede von Lunéville unterzeichnet worden war.

Es war spätabends, als wir im Sportstadion der Stadt Lunéville ankamen. Es gab weder zu trinken noch zu essen. Wir legten uns mit Alfred auf den schwarzen Sand der Laufbahn und schliefen ein.

Als ich aufwachte, stand Maurice Pionnier vor mir.

ROULETTE IM LAGER

MEHRERE Male im Laufe der nächsten Tage, von Lager zu Lager wandernd, mißlang der Versuch Maurice Pionniers II., sich von Maurice Pionnier I. zu trennen. Am dritten Abend erreichten wir eine Stadt, von der man uns sagte, daß sie Dieuze heiße. Hierher kam der echte Maurice Pionnier nicht mehr.

Es regnete in Strömen, ein gleichgültiger, abgeklärter Regen. Alfred und ich hatten uns unterwegs an drei *Isolés* angeschlossen; Jean, Handlungsgehilfe in einem Kolonialwarenladen; Paul, Chauffeur der Renaultwerke; Denis, ein Versicherungsagent, alle drei aus Paris. Die kleine Stadt war in Finsternis gehüllt, und nur aus den Wirtshäusern hörte man das Singen der deutschen Soldaten.

Dieuze liegt vierzig Kilometer nordöstlich von Nancy. Die deutsche Grenze konnte von hier nicht mehr als fünfzig Kilometer entfernt sein. Die nächste Etappe würde die deutsche Grenze sein.

Ich war von der ersten Stunde an entschlossen, aus der Gefangenschaft zu entfliehen. An eine Flucht war aber nur so lange zu denken, als wir uns in der Nähe französischer Städte befanden. Ich beschloß, um jeden Preis in Dieuze zu bleiben.

Vor 1914 hatten die Preußen hier Kasernen errichtet. Der weitläufige, viereckige Hof, auf drei Seiten von einer roten Ziegelmauer, auf der vierten von einer Reitschule begrenzt, war der typische deutsche Kasernenhof: trostlos, staubig und übersichtlich. Reitschule und Kaserne gemahnten an die «herrlichen Zeiten» Wilhelms II. Aus dieser Epoche stammten auch die grauen, aber nicht unfreundlichen Offiziershäuser, von denen wir durch die Straße getrennt waren. In der französischen Republik, 1918 bis 1939, war Dieuze eine große Zentrale der «fliegenden Polizei» gewesen: die *Gardes Mobiles* wohnten mit ihren Familien in den Offiziershäusern, während die Kasernengebäude als Autoreparaturwerkstätten verwendet wurden. Die Kasernen waren dann auch, da nur in den unteren Räumen gearbeitet wurde, verfallen; von den Dächern hatten sich die Ziegel gelöst. Im Krieg schließlich waren die Reparaturwerkstätten in Militärgaragen umgewandelt worden, das Verwaltungsgebäude hatte dem *Hospital Buttini* gedient, einem Lazarett; nur die Polizisten, Symbol der Beständigkeit, behielten ihre Wohnungen. Viele von den *Gardes Mobiles* waren an Ort und Stelle gefangengenommen worden. Sie mußten zwar aus ihren Wohnungen ausziehen, blieben aber doch «zu Hause». Und wenn die Welt untergeht, die Polizei bleibt bestehen.

Wir standen von neun Uhr abends bis vier Uhr früh in Reih und Glied im Kasernenhof. Das Wasser troff uns in den Hals, sammelte sich in unseren Schuhen, rann uns über das Gesicht. Man konnte die Gesichter nicht mehr unterscheiden; Menschen, einander so ähnlich und so fremd wie Zellen in einem Gewebe. Aus der Reitschule kam zuweilen ein deutscher Soldat, mit einem Regenmantel über den Schultern. Manchmal hieß es «Auf!» Ein Gefangener war umgefallen und lag im Wasser. Ich hatte viele Tote gesehen, aber keiner schien mir so tot wie diese umgefallenen Soldaten. Leben ist Sich-Wehren. Sterben ist Wehrlosigkeit gegen das Wasser, das den Schmutz des Hofes trägt.

Alfred, Jean, Paul, Denis und ich klammerten uns aneinander, hielten uns fest an Koppeln, Mänteln, Knöpfen. Nichts schien uns wichtiger, als zusammenzubleiben, eine Insel in diesem Ozean, auf dem die Köpfe wie kleine schwarze Wellen waren. Hier und da wurde die Nummer eines Regiments aufgerufen,

eine dunkle Gruppe löste sich aus der dunklen Masse. Nur an die «Isolierten» kam die Reihe nie. Gegen vier Uhr früh, als die Müdigkeit immer unerträglicher wurde, schlug ich vor, wir sollten uns einfach einen Platz suchen. Jean, der kleine blonde Kommis, mit einem Gesicht wie die kandierten Früchte, die er an die Dienstmädchen seiner Vorstadt verkauft hatte, gab vor, in der Dunkelheit sehen zu können; so schlossen wir uns ihm an. Wir stolperten über schlafende Menschen, fielen über Steine. Jean ging wie ein Blinder, die Hände tastend vor sich ausgestreckt; der Blinde führte die Blinden.
In den Garagen waren schon alle Plätze besetzt, die Gefangenen lagen zusammengepfercht auf dem Steinboden. Wir stießen immer wieder gegen Automobile. Überall standen Ruinen von Wagen herum. Wagen ohne Räder, Lastwagen ohne Motoren, zerbeulte Militärwagen: Wir suchten nach einem Wagen mit Dach, aber in allen Automobilen schliefen schon die Erschöpften.
Schließlich fanden wir einen alten französischen Ambulanzwagen mit vier «Betten». Er stand auf seinen Speichen, ein Kriegsinvalide, dem man die Beine amputiert hatte. Für jeden von uns gab es nun ein Bett; nur Paul, der rotblonde Chauffeur, der aussah wie der Fuchs in den Filmen von Walt Disney, schlief auf dem geschützten Führersitz.
Als ich am nächsten Vormittag auf ein «'raus!-'raus!»-Geschrei erwachte, sah ich, daß ich die erste Nacht im Lager von Dieuze auf einem blutbefleckten Leintuch geschlafen hatte. Wer mochte auf diesem Leintuch gestorben sein . . .?

Nachdem wir in Atelier 3, einer der Reparaturwerkstätten, auf den Steinfliesen vier Plätze gefunden haben, beschließe ich, das Lager einer genauen Prüfung zu unterziehen. Ich will die Fluchtmöglichkeiten auskundschaften und feststellen, wie der Wachdienst funktioniert.

Als ich hinaustrete, wird gerade zum Appell geblasen. Ich muß mich in Reih und Glied einordnen. Vor jeder Kolonne stehen vier oder fünf Landser. Mit Hilfe von Dolmetschern fordern sie die Gefangenen auf, Fotoapparate, Messer, Rasiermesser, Landkarten, Füllfederhalter und Taschenlampen abzuliefern. Sie sammeln die Gegenstände in einem großen Sack. Der kleine blonde Unteroffizier, der die Inspektion überwacht, geht von einem Mann zum anderen und wiegt die Gegenstände in der Hand, wie ein Schätzmeister in der Pfandleihanstalt. Was ihm gefällt, stopft er in die Tasche oder steckt es in den Gürtel. Er tut es schamlos, und er hat recht. Der Krieg ist ein unmoralisches Handwerk: Innerhalb seiner Morallosigkeit sind sittliche Maximen ein Widerspruch in sich. Wo käme man hin, wenn es dem Soldaten verwehrt wäre, zu stehlen und zu plündern! Der Unteroffizier ist ein fröhlicher, also ein guter Soldat: Jedesmal, wenn er etwas «Besseres» entdeckt, wirft er die vorher erworbene Füllfeder, die Taschenlampe oder den Fotoapparat in den Sack, so daß sich seine persönlichen Besitzverhältnisse von Minute zu Minute verbessern, ein umgekehrter Hans im Glück. Am Ende sieht er aus wie ein wandelndes Warenhaus.
Nachdem die Leibesvisitation abgeschlossen ist, mache ich mich wieder auf den Weg.
Ich stelle fest, daß das Lager in zwei Teile zerfällt. Im vorderen Teil liegen das Verwaltungsgebäude, in dem die Lagerkommandantur untergebracht ist, die verfallene Reitschule, drei oder vier Garagen. Den Mittelpunkt dieses von hohen Mauern umschlossenen Teiles bildet der preußische Kasernenhof. Dieser Teil des Lagers grenzt an eine Straße, die vom Ort Dieuze auf einen Hügel hinaufführt. Vor der langen, roten Mauer patrouillieren die Wärter. Der zweite, rückwärtige Teil des Lagers ist etwas freundlicher. Er besteht aus dem Autofriedhof, zwanzig oder dreißig Garagen und aus einem vierstöckigen Gebäude, in dem das Lazarett für die Kriegsgefan-

genen untergebracht werden soll. Vorderhand liegen die Kranken und Verwundeten allerdings noch, ohne Stroh, auf dem Fußboden einer Garage. Über dem ganzen Lager schwebt eine Wolke von schwarzem Staub. Nur ganz rückwärts, am äußersten Ende des Lagers, entdecke ich drei oder vier Bäume, einen winzigen grünen Rasenflecken. Hier bietet sich ein Ausblick ins Freie, nur ein Lattenzaun und Stacheldrähte trennen die Wiesen vom Lager. Man sieht die Eisenbahnschienen, die hinter dem Lager vorbeiführen, die Straße, die sich nach Dieuze hinunterschlängelt, ein paar rote Dächer, den Kirchturm, einen schmalen Weg. Von Zeit zu Zeit fährt ein Mädchen in Weiß über den Weg; mit der einen Hand hält es den Rock über seinen Knien zusammen. Dieses paradiesische Fleckchen ist einem freilich ein wenig verleidet, denn die Deutschen haben hier die Latrinen schaufeln lassen; dem Gitter entlang sitzen Soldaten in tiefer Kniebeuge. Wenn man in die Natur sehen will, muß man auf die Hügel steigen, die durch das Ausschaufeln der Latrinen entstanden sind; die Sommerwiesen verlieren dadurch etwas von ihrem Zauber.
Ich denke zuerst, wie ich so dastehe und hinwegsehe über das Land und die Gefangenen, hockende Frösche, daß es nicht schwer sein kann, bei Nacht über den Zaun und die Stacheldrähte zu setzen, mit Umgehung der Wachen. Aber schon spüre ich, daß ich beobachtet werde. Auf den Dächern von zwei Garagen sind Wachtposten untergebracht. Feldtelefone stehen neben den Männern in feldgrauer Uniform. Überall hat man lauernde Augen im Rücken. Ich muß mir etwas anderes ausdenken.
Als ich zu unserer Garage zurückkehre, heißt es, daß bald Stroh verteilt werden wird. Eine Stunde später rollen zwei Lastkraftwagen mit Stroh in den Hof. Die Soldaten geben uns ein Zeichen, wir sollen das Stroh abholen.
Hunderte Gefangene stürzen sich auf den Wagen. Menschen verschwinden unter Stroh. Jeder versucht möglichst viel zu

ergattern. Wilde Hände zerren am Stroh, zerren auch an Haaren. Ist es jemand gelungen, einen Arm voll Stroh zu erobern, dann rennen ihm zehn, zwölf, zwanzig andere nach. Unter dem Arm des Unglücklichen verschwindet allmählich das «Bett», das er sich erkämpft hat. Nun hält jeder von den Kämpfenden nur eine Handvoll Stroh in der Hand, ein paar armselige Strohhalme. Paul, der Automechaniker mit dem Fuchsgesicht, ist unter den Kräftigsten. Aber schon haben ihn einige eingeholt, einer bringt ihn zu Fall: das schöne gelbe Stroh liegt im schwarzen Staub des Hofes. Ein kleiner Advokat aus Marseille putzt weinend sein zerbrochenes Brillenglas. Er preßt ein paar Strohhalme an sich.

Die angekündigte warme Nahrung bleibt vorerst aus. Ich mache mich auf den Weg zur Küche.

Die Küche ist in einem ebenerdigen Gebäude untergebracht, im zweiten Hof vor dem Lazarett. Um das Küchengebäude ist ein mannshohes Drahtgitter gezogen. Mehrere Feldküchen stehen vor dem Haus; aus zwei oder drei Kesseln steigen warme Düfte. Die Gefangenen hängen am Gitter. Sie stehen Schlange um etwas Geruch. Manchmal läßt einer das Gitter los und schleicht sich davon: wie ein müder Mann, der, entwürdigt, ernüchtert, angeekelt, aus einem Bordell kommt.

Von Zeit zu Zeit erscheint ein beleibter deutscher Soldat mit einer weißen Schürze vor der Küche. Er schreit uns etwas zu, das wie ein Versprechen ausgelegt werden kann. Doppelt entschlossen verteidigt jetzt jeder seinen Platz am Gitter. Und tatsächlich kommt der Dicke bald zurück, unter jedem Arm ein Kommißbrot.

Die Spannung ist unerträglich. Jeder spürt den Geschmack von Brot im Mund. Ich habe das Gefühl, daß mein Mund voller Sand ist.

Dann schleudert der Dicke mit der Geste eines antiken Diskuswerfers das Brot in unsere Mitte. Ein zweiter Laib folgt. Hundert Hände strecken sich in die Luft. Keine Fütterung

von Bestien kann entwürdigender sein. Der Dicke grinst, eine Bestie, die Menschen füttert. Von den Brotlaiben, in Stücke gerissen, bleiben nur Brosamen.
Ich habe kein Brot bekommen. Aber ich habe begriffen, worum es geht. Zweiundzwanzigtausend Menschen sollen gebrochen werden wie das Brot, zerrissen wie das Stroh. Zweiundzwanzigtausend hier – zwei Millionen im Land.
Ich entschließe mich, nicht zu ihnen zu gehören.

Meine Pläne müssen warten.
Mein Tag vergeht so:
Um fünf Uhr früh weckt mich die Trompete. Um diese Stunde wartet schon der deutsche Barackenkommandant – Gefreiter Josef Berger aus Fürth bei Nürnberg – vor der Tür. Eine Sekunde später schreit er: «'raus!», und die tausend Mann, die im Atelier drei schlafen, müssen, zwei Minuten nach fünf fix und fertig angezogen, aufgerichtet vor ihrer Liegestätte stehen. Das ist nicht schwer. Man schläft vollkommen bekleidet: der Steinboden der Garage ist eiskalt. Man muß sich entscheiden, ob man sich auf seinen Mantel legt oder mit seinem Mantel zudeckt.
Gefreiter Berger, ein Riese mit schweren Schritten, geht durch den Raum. Hier und da fällt ihm ein, eine «Fußparade» abzunehmen: Dann müssen sich alle auf den Rücken legen, ihre Schuhe ausziehen und zeigen, ob sie saubere Füße haben. Wer keine sauberen Füße hat, erhält vierundzwanzig Stunden keine Nahrung. Wenn Berger mit seiner Inspektion fertig ist, schreit er wieder: «'raus!», und die Baracke muß in einer Minute geräumt sein. Es ist auch höchste Zeit. Wir haben alle, in mehr oder weniger heftiger Form, die Ruhr. Sobald man aus den Garagen ist, stürzt man zu den Latrinen. Sie sind natürlich besetzt. Man muß sich anstellen. Man verspricht seinen Vordermännern das Blaue vom Himmel, wenn sie einen

«vorlassen». Menschenfreunde sind rar, auch wenn es um volle Hosen geht. Man steht da, mit herabgelassener Hose, verkrampft, verzweifelt. Naturfreunde wie Alfred und ich eilen zu der rückwärtigen Latrine; da erblickt man wenigstens, während man wartet, Pferde, Kühe, Schafe und andere Tiere, die keine Ruhr haben. Ein besonderes Kapitel bildet das Papier. Jeden Abend findet eine Papierbörse statt; keine Aktie hat je eine solche Hausse erlebt wie ein Stück altes Zeitungspapier im Lager von Dieuze. Da man sich an das Betteln gewöhnt hat, bettelt man um ein Stück Papier – für ein Zeitungsblatt kann man eine halbe Schale Suppe, ein Stückchen Brot oder die Mitbenützung einer Rasierklinge einhandeln.
Das erste Frühstück wartet. Es besteht aus leerem «Tee», einer warmen, grünen Flüssigkeit, die wie verdünnter Spinat aussieht. Um sechs darf man sich auf eine Stunde hinlegen, nachdem man vorher seinen Platz gesäubert hat. Das ist ziemlich mühsam. Man versucht, die wenigen Strohhalme zu sammeln. Man legt sie, ordnet sie, schlichtet sie, man stellt sie auf in Reih und Glied. Man gibt seinem müden Rücken eine Illusion.
Nach einer neuerlichen Visite der Baracke wird man um sieben Uhr auf den Kasernenhof getrieben. Da steht man gewöhnlich von sieben bis neun. Dann erscheint Hauptmann Brühl, der Lagerkommandant, oder sein Stellvertreter, Oberleutnant Dr. Schmidt. Manchmal kommen auch Hauptmann Kohlrusch oder der junge Leutnant Brandt.
Hauptmann Brühl, der das *Wachbataillon Hauptmann Brühl* befehligt, ist ein Mann von etwa fünfzig, mit einer starken Nase, zwei scharfen Linien, die von den Nasenflügeln zu den Mundwinkeln laufen, einem Mund ohne Oberlippe. Der deutsche Offizier alter Schule. Es heißt, daß sich Hauptmann Brühl zurückgesetzt fühlt. Er müßte längst Major sein, aber seine Beförderung zum Major soll sich verzögert haben, weil er zu menschlich mit seinen Untergebenen umgeht. Man sagt im Lager, daß man hier bleiben werde, bis aus dem Haupt-

mann ein Major geworden ist. Das kann eine Weile dauern.
Oberleutnant Dr. Schmidt ist im Zivilberuf Direktor eines Lyzeums. Über sein Gesicht ziehen sich die einschneidenden Erinnerungen studentischer Mensuren. Seine Haare sind kurz gestutzt, nur über der Stirne prangt eine Handvoll stacheliger Haare. Dr. Schmidt trägt einen Kneifer, der sich an seine kleine spitze Nase klammert wie ein unsicherer Reiter an den Sattel. Dr. Schmidt raucht stets eine riesige Zigarre. Er dürfte kein böser Mensch sein. Ich habe das Gefühl, daß er sich dauernd gegen etwas verteidigt. In der Mädchenschule muß er Angst gehabt haben vor den Mädchen; der Schule entronnen, hat er Angst vor den Soldaten.

Am schlimmsten ist es, wenn Hauptmann Kohlrusch, der Kommandant der 4. Kompanie des Wachbataillons, den Appell abnimmt. Hauptmann Kohlrusch kommt aus der Partei. Niemand weiß, welche Funktionen er bekleidet, aber es müssen wichtige Funktionen sein. Das Wort «Gestapo» geistert durch das Lager. Er ist ein hagerer Mensch mit magensaueren Zügen. Er geht stets mit einer Reitgerte spazieren und schlägt sich dabei auf die Stiefel, als wollte er sie zum Laufen antreiben. Er hat so dünne Beine, daß sie sicher nicht laufen würden, ohne geschlagen zu werden.

Zu diesen Offizieren gesellt sich als Dolmetscher ein französischer Leutnant, der elsässische Notar Dr. Schneider. Er spricht Französisch mit deutschem Akzent und ist bemüht, Grobheiten auf das literarischste zu übersetzen. Er steht stramm, wenn er den deutschen Offizieren zuhört, und er schreit uns mit seiner Fistelstimme an, als sei er das Echo der Deutschen. Ich glaube, daß den Deutschen seine Servilität ekelhaft ist. Es ist ihnen wohl, als ahmte sie ein Papagei nach. Manchmal bringen sie Dr. Schneider herrisch zum Schweigen.

Der Appell, den wir strammstehend anhören müssen, bezieht sich vorerst auf alltägliche Dinge. Zwei- bis dreimal in der

Woche wird uns erklärt, warum wir keine Post bekommen und auch nicht schreiben dürfen, ebenso oft wird uns Stroh versprochen, das wir nicht erhalten; schließlich wird uns mitgeteilt, daß Flüchtende erschossen werden und Ungehorsame in den «Keller» wandern. Hierauf folgt eine Aufzählung von «Nachrichten». Die Deutschen haben überall gesiegt; das englische Volk ist unschuldig an seinen plutokratischen Führern; Frankreich haben die Demokraten ins Unglück gestürzt. Der Führer – Dr. Schneider übersetzt *«notre Führer»* – wird Europa schnell wiederaufbauen und auch die französischen Gefangenen ihren Familien wiedergeben. Gegen zehn Uhr verlassen die deutschen Offiziere das Terrain. Wir bekommen noch eine Stunde Radiosendungen zu hören. Knapp vor elf gibt es zehn Minuten lang Mittagsmusik. Dann wird die französische Tageszeitung der Kriegsgefangenen, das *Echo*, verteilt.
Um elf darf man sich für das Mittagessen anstellen. Es besteht aus einem Viertelliter Suppe; manchmal gelingt es einem auch, etwas mehr zu bekommen. Die Suppe ist ein warmes Wasser, aus Erbsen- oder Bohnenersatz hergestellt. Sie schmeckt nicht schlecht. Die Suppe wird vom französischen Zimmerältesten verteilt. Ein Landser überwacht die Verteilung: er wohnt, mit anderen Worten, der Rauferei bei, die sich zweimal täglich wiederholt. Es besteht kein Grund, warum die Kameradschaft bei der Nahrungsaufnahme größer sein sollte als bei der Verdauung.
Da man in der Freizeit die Baracken nicht betreten darf, geht man ins «Kasino». Das sind «Roulettetische», die auf dem Autofriedhof aufgestellt sind. Gefangene haben aus Autobestandteilen Glücksräder konstruiert; man kann von fünfundzwanzig Centimes bis zwei Franken setzen. Man setzt auf Spielkarten. Die Deutschen haben diese Glücksspiele beim Appell ausdrücklich erlaubt; nur Juden dürfen weder Spieler noch Bankhalter sein. Wahrscheinlich halten die Deutschen

das Roulettespiel für eine so eminent moralische Beschäftigung, daß die Juden seiner unwürdig sind. Die Bankhalter bereichern sich in kürzester Zeit. Ein «Umsatz» von tausend Franken am Tag ist bei diesen Zaharoffs in der Westentasche nicht außergewöhnlich. Der erste Selbstmörder im Lager hat sich nicht aus Kummer über die Niederlage, sondern wegen Drohungen, die aus Spielverlusten resultierten, getötet.

Um zwei gibt es wieder einen Appell. Bis dahin muß man das *Echo* genau studiert haben. Das *Echo* erscheint auf zwei oder vier Seiten; als verantwortlicher Schriftleiter zeichnet ein Herr Schwerdtfeger. Die «Zeitung» ist in fehlerlosem Französisch abgefaßt. Auf der ersten Seite befinden sich der deutsche und italienische Heeresbericht sowie Meldungen aus Frankreich. Auf der zweiten Seite wird die Größe des Deutschen Reiches und des nationalsozialistischen Systems gepriesen. Man erfährt, daß die Arbeiter nirgends so hoch bezahlt sind wie in Deutschland; daß es die Hausfrauen nirgends so gut haben wie in Deutschland; daß *Kraft durch Freude* jedem künstlerische Genüsse ermöglicht; daß die Männer nirgends so gern für das Vaterland sterben wie in Deutschland. Die restlichen Seiten sind «Erzählungen» gewidmet. Diese Erzählungen berichten von dem Elend Frankreichs, bevor es das Glück hatte, den Krieg zu verlieren. Eine Artikelserie *Am Stavisky-Skandal waren alle beteiligt!* zeigt, daß alle französischen Parlamentarier korrupt gewesen sind. *Die Gäste des Hauses Rothschild* waren Judenknechte, die bei den Rothschilds dinierten. Auch ein Kreuzworträtsel fehlt nicht. *Jude, der Frankreich bestahl*, sechs Buchstaben, ist der ehemalige Innenminister Mandel. *Amerikanischer Kriegshetzer*, waagerecht, heißt Roosevelt. Neckisch ist die Lösung des Spaßwortes: *Was dem Gefangenen fehlt.* Fünf Buchstaben: *Savon.*

Fast jeden Tag werden zehn bis zwanzig Gefangene nach dem Inhalt des *Echo* befragt. Besonders Oberleutnant Dr. Schmidt liebt diese Examen; er hat es im Blut, von der Mädchenschule her.

Um fünf wird das Abendbrot verteilt. Es besteht aus einem Viertellaib Kommißbrot und etwas Kunsthonig oder Margarine. Das Brot ist für den Abend, aber auch für den kommenden Tag bestimmt. Es gibt wenige, welche die Selbstbeherrschung aufbringen, das Brot beiseite zu legen.

Nach dem Abendbrot beginnen die unendlichen Gespräche über die Frage: Wann kommen wir nach Hause? Alles, was sich in der Welt ereignet, wird von diesem einzigen Gesichtspunkt aus betrachtet. Wenn eine Regierung Laval mehr Aussicht hat, uns die Freiheit zu bringen: Laval möge herrschen über Frankreich. Wenn ein Sieg der Deutschen über England die Freiheit bedeutet: Frankreich ist ohnedies verloren. Mich verblüfft der Optimismus meiner Kameraden. Wenn wir keine Seife bekommen, so heißt das, daß es sich «nicht mehr lohnt». Wenn es uns nicht erlaubt ist zu schreiben, dann bedeutet das nur, daß wir «daheim sein werden, ehe die Post eintrifft». Wenn Hauptmann Brühl seinen kriegerischen Tag hat und erzählt, sein Bataillon habe keine Lust, uns «ewig zu bewachen» – er meint damit, daß er begierig sei, an die englische Front zu kommen –, so meint man, er würde uns morgen laufenlassen. Wenn im Rundfunk verkündet wird, Frankreich müsse Reparationen zahlen, bis es «blau wird», ist auch das erfreulich: Um zahlen zu können, muß Frankreich produzieren, um zu produzieren, muß es arbeiten, für die Arbeit bedarf es unserer jungen Arme. Jeder Landser des Lagers ist ein Halbgott, der seine Informationen direkt vom Führer bezieht. Ein hingeworfenes: «Na, bald kommt ihr nach Hause», verbreitet sich wie Lauffeuer. Ein Datum der Hoffnung gibt es immer. Einmal soll das Stuttgarter Radio vom vierzehnten Juli gesprochen haben – *Freut euch, französische Mütter, eure Söhne kehren heim!* –, ein andermal hatte Dr. Schmidt etwas vom ersten August gemurmelt. Jeden Abend geht man mit neuen Hoffnungen schlafen, um jeden Morgen mit einer neuen Enttäuschung zu erwachen. An solchen Morgen denkt man nur an den Tag, mit Ersatzsuppe, Latrine, Appell, Kampf um Schatten, Stroh und Klosettpapier. Aber wenn der Tag sich wieder neigt, steigen die Hoffnungen hoch: Dichter und Pessimisten.

Am Abend kommt man sich näher. Der letzte Kampf ist vorbei. Man sitzt auf einem Stein, einem abmontierten Wagen, im Staub. Man spricht. Jean erzählt von einem Dienstmädchen, das in seinem Laden einzukaufen pflegte, und von der Art, wie es seine Haare aus dem Nacken gekämmt hatte; Denis von seiner Frau, der treuesten in ganz Frankreich; Paul von Motorradfahren, Autorekorden, Konstruktionsfehlern; Alfred von einer nicht mehr ganz jungen Frau in Lyon, die ihren Mann seinethalben verlassen wollte, sie kam am Nachmittag zu ihm, er hörte sie schon auf der Treppe, und sie hatte ein hellblaues Nachthemd in seinem Schrank. Ich habe Optimismus immer für eine liebenswerte Form von Dummheit gehalten – liebenswert, aber irritierend. So setze ich mich meistens auf einen Stein und sehe den Friseuren zu, die im Hof arbeiten. Auf je tausend Mann kommt ein Friseur. Die Messer gleichen Reibeisen. Ich sitze auf dem Stein, beachte aber das Blutbad nicht weiter, sondern gehe – ins Kino. Das heißt, ich erfinde jeden Abend eine Filmgeschichte. Ich besetze meinen Film auf die generöseste Art: mit Greta Garbo, Clark Gable, Katharine Hepburn, Charlie Chaplin. Manchmal erzähle ich die Filme auch den Kameraden, aber ich habe damit wenig Erfolg, sie wollen sie lieber sehen.

Um Punkt neun muß jeder auf seinem Platz liegen. Keiner darf sich in der Nacht entfernen. Wenn einer seine Baracke verlassen muß, setzt er sein Leben aufs Spiel. Schüsse fallen in der Nacht.

Man schläft. Und man träumt. Man träumt schön. Nachts ersetzt die Natur, was sie einem bei Tag vorenthält: die glücklichen Träume der Unglücklichen. In jeder Nacht bin ich zu Hause, bei meiner Mutter. Bei der Frau, von der ich Abschied nahm, damals in Barcarès. Nie quälen mich Alpträume. Die guten Engel steigen herab und weben um mein Lager. Selbst die Hungerträume, die sich regelmäßig wiederholen, sind nicht schrecklich. Ich fresse nicht mit Heißhunger. Ich esse Delikatessen, in der Konditorei *Gerstner* in Wien. Was der Tag an Notwendigem raubt, ersetzt die Nacht mit Überflüssigem. Wie Penelope des Nachts auftrennt, was sie des Tages gesponnen, so öffnet die Natur das Netz, das die Menschen bei Tag ausgeworfen haben.

Am Morgen fühle ich einen fahlen, hölzernen Geschmack im Mund: Hunger macht hölzern. Ich versuche festzustellen, was Hunger ist: Ein Schriftsteller erfährt wenigstens etwas, wenn ihm etwas zustößt. Hunger ist eine Leere, die vom Magen ausgeht, sich aber über den ganzen Körper ausbreitet – auch das Herz, die Kniekehlen, die Rippen sind hungrig. Hunger ist ein Gefühl der Leere, dabei steckt einem eine tote Maus in der Halsröhre. Hunger ist eine unglückliche Liebe, eine kraftlose Raserei, eine verächtliche Sehnsucht. Hunger ist dem Tod verwandter als dem Schlaf.

Im Lager herrschte Aufregung. Sie hatten gute Gründe. Von der ersten Stunde unserer Gefangenschaft an hatte es geheißen, daß die Rückkehr in die Heimat nur durch Schwierigkeiten der Beförderung verzögert werde.

In meiner Baracke lag nun, mit seinen Füßen an meinem Kopf, ein älterer Soldat vom *2. Train d'Equipage*. Es war ein Mann mit einem runden Kopf, einer runden Nase und einem Mund in O-Form. Er lallte in der Nacht wie ein kleines Kind. Dieser alte Eisenbahner war der König der Optimisten. Einmal wollte er selbst im Rundfunk gehört haben, daß wir nächsten Sonntag freigelassen würden, dann hatte er erfahren, daß im

Büro zwanzigtausend Entlassungsscheine eingetroffen seien. Deshalb beachteten wir ihn zuerst nicht weiter, als er an diesem Abend mit der Nachricht erschien, daß die Brücken und Bahngeleise wiederhergestellt seien, in einer Stunde würde der erste Zug am Lager vorbeifahren. Von da an sei es nur ein Schritt zur *libération*. Indes sprach der Alte an diesem Abend so eindringlich, daß wir mit Alfred beschlossen, uns selbst zu überzeugen.

Als wir am rückwärtigen Gitter ankamen, tummelte sich schon eine unübersehbare Menschenmenge auf den Sandhaufen um die Latrinen. Der Alte, den wir *Bouboule* nannten, hüpfte ungeduldig von einem Bein aufs andere. Sein Kopf war rot angelaufen. Er musterte die Menschenmenge wie einer, der die Schar seiner Gäste begrüßt. Er war so stolz, wie der Erfinder der Eisenbahn gewesen sein mochte, bei der ersten Eisenbahnfahrt. Und auch die Menge hatte etwas von Festgästen, welche die erste Eisenbahn erwarten.

Bouboule zupfte mich dauernd am Ärmel:

«On va rentrer, mon vieux, on va rentrer!»

Er schien zu fiebern. Er sprach ungereimtes Zeug: Seine Frau kam darin vor, seine Tochter, seine Lokomotive, grüne Semaphore, ein anderer Eisenbahner, der seine Tochter verführt hatte und sie nie heiraten werde, außer wenn er, Bouboule, heimkehre, um alles in Ordnung zu bringen.

Die Menge wurde ungeduldig. Die Abendsonne stieg zu den Feldern hinab. Die Schatten wurden violett. Noch glitzerten die Schienen. Einzelne Gefangene begannen zu erlahmen. Bouboule tat, als ob er nichts gehört hätte. Die Nervosität stieg. Die Wachtposten vor dem Drahtverhau gingen auf und ab, auf und ab.

Die Menge begann, sich zu verlaufen. Müde von der Anstrengung des Tages, müde vom Warten, müde von der Enttäuschung, wollte sie sich auflösen. Bouboules Finger verkrampften sich in meinem Arm. Wenigstens mich wollte er zurückhalten. Da hielt die Menge plötzlich inne. Die Köpfe reckten sich. Hände klammerten sich an die Schultern des Vordermannes. Bouboule räusperte sich, als wollte er eine Rede halten. Immer deutlicher werdend, hörte man das Nahen einer Lokomotive.

Wir starrten auf den Schienenstrang. Nur die deutschen Soldaten patrouillierten mit steinernen Mienen, auf und ab, auf und ab.

Die Spannung wurde immer unerträglicher. Ein Witzbold vor mir, der beinahe in die Latrine gefallen war, sagte: *«Le train phantom.»* Und tatsächlich war es, als näherte sich ein Gespensterzug. Das Paffen der Lokomotive wurde immer deutlicher. Immer näher kam das Stöhnen der Maschine, das Zischen des Dampfes. Aber nichts war zu sehen. Unendlich und unberührt war der silberne Strang.

Dann, mit einemmal, wandten wir alle die Köpfe um.

Über den Kasernenhof dampfte eine Lokomotive.

Niemand rührte sich. Erst viel später löste sich die Erstarrung. Dann erfuhren wir, daß die kleine Lokomotive ein fahrbarer Warmwasserspeicher war, den man für die Duschen herbeigeschafft hatte.

Bouboule sprach kein Wort. Nur die Adern unter der verbrauchten Haut traten noch deutlicher hervor. Seine Tränensäcke wurden schwer. Ich reichte ihm den Arm, um ihn in die Baracke zurückzuführen. Er schüttelte den Kopf. Er ging vor mir her, aufrecht, wie die alten Generale, die sich militärische Haltung aufzwingen.

In dieser Nacht starb Bouboule. Seine Beine, die sich zuckend ausstreckten, stießen mich an den Hinterkopf. Ich fluchte und zog den Kopf tiefer in den Hals. Bouboule stöhnte. Im Halbschlaf war dieses Stöhnen wie der Dampf, der der Lokomotive entfährt.

Bouboules Eisenbahnerseele entfernte sich über Schienen der Unendlichkeit.

PFEFFER, SCHOKOLADE UND KÖLNISCHWASSER

Der Hunger wird immer schlimmer. Die meisten von uns liegen wie Fliegen auf dem Fußboden. Sie schleppen sich nur noch zum Appell. Hier und da bekommen sie eine belebende Injektion von Gerüchten.

Alfred und ich verbringen unsere Zeit mit Versuchen, unseren Hunger zu stillen. Am Rande des Lagers, unmittelbar vor dem Verwaltungsgebäude, stehen ein paar uralte Kirschbäume. Die Kirschen hängen hoch oben im Geäst. Den ganzen Tag stehen Gefangene unter den Obstbäumen und zielen mit Steinen nach den Kirschen. Selten fällt eine magere Frucht in den Staub des Hofes. Aber wir erlahmen nicht. Die winterlichen Kirschen Lothringens sind Boten des Sommers. Der Mensch lebt nicht von Kirschen allein.

Ich habe erfahren, daß im Lazarett doppelte Portionen Suppe ausgeschenkt werden. Das Lazarett ist eine Garage wie alle anderen, mit etwas mehr Stroh auf dem Boden. Die Kranken und Verwundeten liegen dicht nebeneinander. In der Mitte der Garage sind ein langer Tisch und ein Schrank mit spärlichen Medikamenten und Verbandsstoff aufgestellt. An Wismut, dem einzigen wirksamen Mittel gegen Ruhr, fehlt es seit Tagen. Es ist von den Deutschen umsonst angefordert worden. Statt Heilmittel bekommen die Kranken Bände der *Illustration*, Jahrgang 1912. Die französischen Ärzte – achtundzwanzig an der Zahl; sie wohnen in dem noch leeren Lazarettgebäude – wissen sich keinen Rat.

Ich entdeckte im Lazarett einen alten Freund. Es ist der russische Graf René Dimitrij Korzakoff, der als Freiwilliger in meinem Regiment gedient hat. Er war *agent de liaison* zwischen uns und dem Divisionskommando und ist, unterwegs zum Hauptquartier, in Gefangenschaft geraten. Wir tun zuerst so, als ob wir einander nicht erkennten. Dann, als uns niemand sieht, reichen wir uns die Hände. Von Graf Korzakoff habe ich nichts zu fürchten. Er hat meine Bücher gelesen, vielleicht sogar geschätzt. Auch er verbirgt sich unter falschem Namen. Er hat sich als René Mage in die Gefangenenliste eintragen lassen. René Korzakoff ist Fotograf. Er wurde in Paris geboren, im Exil seiner Eltern. Ein durchsichtig feiner Junge, mit Haut und Händen einer Frau. Seine temperierte Melancholie wirkt angenehm unter diesen brutalen Optimisten, denen jeden Morgen die Welt zusammenstürzt. Man könnte glauben, daß sich dieser zarte Mensch von Luft nährt, aber ich kenne niemand, den der Hunger so erfinderisch macht wie diesen Aristokraten. Seit wir hier sind, täuscht der kerngesunde Graf alle möglichen Krankheiten vor, wegen der doppelten Suppenrationen.

René verständigt mich, wenn die Suppe ins Lazarett gebracht wird.

«Ich kann doch den Kranken nicht die Ration wegfressen!» sagte ich, noch nicht aller Skrupel ledig.

René zuckt mit den Achseln. Er meint, man habe kein Recht auf Skrupel, wenn man Recht auf Suppe hat.

Wir besuchen ihn mit Alfred stets um die Mittagszeit. Aus dem Suppentopf steigen wohlige Düfte. Das Lazarett riecht wie eine Waschküche. Die Kranken erheben sich von ihren Lagern und humpeln zur Verteilung. Jeder Kranke hat eine Karte, sie ist für einen Monat ausgestellt. Nachdem er die Suppe erhalten hat, wird der «Tag» durchlöchert. Wir kommen jeden Tag, in der Hoffnung, eine vakante Karte zu ergattern. Das ist der sinnlose Optimismus des Magens, der nicht glauben kann, daß er ewig leer bleiben wird.

Neben René liegt ein Lothringer namens Bolomey, ein Kaufmann aus dem Geburtsort der Jeanne d'Arc. Bolomey hat einen langen roten Bart; seit einigen Tagen ist sein Gesicht so verfallen, daß man nur noch den roten Bart sieht. Er ist fast immer bewußtlos. Wenn er zu sich kommt, verlangt er sofort Papier, um seiner Familie zu schreiben. René hat aus einem alten Band der *Illustration* die weißen Ränder der Seiten ausgeschnitten; auf diesen Streifen schreibt Bolomey seine Abschiedsbriefe. Er sagt, daß er trachten werde, bei Tag zu sterben, um niemandem Scherereien zu bereiten.

Wenn wir um die Mittagsstunde das Lazarett betreten, fällt unser erster Blick auf Bolomey. Es läßt sich nicht leicht feststellen, ob er noch lebt oder schon tot ist. Da er auch in der größten Hitze friert, hat er einen Mantel über sich gebreitet, sein roter Kopf verschwindet unter dem Militärmantel.

Heute hat einer der Ärzte René gesagt, daß Bolomey nur noch einige Stunden zu leben hat. Morgens hatte Bolomey einige helle Minuten, aber als ihm René das Papier reichte, kritzelte er nur wirres Zeug: Er bestellte bei seinen Lieferanten Kerzen, Seifen und Nudeln. Seit drei Stunden röchelt er.

Wir setzen uns neben ihn und warten. Die Krankensuppe wird um halb zwölf verabreicht. Es ist elf vorbei. Wenn Bolomey vor halb zwölf stirbt, bekommen wir seine Suppe. Der orangegelbe Schein liegt neben ihm. Wir sitzen, die Beine gefaltet, neben dem Röchelnden und schielen nach der Tür. Bolomey blickt ins Jenseits. Wer so blickt, der darf nicht mehr zurückkehren zu den Menschen: Geheimniswahrer ist er, der Mund ist ihm auf ewig verschlossen. Das Blau des Himmels ist in den Augen des Krämers aus dem Geburtsort der heiligen Johanna. Und die Suppe muß jeden Moment dasein. Bolomey scheint es zu spüren. Sein Atem ist schwach, sein Röcheln leiser. Er tut sein Bestes, er beeilt sich zu sterben. Da öffnet sich die Tür. Die Siechen erheben sich von ihren Stätten. Sie pilgern zur Suppe, wie zum Wunderbrunnen von Lourdes. Bolomey atmet tief. Wortlos nimmt Korzakoff seinen Blechnapf. Die Schlange erstreckt sich über die ganze Länge der Garage. Alfreds Augen sind rot vor Hunger. Die Kranken beschimpfen sich. Die Suppe wird immer weniger, der Rauch immer dichter. Ich schaue Bolomey nicht mehr an. Da röchelt er laut. Dann wird es still. Er reißt die Augen auf: nicht entsetzt, eher glücklich, ein wenig verwundert. Zum ersten Male fühle ich, was es heißt, wenn ein Mensch seine Seele «aushaucht». Ich sehe die Seele des Gemischtwarenhändlers Francisque Bolomey aus Domrémy, wie sie seinem Mund entweicht. Es ist das Schwere, das vom Menschen geht. Und ich weiß, daß Francisque eine schöne Seele hatte, denn sie hat sich beeilt, ehe die Suppe alle war.

Alfred und ich bekommen, auf Bolomeys Karte, je einen Topf voller Suppe. Dann muß ich die Karte abliefern, weil man herausgefunden hat, daß Tote keine Nahrung brauchen.

Aber nicht jeden Tag stirbt ein Bolomey.

Die Not macht erfinderisch. Am Abend, wenn die Brotration verteilt wird, bekommt jede Baracke ein Brot mehr, als für die Rationen vorgesehen ist. Der Barackenälteste, der die Verteilung vornimmt, behält dieses *rabiot*, wie der französische Militärausdruck für «Überschuß» lautet, für sich und seine Freunde. Wir beschließen, ihm das Handwerk zu legen. Wenn die *corvée* zusammengestellt wird, die Mannschaft, die das Essen aus der Küche holt, melden sich vier von uns. Alfred, Jean, Paul und ich schleppen die Decken zur Küche, in die das Brot gezählt wird. Denis geht hinter uns. Die Brote sind schwer. Wir schleppen sie gern, denn unterwegs lassen wir den «Überschuß» fallen. Denis hebt das Brot auf und verschwindet. Ein Brot mehr, auf vier Mann verteilt, ist nicht zu verachten.

Aber es gibt noch andere Möglichkeiten. Man kann sich zum Kartoffelschälen in der Küche melden und dabei einige Kartoffeln stehlen. Allerdings ist die Arbeit sehr begehrt, und man muß oft tagelang warten, bis man in das Küchenparadies eingelassen wird. Man kann auch Salat zubereiten. Salat ist natürlich nicht das richtige Wort – aber warum soll man nicht Gras Salat nennen, wenn die Pariser Chefs ein Rindfleisch Chateaubriand nennen? Man geht also in den «Gemüsegarten» – das ist der Rasen hinter dem Autofriedhof – und pflückt eine Handvoll Gras. Dann schleppt man drei, vier Ziegelsteine oder Dachschindeln an die windgeschützten Mauern der Reparaturwerkstätten, baut einen schwankenden Herd, entzündet ein Feuer und kocht das Gras. Gras schmeckt nach nichts. Aber das ist eine Täuschung und ein Vorurteil. Denn nichts kann den Magen nicht füllen. Gekochtes Gras füllt den Magen.

Der Nachteil dieser Form der Küche ist, daß sie nicht idyllisch liegt. Den einzigen windgeschützten Ort bilden die rückwärtigen Wände der Garagen. An diesen Wänden ziehen sich die Latrinen entlang. So stehen die Herde sozusagen in den Latrinen. Auch kommen von Zeit zu Zeit Wachsoldaten und werfen die Herde um. Sie tun es aus hygienischen Gründen.

Der kleine, runde deutsche Unteroffizier Werner Pape, ein Philosophiestudent, der weiß, daß ich deutsch verstehe, wendet sich an mich. Ich begleite ihn, an den Wänden entlang. Rechts von uns hocken die Menschen über den Latrinen. Links von uns hocken sie über den Töpfen. Der Philosophiestudent schmeißt keine Küche um. Er sagt nur: «*La grande nation* ... So habt ihr euch doch genannt, nicht wahr?»

Ich kann dem Philosophen nicht antworten. Er würde doch nicht verstehen, daß keine Nation groß ist, die Hunger hat.

Alfred, René und ich erwogen täglich Fluchtpläne. Sie waren wirr und ohne Hoffnung, aber nur die Fluchtpläne erhielten uns am Leben. Wir konnten stundenlang an der Mauer oder am Drahtverhau stehen – fünf Meter von der Umzäunung entfernt, wie es die Lagerordnung wollte – und die Nähe der Freiheit atmen. Wir sahen so viele Straßen, daß uns kein Weg blieb.

Dazu kam für mich die wachsende Angst vor der Entdeckung. Die Registration der Gefangenen war reibungslos vorbeigegangen. Man hatte die Namen barackenweise zusammengeschrieben, ohne eine Legitimation zu verlangen. Aber war Pionnier, der echte, auch in ein anderes Lager gebracht worden, so hatte er mir doch, als dunkle Erbschaft, seinen Regimentskameraden Bedaut zurückgelassen. Ich weiß nicht, ob der schwerhörige, blatternarbige Bedaut bösartig oder nur dumm war. Hatte er von der Hilfe erfahren, die mir Pionnier hatte zuteil werden lassen, und mißbilligte er sie, oder glaubte er, daß ich etwas wüßte, was man ihm verschwiegen hatte – sooft er mich erblickte, rief er mir zu:

«Hallo . . . hast du etwas von Pionnier gehört . . .?»

Und Pionnier hieß ich selbst.

Eines Tages ging ich mit dem Chef meiner Baracke, dem Gefreiten Josef Berger, über den Kasernenhof, als ich wieder die schrille Stimme vernahm:

«Hallo – hast du etwas von Pionnier gehört?»

Der Gefreite wurde stutzig: «Sie heißen doch selbst Pionnier . . .?»

«Ja.»

«Was schreit der Mann?»

«Ach, lassen Sie ihn! Das ist ein schwerhöriger Idiot.»

Diesmal hatte der Gefreite die Erklärung hingenommen. Aber der letzte Überlebende des 331. I.R., der, wie die meisten Schwerhörigen, besonders laut sprach, war ein gefährlicher Papagei. Ich hätte ihn am liebsten erwürgt. Ich hatte dazu keine Gelegenheit.

Allerlei Zeichen deuteten darauf hin, daß wir nicht in Dieuze bleiben würden. Einzelne Landser sprachen von den schlesischen Kohlengruben. Andere erklärten, man werde uns in die deutschen Industriegebiete bringen, damit wir einmal erführen, welche Wirkungen die Bombardements unserer «lieben, englischen Verbündeten» übten. Mehrere Lager waren schon aus dem besetzten Frankreich nach Deutschland verlegt worden. Auch hieß es beim Appell stets, Dieuze sei ein *Dulag*, ein Durchgangslager»: Später würden wir ein *Stalag* oder ein Offlag, ein Offizierslager, beziehen. Tatsächlich kamen in Dieuze jede Woche 2000–3000 Gefangene an, ebenso viele wurden nach Deutschland abtransportiert. Mehr als 10000 waren auf einmal nach Kassel befördert worden. Eines Morgens wurden unsere Namen in «Berufslisten» eingetragen. Rasches Handeln schien geboten.

Da geschah das Unerwartete.

An einem Julimorgen erschien Oberleutnant Dr. Schmidt ohne den Dolmetscher, Leutnant Dr. Schneider, zum Appell. Dieser Elsässer war bis jetzt der einzige Gefangene gewesen, der zuweilen, wenn auch unter Bewachung, das Lager hatte verlassen dürfen. Am Tag vorher war mit der Entlassung der «deutschblütigen» Elsässer begonnen worden.

Dr. Schmidt kam mit großen, militärischen Schritten auf den Kasernenhof. Seine Zigarre hatte er gerade ausgedrückt; er hielt sie während des Appells in der Hand auf dem Rücken. Die spitze Nase mit dem Kneifer in die Luft gestreckt, den kleinen Mund in Falten gezogen, eine Feldmütze auf dem beinahe kahlen Schädel, so marschierte der Lyzeumsdirektor und stellvertretende Lagerkommandant auf den Hof, jeder Zoll eine motorisierte Einheit. Wir warteten in Gruppen, nach Baracken geordnet. Nur die polnischen Gefangenen standen abseits; Neger und Araber waren zum Appell nicht zugelassen.

Dr. Schmidt sah sich um: «Wo ist der Dolmetscher?»

Der Unteroffizier vom Dienst meldete: «Entlassen. Elsässer.»

Dr. Schmidt sah sich um: «Kann hier jemand Deutsch? Kann jemand den Dolmetscher ersetzen?»
Jetzt galt es, das große Spiel zu spielen. Etwa 15000 Gefangene standen im Hufeisen des Hofes. Keiner von ihnen würde mich, sprach ich öffentlich französisch, für einen Franzosen halten. Einer von den 15000 würde mich verraten. Dreißig oder vierzig deutsche Soldaten standen im Hof. Keiner würde mich für einen Fremden halten. Aber Dolmetscher zu werden, war die einzige Möglichkeit, hinauszukommen aus dem Lager. Alfred hielt mich am Ärmel fest. Ich trat vor, schlug die Hacken zusammen und meldete:
«Ich spreche deutsch, Herr Oberleutnant!»
«Gut. Stellen Sie sich neben mich!»
Ich gehorchte. Fünfzehntausend Augenpaare waren auf mich gerichtet. Gegen ein Paar Augen kann man kämpfen, nicht gegen fünfzehntausend. Ich suchte mir ein Paar Augen aus. Es waren die runden, blöden Augen eines kleinen französischen Adjutanten, der in der ersten Reihe stand. Oberleutnant Dr. Schmidt begann. Er sagte nur ein paar Worte; dann gab er mir ein Zeichen, sie zu übersetzen. Ich tat alles, um französisch fehlerlos und deutsch mit fremdem Akzent zu sprechen. Der Lyzeumsdirektor bemerkte, daß mir die Übersetzung keine Schwierigkeiten bereitete. Jetzt sagte er halbe Sätze. Ich übersetzte. Meine Augen klammerten sich an die Kuhaugen des Adjutanten. Rechts und links von mir schossen die Blicke vorbei.
«Heimgekehrte, kriegsgefangene deutsche Offiziere ...» begann Dr. Schmidt eine neue Erklärung. Ich übersetzte. Etwas verwirrt, setzte der Oberleutnant fort: « ... haben von der unerhörten Behandlung durch die Franzosen berichtet. Man hat diese deutschen Offiziere mit syphilitischen Negern zusammengesperrt.»
Ich übersetzte: «... mit syphilitischen Negern zusammengesperrt ...»

Dr. Schmidt lief auf und ab. Wenn er schrie, schwollen die roten Mensurschmisse an.
«Alle Neger sind syphilitisch», erklärte er.
Ich echote: «Alle Neger sind syphilitisch.»
Dr. Schmidt blieb stehen. «Überhaupt: alle Franzosen sind syphilitisch.»
Kuhäugiger Adjutant, steh mir bei! dachte ich. Kein Ton kam über meine Lippen. Dr. Schmidt blieb vor mir stehen. Er verschränkte die Arme auf der Brust. Er marschierte zweimal vor mir auf und ab. Fünfzehntausend Augenpaare beobachteten den stillen Kampf. Die Sonne brütete über dem Kasernenhof.
Dann sagte Dr. Schmidt:
«Selbstverständlich muß diese Behandlung von Offizieren der deutschen Wehrmacht geahndet werden.»
Ich übersetzte.
«Ich entziehe dem Lager für vierundzwanzig Stunden jegliche Nahrung», donnerte Dr. Schmidt. «Wir Deutschen sind immer zu milde gewesen. Wahrscheinlich haben Sie das schon bemerkt. Das soll jetzt anders werden. Ein Gefangenenlager ist kein Kuraufenthalt.»
«Kein Kuraufenthalt . . .» übersetzte ich. War mein Französisch fehlerfrei?
«Wer sich noch das kleinste Vergehen zuschulden kommen läßt, der wird erfahren, daß den Wächtern dieses Lagers drei Mittel zur Verfügung stehen: der Kolben, das Bajonett und die Kugel.»
Ich zögerte. Kolben heißt *crosse*. Aber heißt es *«le» crosse* oder *«la» crosse*? Ich übersetzte: *«La crosse. La baionette. Et le fusil.»* Ich wartete. Es war *«la» crosse*.
Der Appell war zu Ende. Ich salutierte und wollte zu Alfred zurückkehren. Dr. Schmidt setzte die Zigarre wieder in Brand und gab mir ein Zeichen. «Wie heißen Sie?»
«Sergeant Maurice Pionnier, vom 331. Infanterieregiment», meldete ich in strammer Haltung.

«Was sind Sie im Zivilberuf?»
«Gesandtschaftssekretär», log ich schnell.
«Aha», sagte der Mittelschullehrer. «Daher die Sprachenkenntnis.»
«Jawohl.»
Ich spürte, daß es mir unmöglich war, die deutsche Aussprache der Franzosen nachzuahmen. Immerhin: Ich hatte fünf Jahre in der Schweiz gelebt. Am ehesten konnte ich noch «Schwyzerdütsch» imitieren.
«Wo waren Sie zuletzt?» fragte der Oberleutnant.
«Ich lebe seit zwanzig Jahren in der Schweiz, Herr Oberleutnant.»
«Wieso?»
«Mein Vater war Diplomat in Bern. Ich selbst bin in Bern aufgewachsen.»
«Aha. Ich verstehe! Ich habe es gleich an der Aussprache erkannt.» Er musterte mich. «Sie gefallen mir», sagte er endlich. «Sie sind von nun an der offizielle Dolmetscher. Haben Sie verstanden?»
«Jawohl, Herr Oberleutnant.»
Ich grüßte wie ein preußischer Feldwebel.

Blitzschnell war mein Aufstieg im Lager.
Es begann damit, daß der Oberarzt Dr. Frank Seide benötigte. Ein oder zwei Tage, nachdem ich die Funktionen eines Dolmetschers übernommen hatte, begleitete ich Dr. Schmidt in sein Haus. Die Offiziershäuser befanden sich auf der gegenüberliegenden Seite der Straße. Wir überquerten die Straße und standen uns in einem großen Hof, in dem die «Villen» der deutschen Offiziere lagen. Nie habe ich deutlicher empfunden, was Freiheit bedeutet, als in den zwanzig Sekunden zwischen den beiden Höfen, während der ersten fünf Schritte außerhalb der Lagermauern.

Dr. Schmidt hatte Besuch. Oberarzt Dr. Frank und einige Offiziere warteten.
Oberarzt Dr. Frank war ein hochgewachsener Mann mit einem Totenkopf. Man hatte das Empfinden, daß er nur deshalb keine Sichel trug, weil dem modernen Tod ein solches Instrument schlecht anstehen würde. Statt der Sichel trug Dr. Frank stets einen winzigen Revolver, den er in Flandern erbeutet hatte. Dieser Miniaturrevolver saß auf dem enormen Hinterteil des Dr. Frank. Der Arzt hielt gerade einen Vortrag, den ich nur durch die Tür des Vorzimmers vernahm, dem ich aber doch entnehmen konnte, daß Dr. Frank eine Abneigung gegen Juden, die SS, Seidenhändler, Frauen und die Lothringer hegte.
Später erfuhr ich die folgende Geschichte. Die Frau Dr. Franks, in einer sächsischen Provinzstadt beheimatet, hatte den brieflichen Wunsch geäußert, ihr Mann möge ihr vier Meter Seide für ein Kleid schicken. Daher die Verurteilung der Frauen, die immer etwas «Extravagantes» wollten. Dr. Frank hatte die Händler in Dieuze und Nancy besucht, um zu finden, was in Deutschland zu finden unmöglich war: vier Meter Seide. Aber die Kaufleute hatten gelogen, daß sie keine Seide mehr besäßen. Daher der Zorn über die Seidenhändler. Schließlich habe man ihm gesagt, daß im *Paradis de soie* zu Nancy unbegrenzte Mengen von Seide zu finden wären. Aber die Lothringer verlangten von den deutschen Käufern doppelte Preise. Daher die Beschimpfung der Lothringer. Er habe trotzdem vier Meter rote Seide erstanden. Aber die SS, die seit einiger Zeit den Grenzdienst zwischen Nancy und Dieuze versah, hatte ihm die Seide kurzerhand konfisziert. Daher die Ablehnung der SS. Die Juden ihrerseits waren wohl auf jeden Fall an allem schuld: Dafür bedurfte es keiner Begründung.
Ich hörte, daß Dr. Schmidt meine Qualitäten pries und den Gedanken ventilierte, mich mit Aufträgen in die lothringische Hauptstadt zu entsenden.

Mein Puls ging schneller.
Schließlich wurde die Tür aufgestoßen, und Dr. Schmidt hieß mich eintreten.
Es war ein kleinbürgerliches Zimmer, ehemaliges Speise- und Wohnzimmer eines Unteroffiziers der *Gardes Mobiles*. Auf dem Tisch lag eine bordeauxrote Samtdecke, auf einer Kommode standen ein brauner Radioapparat und die Tonbüste einer Schäferin. Hauptmann Kohlrusch, NS-Schulungsoffizier oder Vertreter der Gestapo, Dr. Frank und zwei mir unbekannte Offiziere saßen um den Tisch und tranken Bier. Unteroffizier Werner Pape, der runde Philosophiestudent aus Dortmund, beschäftigte sich im Hintergrund. «Haben Sie Lust, einmal nach Nancy zu fahren?» fragte Dr. Schmidt.
«Jawohl, Herr Oberleutnant.»
«Können Sie Einkäufe besorgen?»
«Selbstverständlich.»
Eine kleine Pause. Dann fragte Hauptmann Kohlrusch: «Sie wissen, daß es zwischen Nancy und Dieuze eine Grenze gibt?»
«Wußte ich nicht, Herr Hauptmann.»
Ich sprach mühsam mein Schweizerdeutsch.
Dr. Frank erklärte.
«Sehen Sie, es gibt seit einigen Tagen eine verbotene Zone. Wir befinden uns in dieser Zone. Nancy wird als besetztes Gebiet betrachtet, aber es ist eine französische Stadt. Dagegen ist Dieuze deutsch. Heißt Duss. Haben Sie verstanden?»
«Ich verstehe.»
Der Oberarzt ging auf und ab. «Die Grenze verläuft vierundzwanzig Kilometer nördlich von Nancy und sechzehn Kilometer südlich von Dieuze. Bei Arracourt ist die Grenzkontrolle. Wer diese Grenze, von Nancy kommend, passiert, befindet sich auf deutschem Boden.»
Ich spitzte die Ohren, machte aber ein nichtssagendes Gesicht.

«Sie scheinen nicht zu verstehen», sagte Dr. Frank nervös.
«Ich verstehe, Herr Oberarzt.»
«Gut», sagte Dr. Schmidt. «Halten Sie sich also bereit, nach Nancy zu fahren. Wir werden die Liste für Sie anfertigen.» Ich schlug die Hacken zusammen.
Hauptmann Kohlrusch musterte mich mit kalten Fischaugen. «Hm . . .» sagte er schließlich. «Sie wissen, was Ihnen passiert, wenn Sie an der Grenze ertappt werden?»
«Nein.»
«Sie werden füsiliert.» Er trommelte auf sein Bierglas. «Und Sie wissen, was Ihnen passiert, wenn Sie sagen, für wen Sie die Waren bringen?»
«Nein, Herr Hauptmann.»
«Dann lasse ich Sie persönlich erschießen – falls die SS Sie vorher losgelassen haben sollte.»
Er lachte heiser. Alle lachten. Der riesige Dr. Frank stopfte sich ein Stück Konfekt in den Mund.
Dr. Schmidt putzte seinen Kneifer. «Wie wollen Sie fahren?» fragte er nachdenklich.
«Vielleicht im Ambulanzwagen . . .», versuchte ich.
«Ausgezeichnete Idee», erklärte Dr. Frank. «Ich werde Ihnen eine Rote-Kreuz-Armbinde geben. In Nancy ist unser Evakuations-Lazarett. Schwere Fälle müssen nach Nancy geschickt werden. Suchen Sie sich einen verläßlichen Mann aus dem Lazarett und lassen Sie ihn in den Krankenwagen verladen. Sie fahren als Pfleger mit.» Dann wandte er sich an Pape: «Wollen Sie die Anstandsdame spielen, Unteroffizier Pape?»
«Jawohl, Herr Oberarzt.»
«Gut. Nehmen Sie Ihr Gewehr mit und machen Sie sich fertig.»
Ich ging ins Lazarett und verständigte Graf Korzakoff, daß wir ihn als Schwerverletzten nach Nancy bringen würden. Inzwischen schickte mir Dr. Frank eine Armbinde des Deutschen Roten Kreuzes. Es war eine weiße Armbinde mit einem

großen roten Kreuz – und einem schwarzen Hakenkreuz-Stempel. Ich schob mir die Armbinde über den linken Ärmel, und befestigte sie mit einer Sicherheitsnadel.

Inzwischen hatte Pape die Liste gebracht, welche die Offiziere angefertigt hatten. Der Wunschzettel lautete: «8 Meter rote Seide. 4 Meter blaue Seide (möglichst himmelblau). Ein Kilo Pfeffer. Seife (jede Menge), 14 Flaschen Kölnischwasser. 6 Flaschen Parfüm (nur echt französisch). 5 Flaschen Haarwasser. 5 Armbanduhren (Gold oder Silber) für Damen. Schokolade (jede Menge).»

Dazu überbrachte mir Pape tausend Mark Besatzungsgeld, zur Verrechnung. Ich fragte ihn, wie wir diese Ladung am besten herüberbringen könnten. Er zuckte die Achseln.

«Das machen Sie, wie Sie wollen!»

Ich ging ins Lazarett zurück und ließ Korzakoff den Kopf verbinden.

«Kopfschuß», sagte ich, bleich sah er ohnedies aus. Dann wurde er in Decken verpackt und auf das Bett des Ambulanzwagens gelegt. Ich setzte mich zu ihm; der Chauffeur Jeannot, ein Junge aus Lyon, der schon in der französischen Armee einen Sanitätswagen gefahren hatte, kletterte an das Lenkrad; Pape, Gewehr in der Hand, nahm neben ihm Platz. Dr. Frank brachte uns den Fahrbefehl. Krankenwagen, Wachbataillon Hauptmann Brühl, Evakuierung eines Verwundeten nach Nancy, vier Stunden Fahrzeit, hin und zurück. Dann rollte der französische Ambulanzwagen aus dem deutschen Kasernenhof.

Unvorstellbares Glück, Gefühl der Freiheit, eingefangen in ein schmales, vergittertes Viereck. Ich preßte meine Nase gegen die Fensterscheibe. Draußen war der Sommer, ein anderer Sommer als der brütende, kranke Sommer meines staubigen Lagers. Die Wiesen waren grün, die Kronen der Bäume voll Laub. Eine Bäuerin, ein alter Bauer gingen über ein Feld. Die milden Hügel der Lorraine erinnerten an Wanderungen. Die

Allee war endlos, man mußte nur weiterfahren, in die Freiheit.
Aber es war keine Zeit für Gefühle: Ich versuchte, die Lage zu studieren. Ich stellte fest, daß es unmöglich war, die Stadt Dieuze zu umgehen, wenn man den Weg nach Nancy nehmen wollte. In Dieuze war jedes Haus von Deutschen besetzt. Es galt also, einen Fluchtplan zu entwerfen, der in Nancy seinen Ausgangspunkt hatte. Es galt, gute Schmugglerarbeit zu leisten und sich regelmäßige Aufträge in Nancy zu sichern. Freilich lag die lothringische Hauptstadt noch rund zweihundertfünfzig Kilometer von der Grenze entfernt, die das besetzte vom unbesetzten Frankreich trennte. Aber die Straßen südlich von Nancy konnten nicht allzu streng bewacht sein, da selbst die Straße von Dieuze nach Nancy, mitten in der «verbotenen Zone», verhältnismäßig verlassen wirkte.
Knapp hinter der Ortschaft Arracourt hielt der Wagen. Arracourt, ein kleines, winkeliges Städtchen, war jetzt ein befestigter Grenzort. Von den Dächern wehten die Hakenkreuzfahnen, Wachen standen vor den Toren, Streifen zogen durch die Straßen, Aufschriften zeigten, daß in jedem zweiten Haus ein «Kommando» untergebracht war.
Ich sprang aus dem Wagen. An der Straße stand ein Wärterhaus. Links zogen sich die Eisenbahnschienen hin, rechts lag ein Friedhof gefallener französischer Soldaten aus dem Ersten Weltkrieg, hinter der Eisenbahn ein kleinerer Friedhof deutscher Soldaten. Die Hügel fielen auf beiden Seiten zur Straße ab.
Wir passierten den Grenzposten ohne Kontrolle. Niemand würde aus Deutschland Waren nach Frankreich bringen. Zugleich beobachtete ich aber, daß die Grenzposten den Wagen eines deutschen Offiziers, der in die entgegengesetzte Richtung strebte, von oben bis unten durchsuchten. Zwei SS-Männer hatten ihre Köpfe in die offene Motorhaube gesteckt, ein grüngekleideter Grenzer montierte ein Rad ab. Mir wurde

heiß bei dem Gedanken, daß wir später den gleichen Weg nehmen müßten.

In Nancy vermieden wir sorgfältig das Lazarett. Wir ließen uns den Wagen mit dem «Kranken» langsam die Hauptstraße von Nancy, die Rue St. Jean, nachfahren, während Pape und ich die Geschäfte abklopften. Sie waren zum größten Teil leer. Auf Befehl der Kommandantur durften sie nicht schließen, aber alles war verschwunden, was noch von Wert war. Als ob ein Magier mit einem Zauberstab über die Schaufenster gestrichen hätte, so hatten sich Lebensmittel, Wein, Hemden, Schuhe, Handschuhe in nichts aufgelöst. Manche Geschäfte bemühten sich, ihren Schaufenstern den alten Glanz zu bewahren. So standen in den Auslagen eines Parfümeriegeschäftes die grünen, gelben, violetten Flaschen aller berühmten Marken, aber die Flaschen enthielten nur Wasser. Gewisse Gegenstände fand man überhaupt nicht mehr: Seife, Rasierklingen, Schokolade, Rasiermesser, Ledertaschen, Haarwasser, Parfüm, Champagner, Seidenwäsche, Seidenstrümpfe und Handschuhe: Diese Symbole des deutschen Luxus waren zuerst gekauft worden. In den Geschäften standen höfliche Leute vor leeren Stellagen.

Nachdem wir zahlreiche Geschäfte vergeblich abgeklopft hatten, ging ich an die Ausführung meines Planes. Ich forderte Pape auf, vor den Kaufläden auf mich zu warten. Ich wollte mit den Geschäftsleuten Beziehungen anbahnen und meine Flucht vorbereiten. Pape, der selbst scharf auf ein Haarwasser und eine Armbanduhr war, ging auf den Vorschlag ein.

In der kürzesten Zeit hatte ich bekommen, was ich wollte. Aus den Kellern tauchten Seifen auf, in geblümtes Papier verpackt; Haarwasser wurde in den Ambulanzwagen verladen; ein Uhrmacher holte aus seinem Gartenhaus Omegas, Eternas und Zeniths, und es gelang mir sogar, ein Kilo Pfeffer zu erstehen. Die Leute wußten natürlich, daß die Gegenstände für die Deutschen bestimmt waren, aber sie wußten auch, daß sie den Kriegsgefangenen halfen, wenn sie ihre Ware durch deren Vermittlung losschlugen. Das war meine Begegnung mit der französischen Zivilcourage. Die verratene und kampflos geschlagene französische Armee – was bedeutet sie gegen die Millionen, die weiterkämpften, als sie schon verloren waren. Jeder Kaufmann, der Pape seine Ware verweigerte, um sie mir zwei Minuten später auszufolgen, spielte mit seinem Kopf. Keinem war der Preis zu hoch.

Der Wagen war voll beladen. Literflaschen mit Eau de Cologne, Schachteln mit Seife und Schokolade lagen auf dem Bauch des «kopfverletzten» Grafen Korzakoff. Schließlich blieb mir nur noch das *Paradis de soie* – das Himmelreich der Seide. Die größte Seidenhandlung Nancys lag in einer Nebenstraße der Rue St. Jean, hinter den berühmten goldenen Gittern der Place Stanislas. Das Geschäft, im ersten Stock eines alten Hauses, war immer noch voll Waren. Es war von den Angehörigen der Wehrmacht buchstäblich belagert. Soldaten drängten sich mit großen Scheren um ein Verkaufspult, Ordonnanzen verpackten Crêpe de Chine in Zeitungspapier, Unteroffiziere rissen Crêpe Satin von einer Rolle. Ein Hauptmann lag mit dem ganzen Körper über einem Tisch: Er schützte die Ware, die ihm «gehörte». Ein Leutnant und ein Hauptmann zerrten an einem dunkelgrünen Stoff mit hellgrünen Blumen. Es waren die letzten vier Meter, und beide behaupteten, den Rest «gesichert» zu haben. «Ich befehle Ihnen, loszulassen!» schrie endlich der Hauptmann, sich seines Ranges erinnernd. Alsogleich ließ der Leutnant den grünen Schatz fahren. Im Paradies der Seide war man vom Paradies weit entfernt.

Auch einige französische Gefangene standen ratlos mitten in dieser Orgie. Hinter jedem drängte sich ein Wächter mit geschultertem Gewehr. Die Bajonette bohrten sich in duftige Seide, Stiefel stampften über dünnes Georgette. Was man kaufte, war dabei gleichgültig. Die unglaublichsten Farben wurden akzeptiert, Imitationen für echt genommen, Seidenpreise für Kunstseide bezahlt – wenn man nur mit einem Paket unter dem Arm abziehen konnte. Ein Major wickelte sich hellgelbe Seide um den Leib, um zu sehen, wieviel Meter er für seine «gleich große» Gattin benötige; ein Leutnant trug einen ganzen Ballen von schwarzem Trauerstoff fort, Seide für dreißig Trauerjahre. Ich wurde hin und her gestoßen; Offiziere nahmen mir aus der Hand, was ich schon mein gewähnt hatte, ein Feldwebel konfiszierte mein Paket, aber eine der Verkäuferinnen, selbst bedrängt, nahm mich schließlich beiseite, und wir entkamen mit acht Metern roter Seide für einen Kardinal und mit vier Metern Seide, «möglichst himmelblau». Nicht unbefriedigt von dem Besuch – und reich an Plänen für einen nächsten – verließ ich Nancy.

Einige Kilometer hinter der Stadt hieß ich den Chauffeur an einem Waldrand halten. Die verschiedenen Flaschen wurden unter der Decke versteckt, mit der René Korzakoff zugedeckt war. Ich selbst wickelte mir Rot und Himmelblau unter den Mantel. Mein Wärter stellte fest, daß ich zwar in Nancy erheblich zugenommen hatte, im übrigen aber nicht auffallend wirkte. Er verstaute die Tafelschokolade in die Verbandskiste. Für die Unterbringung der Uhren diente Renés Kopfverband. Ich versteckte die fünf silbernen Damenuhren in der Watte. So fuhren wir los. Wir wußten, daß die Wache in Arracourt abgelöst worden war. Wir konnten also von dem gleichen Kranken, von dem wir auf der Fahrt nach Nancy behauptet hatten, wir lieferten ihn im Lazarett ab, diesmal behaupten, er sei ein halbwegs geheilter Kranker auf dem Weg ins Lager.

Es war spät am Nachmittag, als die Soldatenfriedhöfe auftauchten. Vor dem Grenzposten standen mehrere Wagen, darunter ein Bierwagen, ein Heuwagen und ein Offizierswagen. Zwei SS-Männer waren im Begriff, die Kissen aus dem Offizierswagen zu entfernen. Der Offizier, ein grauhaariger Oberleutnant, stand unbeweglich an seinen Wagen gelehnt.

Zwei grüngekleidete Zollwächter stachen inzwischen mit ihren Bajonetten in das Heu des Bauerngefährts. Zwei andere wälzten Bierfässer vom Lastwagen.
Pape und ich standen neben unserem «Sanka». Ich hielt mich möglichst im Hintergrund. Ich nestelte an meiner Armbinde mit dem doppelten Symbol: dem Symbol der Samariter und der Mörder.
Die SS-Leute verstauten die Kissen im Offiziersauto. Ich hörte, wie der Oberleutnant zwischen den Zähnen murmelte: «Hoffentlich schenken die Herren den anderen Wagen ebensoviel Beachtung.»
Die beiden SS-Leute traten auf uns zu.
Pape reichte ihnen den Fahrbefehl.
Der kleinere der beiden öffnete den Wagenschlag.
«Was ist das?» fragte er.
«Gefangener», antwortete Pape. «Wir haben ihn aus dem Lazarett geholt.»
«Kann der Kerl nicht laufen?»
Der Größere beschäftigte sich mit der Motorhaube.
«Nein», sagte der Wärter. «Kopfschuß.»
«Und der da?» Der Kleine wies auf mich.
«Der Krankenwärter.»
Der Große trat auf mich zu.
«Heb den Kranken heraus!»
Ich rührte mich nicht. Ich wußte: Wenn ich Korzakoff aus dem Wagen hebe, sind wir verloren. Pape stand bleich hinter dem Wagen. Die Grünen hatten ihre Arbeit am Heuwagen beendet und traten jetzt auf uns zu.
«Wollen Sie mir bitte helfen?» sagte ich. «Allein schaffe ich es nicht.»
Der Kleine stutzte. «Von wo bist du?» fragte er.
«Ich habe zwanzig Jahre in Bern gelebt.»
Der SS-Mann kletterte in den Wagen. Mir blieb nur noch ein Verzweiflungsakt.

«Sie sind aus München?» fragte ich.
Er hatte sich schon zum Bett hinuntergeneigt, jetzt richtete er sich wieder auf.
«Woher weißt du das?»
«Nach der Aussprache. Ich kenne München. Ich war einmal am französischen Konsulat in München. Herrliche Stadt, München. Das Bier . . . und das Maximilianeum . . . und die Pinakothek . . .» Ich sprudelte alles hervor, was ich von München wußte.
Der Kleine kletterte wieder aus dem Wagen. Er bot mir eine Zigarette an. Dann durfte ich zu René einsteigen. Die Tür wurde zugeschlagen.
«Weiterfahren!» kommandierte der SS-Mann.
Der Motor sprang an. Und ich fuhr ins Gefängnis, als führe ich in die Freiheit.

Mein Leben ändert sich vollständig. Innerhalb von einer Woche bringe ich auf verschiedenen Wegen allerlei Waren von Nancy nach Dieuze. Die geschlossenen Geschäfte von Dieuze und Sarrebourg öffnen sich dem Kriegsgefangenen. Ich kann täglich zehn bis zwanzig Kameraden reichlich Nahrung verschaffen. Als Chef einer nun weitverzweigten Schmugglerorganisation nehme ich Fühlung mit der Zivilbevölkerung. Oberleutnant Dr. Schmidt zieht mich heran, um an seinem Werk mitzuarbeiten, das er gegen die «neue Kriegsschuldlüge», für den Schulgebrauch, verfaßt. Hauptmann Brühl unterhält sich mit mir über Politik. Er freut sich über mein «offenes Bekenntnis», daß ich als rechtsradikaler französischer Nationalist zwar keine Sympathien für Deutschland hege, aber Hitler immer noch Léon Blum vorziehe. Hauptmann Kohlrusch deutet schon zum zweitenmal an, daß er nach meiner Freilassung «interessante Arbeit» für mich habe. Eine Woche nachdem ich Dr. Schneiders Platz eingenommen habe, wird beim Appell verlesen, daß der Sergeant Maurice Pionnier vom 331. I.R. zum verantwortlichen französischen Lagerältesten bestimmt worden ist.

Ich verlasse meine Liegestätte im Atelier drei. Das Lazarett ist inzwischen schlecht und recht eingerichtet worden. Die achtundzwanzig französischen Ärzte – die einzigen Offiziere in Dieuze – erhalten hier Zimmer, zu dritt oder viert. Mir selbst wird ein lichtes Zimmer eingeräumt. Ich setze durch, daß den Ärzten gestattet wird, ihre eigene Küche einzurichten, und daß die Kranken besondere Nahrung erhalten. Die Gefangenenlisten, immer noch unvollständig, werden in mein Zimmer gebracht, damit ich sie ordne und umschreiben lasse. Neben meinem Schlafraum wird ein Büro aufgetan. Ein französischer Arzt, der zwei Uniformen besitzt, tauscht mit mir die eine gegen eine Flasche Pernod ein. Ich lasse die Rangabzeichen umnähen und besitze eine funkelnagelneue Uniform.

Der französische Chefarzt, Kapitän Felix Mauvoisin, ein Pariser Arzt, lädt mich ein, am Tisch der Offiziere zu speisen.

Alfred ist glücklich und – beunruhigt. Ich lasse ihn ins Lazarett aufnehmen. Er schläft wieder, wie ich, in einem Bett, zwar ohne Matratzen, Leintuch und Kissen, aber immerhin mit Strohsack und Decke. Anderseits zweifelt Alfred nicht daran, daß meine wahre Existenz nun sehr bald entdeckt werden wird.

An einem heißen Nachmittag lädt mich Dr. Schmidt zum Tee ein. Der «Tee» ist eine Limonade, Zitronenersatz. Wir sprechen über politische Fragen. Ich versuche, etwas über die deutsche Offensive gegen England zu erfahren.

«Sie wissen», sagt Dr. Schmidt, «daß der Nürnberger Parteitag diesmal für den September angesetzt ist.» Er holt eine Zeitung hervor und gibt sie mir. Mit Riesenlettern ist der *Parteitag des Friedens* für den 9. September angekündigt. «Das bedeutet», fährt Dr. Schmidt fort, «daß wir bis zum 9. September England auf die Knie gezwungen haben.» Er bemerkt mein Staunen. «Wenn der Führer erklärt, daß der Parteitag des Friedens am 9. September eröffnet wird, so findet er am 9. September statt. Und wenn wir die Offensive erst am 7. September beginnen sollten, so dürfen Sie sicher sein, daß der Führer England in zwei Tagen erledigt.»

Wie jede Unterhaltung verwandelt sich das Gespräch bald in einen Monolog.

«Das ist eben das Großartige», fährt Dr. Schmidt fort, «daß der Führer niemand zu fragen hat und niemand von seinen Entschlüssen vorzeitig in Kenntnis setzt. Nicht einmal der Generalstab weiß, wann zur Offensive angetreten wird. Allein der Führer weiß es.»

«Und wenn Ihrem Führer ein Unglück zustoßen sollte . . .?» wage ich zu fragen.

Dr. Schmidt sieht mich verblüfft an. Dem Führer etwas zustoßen . . .? Weiß denn dieser Fremde nicht, daß der Führer unsterblich ist . . .?

Am nächsten Morgen verkündet Hauptmann Brühl, daß den Gefangenen gegen zwölf Uhr etwas Ungewöhnliches geboten werde: eine Radioübertragung aus London.

Um Punkt zwölf gehe ich auf den Hof, um die Sendung zu hören. Aus dem Lautsprecher ertönt eine nasale englische Stimme.

Die Juden, so berichtet der Sprecher, aus Deutschland und aus den meisten europäischen Staaten vertrieben, haben sich an England um Hilfe gewandt. Nach langen Verhandlungen mit dem *Jewish World Congress* und der *Jewish Agency* hat sich König Georg VI. entschlossen, das Weltjudentum unter seine Fittiche zu nehmen. Heute, am 18. Juli 1940, wird König Georg VI. von England zum König der Juden gekrönt. An der Krönungsfeierlichkeit nehmen außer den führenden jüdischen Persönlichkeiten, den Abgeordneten der Kirchen und der Regierung Churchill teil: Königin Wilhelmine von Holland, König Haakon von Norwegen, die Großherzogin von

Luxemburg, der Generalsekretär des Völkerbundes und S.M. Haile Selassie, Kaiser von Äthiopien. Georg VI. heiße fürderhin König aller Briten und aller Juden.
Die wichtigsten Stellen der Sendung werden von einem Gefangenen ins Französische übersetzt.
Nachdem ich zehn Minuten der Londoner Sendung gelauscht hatte, beschließe ich, meine Zeit nutzbringender zu verwenden. Durch den deutschen Küchenchef, Unteroffizier Webke, dem ich einmal acht Meter Anzugstoff mitgebracht hatte, war mir eine besondere Gunst zuteil geworden: Ich darf mich im Duschraum der deutschen Soldaten waschen. Webke hat den Raum, der neben der Küche liegt, für mich heizen lassen. Ich gehe durch die leere Küche, finde den Schlüssel auf dem Küchentisch und sperre den Duschraum auf. Ich genieße die Einsamkeit und das Vorgefühl eines warmen Bades. Dabei fällt es mir nicht auf, daß mich die Stimme der BBC weiter verfolgt. Erst unter der Brause wird es mir klar, daß es hier eigentlich unmöglich sein sollte, Stimmen aus dem Lautsprecher zu hören. Ich lasse die Duschkette los und horche. Die Stimme klingt nicht mehr wie eine Konservenstimme. Jemand spricht im Nebenraum.
Ich taste mich an den nassen Wänden des Duschraumes entlang. An das Bad grenzen zwei oder drei Rumpelkammern. Ich presse mein Ohr an die Wand. Nebenan spricht jemand – englisch.
Ich schleiche mich zu meiner Brause zurück. Draußen im kahlen Hof stehen 20000 Franzosen, überzeugt, die Stimme Londons zu vernehmen. Das Wunder der Umerziehung ist auf dem Marsch . . . Später höre ich, daß die Lager von Nancy, Lunéville und Château-Salins mit der gleichen «Übertragung» beglückt worden waren. Radio London fährt von Lager zu Lager, von Rumpelkammer zu Rumpelkammer.
Am Abend statte ich meiner alten Baracke einen Besuch ab, um zu hören, welche Wirkung die «Londoner» Sendung er-

zielt hatte. Das Ergebnis ist entmutigend. Außer Alfred zweifelt niemand an der Echtheit der Übertragung.
Ich nehme Alfred beiseite. Ihm allein vertraue ich an, was ich gehört habe. Wir gehen über den Hof, in dem Glücksspiele gespielt werden. Hunderte drängen sich um die Tische mit den Roulettes aus Draht und Blech. Die Ausrufer schreien, die Kugeln rollen. Ein Mann steht auf einer Autoruine und lockt die Spieler an. *«Faites vos jeux, messieurs!» – «Les jeux sont faits – rien ne va plus!»*
«Ja», sage ich, «der Jahrmarkt geht weiter. Sie wissen: Der Jahrmarkt hat Frankreich verdorben. Sie wissen auch, daß der Hunger nicht rebellisch macht. Nur müde. Statt Nahrung eine Weltanschauung.»
Zerstreut wendet Alfred ein: «Glaubst du, daß die Franzosen die Deutschen mehr lieben werden, weil sie hier verhungern müssen?»
«Du kennst die Menschen nicht. Brutalität erweckt ihren Neid, nicht ihren Abscheu. Die Spekulation ist ganz klar. Der Franzose möge denken: Wenn ich den Krieg gewonnen hätte, könnte ich essen, während die anderen hungern. Ich könnte bei Mädchen liegen, während sich die anderen auf ihrem einsamen Lager wälzen. Die Freiheit? Nur die Satten, Befriedigten begehren sie. Wer für die Freiheit stirbt, stirbt für einen Luxus. Aber warum habe ich den Krieg verloren, warum haben ihn jene gewonnen? fragen jetzt die Franzosen. Die Antwort wird ihnen vorgekaut. Ich habe den Krieg verloren, weil ich keinen Führer hatte. Sie haben ihn gewonnen, weil sie einen Führer hatten. Ich will werden wie sie – und ‹Heil!› rufen, wenn ein Popanz im Auto vorbeifährt. Dann werde ich Kerkermeister sein, nicht Gefangener.»
Ich spreche und spreche. Aber Alfred hört längst nicht mehr zu. Auf dem Tisch vor dem abgetakelten Citroën kommt zum dritten Male die Nummer neun.

WARTEN VOR DEM FREUDENHAUS

MEINE Lage wird plötzlich bedenklich. Schuld daran tragen der Unteroffizier Walter Mechtel, meine Kappe und die Frau des Apothekers.

Wenn ich nicht gerade mit einem «Krankentransport» nach Nancy fahren muß, gehe ich am Nachmittag in die Stadt Dieuze hinunter.

Den Vorwand liefert das Lazarett. Das Rote Kreuz sammelt für die kranken Gefangenen. Eine alte Jungfer in der Rue Clemenceau ist die Vertreterin des Roten Kreuzes. Jeden Nachmittag hole ich ab, was sie in den letzten vierundzwanzig Stunden gesammelt hat. Ich habe mir im Kaufhaus *Sana* einen kleinen, schwarzen, abschließbaren Handwagen ausgeliehen, darin verstaue ich, was die Kranken dringend brauchen. Jeden Tag, zwischen drei und vier, ziehe ich durch das freundliche lothringische Städtchen. Aus allen Häusern laufen die Bewohner, um mir etwas für die gefangenen Franzosen zu geben. Die Fenster tun sich auf: Frauen und Mädchen rufen mir zu anzuhalten. Sie bringen Körbe voll Obst, Gemüse, Blumen, Wein, alles, was sie besitzen. In Lothringen schlägt das Herz Frankreichs. Die alten Bäuerinnen bringen die versteckten Eier; die Papierhändlerin am Hauptplatz, Frau Klein, eine alte Dame mit einem Samtbändchen um den Hals, kauft Zigaretten für uns; Frau Jäger, die Konditorin, bäckt mit dem letzten Mehl Bäckereien für die Kranken; ein Mütterchen überrascht mich täglich mit einer anderen Konfitüre – sie hat sie für ihren Sohn aufbewahrt, aber er ist in Flandern gefallen. Jeden Abend schiebe ich den schweren Wagen die ansteigende

Straße zum Lager hinauf; jeden Abend verteilt Capitaine Mauvoisin, der Chefarzt, die Gaben.
Unter den Frauen von Dieuze, die uns beschenken, ist auch die Frau des Apothekers. Ihr Mann ist Kriegsgefangener, irgendwo. Sie ist eine schöne, blonde Frau. Wenn ich mit meinem Wagen vorbeikomme, steht sie auf den Stufen zur Apotheke, und ich bekomme jedesmal, was das Lazarett am notwendigsten braucht.
Meine Ausflüge nach Dieuze tragen zu meiner Beliebtheit bei den deutschen Soldaten bei. Sooft ich nämlich nach Dieuze gehe, muß ich einen Wächter bitten, mich zu begleiten; diese Ausflüge sind den Landsern eine willkommene Abwechslung. Viele bitten mich, sie für die Bewachung «anzufordern». Wir gehen dann, gemütlich plaudernd, nach Dieuze hinunter. Ich habe mich, nach einigen Schwierigkeiten, an mein Schweizerdeutsch gewöhnt. Wir gehen an der Kirche vorbei, am stillen Kirchplatz, am Laden des Schuhmachers. Der Alte steht vor dem Geschäft und raucht seine Pfeife. Von Zeit zu Zeit schenkt er mir ein paar Nägel. Im zweiten Haus, rechts, über dem geschlossenen Milchladen, beugen sich zwei Mädchen aus dem Fenster. Das Fenster ist voll Blumen. Die beiden Mädchen, das eine blond, das andere braun, ziehen den weißen Spitzenvorhang beiseite und lächeln. Sie kommen nie herunter. Sie schenken ein Lächeln.
Vor dem Bäckerladen sitzt die Bäckerin und wiegt ihr Kind. Der Kinderwagen ist hellblau. Brot gibt es nur auf Brotkarten. Aber wenn wir kommen, hört die Bäckersfrau auf, ihr Kind zu schaukeln; sie geht in das Geschäft und holt einen Laib Weißbrot. Die Metzgerei ist nachmittags geschlossen. Wir gehen von rückwärts in den Laden; ich bekomme Fleisch für die Krankensuppe, mein Wärter bekommt ein Stück Wurst.
Es geht meistens auf sechs, bis wir unseren Almosenrundgang beendet haben. Es ist heiß. Der Kirchturm glänzt in der

Sonne. Die Schritte hallen wider auf den groben Pflastersteinen. Ein Hund gähnt vor einer Haustür.

Um sechs gehen wir ins *Café des Voyageurs*, in der Rue Bernard du Fort, hinter dem Hauptplatz. Es ist ein kleines Café, gehört einer Witwe. Sie bewirtschaftet es mit Stella, ihrer Tochter. Die Wirtin ist klein und zierlich, Stella ist groß und stark. Den «Lieferwagen» lassen wir vor der Tür stehen. Dann setzen wir uns, mein Wärter und ich, an einen der rückwärtigen Tische. Die Witwe dreht das Radio an, Stella kommt und fragt:

«Wie benimmt sich der Soldat, der heute mit Ihnen ist?»

Wenn ich antworte, daß er recht freundlich sei, bekommt er ein Glas Schnaps oder Freibier.

Heute abend scheint die Atmosphäre mit Spannung geladen.

Unter den deutschen Soldaten, die zechend an der Theke sitzen, befindet sich der Unteroffizier Walter Mechtel. Er ist knapp zwanzig, ein großer, schlanker Junge mit hellblonden Haaren und hellblauen Augen, Hitlers Traum vom «Arier». Wir haben uns im Lager kennengelernt, als Mechtel den Gefangenen Briefe von ihren Angehörigen gebracht hatte. Es waren lothringische Frauen gewesen, die erfahren hatten, daß sich ihre Männer im Lager Dieuze befanden, und die in das Städtchen gekommen waren, um Kontakt mit ihren Gefangenen zu suchen. Der Zwanzigjährige hatte die Briefe der Frauen, Pakete sogar, in das Lager geschmuggelt. Mir selbst hat er zweimal Bücher gebracht. Seit ich im Lazarett wohne, kommt er abends oft zu mir, und wir sprechen, im finsteren Zimmer am offenen Fenster, von deutscher und französischer Literatur, von Männern und Frauen, vom lieben Gott und seinen Feinden. Mit rührender Naivität liebt Walter Mechtel, aus Schweinfurt stammend, Student, gebildet, überzeugter Katholik, ein Mädchen aus Dieuze. Aber er hat sich ihm nie eröffnet. «Ich bin ihrer nicht würdig, da ich die deutsche Uni-

form trage», sagte er. Die Bevölkerung von Dieuze nennt ihn *Sergeant Gentile*.
Mechtel kommt auf mich zu, als ich hinter dem Gefreiten Berger das Lokal betrete, und reicht mir die Hand.
«Guten Abend, Pionnier!»
Unwillkürlich gebe ich ihm die Hand.
«Guten Abend, Herr Unteroffizier!»
Dann erst bemerke ich die Augen, die auf mich gerichtet sind. Auf einem hohen Barstuhl, an der Theke, sitzt der Oberfeldwebel Engel. Der Berufssoldat Engel, einer der wichtigsten Männer im Lager, ist Chef der Wachmannschaften. Er ist ein kleiner blonder Mann aus Nürnberg, mit zwei herausstehenden Vorderzähnen, die sich ihm auf die Unterlippe pressen, und riesigen abstehenden Ohren. Die Ohrläppchen sind zwei dicke Würste aus rosa Fleisch.
Erst als mich sein Blick streift, werde ich mir bewußt, was geschehen ist. Mechtel hat mir die Hand gereicht! Den deutschen Soldaten ist es bei strengster Strafe verboten, einem Gefangenen die Hand zu reichen.
Engel sagt nichts. Er sieht mich aus rotgeränderten Trinkeraugen an. Er wippt mit dem hohen Stuhl.
Der große, bärenhafte, gutmütige Josef Berger und ich setzen uns an einen Tisch. Stella bringt jedem von uns ein kleines Bier.
An diesem Abend sind alle bösen Geister entfesselt. Kaum sitzen wir einige Minuten stumm da, als die Frau des Apothekers erscheint. Sie kommt in den letzten Tagen fast immer, wenn ich im *Café des Voyageurs* bin. Meistens gibt sie mir nur die Hand und geht schnell in die Küche. Sie ist die Freundin der Witwe. Einmal, als ich die Küche betrat, bügelte sie winzige rosa Seidenhöschen. Sie wurde rot und stellte das Bügeleisen weg.
Heute kommt sie auf mich zu, streckt mir ein Päckchen entgegen. Es enthält eine neue französische Militärkappe. Sie hat

bemerkt, daß mein *Calot* Löcher hat. Ich danke. Sie sagt: «Nichts zu danken. Und da . . . was haben Sie da?»
An meinem Waffenrock hat sich ein Knopf gelockert. Noch ehe ich protestieren kann, hat sie Nadel und Zwirn aus der Küche geholt. Sie näht den Knopf an. Ihre blonden Haare streifen meinen Hals.
Der Blick des Oberfeldwebels hat mich nicht losgelassen. Er ist nicht mehr allein. Hinter ihm steht Gefreiter Kessler. Im Kindergesicht Kesslers dominieren zwei enorme schwarze Nasenlöcher.
Wir sehen uns in die Augen. So vergeht eine kleine Ewigkeit. Der Gefreite Berger neben mir weiß nicht, was er sagen soll.
Die Witwe bemerkt, daß etwas in der Luft liegt. Sie stellt einen Krug mit frischem, schäumendem Bier vor Engel hin. Er schiebt ihn beiseite. In den verglasten Augen ist Lust und Haß, als sähe er nicht eine nähende Frau, sondern eine obszöne Szene.
Die Frau des Apothekers bemerkt nichts. Sie beugt sich nieder und beißt den Faden ab.
Da höre ich die Stimme von der Bar:
«Komm her!»
Ich trete näher.
«Nein, nicht du!» sagt Engel. Er weist mit dem Finger auf die Frau. «Du!»
Sie versteht kein Wort deutsch.
Wir stehen wie erstarrt. Nur der Oberfeldwebel sitzt, vorgebeugt auf seinem hohen Stuhl, und wippt, während er sich mit der einen Hand an der Theke festklammert.
Jetzt wendet sich Engel an Kessler.
«Sag dem Frauenzimmer, sie soll näherkommen!»
Mechtel hat sich bisher nicht gerührt. Nun tritt er zwischen Engel und uns.
«Gefangener Pionnier!» sagt er mit scharfer Stimme. «Es ist höchste Zeit, daß Sie heimkommen.»

Mein Wärter springt auf. Mechtel beugt sich an mich heran. «Keine Angst!» flüstert er. «Ich bringe die Dame nach Hause.» Wir gehen. Das letzte Bild, das ich mitnehme, ist der vorgebeugte, kurze, sprungbereite Oberkörper des Oberfeldwebels.
Am Abend finde ich auf meinem Kissen einen Zettel.
«Achtung! Gefahr! Habe Frau G. heil heimgebracht. Seien Sie vorsichtig. E. bezweifelt Ihre Identität. Zerreißen Sie dieses Papier. W.M.»

Unter den Negern ist eine Epidemie ausgebrochen. Die «Schwarzen» – Neger und Araber – sind vom ersten Tag an von uns getrennt. Eine einzige große Garage, die schlechteste, ist für sie bestimmt worden. Etwa tausend Farbige sind hier zusammengepfercht. Sie bekommen kein Stroh und weniger Nahrung. Wenn es regnet, stehen Pfützen in der Garage, und die Schwarzen schlafen im Wasser. Wenn der Franzose ein Untermensch ist, so ist der Schwarze der Untermensch der Untermenschen.
Um die Baracke der Neger, Atelier 8a, ist ein Gitter gezogen. Es ist ein mannshohes Gitter aus Stacheldraht. Um die Garage ein freier Raum von etwa vier Metern Breite. In diesem Kreis dürfen sich die Neger bewegen. Im Gitter befindet sich eine einzige Tür. Sie ist mit einem Vorhängeschloß versperrt wie ein Affenkäfig. Im Vier-Meter-Raum befindet sich auch die Latrine. Die Nahrung wird den Schwarzen durch die Gittertür gereicht, eine Fütterung. Seife bekommen die Neger nie. «Die schwarzen Halsabschneider», sagt Hauptmann Kohlrusch beim Appell, «brauchen keine Seife. Sie bleiben ohnedies schwarz.»
Um das «Negerdorf» herrscht ständig reger Betrieb. Das Negerdorf wird den ganzen Tag fotografiert. Die Landser erscheinen, am Gürtel jene Fotoapparate befestigt, die mancher

Gefangener als sein einstiges Eigentum erkennt. «Neger auf Latrine» ist der beliebteste Gegenstand fotografischer Kunst. Der besonders humorbegabte Gefreite Cianelly aus Fürth zeigt mir die realistische Aufnahme einiger schwarzer Gesäße. «Und damit», meint er, «sollte die Kultur der Welt vor den deutschen Barbaren gerettet werden . . .»

Aber es sind nicht etwa die Deutschen allein: Auch die französischen Gefangenen verbringen einen Teil ihrer freien Zeit damit, durch das Drahtgitter zu lugen, Kinder im Tiergarten. Wahrscheinlich beruhigt es sie, daß das Elend noch Stufen hat.

Zuweilen wird ein Neger aus dem «Dorf» geholt und in das Verwaltungsgebäude gebracht. Ich muß mit, als Dolmetscher. Hauptmann Kohlrusch hält Kurse über die schwarze Rasse ab. Der Schwarze steht auf dem Podium. Der Hauptmann erklärt seine rassischen Merkmale. Er nimmt den Kopf des Negers in die Hand und dreht ihn herum, damit er von allen Seiten betrachtet werden könne, wie ein Globus. Er erklärt etwas über die Ohren des Negers und führt den Schwarzen am Ohr durch den Saal. Nach dem Kurs bringe ich das Requisit ins Atelier zurück.

Unter den Negern ist eine Krätzeepidemie ausgebrochen. Bei äußerster Reinlichkeit und harter Pflege – die kranken Stellen werden mit drahthaarigen Bürsten gerieben, bis sie bluten – ist die Krankheit bald geheilt, aber sie verursacht ein unerträgliches Jucken. Die Neger brüllen die ganze Nacht.

Ich gehe mit Chefarzt Dr. Mauvoisin zu dem deutschen Oberarzt Dr. Frank. Der französische Chefarzt verlangt die Absonderung der Kranken in einen isolierten Teil des Lazaretts.

«Im Lazarett der Weißen?» fragt Dr. Frank.

«Selbstverständlich.»

Dr. Frank lehnt ab: «Ich hoffe, daß jeder weiße Franzose ablehnen würde.»

«Darf ich einen meiner Ärzte und zwei Pfleger bestimmen, bei den Kranken zu schlafen?»
Dr. Frank zögert. Er wirkt doppelt groß in dem langen Nachthemd, in dem er uns empfangen hat. Schließlich zuckt er mit den Achseln: «Wenn Sie Lust haben ... Das ist mir gleichgültig.»
Dr. Mauvoisin ruft die achtundzwanzig Ärzte zusammen. Ist einer unter ihnen, der freiwillig die Pflege der kranken Neger übernehmen will? Alle achtundzwanzig sind bereit. Schließlich werden die jüngsten, Dr. Petit aus Lyon und Dr. Vigneron aus Toulouse, ausgewählt.
Ich begleite sie. Als Lagerältester muß ich die *galeux* absondern, die beiden Leutnants installieren.
Die Schwarzen beachten uns nicht. Die Gesunden sind völlig apathisch. Sie haben nicht mehr Vertrauen zu uns als zu den Deutschen. Hier und da streckt einer die Zunge gegen das Drahtgitter aus. Die Kranken schreien. Sie kratzen sich blutig. Manche sind am ganzen Körper wund. Alfred, der im Lazarett «gepflegt» wird, warnt mich. Meine Sonderstellung hat den Neid herausgefordert. Immer mehr Gefangene sprechen davon, daß die französische Sprache des Dolmetschers Zweifel an seiner Abstammung errege. Dutzende warten nur, daß mir bei der Übersetzung des Appells ein Fehler unterläuft.
Es muß etwas im Gange sein. Mechtel betritt eines Abends mein Zimmer: «Ich komme nur für eine Minute, man darf mein Fahrrad nicht vor dem Lazarett sehen. Neulich ging es noch glatt, obwohl Engel auf die Frau des Apothekers scharf ist. Aber geben Sie acht, um Gottes willen! Jemand muß Engel einen Floh ins Ohr gesetzt haben. Jemand hat ihm erzählt, Sie seien kein echter Franzose, vielleicht sogar deutscher Abstammung.» Er gibt mir ein Päckchen deutscher Zigaretten. Ich sehe im Mondschein, wie er auf dem Fahrrad hinunterfährt nach Dieuze.
Auch die Transporte nach Deutschland nehmen immer grö-

ßeren Umfang an. Jede Woche werden rund tausend Mann abtransportiert in den Norden Deutschlands; möglichst in die von RAF bombardierten Gebiete, heißt es. Nur drei- bis vierhundert neue Gefangene treffen in Dieuze ein – wir sind nur noch 12000 Mann. Jeder neue Transport stellt meine Nerven auf die Probe. In jedem Transport kann sich der echte Maurice Pionnier befinden.

Schließlich belastet mich auch meine eigene «Macht». Mein «Bureau» muß die Transportlisten zusammenstellen, denn auf gewisse Handwerker kann das *Dulag* Dieuze nicht verzichten. Und obwohl es sich nur um den Transport von einem Lager zum anderen handelt, wird die Gewissensfrage immer schwerer.

An einem Morgen, es ist Ende Juli, betritt Hauptmann Kohlrusch meinen Arbeitsraum. Er gibt mir ein Zeichen, die drei Gefangenen, die hier mit mir arbeiten, hinauszuschicken.

«Hören Sie zu, Pionnier», sagt er, indem er sich auf meinem Tisch niederläßt, «es handelt sich um eine vertrauliche Aufgabe. Ich habe Vertrauen zu Ihnen.»

Ich verneige mich.

«Ich habe Befehl», fährt er fort, «festzustellen, wie viele eingebürgerte Franzosen sich unter den Gefangenen befinden. Insbesondere interessieren uns ehemalige deutsche Staatsangehörige. Diese Leute haben gegen ihr Vaterland gekämpft. Sie verstehen mich.»

«Jawohl, Herr Hauptmann.»

«Gut. Kennen Sie vielleicht solche Leute?»

«Nicht daß ich wüßte, Herr Hauptmann.»

Zerstreut nimmt Hauptmann Kohlrusch einen kleinen Zettel aus der Tasche. «Wolff! Wolff! Kennen Sie einen Mann namens Wolff?»

«Nicht hier im Lager, Herr Hauptmann.»

«Wollen Sie einmal in Ihren Listen nachsehen? Louis Wolff.»

Ich trete zur Kartothek. «Mit einem oder zwei f?»
«Was? Ach so. Mit zwei f.»
Erleichtert stelle ich fest: «Nein, kein Wolff. Weder mit einem noch mit zwei f.»
«Sonderbar. Immerhin kann er sich unter falschem Namen verbergen. Halten Sie das für möglich?»
«Möglich ist alles, Herr Hauptmann. Aber schließlich haben wir unsere *Plaques d'identité*.» Ich weise auf mein Armband.
«Das Armband enthält weder eine Fotografie noch Fingerabdrücke», sagt Hauptmann Kohlrusch.
Ich antworte nicht. Von unten höre ich das Singen der vorbeimarschierenden Soldaten. Sie singen: *Wir fahren gegen Engelland . . .*
«Sie können mir einen Gefallen tun, Pionnier», sagt Hauptmann Kohlrusch. «Versuchen Sie, mir diesen Louis Wolff zu finden. Er muß sich im Lager aufhalten.»
Ich erwiderte nichts.
«Sie haben Bedenken», sagt der Hauptmann. «Ich verstehe Sie. Aber ich versichere Ihnen, daß es sich nicht um einen Franzosen handelt. Der Louis Wolff ist in Berlin geboren. Außerdem ist er Jude. Sie haben doch Angehörige in Paris?» fährt er fort.
«Ja.»
«Ihre Frau?»
«Ja.»
«Wir alle möchten gern wieder einmal unsere Frauen umarmen.» Es soll freundschaftlich klingen, aber es klingt obszön. «Was halten Sie von einem kleinen Lager-Urlaub? Sie könnten in Paris ein paar Vorträge halten. Über das Leben der französischen Gefangenen. Keine schlechte Idee, was? Sie haben sich doch nicht zu beklagen . . .»
«Keineswegs, Herr Hauptmann.»
Der Hauptmann hält in der rechten Hand ein Lineal, in der linken seine Reitgerte. Er kreuzt sie wie zwei Degen.

«Finden Sie mir also diesen Wolff!» sagt er. «Die zugewanderten Juden haben Frankreich verdorben. Wenn ihr sie bloß rechtzeitig hinausgeworfen hättet ...»
«Das ist allerdings auch meine Meinung», sage ich. «Die Mitglieder meiner Familie waren als ‹Münchenianer› verschrien. Aber wir haben ja tauben Ohren gepredigt. Die Volksfront ...»
Ich mache die Handbewegung der *Plutôt-Hitler-que-Léon-Blum*-Franzosen beim Wort *front populaire*.
«Ganz richtig», pflichtet mir der Hauptmann bei. Und mit der schlechtgespielten Gleichgültigkeit eines Provinzdarstellers: «Ich gebe Ihnen da eine Liste von Personen, die gesucht werden. Es sind Verräter. Wie Sie schon aus den Namen ersehen, befindet sich kein Franzose unter ihnen. Natürlich haben diese Leute falsche Namen angenommen. Aber Sie könnten vielleicht ... unauffällig ... unter Ihren Kameraden ...» Er reicht mir den Zettel. «Ich besitze natürlich eine Kopie.»
Das Papier brennt in meiner Hand. Der Hauptmann steht endlich auf, aber er geht nur zum Fenster.
Mir steigt das Blut zu Kopf. Wenn man eine Maske trägt, geschehen einem die sonderbarsten Dinge. Durch die Maske sieht man, was man nie gesehen hätte; die Maske vor den Augen, hört man fremde Stimmen; es könnte sogar sein, daß man sich selbst verwandelt. Wer andere betrügt, betrügt sich am Ende selber. In mir leuchten Warnungssignale.
Es ist schon Mittag, als sich der Hauptmann zum Gehen wendet. In der Tür sagt er: «Bis Mittwoch möchte ich eine Meldung über den Fall Wolff.»
Es ist Montag.
Ich entfalte das zerknüllte Papier. Unten singen und marschieren, marschieren und singen die Soldaten.
Auf dem Papier stehen zwölf Namen. Alle zwölf aus meinem Regiment. Ich stehe als vierter auf der Liste.

Mich beschäftigt nichts als meine Flucht.
Am nächsten Tag fahren wir, fünf Mann hoch, nach Nancy. Neben mir und dem Chauffeur fahren Oberarzt Dr. Frank, Unteroffizier Daxer und der französische Chirurg Dr. L'Ardennois in die lothringische Hauptstadt. Ein imaginärer Kranker ist diesmal überflüssig, da unsere Reise sozusagen legalen Charakter hat. Wir sollen Verbandstoff aus dem Hospital bringen; deshalb wird Oberleutnant Dr. L'Ardennois – er stammt aus Nancy – mitgenommen. Dr. Frank will die Gelegenheit benutzen, eine Menge Schokolade in den Verbandstoffkisten nach Dieuze zu transportieren. Er sowie einige andere Offiziere fahren nächste Woche auf Urlaub. Dr. Frank ist von schokoladesüßer Liebenswürdigkeit. Er bietet mir eine Zigarette an.
Das Verladen des Verbandstoffes im Hospital von Nancy währt nur wenige Minuten. Der Wagen rollt aus dem Hof des Krankenhauses, das gegenüber der Brücke über den Rhein-Marne-Kanal auf dem Boulevard de la Pepinière liegt. Dr. Frank heißt den Chauffeur die Rue Emile Zola suchen, in der sich die *Chocolaterie Lorraine* befindet. Wir halten zwanzig Meter vor dem Haus.
«Sie gehen jetzt in die Fabrik zum Direktor», wendet sich der Oberarzt an mich. «Sie sagen ihm, daß Sie für Ihre Kranken zweihundert Kilo Schokolade benötigen. Für französische Gefangene natürlich. Sie erklären, daß die Schokolade lebenswichtig sei wegen der Ruhr. Haben Sie verstanden?»
«Jawohl, Herr Oberarzt.»
Ich klettere aus dem Wagen, gehe die Straße hinunter, läute an dem Tor der Fabrik.
Eine alte Frau mit schmutzigen grauen Haaren öffnet; ihr zerfurchtes Gesicht hellt sich auf, als sie eine französische Uniform erblickt. «Sind Sie allein?»
«Ja. Das heißt . . . darüber später.»
Schnell schließt sie das Tor hinter mir.

Wir gehen durch einen verödeten Hof. Einige Fensterscheiben sind eingeschlagen. Alles ist tot; nur der Duft ist lebendig. Es riecht nach Kakao, wie zu Hause, am Morgen, als man zur Schule ging.

Der Direktor ist ein buckliger Mann mit einem Spitzbart. Er sitzt vor einer Landkarte, auf der die Demarkationslinie zwischen dem besetzten und dem unbesetzten Frankreich eingezeichnet ist. Die Rollbalken sind herabgelassen. Selbst die alten Lederfauteuils riechen nach Konditorei.

Ich kläre den Direktor über das Vorhaben meiner Begleiter auf. Ich sage ihm, daß die kranken Gefangenen die Schokolade nie sehen werden.

«Que voulez-vous?» sagt er. «Morgen soll unser ganzer Vorrat abtransportiert werden. Wir konnten kaum etwas auf die Seite bringen. Es ging alles zu schnell, *mon ami*. Ob es die einen bekommen, oder die anderen . . .»

Ich beuge mich näher.

«Herr Direktor . . .»

«Ja?»

«Wollen Sie mir diese Landkarte schenken?»

Er hat kluge, gütige Augen. Wortlos faltet er die Karte. Ich stecke sie in meine Bluse.

«Also», sagt er. «Lassen Sie die Kerle hereinfahren. Zweihundert Kilo kann ich ihnen nicht geben. Hundert werden es auch tun.» Er öffnet die Schreibtischlade. «Verstecken Sie das rasch.» Er gibt mir drei Tafeln Schokolade.

Unteroffizier Daxer und ich bringen die erste Hälfte unserer Beute zum Wagen und wollen gerade die zweite Hälfte abholen. Als wir zum zweiten Mal, vom Direktor gefolgt, auf den Hof hinaustreten, sehen wir, daß sich etwas ereignet hat.

Oberarzt Dr. Frank steht, die Hände in die Hüfte gestemmt, einem unbekannten deutschen Offizier gegenüber. Ein deutscher Offizierswagen hat im Hof neben unserem Ambulanzwagen gehalten. Ehe ich mich besinnen kann, schlägt mir ein

deutscher Soldat die Schokolade aus der Hand. Die Tafeln fallen auf den Steinboden und zerbrechen. Sofort bücken sich zwei andere Soldaten und heben sie auf. Unteroffizier Daxer steht hinter mir, ratlos, beide Hände voll Schokolade.
Zwischen den beiden Offizieren ist der Streit in vollem Gange. Ich höre «Herr Oberarzt» und «Herr Oberleutnant», wobei sie das Wort «Herr» drohend betonen. Jetzt stehen sie sich Aug in Aug gegenüber: vielmehr Aug in Bauch, denn der Oberleutnant ist so klein, daß er seine Nase in den Bauch des riesenhaften Dr. Frank steckt. Zwei Soldaten des fremden Offiziers wollen aus unserem Ambulanzwagen die ersten fünfzig Kilo Schokolade herausholen. «Halt!» schreit Dr. Frank, purpurrot vor Wut. Er greift nach seiner winzigen belgischen Pistole. Die Soldaten bleiben vor dem Sanka stehen und rühren sich nicht. Der kleine Direktor im dunkelblauen Lüsterjäckchen drängt sich zwischen die beiden Offiziere, verzweifelt bemüht, seinen spitzen Kopf zwischen den Bauch Dr. Franks und den des runden Oberleutnants zu drängen. Endlich gelingt es ihm, mit den kleinen Händen die beiden Kolosse auseinanderzuschieben. Er erklärt ihnen etwas auf Französisch, was sie nicht verstehen, doch beruhigen sie sich schließlich, als der Direktor zwanzig Kilo Schokolade beisteuert und jeden mit einer Beute von sechzig Kilo verabschiedet.
Der Bucklige im abgeschabten Lüster blickt ihnen nach, mit einem kleinen Lächeln in den klugen Augen.
Wir verstauen die Schokolade und fahren ab. Wir bringen Dr. Frank zu einem Restaurant; dort sollen wir ihn in einer Stunde abholen.
Unteroffizier Daxer steigt wieder ein. Jeannot, der Chauffeur, erwartet weitere Befehle. Nach einigem Zögern wendet sich Daxer an mich: «Hören Sie zu, Pionnier . . .»
«Ja, Herr Unteroffizier?»
Daxer würgt. «Der Mensch lebt nicht nur vom Fressen.»

«Nein, Herr Unteroffizier.»
«Auch nicht vom Trinken.»
«Auch nicht vom Trinken, Herr Unteroffizier.»
Pause.
Unteroffizier Daxer ist der Chef unseres Lazaretts. Er ist ein blonder, gut aussehender Mann mit harten Augen. Er stammt aus Stuttgart, wo er eine Parteidruckerei besitzt. Er hat eine Frau und zwei Kinder.
«Der Mensch . . .», sagt er.
«Der Mensch . . .», wiederhole ich.
«Der Mensch hat seine Bedürfnisse.»
«Ja», sagte ich, «so ist der Mensch.»
Daxer zögert immer noch. Dann sagt er:
«Wo ist hier ein Bordell?»
Ich weiß es nicht.
«Fragen Sie Doktor L'Ardennois!» befiehlt Daxer. «Der ist doch aus Nancy. Darum habe ich ihn mitgenommen. Aber, hören Sie, diskret!» Ich frage Dr. L'Ardennois, ganz diskret, wo ein Bordell zu finden sei.
«Es gibt eine ganze Bordellstraße.»
«Also los!» sagt Daxer. Man sieht ihm an, daß er keine Zeit zu verlieren hat.
Wir biegen in die zweite Nebenstraße hinter der Kathedrale ein. In der schmalen Straße stehen die deutschen Soldaten Schlange vor jedem Haus. Das Sexualleben ist nach Dienstgraden geordnet. Vor einem zweistöckigen Haus auf der rechten Straßenseite Offiziere mit glänzenden Stiefeln und Schirmmützen. Ein Haus weiter belagern Feldwebel und Unteroffiziere die Stiegen eines alten, halb verfallenen Hauses. Vor den übrigen Häusern der Straße, zehn oder zwölf, Soldaten, Oberschützen, Gefreite und Obergefreite: geduldig, lüstern, voll falscher Scham. Zuweilen öffnet sich eines der verschlossenen Fenster, und eine Dirne, mit einem bunten Schlafrock notdürftig angetan, lehnt sich über das Fenster-

brett. Eine Hure mit unordentlichen Haaren und überquellendem Busen ruft Unflätigkeiten auf die Straße. Aus einem Fenster wird ein Nachttopf auf die Straße geleert; prustend, fluchend und lachend springen die Landser beiseite.

Unteroffizier Daxer weiß nicht, was er mit uns anfangen soll. Aber das Fleisch ist stärker. Er beschließt, es zu wagen und uns allein zu lassen. Er befiehlt uns, im Wagen zu warten, bis er zurückkommt; der Mensch lebt nicht nur vom Fressen. Wir sitzen, vor dem Bordell der Unteroffiziere, in einem französischen Ambulanzwagen, auf Verbandstoff und Schokolade. Hinter uns ragt der Turm der Kathedrale von Nancy in den Sommerhimmel.

Mir wird es zu heiß; ich steige aus, lehne mich an den Wagen, eine Wache vor den menschlichen Bedürfnissen des Buchdruckers und Familienvaters Paul Daxer. Plötzlich fühle ich, wie mich jemand am Ärmel berührt; zugleich gleitet etwas in die weite Tasche meines Offiziersrockes.

Neben mir stehen zwei Mädchen. Das eine ist klein und zart; es trägt eine Spitzenbluse mit einer riesigen Brosche. Es hat einen winzigen schwarzen Strohhut auf einem winzigen Kopf. Aus großen blauen Augen sieht es mich an. Das zweite ist rund, trägt ein blaues Kostüm und einen Hut mit einem botanischen Garten. Seine runden Backen sind rot und gesund; eines der Bauernmädchen, die ihre Landfarbe auch in der Großstadt nicht verlieren.

Die beiden Frauen haben mir Zigaretten zugesteckt – *Gauloise bleu*. Ich danke. Und wie ich es tue, empfinde ich, daß mir diese beiden Mädchen helfen werden, die Kleine mit der Brosche und die Dicke mit dem Blumengarten.

Um uns ist das Gedränge der Straße, in der Liebe verkauft wird für Offiziere, Unteroffiziere und Mannschaft, Liebe für ein, zwei oder drei Okkupationsmark. Schwitzende, bieratmende Männer drängen sich an uns vorbei; aus einem Fenster tönen die Leierkastenmelodien eines Grammophons.

Ich sage: «Wollen Sie mir helfen?»
«Ja», antworten die beiden Mädchen gleichzeitig.
«Wissen Sie einen Ort, wo ich mich für zwei, drei Tage versteckt halten kann, wenn ich den Deutschen davonlaufe?»
Die beiden Mädchen sehen sich an. Dann sagt die Kleine mit den großen Augen:
«*Hotel St. Sebastian*, Rue St. Sebastian.»
Unteroffizier Daxer ist inzwischen zurückgekehrt. Er hat die roten Bäckchen der hastig konsumierten Liebe. Seine ledernen Handschuhe, Zeichen der Würde, hält er in der Hand. Er prüft mich mit der Unsicherheit eines Menschen, der an sich selbst einen Toilettefehler sucht. Mißgelaunt herrscht er die Mädchen an:
«Was sucht ihr hier?»
Die Kleine mustert ihn von Kopf bis Fuß.
«Ich heiße Jeannine», sagt sie zu mir. «Meine Freundin heißt Irene. Wir sind Kellnerinnen im *Restaurant Coq d'Or* auf dem Platz Stanislas. Wann immer Sie hinkommen, können Sie uns eine Nachricht hinterlassen.»
«Weitergehen! Weitergehen!» befiehlt Unteroffizier Daxer.
Wir fahren ab. Die beiden Mädchen stehen am Straßenrand und schauen uns nach. Sie heißen Jeannine und Irene. Und sie kennen einen Platz, der *Hotel St. Sebastian* heißt und in der Straße des heiligen Sebastian liegt . . .

GEFANGENER NICHT MEHR

IM Lager herrscht Nervosität. Sie kommt von den deutschen Soldaten; mit mürrischen Gesichtern gehen sie wortlos ihrem Tagewerk nach.

Ich betrete das Zimmer der Gefreiten Josef Berger und Franz Holm. Josef Berger, der bärenhafte, anständige Berger, ist Buchhalter in einer Konservenfabrik in Fürth, Holm ist Industriezeichner in Nürnberg. Beide sammeln Abzeichen französischer Regimenter. Ich bringe ihnen ein Abzeichen, das ich einem Gefangenen abgekauft habe.

«Was geht eigentlich vor?» frage ich.

Berger, gerade beim Mittagessen, reicht mir die *N. S. Z.*, eine Tageszeitung, die von den Deutschen hier gelesen wird. Er weist mit dem Finger auf eine kleine Notiz.

Ich lese: *«Kein Parteitag 1940. Die Kanzlei des Führers gibt bekannt: Der Nürnberger Parteitag entfällt in diesem Jahr.»*

Berger und Holm essen wortlos weiter.

«Für den 9. September», sagt Berger, «war der Parteitag des Friedens angesetzt.»

«Wir kommen nie nach Hause», sagt Holm.

Sie bieten mir ein Glas Bier an.

«Österreich, dann die Sudeten, dann Prag, dann Polen, dann der Westwall, dann Frankreich, jetzt England . . .», sagt der kleine Holm. Er spricht von Deutschlands Siegen wie von lauter Leidensstationen.

Ich leihe mir die *N. S. Z.* aus, um sie Dr. Mauvoisin, Alfred und René zu bringen.

Ich treffe Alfred und René vor der Tür des Lazaretts. Gleich

darauf tritt jedoch Unteroffizier Pape an mich heran: Hauptmann Brühl wünscht mich zu sprechen.
Auf dem Tisch Hauptmann Brühls liegen ein paar hundert gelbe und orangefarbene Postkarten. Er reicht mir eine von ihnen. Auf der einen Seite der Postkarte steht: *Kriegsgefangenenpost.* Auf der anderen Seite stehen sieben vorgedruckte Sätze: *1. Ich bin Kriegsgefangener und gesund. 2. Ich bin Kriegsgefangener und leicht verletzt. 3. Ich bin Kriegsgefangener und schwer verletzt, aber es besteht keine Lebensgefahr. 4. Ich bin Kriegsgefangener und ein wenig krank. 5. Ich bin Kriegsgefangener und sehr krank, aber es besteht keine Lebensgefahr. 6. Ich bin Kriegsgefangener und im Lazarett. 7. In ungefähr vier Wochen kann ich wieder Nachricht von mir geben.*
«Also», sagt Hauptmann Brühl, «jetzt können Sie sogar nach Hause schreiben. Die Karten werden heute verteilt. Niemand darf dem gedruckten Text etwas hinzufügen. Vor- und Zuname. Und Adresse. Jeder Gefangene bekommt nur eine Karte. Von den ersten sechs Sätzen müssen fünf durchgestrichen werden. Einer darf stehenbleiben. Verstanden?»
«Verstanden, Herr Hauptmann. Dürfen die Gefangenen schreiben, wo sie sich befinden?»
«Natürlich nicht. Sehen Sie, mein lieber Pionnier, Deutschland ist human. Nicht wie eure verfaulten Demokratien. Deshalb erlauben wir euch, an eure Angehörigen zu schreiben. In spätestens vier Wochen werden die Postkarten an Ort und Stelle sein. Aber im Durchgangslager gibt es keine Antworten – in eurem eigenen Interesse. Was würden euch die Frauen für Unsinn schreiben!» Er streckt die Beine von sich. «Sie müssen wissen, Pionnier, daß wir euch nicht als Strafgefangene betrachten, sondern als unglückliche, irregeführte Menschen. Ihr müßt mal 'ne neue Haut bekommen, Pionnier!»
Ich stehe da, mit zusammengebissenen Zähnen, die Hände an der Hosennaht.

«Übrigens», sagt der Hauptmann, «sind gerade die französischen Frauen die Krebsschäden der Nation. Wissen Sie, was in Dieuze vorgeht?»
«Nein, Herr Hauptmann.»
«Wir mußten die SS anfordern. Wissen Sie, was das heißt?»
«Nein, Herr Hauptmann.»
«Die Frauen haben versucht, die Ernte zu verstecken. In Marainville haben sie sogar unsere Vorräte geraubt. In Gerbevilles haben diese Furien eine Beute-Sammelstelle geplündert. Sie haben ihre Gärten dem Roten Kreuz vermacht, nur um uns zu schädigen. Und in Dieuze . . . dieses Drecknest wird jetzt ausgeräuchert. Schluß mit dem Unfug. Fünfzehntausend Frauen haben wir aus Lothringen ausgewiesen. Der Deutsche ist geduldig, aber wehe, wenn er seine Engelsgeduld verliert. Also, Pionnier, lassen Sie die Karten verteilen.» Er gibt mir fünf Stück. «Wenn Sie für sich mehr als eine brauchen . . .»
«Danke, Herr Hauptmann.»
Ich salutiere stramm. Ich bin schon in der Tür, als er mich zurückhält.
«Ach, richtig, Pionnier! Noch etwas. Glauben Sie, daß Sie mir ein Akkordeon verschaffen können . . .?»
«Ein Akkordeon . . .?»
Aber schon steht mein Schlachtplan fest. Ich muß einen Brief an Jeannine und Irene schmuggeln. Spätestens morgen, in Nancy. «Ein Akkordeon? Selbstverständlich, Herr Hauptmann.»
«Wir haben nämlich einen kleinen Kameradschaftsabend. Wir brauchen absolut ein Akkordeon. Sie verstehen?»
«Selbstverständlich, Herr Hauptmann. Ich weiß ein erstklassiges Akkordeon in Nancy.»
«Gut. Bringen Sie einen Kranken ins Lazarett!»
«Zu Befehl, Herr Hauptmann.»
Es ist der 5. August neunzehnhundertvierzig.

Am nächsten Morgen ließ ich mir auf der Schreibstube des Hauptmanns zwei Fahrbefehle ausstellen – es könnte sein, sagte ich, daß ich wegen des Akkordeons zweimal nach Nancy fahren müßte.
Dann ging ich, von Berger eskortiert, nach Dieuze hinunter, um die Lebensmittel für das Lazarett zu holen. Es war ein schwüler Sommertag, das Gewitter hing in den Wolken wie eine überreife Frucht. Als wir an der Kommandantur hinter der Kirche vorbeikamen, fuhr ein Wagen mit dem Zeichen *WH* vor. Die Wachen präsentierten, zwei Offiziere in SS-Uniformen verschwanden im langgestreckten Gebäude des Bürgermeisteramtes.
Ich blieb mit meinem Wagen vor der Apotheke stehen. Die blonde Apothekerin stand nicht auf den Stufen. Ich bat Berger zu warten und trat ein. Der Gehilfe wies wortlos nach dem Raum hinter der Apotheke. Ich klopfte an, drückte zögernd die Klinke nieder.
Die Frau des Apothekers war allein. Der Raum war voll von Kleidern, Schuhen, Hüten. Ein Koffer stand, halb gepackt, auf dem Fußboden. Aber die Frau saß auf dem Plüschsofa, das Kinn in die Hände gestützt. Sie blickte auf, erhob sich langsam und kam auf mich zu.
«Ach, Sie sind es . . .», sagte sie. «Ich dachte schon . . .»
«Was dachten Sie?»
«Daß man mich holt. In ein, zwei Stunden. Ich bin ausgewiesen . . . Schauen Sie sich nicht um.» Sie lächelte. «Soviel Überflüssiges. Es ist so schwer zu packen, wenn man nie gepackt hat. Zehn Kilo darf ich mitnehmen. Und vierhundert Franken.»
«Und Ihr Mann . . .?»
«Er wird mich suchen, irgendwo in Frankreich. Wir sind heimatlos geworden bei uns selbst.»
«Wissen Sie, wohin Sie gehen?»
«Wir dürfen drei Tage in Nancy bleiben. Das ist alles.»

«Kann ich Ihnen helfen?»
«Nein. Leben Sie wohl.»
«Haben Sie Vertrauen zu mir?»
«Natürlich.»
«Wollen Sie, daß ich Ihnen Geld nach Nancy bringe?»
«Könnten Sie das?»
«Gewiß. Unter deutscher Bedeckung.»
Sie brachte ein Kuvert, verschloß es.
«Heute nachmittag im Restaurant *Coq d'Or*», sagte ich. «Wenn wir uns nicht treffen, finden Sie das Kuvert bei der Kellnerin Jeannine.»
«Haben Sie aber Beziehungen!» lachte sie und reichte mir die Hand.
Die Stadt war an diesem Morgen wie gelähmt. Die Bäckerin saß nicht mehr ihr Kind wiegend vor der Bäckerei. Ich hörte vom alten Schuhmacher, daß sie ausgewiesen worden sei. Die alte Jungfer vom Roten Kreuz war nicht da; sie half jemand beim Packen. Das Mütterchen, das mir immer Konfitüre geschenkt hatte, hockte auf seinem Koffer vor dem Haus. Es hatte einen schwarzen Schleier über den Haaren und hielt eine eingerahmte Fotografie in der Hand. Es schien Reisefieber zu haben vor seiner ersten großen Reise. Es sah mich an, als erkannte es mich nicht, preßte nur das Bild enger an sich. Klopfenden Herzens ging ich ins *Café des Voyageurs*. Die beiden Frauen, die kleine Mutter und die große Tochter, waren nicht ausgewiesen, aber Stella war zum Arbeitsdienst abkommandiert worden. Gefreiter Kessler war gestern gekommen und hatte ihr die Nachricht gebracht.
Am Nachmittag hielt ich Ausschau nach einem Landser, der mich nach Nancy begleiten würde. Ich suchte mir den Gefreiten Wagner aus Magdeburg aus, weil ich ihn für ungemein beschränkt hielt. Er war beeindruckt von der Tatsache, daß wir für den Kommandanten ein Akkordeon besorgen wollten, holte sein Gewehr und steckte einen meiner beiden Fahrbe-

fehle in seine Brieftasche. Alfred, der Abwechslung brauchte, wurde diesmal als Kranker in den Wagen verstaut. Ich traf keine Anstalten, um das Akkordeon später verstecken zu können; ich war gewiß, daß der Kameradschaftsabend ohne Akkordeon werde stattfinden müssen.

«Die SS – wissen Sie, was das bedeutet?» hatte Hauptmann Brühl gefragt. Jetzt begann ich zu begreifen. Kaum hatten wir die Stadt verlassen, als wir unendlichen Kolonnen von Frauen begegneten. Jede der Frauen trug ein Paket oder ein Köfferchen, zehn Kilo. In jedem Ort, durch den wir fuhren, standen, von SS bewacht, wartende Frauen am Straßenrand; sie wurden wie die Kühe zur Herde getrieben. Zwei Frauen stützten eine dritte. Eine Frau trug ihren Säugling auf dem Rücken. Manche schleppten Porzellan; ein Stück Heimat wanderte mit. Ein kleines Mädchen schob einen Puppenwagen, aber statt der Puppe lag die armselige Habe einer Familie im Wägelchen.

An der Grenze beachtete uns niemand. Über die ganze Breite der Straße lagen Handkoffer, Bündel, Rücksäcke, Tücher. Die SS-Leute brüllten: «Weg da!» und «raus!» und «Abfahren!», alles im gleichen Ton. Die Straße war wie das Zwischendeck eines Auswandererschiffes oder wie ein polnisches Dorf nach einem Kosakenangriff. Hier und da hob ein SS-Mann ein zartes Wäschestück hoch und hielt es gegen die Sonne. Dann lief ein Lachen, wie die rollende Kugel auf einer Kegelbahn, über die Straße.

In Nancy erledigten wir vorerst unsere Einkäufe. Schließlich erklärte ich dem Gefreiten, daß ich ins Restaurant *Coq d'Or* müsse, um dort wegen des Akkordeons zu verhandeln. Die Musikaliengeschäfte hätten keine Akkordeons mehr, auch böte sich mir ein Gelegenheitskauf. Alfred wurde aus seinen Decken gewickelt und durfte mitkommen, ebenso der Chauffeur Jeannot.

Das Gasthaus war ausgestorben.

Hinter der Kasse stand Jeannine. Sie kam auf uns zu, aber wir hüteten uns, ein Zeichen des Erkennens zu geben. Der Gefreite stellte sein Gewehr neben sich. Jeannine brachte die Speisekarte und pflanzte sich hinter mir auf. Ich vertiefte mich in das Menü.

«Ist das Roastbeef schön blutig?» fragte ich Jeannine.

«Ja. Sehr schön.»

Wagner bohrte in den Zähnen; er verstand sichtlich kein Wort.

«Sehr gut», sagte ich. «Können Sie mir sagen, ob alles in Ordnung ist? Kann ich morgen kommen?»

«Ja», antwortete Jeannine. «Morgen oder jederzeit.» Sie wischte mit der Serviette über das Tischtuch. «Die Besitzerin erwartet Sie.»

«Was gibt es als Süßspeise?» Ich lernte die Speisekarte auswendig. «Ein gutes Dessert . . . ich werde Ihnen zwei Briefe in der Toilette auf dem Waschtisch lassen. Der eine ist für Sie. Etwas Schokoladentorte gefällig, Herr Gefreiter? Der zweite ist für eine Frau, die ihn heute oder morgen abholen wird. Sie wird nach mir fragen.»

«Also drei Schokoladentorten?» machte Jeannine, dem Gefreiten ein Lächeln schenkend. «Wird besorgt. Aber ich weiß Ihren Namen noch gar nicht.»

«Steht in meinem Brief.»

Als die Speisen serviert wurden, entschuldigte ich mich. Ich müßte mit dem Besitzer des Restaurants sprechen. Unter uns: Er sei der Mann mit dem Akkordeon.

Ich war schnell wieder da. Nachdem ich die Briefe deponiert hatte, blieb nichts zu tun übrig.

«Morgen bekommen wir ein Akkordeon», verkündete ich.

«Sehen Sie zu, daß ich morgen wieder mitfahren kann!» sagte Wagner.

Sein Himmel hing voller Roastbeef und Schokoladentorten.

Dann saß ich an der Tür des Ambulanzwagens und sog in vollen Zügen den Duft des Abends ein. Ich winkte einem alten Bauern zu; der schwenkte den großen Strohhut. Der Nachmittagshimmel war rosa, und die kleinen Wolken flogen dahin wie die Störche Lothringens. Ich wußte, daß mir die große Erprobung noch bevorstand, aber ich hatte keine Angst mehr. Ich dachte an Vergangenheit und Zukunft; der Tag war ohne Gegenwart.

In Arracourt kam die Gegenwart wieder auf mich zu. Die SS-Leute kümmerten sich nicht um uns. Sie saßen vor dem Blockhaus und tranken Bier. Wagner kannte einen von ihnen.

«Und jetzt noch die Schweinerei mit dem Gefangenen», hörte ich den SS-Mann. «Aus Saarburg ist gestern ein Gefangener ausgerückt. Vor einer Stunde haben wir ihn gefaßt. Wird glatt erschossen.»

Nach Dieuze zurückgekehrt, entfaltete ich eine fieberhafte Tätigkeit. Vor allem galt es, mit einem zweiten Gefangenen die Chance der Flucht zu teilen. Nur ein Arzt kam in Frage, denn nur einen Arzt konnte ich für die geplante Fahrt anfordern. Schließlich entschied ich mich für den jüngsten unter ihnen, Dr. Petit, der seinerzeit als Freiwilliger die aussätzigen Neger behandelt hatte. Der junge Lyoner Chirurg, mit dem sommersprossenübersäten Gesicht eines Knaben, zögerte keinen Augenblick.

Als nächstes mußte ich Hauptmann Brühl melden, daß sich sein Akkordeon «auf dem besten Wege» befände. Als ich an der Schreibstube Kohlruschs vorbeikam, konnte ich es mir nicht versagen, dem Hauptmann zu melden, daß ich alles eingeleitet hatte, um den Gesuchten seiner «schwarzen Liste» auf die Spur zu kommen.

Schließlich hieß es Abschied nehmen von den Freunden. Ich wollte Alfred zur Flucht verhelfen, aber er sagte, nein. Er und Graf Korzakoff kamen auf mein Zimmer. Ich hatte allerlei Lebensmittel aufgestapelt. Ich gab Alfred und René meine

Schokolade, meine Rasierklingen, Rasiercreme, zwei Seifen, fünfzehn Schachteln *«Eckstein»*-Zigaretten, ein Stück Wurst, fünf Suppenwürfel und eine halbe Flasche Cognac. Ich vermachte Alfred meinen Schlafanzug und René meine Decke. Meine *Troupe*-Zigaretten verteilte ich unter dem Koch Poulaine, einem Restaurateur aus Paris, der für die Ärzte kochte, dem Chauffeur Jeannot und einigen Kranken, ohne einen Grund für meine Großzügigkeit anzugeben. Zuletzt ordnete ich die Papiere in meinem Bureau. Ich setzte zwei Dutzend Kameraden auf die Liste der «Eisenbahner», denn ich wußte, daß man sie früher entlassen würde. Obwohl mir Hauptmann Kohlrusch gesagt hatte, daß er eine Kopie besitze, vernichtete ich die «schwarze Liste». Nachdem ich solcherart alles getan hatte, was meine Ordnungsliebe erheischte, schrieb ich Dankbriefe an einige Bewohner von Dieuze. Ich nahm Abschied von Frau Jäger, der Konditorin, von der Frau des Fleischhauers, von der Besitzerin des Krämerladens, von Frau Klein und von Stellas Mutter. Inzwischen war es Abend geworden. Ich hätte keinen Bissen hinunterwürgen können. Ich leerte ein Glas Pernod, den Rest meiner Flasche, schnallte mein Koppel um und ging noch einmal ins Lager.

Ich begann mit den Krankenzimmern. Sobald sich die Tür öffnete, sprangen die Kranken auf, denn sie fürchteten die Inspektionen Daxers. Man mußte am Tod sein, um im Bett zu bleiben, wenn Daxer mit knarrenden Stiefeln, die Handschuhe zwischen den Fingern, durch das Krankenzimmer rauschte. Ich setzte mich zu den Kranken. Fast alle waren sonst optimistischer gewesen als ich; deshalb beruhigte sie mein plötzlicher Optimismus. Ich sammelte, wie immer bevor ich nach Nancy fuhr, die Briefe ein, die sie mir mitgeben wollten. Einem Jungen von fünfzehn Jahren, André Géraldy, versprach ich, daß ich Leute finden würde, die seine Eltern suchen wollten. André stammte aus Saint-Nikolas-de-Port, hatte in der Panik seine Eltern und Geschwister verloren, hatte sich einem vorbeimarschierenden polnischen Bataillon angeschlossen und war mit den Polen zusammen gefangengenommen worden. Hauptmann Kohlrusch hielt ihn für besonders gefährlich. Der gefährliche André saß in seinem Bett, ein mageres Bürschlein mit einem herausstehenden Adamsapfel und riesigen, hungrigen Kinderaugen, einen alten Jahrgang der *Illustration* auf den Knien. Er schlang beide Arme um meinen Hals. Ich wollte an diesem Abend allen Menschen etwas Gutes erweisen, aus Dankbarkeit für meine Errettung, die gar nicht gewiß war, oder weil ich meinte, durch Güte das Schicksal gütig zu stimmen.

Die Uhr des Küchengebäudes zeigte Viertel nach acht. Dort lag das Atelier drei. Jean, Denis und Paul waren längst an die Ligne Maginot transportiert worden – 800000 Franzosen arbeiteten jetzt, um Frankreichs berühmten Festungswall zu schleifen. Vor dem Atelier saßen die Gefangenen im schwarzen Staub. Ich setzte mich zu ihnen. Sie sprachen von *liberté*, aber sie verstanden darunter nicht die Freiheit, nur die Befreiung. Nichts hatte sich geändert, seit ich das Atelier verlassen hatte. Die Zeit stand still. *«À quand la classe?»* fragten sie – wann gehen wir nach Hause? Die Enttäuschung hatte sie nicht zermürbt; jeden Abend erwarteten sie vom nächsten Tag glückliche Nachricht. Sie blickten zum Himmel empor und freuten sich, daß der Wind die Botschaft des Herbstes brachte. Im Herbst würden sie zu Hause sein. Sie hatten hungrige Augen. Manche zeichneten Herzen in den Staub und lächelten vor sich hin. Einer kam und brachte falsche Nachrichten. Jeder tat, als glaubte er sie, damit man ihm seine eigenen Lügen glaube.

«Also, Pionnier», fragte einer spöttisch, «glaubst du immer noch, daß wir jahrelang hierbleiben?» Es war ein alter Mann mit dem Gesicht eines Gnomen.

«Nein», sagte ich. «Ich glaube es nicht mehr, Monsieur Bayot.»

«Seht ihr», sagte Père Bayot, «sogar Pionnier gibt zu, daß ich recht habe.»
Im zweiten Hof waren die Besitzer der Spielkasinos im Begriff, ihre Roulettes und schmutzigen Karten zusammenzuklauben. Auch hier erschien mir alles wie im Traum. Es war, als würden die Spieler nie aufhören zu spielen, die Ausrufer nie aufhören zu schreien, als hörte die Kugel nie auf zu rollen. Eine müde Ewigkeit lag über dem lärmenden Hof.
An den Latrinen war das übliche Gedränge. Zwei Gefangene stritten um ein Stück Papier. Unter den Bäumen saßen die Menschen Leib an Leib. Auf den Sandhügeln standen die Gefangenen und schauten hinaus ins Grüne. Die Wachen kreuzten sich auf halbem Weg.
Ich nahm Abschied von den Häusern, vom Staub und von den Menschen. Ich empfand beinahe Wehmut, als ich mich mit Alfred und René vor das Lazarett auf die Treppe setzte.
«Glaub nicht, daß ich feig bin oder daß ich dich im Stich lassen will», sagte Alfred unvermittelt. «Aber ich habe eine Mutter, für die ich zu sorgen habe. Sie würde meinen Tod nicht überleben.»
Wir saßen und schwiegen. Hinter dem Lazarett, auf der Straße, sangen die heimkehrenden Soldaten. *Jetzt geht's ins Heimatland, ins schöne Schwabenland.* Die Trompete blies zur Nachtruhe.
Die beiden Kameraden hatten meine Hände ergriffen.
«Mach's gut!» sagte Alfred.
«Morgen wird schönes Wetter», sagte René.

Der 7. August war ein wundervoller Sommertag.
In der Nacht hatte ich gebetet. Ich bat Gott um Hilfe für die Schwachen und Beladenen. Ich betete für den Sieg der Gerechtigkeit über die Gewalt. Ich betete für mich. *«Mein Vater, ist's möglich, so gehe dieser Kelch von mir; doch nicht wie ich*

will, sondern wie Du willst.» Da ich beten konnte, glaubte ich, daß der Herr mein Gebet erhört hatte.

Ich erwachte ausgeruht um sechs. Durch das offene Fenster kam gedämpft der Lärm des Lagers. Auf dem alten Kirschbaum vor meinem Fenster sangen die Vögel. Im Haus gegenüber sangen die deutschen Soldaten beim Stiefelputzen.

Um punkt sieben ließ ich mich bei Oberarzt Dr. Frank melden. Er empfing mich in seinem langen Nachthemd.

«Wir haben diesmal einen schweren Fall im Lazarett», meldete ich. «Leutnant Doktor Petit hat den Mann untersucht und bittet, ihn sofort evakuieren zu dürfen.»

ihn sofort evakuieren zu dürfen.»

«Was hat der Herr?»

«Magenblutung.»

«Magenblutung? Ich will mal sehen.»

Die Sache begann unangenehm zu werden. Graf Korzakoff hatte seit einigen Tagen Magenbeschwerden. Er wollte gern einige Tage im Krankenhaus von Nancy verbringen. Aber von Magenblutung war keine Rede, und erheblich schwerere Fälle waren nicht nach Nancy gebracht worden.

«Ich muß auf alle Fälle nach Nancy», erklärte ich schnell.

«Wieso?»

«Wegen des Kameradschaftsabends. Ich bringe Hauptmann Brühl ein billiges Akkordeon.»

«So . . . dann können Sie den Mann ja meinethalben gleich mitnehmen.»

Ich schlug die Hacken zusammen. In der Tür hörte ich noch, wie der Oberarzt murmelte: «Möchte bloß wissen, wer das Akkordeon spielen soll!»

Ich verständigte Unteroffizier Daxer, daß wir nach Nancy fahren würden.

«Sehr gut», sagte Daxer, «ich brauche ohnedies neue Handschuhe. Glauben Sie, daß Sie mir ein paar Schweinslederhandschuhe besorgen können?»

Ich versprach es.
René Korzakoff wurde auf die Tragbahre aus dem Krankenzimmer geholt. Ich drückte im Vorbeigehen die Hand Alfreds. Briefe an seine Schwester hatte ich in der Tasche. Auch dich verliere ich, Alfred Dvonicky, dachte ich. Wie ich Pierre Truffy verloren habe, den kleinen roten Dési, den langen Bretonen, Mayer-Mayeresco aus Bukarest. Der Krieg tötet auch die, die am Leben bleiben.
Daxer, dem Autofahren kindischen Spaß bereitet, hatte den Chauffeur Jeannot zurückgelassen; er lenkte den Sanka selbst. Ich saß neben ihm, Dr. Petit bei dem Kranken im Innern des Wagens.
Wir kamen nur langsam vorwärts. Tausend Gefangene verließen an diesem Morgen Dieuze, um nach Deutschland zu marschieren. Als ich von der schmalen Allee, die nach Dieuze hinunterführt, zurückblickte auf das Lager, sah ich die Reihe, die sich in Marsch gesetzt hatte. Im Dunst des Morgens haftete diesen gebückten Menschen etwas Unwirkliches an, wie Wolgaschiffern auf einer fernen Bühne. Mir war, als hörte ich das monotone *Ei uchnem* emporsteigen aus ihren Reihen. Hinter ihnen lagen das rote Verwaltungsgebäude, das Lazarett, die Garagen, die Reitschule.
Ich war noch immer ruhig und konnte mir meine Ruhe noch immer nicht erklären. Einmal wandte ich mich nach rückwärts:
«Wie geht es dem Kranken, *mon lieutenant?*»
Wie vereinbart antwortete Petit durch die Luke:
«Schlecht. Beeilen wir uns.»
Wir fuhren ohne Umwege zum Lazarett. Im Hof hielt der Wagen. Daxer, der Leutnant und ich sprangen hinaus.
«Also . . .», sagte Daxer.
René Korzakoff rührte sich nicht, er ächzte nur leise.
«Hebt ihn raus, Mensch!» befahl Daxer. Er hatte es eilig, wegen der neuen Handschuhe aus Schweinsleder.

Der Leutnant fiel mir in den Arm.
«Wir können ihn nicht herausheben», übersetzte ich. «Das müssen geschulte Pfleger tun. Er stirbt uns sonst.»
René röchelte.
«Ihr sterbt aber leicht», meinte Daxer.
Die Uhr unter dem Giebel des grauen Gebäudes zeigte neun.
«Vielleicht rufen Sie jemand, der uns hilft, Herr Unteroffizier», sagte ich. «Damit wir es bald hinter uns haben. Ich glaube, der Herr Hauptmann braucht schon mittags das Akkordeon.»
Die Erwähnung von Musikinstrument und Obrigkeit verfing. Daxer zündete sich eine Zigarette an, spielte mit den Handschuhen, die er, wie gewöhnlich, fächelnd in der Faust hielt.
«Passen Sie auf den Wagen auf!» rief er uns zu. «Ich hole zwei Krankenträger.»
Er stürmte davon.
Wir handelten blitzschnell.
Im Moment, in dem Daxer im Haustor verschwunden war, verabschiedeten wir uns von Korzakoff.
«Alles Schöne, René!»
«Alles Schöne, Graf Korzakoff!»
«Viel Glück, mon lieutenant! Hals und Beinbruch, Hans!»
Wir warfen einen letzten Blick aufs Krankenhaus. Dann gingen wir schnell zum Tor. Es war unbewacht. Wir traten hinaus auf die Straße.
Gegenüber war die Brücke über den Marnekanal. Ein paar Frauen mit Einkaufstaschen, ein paar deutsche Soldaten gingen über die Brücke. Kinder spielten am Ufer. Wir atmeten tief die frische Luft, die von Marne und Rhein herüberwehte. Wir waren nicht mehr Gefangene.

EIN HAUS DER FREUDE

Weder der Leutnant noch ich wußten, wo die Rue St. Sebastian, geschweige denn, wo das *Hotel St. Sebastian* lag.
Wir hatten einen Vorsprung von höchstens fünf Minuten, bis Daxer zurückkehren und uns vermissen würde. Wir berechneten, daß weitere fünf Minuten damit vergehen würden, uns im Hof und im Krankenhaus zu suchen. Weitere fünf Minuten konnten Daxers Kampf mit seinem Eigendünkel zugesprochen werden. Er würde es schwer begreifen, daß er in eine Falle gegangen war. Dann erst würde er die Polizei, die SA, die SS, die nächste Kaserne verständigen. Alles in allem fünfzehn Minuten.
Wenn wir die Aufmerksamkeit nicht durch eine unglückliche Handlung auf uns lenkten, hatten wir Hoffnung, das *Hotel St. Sebastian* zu finden. Seit drei Wochen waren die Entlassungen der elsässischen Gefangenen im Gange; zahlreiche Elsässer durchquerten Nancy in französischer Uniform, Entlassungsscheine in der Tasche. Immerhin boten ein französischer Offizier und Unteroffizier kein ungewöhnliches Bild.
Wir entfernten uns schnell, aber ohne zu laufen, aus der Nähe des Hospitals. Gleich hinter dem modernen Krankenhaus begannen die schmalen Gassen mit traurigen Häusern, in denen traurige Freudenmädchen ihr Gewerbe trieben. Tafeln waren mit Drähten über die Straße gespannt: *Das Betreten dieser Straße ist Mitgliedern der Wehrmacht nur von sechs Uhr bis zehn Uhr gestattet.* Da wir uns nicht bewußt waren, Mitglieder der Wehrmacht zu sein, schlugen wir eine dieser Einbahnstraßen des Geschlechtslebens ein. Wir hüteten uns, Fragen zu

stellen. In einer halben Stunde würden Streifen auf Motorrädern nach zwei französischen Soldaten fragen. Es hieß, unsere Spur so schnell wie möglich zu verwischen.

Wir blieben am Ende der verbotenen Straße stehen. «Ihr werdet vier Kirchtürme sehen», hatte Jeannine, einem Orakel gleich, gesprochen. Die Rue St. Sebastian liegt zwischen den vier großen Kirchen Nancys.

«Dort!» sagte der Leutnant und wies nach rechts. Nicht weit voneinander entfernt ragten vier Kirchtürme in den Himmel.

Wir verdoppelten unsere Schritte. Soldaten kamen an uns vorbei, SA-Männer, SS-Männer, Uniformierte der Organisation Todt. Wir salutierten, wie es Vorschrift war, den Offizieren; versuchten gleichgültig dreinzuschauen und dabei die vier Kirchtürme nicht aus den Augen zu verlieren. Manchmal sahen wir nach der Uhr. Jetzt hatte Daxer unsere Abwesenheit bemerkt. Jetzt lief er durch den Hof, um uns zu suchen. Wir hatten noch sieben Minuten.

Wir gerieten in die bewegte Rue St. Nicolas und standen auf einmal vor der Kathedrale. Die drei anderen Kirchtürme lagen links von uns. Wir gingen schnell in ihrer Richtung. In der Rue St. Dizier verkaufte ein Junge die Landkarte des «neuen Frankreich». Ich kaufte eine und steckte sie zu der des Schokoladenfabrikanten. Vor einer Papierhandlung stand eine riesige Menschenmenge und las die im Schaufenster angeschlagenen Namenlisten von Kriegsgefangenen.

Wir schlugen den Weg über den Markt ein. In der Markthalle fühlten wir uns geborgen. Nichts wirkt beruhigender als Erinnerung an ein früheres Leben. Man glaubt nicht an Vorzeichen, sondern an «Nachzeichen». Auch der Markt, mit seinen Gerüchen aus der Kindheit, seinem Lärm einer vergangenen Sorglosigkeit, besänftigte unsere Nerven. Auf der gläsernen Wand der Markthallen wies die Uhr dreißig nach neun. Wir hatten noch vier Minuten.

Wir traten aus dem Halbdunkel der Markthalle hinaus in den

Tag. Wir waren in einer schmalen, aber sauberen Straße mit drei oder vier Stock hohen Häusern. Auf dem Haus gegenüber stand:

HOTEL ST. SEBASTIAN.

Das Herz schlug mir in die Kehle. Dr. Petit wollte die Straße überqueren. Ich packte ihn am Arm. Vor dem Haus standen zwei SA-Männer in reger Unterhaltung. Sie sahen wie Bierfässer aus. Zwei Bierfässer verstellen den Weg zum Paradies.

Wir warteten an einem Blumenstand. Dann schüttelten sich die Bierfässer die Hand und entfernten sich. Wir gingen langsam über den leeren Fahrdamm und betraten das *Hotel St. Sebastian.*

Im Haus war es still. Wir gingen vorsichtig einige Stufen hinauf. Die Holzstiegen knarrten. Eine Frauenstimme rief:

«Qui est là?»

«Wir . . .», antworteten wir nicht gerade geistreich.

Aber die Antwort hatte genügt. Eine Frau beugte sich über das Geländer. Eine warme, tiefe Frauenstimme sagte auf französisch:

«Kommt nur Kinder . . . ich habe euch erwartet.»

Wir liefen die Stufen hinauf.

In der Tür einer Wohnung, im ersten Stock, stand eine Frau. (Nie werde ich ihr Gesicht vergessen. Gesegnet seist du, Amalie Roquebrune, verheiratete Madame Louis Pfeiffer, aus Nancy; ich will dich einschließen in meine Gebete, heute, morgen und immerdar. Nie werde ich dich vergessen, im Leben und im Tod, wie du da standest, in der Tür deiner Wohnung, groß und dick, mit einer blauen Schürze angetan, die ins Grau spielenden Haare in weichen Wellen, in deinen hellen Augen das Leuchten, das nur den Reinen gegeben ist. Wie du da standest in der Tür deiner Wohnung, Mutter Amalie, um zwei Freunde aufzunehmen, die für dich nichts bedeuteten als zwei Menschen, die der Hilfe bedurften, da warst du die Mutter von Dr. Petit und meine, von seiner Mutter gesandt und von meiner . . . Auch heute küsse ich deine Hände, die uns dem Tod entrissen haben und dem Bösen, liebe, gute, reine Bordellmutter Amalie Pfeiffer aus Nancy . . . über Ozeane hinweg und über Welten.)

«Nur herein mit euch, *mes enfants!*» flüsterte Mutter Amalie lächelnd. Sie wollte nicht unvorsichtig sein und uns dabei keine Angst einflößen.

Wir standen in einer hellen Wohnküche. Sie führte uns durch die Küche, durch einen Salon mit runden Wänden, durch ein geräumiges Wohnzimmer in ein modern eingerichtetes Schlafzimmer. Die Fenster standen offen, die Vorhänge waren zugezogen. Die Sonne siebte sich durch einen schmalen Spalt ins Zimmer. Staubkörnchen tanzten im Sonnenstrahl.

Minutenlang konnten wir kein Wort hervorbringen, zwei Kinder im Märchenland. Madame Pfeiffer bemerkte es. Sie fragte nichts. Sie sprach unentwegt, schob uns ins Zimmer, klopfte uns auf die Schulter, hieß uns Platz nehmen: Kein Wort fiel von Flucht, Gefahr und Opfer.

«Den Brief habe ich natürlich bekommen», sagte sie und zog meinen Brief aus dem hochgeschnürten Busen. Sie sagte es, als sei er mit der Post gekommen, eine Ansichtskarte mit Grüßen von der Ferienreise. «Es ist alles vorbereitet», fuhr sie schnell fort, wie aus Angst, wir könnten ihr danken. «Hoffentlich ist alles richtig, und sie stehen euch gut, die neuen Anzüge.»

Sie führte uns zum Ehebett. Dort lagen ein grauer und ein grüner Anzug, ein buntes und ein weißes Hemd, zwei dunkle Krawatten, zwei Taschentücher, zwei Paar Socken; am Bettende standen ein Paar schwarze und ein Paar braune Schuhe.

«Zwei Hüte könnt ihr auch noch haben», beteuerte sie. «Louis hat genug . . . Leider braucht er sie nicht, er ist selbst Kriegsgefangener.» Sie lachte, nicht ganz von Herzen. «Das heißt, ihr seid es ja nicht mehr. Eure Uniformen werden wir verbrennen. Macht es euch bequem; ich muß in die Küche, sonst bekommt ihr keinen ordentlichen Braten.»

«Einen Moment, Madame», sagte ich.
«Nur keine großen Worte, *mon petit*», sagte sie und nahm meine Hände.
Ich mußte es ihr doch sagen.
«Es ist etwas Wichtiges», erklärte ich. «Ich habe es Ihnen ja schon geschrieben. Doktor Petit war Arzt im Lager und einer von nur insgesamt achtundzwanzig Offizieren. Ich selbst werde als Lagerältester sofort vermißt werden. Wenn der Kommandant morgen ohne mich zum Appell erscheint und vor fünfzehntausend Menschen gestehen muß, daß ihnen der Lagerälteste durch die Maschen geschlüpft ist, gibt es Krach. Die Deutschen werden Himmel und Hölle in Bewegung setzen, um uns noch vor dem morgigen Appell zu bekommen.»
«Lassen Sie die Deutschen nur Himmel und Hölle in Bewegung setzen», sagte die Frau. Es klang, als sei Mutter Amalie stärker als die Wehrmacht des Deutschen Reiches.
«Haben Sie die Wandanschläge gesehen?» beharrte ich.
«Ich lese nie etwas, was die *boches* drucken.»
«Auf diesen Plakaten steht, daß jeder zum Tod verurteilt wird, der einen entflohenen Gefangenen versteckt.»
«Lassen Sie das meine Sorge sein. Jetzt zieht euch schnell um, damit ihr fertig seid zum Mittagessen. Es wird heute früh gegessen.»
So schnell wir aus der Uniform schlüpften, so geschah es doch nach einem feierlichen Ritual. Ein Jahr in Uniform. Das Lager von Barcarès. Die Tramontana, der katalanische Wind, der von den Pyrenäen herunterfegte. Die Ligne Maginot, das elsässische Dorf, das tote Kind auf der Wiese, Kapitän Mirambeau, Feuertaufe im verlassenen Ort, Christus von Noirval, die Frau im brennenden Haus, die toten Kühe, der Spielmann auf dem Maschinengewehr, der Mörder in der Scheune, Oberleutnant Truffy, unsere «Nähmaschine», die Walpurgisnacht auf dem Bahnhof, Yvette, der richtige Maurice Pionnier, die Deutschen bei Stella, die vertriebenen Frauen. Jeder von

uns beiden legte beiseite, was ihm an Persönlichem lieb war. Ich faltete meine Armbinde ... mit dem Roten Kreuz und dem Hakenkreuz.

Wir wuschen uns, ehe wir es wagten, in die Zivilkleider zu schlüpfen. Dann stritten wir uns ein wenig über die Anzüge, über Hemden und Socken. Schließlich entschied die Größe. Ich war größer als Dr. Petit und bekam den grünen Anzug mit den braunen Schuhen. So standen wir vor dem Spiegel. Wir hatten uns übermütig die weißen Taschentücher in die Rocktaschen gesteckt. Die Anzüge waren uns zu weit und schlotterten um die Knie. Wir fanden uns trotzdem sehr schön.

«Gleich kommt der Apéritif», hörten wir von draußen.

Es ging inzwischen auf elf. Seit mindestens einer Stunde suchten uns die Deutschen.

«Nur herein ins Wohnzimmer», rief Madame Roquebrune.

Ein kleiner Tisch war mit einem seidenen rosa Tischtuch gedeckt. Winzige rosa Seidenservietten lagen neben Tellern und Eßbesteck. Eine Lampe mit einem rosaseidenen Lampenschirm stand auf dem Tisch. Die Vorhänge aus blauem Kreton, mit rosa Blumen, waren zugezogen. Die Lampe auf dem Tisch brannte. Das Zimmer lag im Zwielicht.

Mutter Amalie brachte zwei Kristallgläser.

«Was wollt ihr?» fragte sie. «Pernod, Cinzano, einen Portwein?»

Wir entschieden uns für einen Pernod.

«Wenn Sie mittrinken ...», sagte der Leutnant.

«Freilich, freilich», sagte Mutter Amalie und errötete.

Sie brachte eine Flasche Pernod und ein drittes Glas. Wir tranken auf ihr Wohl, auf unsere Errettung und auf Frankreich.

Als sie sich wieder entfernt hatte, sahen wir uns an. Von der Straße hörte man Schritte. Zwei Männer sprachen deutsch. Zuweilen ratterte ein Motorrad. Würde es stehenbleiben? Ein Motorrad hielt, eine Tür fiel ins Schloß. Zwei Marktweiber fluchten.

Endlich kam Madame zurück.
«Alles in Ordnung?» fragte Dr. Petit.
«Warum sollte denn nicht alles in Ordnung sein? Hier seid ihr in Sicherheit. Vor allem gibt es jetzt ein feines Mittagessen.»
Es war kein «feines Mittagessen», es war ein Wunder: Gänseleber, Fisch, Roastbeef, Pudding. Mein Magen war wie verkrampft, aber ich aß alles. Die Frau saß daneben, die Hände im Schoß gefaltet. Sie sah uns lächelnd zu und erkundigte sich schon nach unseren Wünschen für das Abendbrot. Es war schwer, nicht ununterbrochen danke zu sagen.
«Und Sie, Madame? Warum essen Sie nicht?» fragten wir.
«Ich, Kinder, wißt ihr . . .»
Wieder errötete sie. Da erst begannen wir uns zu fragen, wo wir uns eigentlich befanden. *Hotel St. Sebastian?* Dieses Hotel, dessen ganzen ersten Stock eine Privatwohnung einnahm, hatte keinen Portier, keinen Hausdiener, kein Zimmermädchen. Es schien auch keine Bewohner zu haben. Wohl hatte ich an der Küchenwand ein Brett mit etwa zwanzig Zimmernummern gesehen, aber an jedem der Haken hing ein Schlüssel. Das *Hotel St. Sebastian* schien ohne Gäste auszukommen. Jetzt fiel mir auch der Salon ein, mit dem runden Tisch und dem alten Plüschsofa, mit den weißen Klöppelspitzen auf den hohen Rückenlehnen.
«Ich muß es euch doch sagen», meinte Madame Roquebrune. Sie war ernst geworden. «Das war früher ein sehr anständiges Hotel. Bevor die Deutschen kamen. Wenn Louis wüßte, was draus geworden ist! Als die *boches* einzogen, haben ihnen die Bordelle in der Stadt nicht genügt. Da haben sie anständige Hotels einfach zu Hurenhäusern gemacht. Auch meins. Ich hätte es sperren können. Aber als ich es vor fünfzehn Jahren gekauft habe – da war es eine Wanzenbude. Ich habe ein Haus daraus gemacht. Ich lasse mich aus dem Haus nicht vertreiben. Da schlucke ich lieber. Da bin ich lieber eine Bordellmutter. Ich weiß schon, was ich mache – verlaßt euch drauf.» Sie tat

einen Zug aus dem Weinglas. «Ich muß nämlich mit meinen Mädchen Mittagessen ...»

Unten hielt ein Motorrad. Sie trat ans Fenster, zog den Vorhang ein wenig beiseite.

«Nein, nichts ...», sagte sie. «Hat es geschmeckt?»

Sie setzte sich wieder zu uns und entwickelte ihren Schlachtplan. Sie hatte uns im vierten Stock zwei Mansardenzimmer eingeräumt. Dort sollten wir uns tagsüber aufhalten. Mittags und abends würde sie es so einrichten, daß wir herunterkommen könnten in ihre Wohnung; in den Mansardenzimmern sei es unerträglich heiß. Wenn man etwas zu fürchten hätte, wäre es am Abend zwischen neun und zehn. Zwischen neun und zehn Uhr käme die deutsche Polizeistreife ins Haus. Sie interessiere sich für die jungen Damen und ihren «Gewerbeschein». Manchmal inspiziere sie auch die Zimmer. In dieser Stunde sei es ratsamer, wenn wir uns in ihrer Privatwohnung aufhielten; keiner hätte es je gewagt, ihre Wohnung zu betreten. Am Nachmittag und am Abend sei das Haus voll von Deutschen. Aber gerade das mache das *Maison* zum idealen Versteck. Wer sollte glauben, daß sich entsprungene Gefangene in einem Haus aufhielten, in dem am Tag hundert deutsche Soldaten «verkehren», an jedem Abend die deutsche Polizei ihre Razzia abhalte.

«Nur keine Bange», fuhr Mutter Amalie fort. «In der Nacht könnt ihr ruhig schlafen. Um punkt zehn müssen alle deutschen Soldaten aus dem Haus sein. Befehl der Kommandantur; Torsperre um punkt zehn. Dann darf ich keinen mehr hereinlassen. Dann trinken wir alle zusammen ein Glas Wein.» Sie räumte die Teller weg. «Ein paar Tage müßt ihr schon meine Gäste sein. Bis man es aufgegeben hat, euch zu suchen. Bis dahin habe ich euch falsche Papiere besorgt. Mit den falschen Papieren schlagt ihr euch durch, ins freie Frankreich ...» Sie seufzte. «Das freie Frankreich ...» Sie stellte das Geschirr nieder. «Ihr seid nicht die ersten. Bei allen ist es gelungen. Die letzten habe ich als Fischer verkleidet weitergeschickt. Sind heil angekommen, Gott Lob. Ein Capitaine mit seinem Sohn. Sie haben im gleichen Regiment gedient.»

Das alles sagte sie in einem so überzeugenden Ton, daß wir am Gelingen unserer Flucht nicht zweifeln konnten. Wenigstens solange Mutter Amalie im Zimmer war.

Sie ging in die Küche. Wir hörten Stimmen. Ihre eigene und eine deutsche Stimme. Wir maßen beide wortlos den Fassungsraum des Kleiderschrankes.

Gleich war sie wieder da. Sie lachte.

«Aber, aber, *mes enfants* . . .! Ihr steht doch unter meinem Schutz.» Sie faltete die Arme, als würde der einzige Weg ins Zimmer über ihre Leiche führen. «Jetzt geht es aber etwas zu weit. Die Kerle kommen schon mittags. Ich habe sie kurzerhand hinausgeworfen.» Aber man spürte eine kleine Unruhe in ihrer Stimme.

Wir stiegen vorsichtig in unsere Dachkammern hinauf. Es waren zwei Mansardenzimmer, ursprünglich für das Dienstpersonal gedacht. Mutter Amalie öffnete die Fenster, verbot uns aber, an sie heranzutreten. Wir fanden unsere Appartements ungemein luxuriös und sparten nicht mit begeisterten Worten. Schließlich zeigte uns Mutter Amalie noch eine Tür, die, aus dem gleichen Korridor, auf das Dach führte. Es war ein flaches Dach. «Im schlimmsten Fall . . .», sagte sie. Dann ließ sie uns allein.

Wir saßen im Zimmer des Leutnants und warteten. Wir sahen nach der Uhr und versuchten zu erraten, was in unserer Abwesenheit geschehen war. War Daxer im leeren Wagen nach Dieuze zurückgefahren, oder war er in der Stadt geblieben, um persönlich an unserer Verfolgung teilzunehmen? Was hatte Oberleutnant Dr. Schmidt gesagt? Und Hauptmann Brühl? Mobilisierte Hauptmann Kohlrusch die Gestapo? Je mehr wir nachdachten, desto aussichtsloser schien unser Unterfangen. Von den vier Kirchen hörten wir das Schlagen der

Stunden. Wenn ein Motorrad oder ein Auto stehenblieb in der Straße, sahen wir uns an. Wir studierten die beiden Landkarten. Ein roter Strich markierte die Trennungslinie zwischen dem besetzten und dem unbesetzten Frankreich. Nur die Karte gab Hoffnung, denn sie war klein und die Entfernungen schienen leicht zu überwinden. Da, nur ein paar Zentimeter von Frankreich entfernt, lag Genf. Der Genfer See. Blau, wie in Wirklichkeit. Da war der Jura, spielend zu übersteigen, eine Handbreit von Nancy.

Mutter Amalie kam mit kaltem Bier. Sie beruhigte uns, alles ginge gut. Wir sollten uns nicht ängstigen. Aber wir sollten nur öffnen, wenn dreimal an die Tür geklopft würde.

«Wir werden uns schon um euch kümmern, *mes pauvres enfants*», sagte sie. «Am Abend, nach Geschäftsschluß, kommen Irene und Jeannine. Sie haben sich schon erkundigt und freuen sich, daß ihr hier seid.»

Je tiefer sich der Nachmittag über die Stadt senkte, desto lebendiger wurde es im Hotel des heiligen Sebastian. Die Stiegen knarrten ohne Unterlaß, Militärstiefel stampften durch den Korridor. Im Nebenzimmer fielen ein Paar Schuhe zu Boden. Ein Mann sprach deutsch, eine Frau fluchte französisch.

«Willst du gehorchen?» schrie eine Männerstimme.

«Merde!» kam die französische Antwort.

Dr. Petit und ich lagen auf der Couch und hielten uns die Ohren zu. Das ganze Haus schien ein einziges ächzendes Bett zu sein. Nur manchmal wurde es plötzlich still. Dann hörte man durch das offene Fenster das Feilschen der Marktweiber.

Ein- oder zweimal erschollen die drei Klopfzeichen. Wir bekamen Besuch.

Zuerst kam Pauline. Sie war ein großes blondes Mädchen, beinahe schön, nur ihre Zähne waren vernachlässigt. Pauline war nicht mehr jung. Sie erzählte uns gleich, daß sie Madame Amalies Assistentin sei. Sie «arbeite» nicht mehr, höchstens

am Samstag und Sonntag. Seltsam, sagte sie, daß die Deutschen gerade ihr am meisten nachstellten – wahrscheinlich läge das an ihrer unabhängigen Position. Sie trug, ihrer Stellung entsprechend, ein hochgeschlossenes schwarzes Seidenkleid, eine strenge Frisur, wie die Vorsteherin eines Mädchenpensionats. Sie brachte uns Bäckereien, die sie in einer exklusiven Konditorei für uns erstanden hatte.
Als nächste stellte sich Mignonette vor. Das war eine kleine, runde Person aus Algier. Ihre Haut war wie aus Elfenbein; einer ihrer Vorfahren mußte eine Eingeborene geliebt haben. Alles an ihr war klein und rund: der Kopf, die Hände, der Busen. Sie wirkte nicht sehr sauber, aber wir taten ihr wahrscheinlich unrecht, denn gerade Mignonette hatte den Ordnungsfimmel – sooft sie kam, räumte sie auf, sie rückte den Stuhl zurecht, klopfte die Kissen flach und putzte das Rasiermesser des Monsieur Louis Pfeiffer, das uns Madame zur Verfügung gestellt hatte.
Dreimal klopfte auch Nanette, eine schlanke Bretonin in einem grünen Schlafrock. Sie war sehr jung, erst im Krieg hierher verschlagen, der Liebling von Madame, wie sie sich selbst vorstellte. Ich kannte das kleine Fischernest bei Quimperlé, von wo sie stammte. Wir sprachen vom mürrischen Postmeister und von dem mysteriösen englischen Mieter der Herrschaftsvilla. Nanette hielt auf Bildung; sie brachte uns Bücher aus ihrer Bibliothek, den *Hund von Baskerville* für mich und *Lady Hamilton* für Dr. Petit. Von Zeit zu Zeit kam Mutter Amalie und ermahnte die Mädchen freundlich hinunterzugehen. Sie erhoben sich seufzend und steckten sich die Haare hoch. «Ich verstehe ja, daß ihr lieber hier seid», sagte Mutter Amalie.
Gegen acht Uhr abends trat Stille ein. Madame holte uns zum Abendbrot. Die Mädchen bewachten das Tor, während wir schnell die Treppen hinunterstiegen, Salon und Küche durchquerten und uns im Appartement Madame Pfeiffers an den

rosagedeckten Tisch setzten. Mutter Amalie blieb nicht bei uns. Im Salon, nebenan, tranken die deutschen Gäste.
«Es ist neun», sagte Dr. Petit. «Zwölf Stunden. Es sind beinahe zwölf Stunden, daß man uns sucht.»
Marschierende Schritte hallten von der Straße herauf. Jemand kommandierte: «Halt!» Und gleich darauf: «Rührt euch!» Die Gewehrkolben stießen gegen das Straßenpflaster.
Mutter Amalie kam herein. «Bleibt nur schön still!» flüsterte sie. «Die Razzia!»
Wir hielten den Atem an.
Deutlich vernahmen wir jetzt von nebenan die Stimme des Unteroffiziers, der die Patrouille befehligte.
«Wieviel Zimmer besetzt? Wann war der Arzt hier?»
Wir saßen im Finstern und rührten uns nicht. Wir hörten eine Uhr ticken, die wir bis dahin nicht vernommen hatten.
«Und hier nebenan?» fragte der Mann von der Patrouille.
Ich stand auf. Der Schrank hing voller Kleider. Wir preßten uns an die Wand, im Innern des Schrankes. Seide und Stoff hingen uns im Gesicht. Unwillkürlich hatten wir uns bei den Händen gefaßt. Die Nägel des Arztes preßten sich in mein Fleisch.
Draußen war es still. Ich erinnerte mich, daß noch einige Teller von unserem Mahl auf dem Tisch standen.
Der Schrank wurde aufgerissen. Im erleuchteten Zimmer stand Mutter Amalie.
«Da seid ihr also, ihr Helden», lachte sie. «Ist alles vorbei. Die Herren waren heute sehr neugierig.» Sie räumte die Speisereste fort. «Gleich sperren wir das Tor zu. Und dann trinken wir ein Glas Champagner.»
Wir setzten uns erschöpft nieder. Im Hotel des heiligen Sebastian knarrten noch immer die Betten.

Von morgens bis mittags arbeitet Mutter Amalie für uns. Wenn wir aufwachen, ist sie schon fort. Mittags kommt sie zurück, die große, schwarze Handtasche voll mit Papieren. Dabei verrät sie uns nicht, was sie tut. «Habt nur Vertrauen!»
«Wie sollen wir Ihnen danken?» fragte Dr. Petit immer wieder.
«Glaubt mir Kinder, ich arbeite an etwas, was mir Spaß macht», antwortet sie.
«Woran?»
«Ich suche gute Menschen.»
«Und . . .?» fragen wir kleinmütig.
Sie lächelt. «Ich finde sie, natürlich. Man findet immer gute Menschen.»
So vergehen die Tage. Jeden Morgen besucht uns Mutter Amalie, ein Morgengruß des Optimismus. Die Mädchen sorgen für uns. Mignonette ist nie zu müde, um unser Zimmer aufzuräumen, Pauline bringt Bäckereien und Zigaretten, Nanette wäscht und plättet unsere Hemden, sie vertauscht den *Hund von Baskerville* gegen den *Frühling* von Sigrid Undset und *Lady Hamilton* gegen Agatha Christie. Wir liegen auf dem Bett und schmieden Pläne. Wir betrachten das Blau der Seen und das Grün der Berge auf der Landkarte. Wir horchen auf, wenn Motorräder halten, und stopfen uns die Ohren zu, wenn die Stiefel über die Stiegen stampfen. Wir hassen das Rauschen der Wasserleitung und das Knarren der Betten. Wir zittern vor der Razzia am Abend und sind ausgehöhlt, wenn sie vorbeigeht. Es ist unerträglich heiß.
Nach zehn sitzen wir endlich mit Mutter Amalie und den Mädchen im Salon.
Jeannine und Irene kommen gegen acht und bleiben über Nacht, weil nach zehn Uhr niemand mehr die Straße betreten darf. Der Leutnant und ich sitzen im Halbdunkel, in zwei großen Lederfauteuils, die Mädchen unter der großen, seidenen Lampe um den runden Tisch, Mutter Amalie sitzt auf dem

Plüschsofa an der Wand. Die schweren roten Vorhänge sind zugezogen. Die Mädchen nähen. Sie arbeiten für die Gefangenen im Lager von Nancy. Sie nähen Hemden oder stricken Strümpfe. Einmal in der Woche wirft Pauline die Pakete über die Mauer des Lagers.

An diesem Abend spüre ich, daß uns Mutter Amalie etwas zu sagen hat, aber sie schweigt, wie immer, wenn die Mädchen anwesend sind. Bei aller Wärme versteht sie es, Distanz zu wahren. Sie sitzt auf dem Plüschsofa und bessert ein Khakihemd aus. Irene, das pausbackige Bauernmädchen aus dem Restaurant *Coq d'Or*, erzählt komische Geschichten von den Nachstellungen der Deutschen.

Alle lachen. Dann gehen die Mädchen wieder an die Arbeit. Die kleine, runde Mignonette mit der Kreolenhaut hat eine Brille auf der runden Nase.

«Hast du was von Oskar gehört?» fragte eines der Mädchen.

«Nein», antwortete Nanette, «niemand hört von den Gefangenen.»

«Nein», sagt Irene. «Niemand.»

Sie schweigen wieder; jedes Mädchen hat seinen Gefangenen, irgendwo. Und jedes Mädchen ist ihm treu, auf seine Art.

«Zum ersten Mal im Leben möchte ich krank sein», sagt ein Mädchen, dessen Namen ich nicht kenne.

«Wieso?» fragt Pauline.

«Damit ich ein paar Deutsche anstecken kann», antwortet das Mädchen.

«Versündige dich nicht», sagt Mutter Amalie.

«Das Hemd kann ich nicht mehr flicken», meint Nanette. «Ich kaufe morgen lieber ein neues.»

«Ich habe billige gesehen», sagt Jeannine. «Bei Dueloz, hinter dem Markt.»

Es ist ganz still. Man hört nur das Rascheln von Hemden, das Klicken einer Schere. In der Küche tickt der Zähler der Gasuhr.

«Habt ihr schon die große Nachricht gehört?» fragt Irene.
«Nein, was denn?»
Statt einer Antwort hört man von der Straße das Sirenensignal eines Polizeiautos.
«Aha», macht Irene.
Pauline tritt an den Vorhang.
«Bleib da!» befiehlt Madame.
«Also?» fragt Mignonette und blickt über ihre ungefaßte Brille hinweg. «Dreißig französische Offiziere sind heute aus dem Lager Nancy verschwunden», berichtet Irene. «Denkt euch, dreißig gleichzeitig.»
«Ist vielleicht meiner dabei?» fragt Nanette.
«Wieso der deine?» fragt Pauline streng.
«Ich meine, den ich befreien wollte», antwortet die Bretonin.
Ich setze mich neben Mutter Amalie auf das Plüschsofa. Auf seiner Rückenlehne stehen bemalte Muscheln.
Madame sieht mich an und sagt: «Also Kinder – nehmt ihr mir einen Brief mit, in die unbesetzte Zone?»
Wir richten uns auf. Die Mädchen legen ihre Näharbeit beiseite.
Madame lächelt zufrieden. Sie näht weiter. «Habt ihr geglaubt, daß euch Mère Amalie im Stich läßt? Ich habe euch doch Papiere versprochen. Ich habe sie, die Papiere.»
Was sie sagt, klingt wie ein Märchen. «Ich mußte zwei Männer finden, die euch beiden ihre Papiere geben. Um in die freie Zone zu gelangen, muß man zunächst nach Dijon. Von Dijon ist die Grenze kaum vierzig Kilometer entfernt; da schlägt man sich schon durch. Bis Dijon sind es zweihundert Kilometer. Man muß den Zug nehmen. Jeden Tag um acht Uhr früh geht ein Zug. Im Eisenbahnzug gibt es Kontrollen. Daher genügen die Papiere nicht; man muß einen Passierschein der Kommandantur haben. Ich mußte zwei brave Leute finden, die mit mir auf die Kommandantur gingen, um Passierscheine nach Dijon zu verlangen. Jetzt hat jeder von euch einen echten

Passierschein. Mit einem schönen, runden Hakenkreuzstempel. Allerdings ist er nur mit den anderen Legitimationspapieren zusammen gültig.»
Sie unterbricht sich. Die Mädchen haben ihre Stühle näher an Madame herangerückt. Es ist schwül. Einige Mädchen haben ihre Schlafröcke halb heruntergelassen; sie haben rosa Unterkleider an, mit nackten Schultern.
Mutter Amalie horcht auf. Motorräder rattern durch die stille Straße. Deutsche Kommandorufe ertönen. Ein Auto hält vor dem Haus.
Die Mädchen ziehen ihre Schlafröcke zusammen. Jeannine flieht in eine Ecke, Mignonette hält ihre Brille in der Hand, Pauline pflanzt sich, die lange Zigarettenspitze im Mund, in der Küchentür auf. Dr. Petit bleibt regungslos auf dem Fußboden sitzen, Nanette faltet ein Hemd, ich stehe da wie gelähmt.
In dieser allgemeinen Verwirrung aber bleibt: der General. Mutter Amalie erhebt sich und befiehlt:
«Ihr zwei aufs Dach! Mädchen, auf eure Plätze! Pauline, du begleitest die beiden hinauf. Dann in dein Zimmer. Jeannine und Irene in mein Zimmer. Wenn man euch fragt – ihr seid meine Gäste. Pauline, du versteckst die Sachen der beiden.»
Wir laufen die Stiegen hinauf. Als wir im vierten Stock ankommen, schrillt die Hausglocke.
Wir öffnen die Tür, die aus dem Korridor aufs Dach führt. Pauline eilt in unser Zimmer, um unser Hab und Gut zu verstecken. Ich rufe ihr nach:
«Vergessen Sie die Zahnbürste nicht!»
Eine schmale Stiege führt auf das Dach, das aus dickem Glas besteht. Ich bleibe stehen und versuche die Situation zu übersehen. Die Luft ist frisch. Hinter den Kirchtürmen erhellen die Lichter von Nancy die Nacht. Es ist kein Abend, an dem man stirbt.
«Mir tut nur Mutter Amalie leid . . .», sagt der Leutnant.

Wir hören ihre Stimme.
«Was ist denn? Sperrstunde! Keine Besuche mehr!»
«Aufmachen!» tönt es zurück. «Aufsperren! Polizei!»
Mutter Amalie hat Zeit gewonnen. Sie ist es, die die Strategie bestimmt.
«Polizei?» hören wir sie auf die Straße hinunterrufen. «Warum sagen Sie das nicht gleich? Ich habe geglaubt, die Herren wollen Besuch machen!»
Dann wird es still. Wir warten. Hinter den Kirchtürmen scheint die Stadt zu brennen.
Ich blicke nach der Treppe. Von dort kann man das ganze Dach sehen.
«Komm!» sage ich. «Schnell! Klammere dich an den Schornstein. Aber fest!»
Der Leutnant klammert sich an den Rauchfang. Er erfaßt sofort, was ich will. Ich klammere mich an seine Beine. Ich schaue hinab.
«Alles in Ordnung!» flüstere ich Petit zu. «Du kannst loslassen.»
Unter uns liegt nicht der Abgrund. Etwa zwei Meter unter uns verläuft das Ziegeldach des Nachbarhauses in die Feuerwand des *Hotels St. Sebastian*. Dieses Dach kann man von der Stiege aus nicht sehen.
Wir lassen uns über den Rand des Glasdaches gleiten und fallen auf das Dach des Nachbarhauses.
«Hast du dir weh getan?»
«Nein. Du?»
«Auch nicht.»
«Bist du schwindlig?»
«Nein.»
Wir drücken uns an die Feuerwand. Mein Herz pocht so laut, daß ich Angst habe, man könnte es hören, durch die Mauern, Wände, Dächer. Von der Straße brüllt von Zeit zu Zeit der Motor eines Motorrades auf.

Deutlich sind jetzt Stimmen über uns, doppelt erschreckend, weil man die Menschen nicht sieht, die da sprechen.
«Zwei Mann aufs Dach!» ertönt das Kommando.
Wir tasten uns bis zum Rand des Daches vor. Wenn ein Ziegel locker ist, sind wir verloren. Wir liegen flach auf dem Bauch. Mein Fuß hängt über den Rand des Daches hinaus. Verzweifelt krallen sich die Finger in die Schindeln. Sie schmerzen, ein herausstehender Ziegelstein hat sie blutig geschnitten. Wie lange kann ich mich festhalten? Wenn sie uns erblicken, lasse ich mich fallen. Sie bekommen mich nicht lebend.
Da ertönt eine Stimme von oben. Ich weiß nicht, ob sie vom Himmel kommt oder vom Dach des *Hotels St. Sebastian*, das jetzt ein Bordell ist. Die Stimme ruft:
«Wo seid ihr, *mes enfants*?»
Es ist die Stimme der Mutter, die Amalie heißt.

DIE ACHT MUSKETIERE

Die Razzia hatte nicht uns gegolten, sondern den geflohenen Offizieren aus dem Lager Nancy. Jedenfalls hieß es, die Zelte so schnell wie möglich abzubrechen.

Mutter Amalie hatte tatsächlich zwei Männer gefunden – den Schweizer Weinreisenden des Hauses Bonard Frères, Monsieur Charles Boissière, und einen Radiomechaniker namens André Morteau –, die mit ihr zur Kommandantur gegangen waren, um die Passierscheine zu verlangen. Sie überließen ihr überdies ihre *Cartes d'identité*, das reguläre französische Legitimationspapier. Beide erklärten, sie möge mit den Papieren machen, was sie wolle; später würden sie die Verlustanzeige erstatten. Einer der beiden, Charles Boissière, ein winziges, kahles Männchen mit einem langen Bart, das wie ein Gartenzwerg aussah, kam am nächsten Tag ins Hotel, um uns behilflich zu sein, sein Legitimationspapier umzufälschen.

Wir gingen mit größtem Ehrgeiz an die ungewohnte Beschäftigung. Eines der Mädchen hatte uns eine Flüssigkeit gebracht, mit der man Tintenschrift überdecken kann. Eine andere schleppte Feder, Papiere, Kopierstifte und Löschblätter herbei. Nanette lieferte einen Zirkel. Zum Glück besaßen wir beide kleine Fotos im Paßformat. Das Foto des Leutnants war vollendet, während meines für den Umschlag eines Buches bestimmt gewesen war und, mit der Zigarette im Mund, wohl nicht ganz den Vorschriften entsprach. Zum Glück erwies sich Dr. Petits Chirurgenhand auch als Fälscherhand ungemein glücklich. Der Leutnant löste das Bild des Radiomechanikers von der Identitätskarte, um es durch sein eigenes Bild zu ersetzen. Der Stempel hatte sich nur zu etwa einem Viertel auf dem Bild befunden. Mit Zirkel und Tusche wurde dieses Viertel auf dem Bild des neuen André Morteau nachgezeichnet.

Mein Fall war schwieriger. Der Stempel wurde auch hier kunstvoll ergänzt, mein Bild kunstgerecht aufgeklebt, aber der bärtige Weinreisende war, zu seinem und meinem Unglück, 1884 geboren worden: ein Alter, das man mir unmöglich zutrauen konnte. Dr. Petit mußte also mit größter Vorsicht das Geburtsdatum entfernen und durch die Jahreszahl 1911 ersetzen; ein Unterfangen, dem kein großer Erfolg beschieden war. Die Entfernung des Geburtsdatums hinterließ auf dem grünen, gegen Fälschung präparierten Papier einen weißen Rand; die Tinte, mit der das neue Datum eingesetzt wurde, wirkte frisch auf der alten Legitimation. Immerhin besaßen wir jetzt Passierscheine der deutschen Stadtkommandantur von Nancy, die es den Herren Morteau und Boissière gestatteten, innerhalb von vier Tagen nach Dijon zu reisen und in der gleichen Frist nach Nancy zurückzukehren: letzteres ein Privileg, das wir nicht in Anspruch zu nehmen beabsichtigten. Zu diesen Papieren gesellten sich die Identitätskarten mit den ausgetauschten Fotografien.

Am Abend vor unserer Abreise gab Mutter Amalie ein Champagnerdiner, an dem die wahren André Morteau und Charles Boissière als Ehrengäste teilnahmen. Sie blieben nachher im Haus und teilten mit ihren Doppelgängern deren Dachkammern.

Mutter Amalie hatte den Mädchen verboten, uns an die Bahn zu begleiten. Wir verabschiedeten uns von ihnen am Abend. Als wir uns aber um sieben Uhr früh im Salon zum Kaffee einfanden, waren die Damen des Hauses um den gedeckten Tisch versammelt. Jede hatte ein Geschenk vorbereitet. Die kleinen Köfferchen, die uns Mutter Amalie gekauft hatte, faßten kaum die Herrlichkeiten. Nanette schenkte, natürlich, zwei neue Werke von Pierre Benoit *(de l'Académie française)*; Jeannine und Irene brachten *Gauloise bleu*, genau wie am Tage, an dem ich ihnen begegnet war, Mignonette gab uns je ein frisches Hemd, Pauline neue Krawatten, eines der Mädchen drängte mir die Manschettenknöpfe seines gefallenen Bräutigams auf. Madame hatte für unser leibliches Wohl gesorgt: In jedem der beiden Köfferchen lagen je eine Schachtel Sardinen, eine Tüte Pralinen und ein gebratenes Huhn. Dr. Petit bekam einen dunkelgrauen, ich einen hellgrauen Hut des Herrn Louis Pfeiffer.

Es war halb acht, als mich Madame in ihr Zimmer rief. Sie nahm meinen Kopf in ihre Hände und sagte:

«Ich möchte Ihnen noch etwas geben. Hören Sie gut zu! Ich hatte einen Jungen. Von einem Mann, der ... ich weiß nicht, was aus dem Mann geworden ist. Er hat mich verlassen. Ich habe mein Kind großgezogen. Als es neunzehn Jahre alt war, hat es mich verlassen, wie sein Vater. Ich habe nie mehr von ihm gehört. Er wäre jetzt so alt wie Sie. Es ist mir nur wenig von ihm geblieben. Aber Sie haben mich an ihn erinnert. Ich war glücklich, solange Sie hier waren. Unser Herrgott wird Ihnen helfen. Nehmen Sie dieses Taschentuch. Es enthält etwas, das ich ihm geschenkt habe. Sie müssen mir versprechen, daß Sie das Taschentuch erst öffnen, wenn Sie gerettet sind. Was es enthält, wird Sie beschützen. Leben Sie wohl.» Sie küßte mich auf die Stirne, sagte schnell: «Haben Sie ein Taschenmesser für das Huhn?»

Ich küßte ihre Hände. Das Spitzentaschentuch versteckte ich in einer Seitentasche.

Wir hatten beschlossen, getrennt zur Bahn zu gehen. Ich ging als erster, mit Mutter Amalie. Der Leutnant sollte wenige Minuten später mit Charles Boissière folgen.

In der Küchentür standen die Mädchen. Ich bekam von jeder einen Kuß.

Meine Knie waren weich, als wir auf die Rue St. Sebastian hinaustraten. Ich glaubte, daß mich jeder deutsche Soldat anstarrte, daß mich jeder Polizist fixierte; am Bahnhof würde mich, dachte ich, Unteroffizier Daxer persönlich erwarten. Es regnete. Die Menschen hasteten an uns vorbei. Niemand sah uns an. Die drückende Hitze der letzten Tage war einer angenehmen Kühle gewichen. Frauen und Mädchen eilten in Bureaus und Geschäfte, vor den Toren des Warenhauses *Magasins Réunis* wurden die Gitter aus den Angeln gehoben. Vor dem Bahnhof und auf dem Bahnsteig patrouillierten deutsche Soldaten mit Stahlhelmen und geschultertem Gewehr, aber sie trachteten nur, nicht naß zu werden.

Dr. Petit kam kurz nach mir an. Wir nahmen in zwei verschiedenen Abteilen des gleichen Waggons Platz. Madame Pfeiffer verschwand und kehrte mit Zeitungen zurück. Als ich sie öffnete, lag eine rote Dahlie zwischen dem Papier.

Wenige Minuten nach acht setzte sich der Zug in Bewegung. Ich beugte mich aus dem Fenster und winkte. Mutter Amalie stand, in einem violetten Regenmantel, eine dünne Kapuze über den Haaren, auf dem Bahnsteig. Ich dachte: Gewiß hast du ihr nicht alles gesagt, was du wolltest. Ich dachte an das kleine Mansardenzimmer, in dem jetzt Mignonette Ordnung macht. Die Gestalt Mutter Amalies verschwand im Dunst der Bahnhofshalle von Nancy.

In meinem Abteil saßen eine Frau und zwei Männer. Die Frau hatte in Nancy ihren Mann gesucht, der Gefangener war. Er war am Tag vorher nach Deutschland transportiert worden. Die beiden Männer waren fünfzig oder sechzig Jahre alt, Staatsbeamte, Eisenbahner der eine, Postbeamter der andere. Sie waren aus Dijon und hatten beruflich in Nancy zu tun gehabt. Sie sprachen von den Schwierigkeiten der Reise; die deutsche Kontrolle bei Langres sei ungemein streng. Man müsse gute Beziehungen haben, um von Dijon nach dem Norden reisen zu dürfen. In der Richtung, in der wir fuhren, sei die Kontrolle zwar streng, aber die Kommandanturen ge-

währten leichter Passierscheine von Nancy nach Dijon als umgekehrt.
Ich vertiefte mich in den Roman von Pierre Benoit. Aus Aberglauben wagte ich es nicht, die Seiten des Buches ganz aufzuschneiden; vielleicht würde ich gefaßt werden, ehe ich es ausgelesen hatte. Manche Seite las ich mehrere Male, ehe ich den simplen Sinn begriff. Alles ging durcheinander – die indischen Prinzessinnen, die Mädchen aus dem *Hotel St. Sebastian*, die Kontrolle in Langres, das orientalische Abenteuer, die Melodie der Räder, die Gespräche des Postbeamten und des Eisenbahners, das Fauchen der Lokomotive. Es regnete nicht mehr. Die Sonne brach zögernd durch die Wolken. An den Bahngeleisen arbeiteten Gefangene unter deutscher Aufsicht, sehnsüchtig blickten sie dem Zug nach. Ich versprach mir, sie nie zu vergessen. Ein Pferdewagen stand an einer Bahnschranke. In sommerlich hellen Häusern standen die Fensterläden offen, Kinder spielten im Garten. Ich dachte: Wenn du in Langres verhaftet wirst, hast du noch etwas Leben geatmet. Dann vertiefte ich mich wieder in die Abenteuer einer europäischen Theatergruppe im Lande der Maharadschahs.
Ich bemerkte, daß ein Blick auf mir ruhte. Dr. Petit war schon mehrere Male langsam durch den Korridor geschlendert.
Ich ging hinaus. Er lehnte sich aus dem Fenster.
«Hast du gehört?» sagte er. «Die Kontrolle in Langres geht auf Leber und Nieren.»
«Was soll ich dagegen tun?»
«Wollen wir lieber früher aussteigen?»
«Verlierst du die Nerven?»
«Nein. Aber es wäre klüger, zu Fuß zu gehen. Sie sollen jeden Ausweis genau prüfen.»
Ich zuckte mit den Achseln. «Es ist zu spät.»
Ich kehrte auf meinen Platz zurück. Wir näherten uns der Kontrollstation. Ich öffnete zum ersten Male den Mund.
«Die Kontrolle ist in Langres, Monsieur?»

«Ja, Monsieur», antwortete der Eisenbahner.
«Und es ist schwierig, nach Nancy zurückzukehren?»
«Sehr.»
«Merci.»
Der Zug hielt. Vier deutsche Soldaten kletterten in jeden Waggon. Hunderte Menschen, viele Frauen und Kinder, saßen auf dem Bahnsteig.
«Das sind lauter Leute, die man nach Dijon zurückschickt», erklärte der Eisenbahner.
Ein deutscher Unteroffizier, von drei Soldaten gefolgt, öffnete die Tür. Er trug Lederhandschuhe. Er erinnerte an Daxer.
«Passierscheine! Legitimationspapiere!»
Die Papiere des Postbeamten wurden zuerst geprüft. Die Kontrolle war streng. Wenn der Mann meine Papiere auch nur annähernd so genau prüft . . . dachte ich.
Die Legitimationen der Frau wurden schnell zurückgegeben.
«Was hatten Sie in Nancy zu tun?» fragte der Unteroffizier.
Sie verstand ihn nicht. Ärgerlich vertiefte sich der Unteroffizier in die Papiere des Eisenbahners.
Dann kam die Reihe an mich.
Ich reichte den Passierschein der Kommandantur, behielt aber die falsche *Carte d'identité* in der Hand. Der Unteroffizier streckte die Hand danach aus. Da sagte ich in meinem besten Schweizerdeutsch:
«Ich bitte, Herr Offizier, wollen Sie mir vielleicht bestätigen, daß ich von Nancy komme, damit ich morgen wieder zurückfahren kann . . . Ich habe nämlich gehört . . .»
Ich sprach von den Schwierigkeiten der Rückkehr. Nur sprechen, dachte ich: sprechen, sprechen.
«Sie können innerhalb von vier Tagen ohne weiteres zurück», erklärte der Unteroffizier und reichte mir meine Papiere.
Die *Carte d'identité* hatte er nicht angesehen.

Ich dankte und steckte die Papiere ein. Die Spekulation auf menschliche Dummheit hatte sich als richtig erwiesen. Ich hatte den Unteroffizier zum Offizier ernannt, und ich hatte ihn etwas gefragt, was seine Wichtigkeit unterstrich. Ich setzte mich auf meinen Platz und schnitt Pierre Benoit bis zum Ende auf.

«Ja, von Ordnung verstehen sie etwas», hörte ich den Eisenbahner sagen.

«Und von Organisation!» echote der Postbeamte.

«Schließlich sind sie Menschen wie wir.»

«Schlimm sind sie nicht.»

Die Frau in der Ecke seufzte.

«Sie sind sehr höflich», meinte der Eisenbahner.

«Und sehr korrekt», echote der Postbeamte. «Habt ihr pünktlich euer Gehalt bekommen?»

«Ganz pünktlich.»

«In Mark?»

«Ja, in Mark.»

«Mark oder Franken . . . ist doch dasselbe. Schließlich sind wir nicht schlechter dran als früher. Reich wird man doch nicht. Und man darf nie vergessen, daß sie uns vor den elenden Bolschewiken bewahrt haben.»

Die Frau seufzte.

«Was wollen Sie?» sagte der Eisenbahner. «Uns werden sie immer brauchen.»

«Wir sind unentbehrlich», bestätigte der Postbeamte.

«Ja, unentbehrlich.»

Ich ging hinaus, nicht um mich zu übergeben, sondern um festzustellen, wie mein Gefährte die Kontrolle überstanden hatte. Er lehnte fröhlich am Fenster und rauchte eine seiner *Gauloise bleu*.

In Dijon schlüpften wir durch die zweite, oberflächlichere Kontrolle. Dann standen wir vor dem Bahnhof der besetzten Stadt, kaum vierzig Kilometer von der Freiheit entfernt. Un-

ser Gepäck in der Hand, gingen wir die Avenue de Maréchal Foch hinauf. Die Sonne schien.
«Was tun wir jetzt?» fragte Dr. Petit.
«Jetzt», sagte ich, «gehe ich auf die deutsche Kommandantur und hole mir einen Passierschein ins unbesetzte Frankreich.»

Ich muß gleich sagen, daß mein Wahnsinn nicht ohne Methode war. Mein Plan war nur möglich, weil ich von meiner Kindheit an wenig von der Polizei halte: Schon als kleines Kind konnte man mich nicht mit ihr schrecken. Und nun: Meine Bücher von den Deutschen verbrannt, meine Entdekkung des Namens Schicklgruber historisch geworden, ich selbst Lagerältester von deutschen Gnaden, auf der schwarzen Liste und die schwarze Liste mir selbst übergeben, geflohen und auf der Flucht mit Hakenkreuzpapieren – warum sollte ich mich fürchten vor der gefürchteten Gestapo? Wen die Polizei einmal in den Händen hält: Das ist etwas anderes. Da gibt es Methoden, die jeden Widerstand brechen können. Aber in der Ausforschung, Entdeckung, Überführung des «Sünders» unterschied sich die Gestapo wenig von jeder anderen Geheimpolizei: Die Firma hielt nicht, was ihre Inserate versprachen.
Dr. Petit weigerte sich, meinen Gedanken zu folgen. Wir beschlossen, zusammen ein Zimmer zu suchen, dann aber getrennt die Fluchtmöglichkeiten zu erwägen.
Fast alle Hotels der Stadt mit ihren 86000 Einwohnern waren von den Deutschen besetzt. Das große *Hotel de Cloche* war von offiziellen Persönlichkeiten bewohnt. Eine Polizeisperre war um den Place Darcy gezogen. Im *Hotel Centrale* saßen die deutschen Offiziere in den Lederfauteuils, neben dem Portier stand ein Beamter der Gestapo. Das war ein anderes Bild, als in der «verbotenen Zone». Hier fühlten sich die Deutschen heimisch. In den Offiziersautos fuhren die Frauen

oder Geliebten der Offiziere, in den Geschäften sah man deutsche Frauen, die französische Waren kauften, in den Kaffeehäusern saßen deutsche Mädchen, ungeschminkt, ohne Lippenstift, in Uniform. Hier, wo man sich immer mehr vom Frankreich, das unter dem Krieg gelitten hatte, entfernte, immer mehr der «freien Zone» Pétains näherte, hatte sich auch zusehends die Beziehung zwischen Eroberern und Eroberten gelockert. Die Geschäfte waren offen und voller Waren. In den Kinos spielte man deutsche Filme, die Kellner mühten sich um deutsche Gäste. Man war nicht mehr in der stolzen Lorraine.

Nach langem Suchen fanden wir schließlich Unterschlupf im *Hotel Terminus*. Die alte Frau in der Portierloge verlangte Vorauszahlung. Dann wurde uns ein schmales Hotelzimmer mit Bad zugewiesen.

Ich machte mich sofort auf den Weg. Vor der Präfektur standen Hunderte Schlange. Die Rue de la Préfecture war bis zur Kirche Notre-Dame belagert. Deutsche Soldaten hielten gemeinsam mit *Gardes Mobiles* die Ordnung aufrecht. Aus den Gefangenenlagern waren als erste die *Gardes Mobiles* entlassen worden. Treue Diener ihrer jeweiligen Herren, hielten die wieder zu uniformierter Würde emporgestiegenen *Gardes Mobiles* strammere Ordnung als ihre neuen Herren. Ein deutscher Soldat erklärte mir, daß «Sondererlaubnisse» in der Kommandantur, Rue Bossuet, zu beantragen seien.

Ich fand die Stadtkommandantur, was infolge der zahlreichen Kommandanturen nicht ganz leicht war. Hier warteten schon vierzig oder fünfzig Personen, hauptsächlich Frauen, in der Vorhalle. Ich stellte fest, daß in einem Nebenraum eine deutsche Sekretärin an der Schreibmaschine saß. Sie war blond, hübsch, trug eine Gretchenfrisur, und ein Anflug von Schminke bewies, daß die Versuchungen Frankreichs nicht ganz spurlos an ihr vorübergegangen waren. Auch ich trat an sie als Versucher heran. Ich erzählte ihr, daß ich Schweizer sei und in wichtigen Geschäften nach Lyon zu fahren gedachte. Heute sei Samstag; meine Rückreiseerlaubnis nach meinem Wohnsitz Nancy laufe am Dienstag ab, deshalb möchte ich den zuständigen Offizier sofort sprechen. Gretchen, erfreut, endlich die Sprache eines Bittstellers zu verstehen, erhob sich.

In einem großen Saal saß ein großer Hauptmann hinter einem großen Schreibtisch. Hinter dem großen Schreibtisch hing ein großes Bild des Führers, und über dem großen Bild prangte ein großes Hakenkreuz in einem großen Rahmen.

Der Hauptmann blickte auf.

«Sie wünschen?»

«Herr Offizier», sagte ich auf schwyzerdütsch, als würde ich seinen Dienstgrad nicht erkennen, «ich erbitte eine Gunst.»

Die Einleitung gefiel. Der Hauptmann putzte seine Brillengläser.

«Ich bin Schweizer», fuhr ich fort, indem ich näher trat und «meinen» Namen nannte. «Ich bin Weinreisender. Bisher bin ich sehr gut ohne Reisepaß ausgekommen; ich lebe hier seit zehn Jahren. Vor fünf Jahren ist mein Paß abgelaufen. Ich hatte nur eine *Carte d'identité*. Aber heutzutage ... selbstverständlich ... man kann nicht ohne Paß sein ...»

Auch diese Bemerkung gefiel der hohen Obrigkeit.

«Leider ist das schweizerische Konsulat in Nancy gesperrt», fuhr ich fort. «Da hat mir die deutsche Kommandantur in Nancy freundlicherweise einen Passierschein – Dijon hin und zurück – ausgestellt.» Ich trat auf den Tisch zu und legte den Passierschein auf den Tisch. «Zu meiner Enttäuschung verweigert mir unser hiesiges Konsulat den Paß. Nur Lyon ist zuständig. Aber mein Passierschein läuft ab, ich muß Dienstag wieder in Nancy sein, sonst verliere ich meine Arbeit. Seit sechs Jahren reise ich für die Firma Grandjean Frères, Wein und Champagner.»

Ich tat, als sei die Frage meiner Passage nicht zweifelhaft, als

bestünde die Gunst ausschließlich in der Schnelligkeit, mit welcher der Hauptmann den Passierschein ausstellen würde.
«Wein und Champagner?» fragte der Hauptmann leutselig.
«Ja, Wein und Champagner.»
Der Hauptmann hüstelte.
«Habt ihr noch was auf Lager . . . Wein, Champagner . . .?» fragte er.
«Nicht mehr viel», sagte ich mit einem kleinen Lächeln des Einverständnisses.
«Hm», machte der Hauptmann. «Können Sie noch ein paar Flaschen Sekt besorgen? Gegen Bezahlung selbstverständlich.»
«Ich werde trachten, Herr Hauptmann», sagte ich. Ich dachte, der Hauptmann werde den Champagner bei dem Fest trinken, bei dem Hauptmann Brühl sein Akkordeon spielen wird.
«Welcher Preis?»
«Ich könnte noch», antwortete ich, ein Weinreisender vom Scheitel bis zur Sohle, «zwölf Flaschen *Veuve Cliquot* zu fünfundzwanzig Franc die Flasche zur Verfügung stellen. Natürlich vertraulich . . . Engrospreis.»
Wenige Minuten später war mein Passierschein ausgestellt. Die deutschen Behörden waren von der Stadtkommandantur in Dijon angewiesen, den Schweizer Weinreisenden Charles Boissière aus Nancy ungehindert die Demarkationslinie – hin und zurück – überschreiten zu lassen. Mein falsches Identitätspapier lag, neben den beiden Passierscheinen, auf dem Tisch. Ich lehnte mich, ein echter Streber, über den Schreibtisch, wie um bei der Ausschreibung meines Namens behilflich zu sein. Den Daumen preßte ich auf den primitiv gezeichneten Teil des Stempels.
«Ich muß den Passierschein noch schnell vom Major unterschreiben lassen», sagte der Hauptmann.
Ich blieb allein mit dem Führer. Mein Herz klopfte. Wie

Steine lag es mir im Magen. Die Minuten wollten nicht enden. Auf dem marmornen Kamin tickte eine alabasternweiße Uhr.

Die Tür tat sich auf.

«Es tut mir leid», sagte der Hauptmann eintretend. «Der Herr Major ist schon fort. Er kommt erst Montag früh wieder. Aber das tut nichts. Ich verlängere einfach Ihren Rückfahrschein nach Nancy. Holen Sie sich Ihre Papiere Montag, acht Uhr früh. Um neun haben Sie einen Zug nach Lyon. Dienstag abend können Sie wieder in Nancy sein.»

«Ja, das kann ich», sagte ich. Es blieb mir nichts anderes übrig.

Ich nahm meine alten Papiere und dankte. In der Tür rief mir der Hauptmann nach: «Wollen Sie sich meine Adresse notieren?»

«Natürlich.» Ich notierte Namen und Anschrift. «Sobald ich aus Lyon zurück bin . . .»

Der Sonntag verging zwischen Bangen und Hoffen. Dr. Petit machte mir Vorwürfe. Er beschwor mich, Montag um keinen Preis wieder auf die Kommandantur zu gehen. Er hatte die Eltern eines Schulkameraden aufgesucht; sie hatten ihm für Sonntag abend ein Fahrrad versprochen. Ich hatte das Gefühl, daß er sein Schicksal von meinem lösen wollte. Er plante, an die Grenze zu radeln, sich dann irgendwie durchzuschlagen. Wir rührten uns den ganzen Tag nicht aus dem Zimmer. Zwei junge Leute, die weder Gefangene noch demobilisiert waren – die Demobilisierten trugen Uniformen mit der Armbinde: *«Demobilisé»* –, mußten in Dijon auffallen. Ich hatte Angst, einer der zahlreichen Österreicher der Besatzungstruppen könnte mich erkennen. Die einzige «Maske», die ich trug, war meine Brille, die ich früher nur selten aufgesetzt hatte. Wir verzehrten den Rest unserer Vorräte. Von Zeit zu Zeit berührte ich das seidene Spitzentaschentuch, das mir Mutter Amalie gegeben hatte. Aber ich öffnete es nicht.

Gegen Abend nahmen wir Abschied. Wir taten es herzlich, mit wenigen Worten. Eine Trennung wie viele zuvor. Ich war allein.

Die Hitze lastete über dem Zimmer. Ich wagte mich endlich doch auf die Straße. Ich kaufte Zigaretten, Obst, eine Zeitung. Ich ging in ein Kino. An der Tür des Kinotheaters hing eine Aufschrift in zwei Sprachen: *Juden und Hunden ist der Eintritt verboten! – Inderdit aux juifs et aux chiens.* Auch auf die Fenster des Restaurants und Hotels war ein Befehl der Kommandantur geklebt, der Juden den Eintritt untersagte. *Im Zweifelsfall*, hieß es auf dem gedruckten Papier, *hat der Wirt das Recht, Personen von jüdischem Aussehen aus dem Lokal zu weisen.* Auf dem Zettel, der auf dem Fenster des Restaurant *Chapeau rouge* befestigt war, hatte der Wirt hinzugefügt: *Et je le ferai! – Und ich werde es tun.*

Ich saß eingezwängt zwischen deutschen Soldaten. Im Film kam ein Mann vor, dem Handschellen angelegt werden. Ich fühlte die Handschellen um meine Gelenke. Die deutsche Wochenschau zeigte die siegreiche Wehrmacht. Der Führer fütterte ein Pferd an der Front. Einige Generale assistierten der feierlichen Begegnung zwischen Schlachtenlenker und Schlachtroß. Ich floh aus dem Kino, noch ehe es wieder hell wurde.

Die Nacht war unruhig. Im Nebenzimmer hatten zwei Französinnen den Besuch zweier deutscher Offiziere. Jemand im Hotelgang schrie: «Aufmachen!» Eine Frau kreischte. Ich lag, auf den Ellbogen gestützt, schweißgebadet. Ich hörte das Wort «Polizei». Ich tastete nach dem Spitzentuch Mutter Amalies. Ich dachte daran, daß morgen der Zwölfte sei und daß meine Mutter Geburtstag habe. Ich hatte jeden Geburtstag bei ihr verbracht.

Jemand sagte: «Geben Sie den Revolver her!» Dann klirrten Gläser.

Um Punkt acht fand ich mich auf der Kommandantur ein.

Obwohl schon dreißig oder vierzig Personen warteten, erkannte mich Gretchen sofort.
Es dauerte ziemlich lange, bis sie zurückkam, mit dem Hauptmann.
«Herr Charles Boissière!» sagte er.
Er betonte jedes Wort. Herr: Der Angeklagte wurde aufgerufen. Charles: Es wurde über ihn gerichtet. Boissière: Sein Schicksal war besiegelt.
Der Hauptmann hielt meinen Passierschein nach Lyon in der Hand. Er war mit einem roten Bleistift durchgestrichen.
«Kommen Sie!» befahl der Hauptmann.
Wir betraten sein Zimmer. Die Augustsonne schien durch die hohen Fenster. Aber im Zimmer war es eiskalt.
«Geben Sie mir Ihre Papiere!» sagte er.
Mehr als je im Feld, mehr als im Bombenhagel von Noirval, mehr auch als auf dem Dach des Freudenhauses in Nancy fühlte ich, daß mein Leben an einem Haar hing. Ich suchte nach meinen Papieren. Nur Zeit gewinnen, Zeit gewinnen um jeden Preis!
«Der Herr Major hat heute mit dem Schweizer Konsul gesprochen», sagte der Hauptmann. «Der Konsul hat erklärt, jederzeit Pässe für Schweizer Staatsangehörige ausstellen zu können.»
Ich kramte noch immer in meiner Tasche.
«Warum wollen Sie nach Lyon?» fragte er.
Die Frage rückte mir an den Leib. Das Hakenkreuz an der Wand begann, sich zu drehen.
Endlich hatte ich meine Papiere gefunden.
Ich hörte mich sprechen:
«Was? Ist der Konsul verrückt? Gibt er mir falsche Auskünfte? Hält mich der Konsul zum Narren? Er ist ja wohl nicht bei Trost! Ich vertrödle hier meine Zeit! Ich verliere meine Stellung!» Ich schrie. Ich schimpfte. Ich war rot vor Wut. «Unerhört! So was geschieht auch nur bei uns, in der

Schweiz. Sofort gehe ich wieder hin. Darf ich mich auf Sie berufen, Herr Hauptmann?»
Der Hauptmann zog seine Hand zurück.
«Das müssen Sie sogar!» rief er. «Was erlauben sie sich eigentlich, die Schweizer? Dauernd falsche Auskünfte. Klären Sie die Sache sofort auf. Er erwartet Sie am Nachmittag. Erstatten Sie mir Bericht!»
Kein Wort fiel mehr von meinen Papieren.
Wenige Minuten später stand ich draußen, auf der Straße. Es war ein Augustmorgen, und es war noch nicht alles verloren.

Die schwersten Stunden meiner Flucht hatten begonnen.
Ich konnte nicht in mein Hotel zurückkehren. Würde ich am Nachmittag nicht auf der Kommandantur erscheinen, durfte ich gewiß sein, im Hotel festgenommen zu werden. Monsieur Charles Boissière, Weinreisender aus Nancy, war im *Hotel Terminus* ordnungsgemäß gemeldet; ihn zu finden war für die Kommandantur ein Kinderspiel. Auch konnte es dem Hauptmann leicht einfallen, das Schweizer Konsulat anzurufen. Hatte man zum ersten Male nur geantwortet, das Dijoner Konsulat sei berechtigt, Pässe auszustellen, so würde man diesmal sagen, daß man einen Herrn Boissière nie gesehen hatte. Ich beschloß, dem Schweizer Konsulat einen Besuch abzustatten.
Der Konsul war ein kleiner, magerer Mann. Er rauchte eine große Zigarre. Sein Zimmer, mit dem Blick auf die bewegteste Straße Dijons, wirkte wie eine Insel. Eine große, freundliche Ruhe lag über dem ganzen Konsulat. Ich mußte an Genf denken, zwischen zwölf und zwei Uhr mittags, wenn die Geschäfte geschlossen sind und die Stadt wie ausgestorben wirkt. Es war gut, daß es in dieser Welt eine Insel gab.
«Sind Sie Schweizer?» fragte der Konsul.

«Nein», erwiderte ich. «Ich bin nicht Schweizer. Aber ich lebe seit mehreren Jahren in Genf. Meine Frau ist Schweizerin.» Ich zählte ihm eine lange Liste von Freunden auf. Ich erwähnte den Ministerpräsidenten Lachenal, den Richter am Haager Schiedsgericht Borel, zahlreiche andere.
«Ich bin im Begriff, mich nach der Schweiz durchzuschlagen», fuhr ich fort. Ich berichtete über meine Erlebnisse.
Er unterbrach mich.
«Ach, Sie sind der Mann . . . Man hat uns von der Kommandantur angerufen. Wir haben gesagt, daß wir Pässe ausstellen können. Aber natürlich nur für Schweizer Bürger.»
«Selbstverständlich können Sie mir keinen Paß ausstellen», sagte ich. «Aber Sie könnten mir vielleicht einen Gefallen erweisen. Wenn man wieder anruft, könnten Sie sagen, daß Sie meinen Fall untersucht und mich an das Konsulat in Lyon verwiesen haben.»
«Das wäre unwahr», sagte der Konsul. «Es tut mir außerordentlich leid. Wir können Ihnen nicht helfen.»
«Und wenn die Kommandantur anruft . . .?» fragte ich. «Können Sie wenigstens sagen, daß Charles Boissière hier gewesen ist?»
«Das kann ich», entgegnete der Konsul. «Aber ich fürchte, es wird Ihnen nicht viel nützen.»
Ich verließ die Insel und trat hinaus in den Trubel der Straße. Kein Zweifel mehr, daß ich Dijon spätestens am Abend verlassen mußte. Ich besaß keine Karte der Gegend; die Karten waren von den Deutschen aufgekauft worden. Ich hatte keine Ahnung, wo die Demarkationslinie mit einiger Aussicht auf Erfolg überschritten werden konnte. Unsere Landkarten hatten wir in Nancy nicht mitzunehmen gewagt.
Bis Mittag irrte ich planlos in der Stadt umher. Ich kannte schon alle Schaufenster der Geschäftsstraße, die ironischerweise *Rue de la liberté* hieß. Ich saß eine Weile im großen Park hinter der Place Darcy. Die Blumen standen in voller Blüte.

Ein kleines Mädchen lief auf mich zu und bat mich, ihm die Bilder in seinem Bilderbuch zu erklären. Wir schlossen Freundschaft. Ich erzählte ihm vom Fliegenden Teppich und von Aladins Wunderlampe.

In den Mittagsstunden kehrte ich zum Hotel zurück. Ich marschierte auf der anderen Straßenseite auf und ab. Sooft ein Polizeiauto hielt, verkrampfte sich mein Magen.

Endlich betrat ich das *Café Central*, gegenüber dem *Hotel Central*, auf dem Platz Grangier. Ich setzte mich in einen stillen Winkel, verlangte Papier und Feder und schrieb einige Zeilen an meine Frau. Ich beschloß, den Brief aufzugeben, obwohl ich wenig Hoffnung hatte, daß er in den nächsten Wochen in die Schweiz befördert werden würde. Ich schrieb: *«Ich will heute abend den letzten Versuch unternehmen. Gelingt er, so bin ich bei Dir, lange, ehe Dich dieser Brief erreicht. Mißlingt er, so war es das letzte Abenteuer.»*

Ich wollte den Brief verschließen, als eine fröhliche Gesellschaft meine Aufmerksamkeit erregte. Neben mir hatten vier oder fünf junge Leute zwischen siebzehn und zwanzig Platz genommen. Jetzt erschienen drei oder vier junge Mädchen. Die ganze Gesellschaft war von so jugendlicher Frische, daß ich meine Augen ausruhen ließ auf diesen glücklichen Geschöpfen. Die jungen Leute mußten Studenten sein, denn sie gehörten verschiedenen Gesellschaftsklassen an; was sie vereinte, war nur ihre Jugend. Während ringsum deutsche Offiziere Bier tranken, deutsche Frauen französische Modezeitschriften studierten, deutsche Zivilisten mit Hakenkreuzen auf den Revers sich auf den roten Ledersofas breitmachten, diskutierten diese jungen Leute ungeniert die Ursache der Niederlage.

Die jungen Menschen und ich beobachteten uns eine Zeitlang. Eine unerklärte Sympathie flutete von Tisch zu Tisch. Ich sah, daß sie die Köpfe zusammensteckten und von mir sprachen. Ich verschloß den Brief und trat an den Tisch heran.

«Erlauben Sie mir», fragte ich, «daß ich bei Ihnen Platz nehme?»
Die Erlaubnis wurde erteilt.
Ich setzte mich zwischen einen großen Jungen und ein blondes Mädchen, das wie eine Amerikanerin aussah.
«Ich weiß nicht, warum ich Vertrauen zu Ihnen habe . . .», begann ich. «Aber ich habe das Gefühl, daß Sie mir helfen können . . .»
Die jungen Leute rückten zusammen. Sie hatten ernste und neugierige Mienen.
Ich erzählte meine Geschichte. Hier und da wurde meine Erzählung von einer Frage unterbrochen. Als ich geendet hatte, sahen sich die jungen Leute an. Dann sagte das Mädchen neben mir: «Natürlich helfen wir Ihnen!»
Die Zustimmung war einhellig. Es waren ihrer acht – fünf Jungen, drei Mädchen. Acht Freunde.
«Wir gehen jetzt zu Manon und halten Kriegsrat», schlug einer der Jungen vor. Er war klein, mit einer Brille. Er wirkte wie ein fünfzehnjähriger Professor.
Manon war ein schönes brünettes Mädchen mit weißen Zähnen. Sie war die Tochter eines Fabrikanten, der auf dem Boulevard Carnot seine Villa hatte. Wir ließen uns im geräumigen Salon nieder. Ich kam nicht mehr zu Wort; ich hatte im Kriegsrat keine Stimme. Jeder hatte seinen eigenen strategischen Plan, und jeder vertrat ihn mit heftiger Überzeugung. Namen von Orten und Menschen, die ich nie gehört hatte, wurden diskutiert. Zuweilen trat einer der jungen Leute auf mich zu, klopfte mir lachend auf die Schulter und sagte: «Machen wir schon, *mon vieux*.» Unzählige Zigaretten wurden geraucht. Schließlich wurde ein großer dicker Junge ausgeschickt, um mit jemand zu sprechen, dessen Name mir gleichfalls nichts sagte.
Der Blonde, der mir im Kaffeehaus zuerst aufgefallen war, trat auf mich zu.

«Soviel steht fest», sagte er, «daß Sie über die Ortschaft Seurre müssen. Der Zug geht um sechs Uhr abends. Nicht wahr, Gabriele?»
«Zu Befehl, *mon colonel*!» meinte Gabriele.
«Seurre liegt sechs Kilometer von der Demarkationslinie und ist der einzige Punkt, wo man verhältnismäßig gefahrlos durchschlüpfen kann. Aber wir werden gleich sehen. Henri ist zu Monsieur Rodin gefahren. Monsieur Rodin hat eine Wurstfabrik. Er liefert Wurst ins unbesetzte Frankreich. Wahrscheinlich kann er Sie unter seinen Kisten verstekken.»
Henri kehrte zurück. Er hatte noch die Klammern an den Hosen; er war mit dem Rad gefahren und war außer Atem. Alle bestürmten ihn.
«Leider kann Monsieur Rodin selbst nichts tun!» sagte er.
«Verdammt!»
«Was soll er tun?» sagte Henri. «Es ist ein Malheur. Seit gestern ist die Grenze hermetisch geschlossen. Jeder Verkehr zwischen den Zonen ist vollständig gesperrt. Es ist trotzdem alles in Ordnung. Wir haben zwei Adressen. Eine große und eine kleine. Die große, das ist der reichste Käseerzeuger in Seurre. Monsieur Roy.» Und an mich gewandt: «Sie gehen in Seurre einfach zu Monsieur Roy und sagen ihm, daß Sie Monsieur Rodin schickt. Die beiden sind dicke Freunde. Und Roy hat schon mehreren Gefangenen über die Grenze geholfen. Er bringt Sie glatt hinüber. Aber Sie sollen auch die kleine Adresse besuchen. Ein Käseerzeuger namens Laveau. Das soll zwar ein Trottel sein, aber seine Frau hat die berühmteste Küche an der ganzen Côte d'Or.»
Die Nachricht wurde begeistert aufgenommen.
«Ja, bevor ich es vergesse», verschnaufte sich Henri. »Monsieur Rodin läßt Ihnen sagen, daß Sie in Seurre sehr vorsichtig sein müssen. Es ist die letzte Station im besetzten Gebiet. Alle Züge halten, der Verkehr geht dann erst jenseits der Grenze

weiter. Infolgedessen ist in Seurre die Kontrolle sehr scharf. Aber Sie werden es schon schaffen, meint Monsieur Rodin.»
Gläser wurden gebracht. Wir stießen an auf gutes Gelingen.
Wir tauschten unsere Adressen aus.
Der große Blonde setzte sich ans Klavier.
«Was soll ich spielen?» fragte er.
Alle standen um das Klavier, nur ich saß in einem großen Lehnstuhl. Ich fühlte mich alt.
Keiner antwortete. Der Blonde begann, die *Marseillaise* zu spielen. Alle stimmten ein.
Um sechs brachten sie mich zum Zug. Als ich mich aus dem Fenster beugte, standen die acht Musketiere auf dem Bahnsteig. Acht Taschentücher flogen in die Luft.

DAS LETZTE SPIEL

Der Lokalzug paffte durch die Landschaft. Die Felder lagen im Gelb des späten Nachmittags; kein Bauer ging über sie; sie atmeten die Stille des Feiertags. Hier und da blieb eine Magd stehen, einen Krug auf dem Kopf. Auf den kleinen Stationen standen Stationsvorsteher gähnend in der Tür ihrer Büros. Ich dachte an Sommerabende am Plattensee. An Samstagabenden hatten die jungen Frauen in weißen Kleidern auf dem Bahnsteig gestanden und ihre Männer abgeholt. Junge Mädchen hatten Tennisschläger in der Hand. Die Hotelwagen hatten hinter ebenerdigen Bahnhöfen gestanden. Fliegen hatten die Ohren der Pferde umschwirrt. Die Stimmung vergangener Sommer lag über dem besiegten Land. Aber die helle Kulisse war unbewegt, die Auguststille gähnte.

Ich ging im Zug auf und ab. In Seurre würde also eine strenge Kontrolle stattfinden. Seurre: der letzte Bahnhof vor der Zonengrenze. Ich erkundigte mich vorsichtig, ob man Seurre zu Fuß erreichen könnte; ich dachte daran, früher auszusteigen und mich zu Fuß in die Stadt durchzuschlagen. Aber meine Reisegefährten berichteten, daß von der Straße eine Brücke nach Seurre führe; die Kontrolle sei dort noch strenger.

Ich besaß kein Gepäck und hatte auch keinen Passierschein für Seurre. Ich suchte etwas, ohne genau zu wissen, was ich suchte.

In einem Abteil saß eine alte Dame, allein. Es war eine noble alte Dame in einem schwarzen Kleid mit einer langen Perlenkette. Ich erfuhr, daß in Seurre ihr Sohn und ihr Enkel – Offiziere, vor einigen Tagen aus einem Gefangenenlager entlassen

– sie erwarten würden. Sie erzählte, daß alle Männer des Ortes Seurre verlassen hatten, als sich die Deutschen näherten. Die Frauen seien geblieben. Nun seien viele Männer heimgekehrt. Sie fragte mich, was ich in Seurre verloren hätte. Ich sei Reisender für eine Schweizer Käsefabrik, antwortete ich. Ich weiß nicht, ob sie es glaubte.
Während wir uns unterhielten, schielte ich nach ihrer Reisetasche im Gepäcknetz: für keinen Eisenbahndieb hätte der Koffer anziehender sein können. Von Zeit zu Zeit sahen wir hinaus in die Landschaft und seufzten. Die alte Dame seufzte, weil sie an das sterbende Land dachte. Ich seufzte, weil ich keine Lust hatte zu sterben.
Auf den kleinen Stationen sah man jetzt mehr und mehr deutsche Posten. Die Stationen rochen nach Blumen und Bier. Zwei, drei Landser, das Gewehr geschultert. Neben jedem französischen Bahnbeamten ein deutscher Eisenbahner, in der dunkelblauen Uniform prächtig anzusehen, Generale der Lokalbahn.
«Das ist noch nicht Seurre», sagte die alte Dame, sooft ich mich hinausbeugte.
«Aber wir sind wohl bald in Seurre?»
«Ja», sagte sie. «Sind Sie nervös?»
«Nervös?» fragte ich. «Vielleicht . . .»
Dann hielt der Zug in Seurre. Im gleichen Augenblick hatte ich den Koffer der alten Dame gepackt.
«Nein, lassen Sie nur . . .», meinte sie.
«Nein, nein. Ich trage ihn schon.»
Ich trug den Koffer, aber eigentlich trug er mich. Ich half der alten Dame aus dem Waggon, ging neben ihr, wich nicht von ihrer Seite. Ich redete auf sie ein – sprechen, nur sprechen; nur keine Pause; lächeln, immer lächeln. Am Ende des Bahnsteigs standen die deutschen Soldaten.
Der Bahnhof schien mir endlos. Rote Pelargonien waren zwischen weiße Steine gepflanzt. Zwei Beamte luden eine Kiste

ab. Ich sprach und lächelte, lächelte und sprach; ich war der wohlerzogene Enkel und trug Großmutters Koffer.
Schließlich standen wir am Ausgang. Großmutter reichte ihre Papiere und passierte die Kontrolle. Ich wollte ihr, den Koffer in der Hand, folgen.
«Na, Sie da . . .», machte der Deutsche und packte mich am Arm. Es war ein junger Mensch mit Augengläsern.
Ich holte meinen Passierschein für Nancy hervor. Er gab ihn zurück.
«Pass oder *Carte d'identité*!» verlangte er.
Ich übergab ihm meine falsche *Carte d'identité*.
Der Mann besah sie von allen Seiten. Die alte Dame stand jenseits der Kontrolle und wartete geduldig auf mich und ihren Koffer. Sechs Kilometer von hier war die Freiheit.
Der Unteroffizier musterte die Karte, drehte sie in der Hand hin und her. Sein Blick war forschend auf die Fotografie gerichtet. Er sah mich an. Ich versuchte, seinem Blick so unbefangen wir möglich zu begegnen. Er prüfte nochmals die *Carte d'identité*.
«Charles Boissière», sagte er. Es klang mißtrauisch.
«Ja», sagte ich. «Charles Boissière.»
«Das sind Sie ja nicht», erklärte der Mann, scharf und bestimmt.
Ich atmete auf. War auch ein Viertel des Stempels mein dilettantisches Werk, so war das Bild doch echt. Wenn er nur das Bild beanstandete, war nichts verloren. Schnell entfernte ich die Brille von meiner Nase.
Der Deutsche lächelte: «Mit der Brille – nicht zu erkennen.»
«Ja, so eine Brille . . .», sagte ich.
Das Papier wurde zusammengefaltet und zurückgegeben.
«Guten Tag», grüßte ich, höflich vor lauter Dankbarkeit.
«Heil Hitler!» grüßte der Landser.
Jenseits der Sperre stand Großmütterchen, mit Sohn und Enkel.

Ich brachte den Koffer zum benachbarten Haus und machte mich auf die Suche nach dem Käseerzeuger Roy.

Das Dorf erinnerte mich an die ungarischen Dörfer, wo ich viele Sommer meiner Kindheit verbracht hatte. Balatonboglár, von wo meine Mutter stammt, wo die Martons seit Hunderten von Jahren sitzen. Auf der Bahnhofstraße promenierten ein paar Bauernmädchen im Sonntagsstaat; vor den Häusern standen kleine, schwindsüchtige Akazienbäume, die man anbinden mußte, damit sie nicht umfallen. Die Straße duftete nach Akazien. Nur schwindsüchtige Akazien können so duften. In der Abendluft war noch die Hitze des Tages. Rolläden wurden rasselnd hochgezogen.

Das Haus des Großbauern und Käsefabrikanten Roy war das größte im Dorf. Ein riesiger Schäferhund folgte mir durch den Vorgarten.

Monsieur Roy war ein dicker Mann um die Fünfzig. Als ich mit einem Blick auf die Magd fragte, ob ich ihn allein sprechen könne, führte er mich in das Wohnzimmer. Eine Frau saß am offenen Fenster. Sie sah jung und zart aus, trotz der vom Tau der Jahre überzogenen Haare, die in weichen Wellen um kleine Ohren lagen. Sie nickte mir zu und las weiter.

Wir nahmen Platz.

«Ich bin –», begann ich, «Kriegsgefangener gewesen. Ich bin den Deutschen entflohen . . .»

Der Mann legte einen dicken Zeigefinger auf die Lippen. Er wies auf die halbgeöffnete Tür des Nebenzimmers. Vor der Tür lag der Schäferhund.

«Der Hund des Majors –», sagte mein Gastgeber. Er schien den Hund des Majors zu fürchten.

Ich brachte mein Anliegen vor. Die zarte Frau saß noch immer am Fenster. Zuweilen sah sie hinaus, als träumte sie in den Sommerabend.

Der Käseerzeuger hörte wortlos zu.

«Und so kam ich», schloß ich, «um Ihre Hilfe zu erbitten.»

Der Mann stützte den schweren Kopf in behaarte Hände. «Ich weiß nicht», sagte er, «ob ich Ihnen helfen kann.»
Es war still. Der Hund wedelte mit dem Schweif. Im Nebenzimmer sprach jemand deutsch. Über die staubige Straße fuhren zwei deutsche Radfahrer.
«Ich will versuchen, Ihnen zu helfen», sagte der Mann endlich.
Er ging auf und ab, die Hände auf dem Rücken. Eine Uhr tickte. Die Möbel waren alt und von erlesenem Geschmack. Wie waren sie in dieses Haus geraten . . .? Es dämmerte.
«Das besetzte vom unbesetzten Frankreich», sagte der Mann, «trennt nur der Fluß Doubs. Aber er ist auf dieser Seite von Hunderten deutscher Soldaten bewacht . . .»
Die Wanderung begann von neuem. Ich fühlte, daß Roy auf etwas wartete.
«Also, Monsieur Rodin schickt Sie?» fragte er.
«Ja.»
Die Frau blätterte in ihrem Buch. Es war längst zu dunkel; sie konnte nicht mehr lesen.
Der Mann blieb vor ihr stehen.
«Was meinst du?» wandte er sich an sie, «– soll ich ihm helfen?»
«Nein!» antwortete die Frau.
Der Mann schien plötzlich wie ausgewechselt. Sein Gesicht wurde hart. Hart war es, und alt sah es aus.
«Es tut mir leid», sagte er. «Es ist zu gefährlich.»
Ich wollte etwas einwenden, aber er drängte mich zur Tür. Der Hund stand langsam auf und folgte uns. Ich begann zu glauben, daß in dem Märchen vom bösen Käseerzeuger der Schäferhund die verwunschene Prinzessin war. Die Frau am Fenster nickte stumm.
Wir gingen durch den kleinen Vorgarten. An der Zauntür stießen wir auf einen deutschen Offizier. Er ging vorbei, ohne den Hausherrn zu beachten.

Der Käsefabrikant beugte sich zu mir:
«Steigen Sie im Bahnhofshotel ab. Sie hören von mir.»
Ich fand noch ein Zimmer im Hotel. Dann betrat ich den Speisesaal.
An zwei Tischen saßen Deutsche. Zwei Offiziere an dem einen, zwei Eisenbahner an dem anderen. Neben den Eisenbahnern wirkten die Offiziere wie Eisenbahner.
Ich bestellte, was die armselige Menükarte zu bieten hatte. Die beiden Offiziere erörterten militärische Fragen. Ich hörte zu, blickte aber mit gespielter Gleichgültigkeit durch das Fenster.
«Ich bitte Sie», meinte der Oberleutnant, indem er sein Weinglas an den Mund hob, «ich bitte Sie – warum sollten wir die Gefangenen freilassen? Frankreich zahlt uns elf Franc pro Kopf und Tag. Ein Gefangener kostet höchstens zwei Franken. Achtzehn Millionen Reingewinn pro Tag. Außerdem müssen die Franzosen für die Besatzung zahlen – zwanzig bis vierzig Franc pro Mann und Tag. Schließlich müssen sie noch den Sold der Gefangenen weiterbezahlen. Können sie nur im Lager ausgeben. Von den Arbeitskräften nicht zu sprechen. Die Rechnung ist ganz einfach . . .»
Sie kalkulierten, hoben ihre Gläser. Die Eisenbahner sahen nach der Uhr. Die Kellnerin entfernte die Papierblumen von den Tischen.
Ich ging in mein Zimmer hinauf. Ich setzte mich an das Fenster und blickte auf die Felder hinaus. Die Sackgasse, dachte ich.
«Bonsoir», hörte ich eine Stimme.
Es war Monsieur Roy.
Er setzte sich auf den Bettrand und sprach schnell, ohne Atem zu schöpfen.
«Sie müssen entschuldigen», sagte er. «Ich konnte nicht sprechen. Es ist schlimm geworden in den letzten Tagen. Wir haben ein Dutzend Kriegsgefangene hinübergeschmuggelt. Man verdächtigt uns, aber man konnte uns bisher nichts beweisen.

Der Ort wurde in seiner Gesamtheit bestraft. Fünfzigtausend Franc. Wir dürfen nach zehn nicht mehr auf die Straße. In allen Häusern wohnen Deutsche. Bei mir ist der Ortskommandant einquartiert. Als Sie da waren, speiste er gerade nebenan. Er schläft in meinem Bett, der Hund im Bett meiner Frau. Seit der Sache mit den Gefangenen müssen wir das Bett jeden Tag frisch beziehen – für den Hund des Majors.» Er sah nervös nach der Uhr, öffnete die Tür, schloß sie wieder. «Zwei Leute aus dem Ort sind verschwunden. Bis zur Bestrafung ging alles glatt und korrekt. Sie verstehen jetzt», fuhr er schnell fort, «daß meine Frau . . ., sie ist etwas merkwürdig in letzter Zeit. Sehr merkwürdig . . . Ich will Ihnen trotzdem helfen. Fünfzehn Kilometer von hier, hinter Montagny sur Seurre, liegt die Farm meines Freundes Bray. Grüßen Sie ihn von mir. Bray wird Sie über die Grenze bringen.»
Er stand auf. Ich wollte ihm danken.
«Sie müssen entschuldigen», sagte er mit gesenktem Kopf. «Meine Frau . . . so merkwürdig . . .»
Es ging auf zehn. Irgendwo rauschte ein Bach. Irgendwo pfiff ein Zug. Irgendwo wartete die Freiheit.

Ich erwachte an einem strahlenden Sommertag. Es war der dreizehnte August.
Ich zog mich an, zahlte meine Rechnung und machte mich auf den Weg nach Montagny sur Seurre. Nach einem Marsch von sieben oder acht Kilometern traf ich einen Bauernwagen, auf dem ein alter Bauer und eine steinalte Bäuerin saßen. Sie nahmen mich mit, so daß ich die Farm Monsieur Brays schon gegen elf Uhr erreichte.
Der Farmer – sichtlich wohlhabend, mehr Herr als Bauer, städtisch gekleidet und über dicke Geschäftsbücher gebeugt – empfing mich freundlich. Wir saßen auf einer sonnigen, glasgedeckten Veranda. Auf dem Tisch standen Früchte, auf dem

Steinboden lagen Spielzeug, Holzpferde und Puppen. Von Zeit zu Zeit kam ein Kind herein, holte ein Spielzeug, zog sich am Tisch hoch und nahm eine Frucht.

Der Mann hörte mich bis zu Ende an. Er strich sich über seinen kleinen schwarzen Schnurrbart, wie jemand, der sich eine Antwort gründlich überlegen will.

«Ich habe Ihnen», sagte er schließlich, «zweierlei zu antworten.» Er drückte sich mit der Gewähltheit der Halbgebildeten aus. «Zum ersten dies. Ich habe nie einen entsprungenen Gefangenen über die Grenze gebracht. Ich weiß gar nicht, wo die Grenze verläuft. Monsieur Roy hat sich entweder geirrt oder Sie absichtlich falsch unterrichtet.»

Mein Herz stockte.

«Zum zweiten aber», erklärte der Mann, «scheint ihr Deutschen uns für dümmer zu halten, als wir sind!»

Ich sprang auf.

«Wir Deutschen?»

Auch er stand auf. Er war um zwei Köpfe kleiner als ich und wirkte wie ein kampfbereiter Truthahn.

«Jawohl», sagte er. «Ihr Deutschen. Wenn mir die Deutschen schon einen *agent provocateur* schicken, dann müssen sie sich jemanden aussuchen, der französisch spricht wie ein Franzose.»

«Monsieur Bray», stammelte ich, «ich versichere Ihnen . . .»

«Versichern Sie mir gar nichts! Verlassen Sie mein Haus!»

Ich rührte mich nicht. Ein Kind kam herein, ein kleiner, blonder Junge. Er holte einen Bleisoldaten und einen Apfel.

«Herr Bray . . .», begann ich von neuem. Ich mußte einen letzten Versuch wagen. «Ich verstehe Sie. Aber verstehen Sie auch mich. Ich bin verloren, wenn Sie mir nicht helfen. Ich schwöre Ihnen . . .»

«Schwören Sie, soviel Sie wollen», antwortete er. «Sie sind nie französischer Soldat gewesen.»

Meine Hände ballten sich zur Faust.

«Hören Sie, Monsieur Bray», rief ich, «ich verlange von Ihnen nicht, daß Sie mir helfen. Aber geben Sie mir wenigstens eine Landkarte. Ich will allein an die Grenze. Wenn ich den Deutschen in die Hände falle – dann habe ich es wenigstens versucht.»
Auf dem Schreibtisch lag eine Autokarte. Der Farmer legte seine Hand darauf. Er lachte.
«All diese Mätzchen kennen wir aus dem vorigen Krieg. Auf der Landkarte befinden sich meine Fingerabdrücke. Wenn ich sie Ihnen gebe, werde ich morgen erschossen.»
Ein kleines Mädchen lief aus dem Garten herein und fragte nach seiner Puppe.
«Ich habe vier Kinder», sagte der Farmer.
«Gut», sagte ich. «Eine letzte Bitte. Darf ich von Ihnen wenigstens erwarten, daß Sie mich nicht bei den Deutschen anzeigen?»
Wir standen uns gegenüber. Der Mann stand hinter einem Lehnsessel. Seine Hände – merkwürdig kleine, frauliche Hände – lagen auf der Rücklehne des Stuhles. Seine Knöchel waren weiß geworden. Seine dunklen Augen glänzten wie von Tränen.
«Ich bin Franzose, mein Herr», sagte der Mann.
Ich verließ das Haus. Bienen summten, Schmetterlinge flatterten durch den Augusttag. Es roch warm. Unglaublich, daß alles verloren war.
Ich ging langsam zurück, nach Seurre, die Landstraße entlang. Da hörte ich auf einmal eine Stimme in mir. Jemand sagte: «Besuchen Sie auch Monsieur Laveau. Das soll zwar ein alter Trottel sein, aber seine Frau hat die berühmteste Küche an der ganzen *Côte d'Or*.» Monsieur Laveau, Monsieur Laveau, wiederholte ich. Hatte der Mann wirklich so geheißen?
Meine Füße schmerzten in den zu kleinen Schuhen des Monsieur Pfeiffer aus Nancy. Ich setzte mich ins Gras. Deutsche Patrouillen mußten jeden Moment vorbeikommen. Aber nur

alte Bäuerinnen fuhren vorbei, auf Fahrrädern. Als ich mich wieder erhob, bemerkte ich eine kleine Kapelle am Waldsaum.

Ich ging näher. Und wie ich mich näherte, erblickte ich auf dem kleinen Altar der Steinkapelle ein Christusbild. Es war ein Christusbild in Blau. Wie der Christus von Noirval.

Nach einigem Suchen fand ich das Haus des alten Laveau. Es war ein altes, ebenerdiges Haus, mitten im Dorf. Man gelangte durch eine Küche in ein bäuerliches Wohnzimmer. In der Küche schaffte die alte Bäuerin. Der alte Laveau saß in einem Lehnstuhl und stopfte Zigaretten. Er war ein weißhaariger Greis von über siebzig. Im Knopfloch trug er die roten Bänder der *Légion d'Honneur*, der *Médaille Militaire*, des *Croix de Guerre*.

Kaum hatte ich ihm meine Geschichte erzählt, da übernahm der greise Feldherr das Kommando. Aus seinem Lehnstuhl bestimmte er die Strategie, gab er seine Befehle. Wenige Minuten später waren die beiden Söhne des Alten sowie die Fischer Richard, Jérôme und Matthieu im Zimmer versammelt.

«Wo werden wir den Soldaten über den Doubs setzen?» fragte der Alte.

Er fragte nicht, er beschloß. Er stützte sich auf seine Krücke, beugte sich vor. «Habt ihr gehört, was ich gefragt habe?»

Die Fischer äußerten ihre Ansichten. Gestern war ein Neger, der den Fluß hatte überqueren wollen, von einem deutschen Posten erschossen worden. Man hatte die Bewachung der Grenzzone in den letzten zehn Tagen erheblich verstärkt. Beinahe in jedem Fischerhaus saßen deutsche Soldaten, Jérôme und Matthieu hatte man ihre Boote weggenommen.

Der Alte klopfte mit seinem Stock auf den Fußboden:

«Ihr könnt mir doch nicht erzählen, daß die Deutschen Arm in Arm am Fluß stehen. Dann würden sie für die Zonengrenze zwei Millionen Mann brauchen. Also! Es muß ein Loch geben. Ihr müßt mir den Soldaten hinüberbringen!»
«Ich bringe ihn hinüber!»
Der Mann, der so gesprochen hatte, hieß Richard. Bisher hatte er geschwiegen. Er war winzig klein, kaum eins sechzig hoch. Er hatte das gegerbte Gesicht der Seeleute. Seine Augen waren hellblau.
«Das ist recht», sagte der Alte. Er lehnte sich zurück und zog die Decke über seine Knie.
«Aber wir müssen durch Longepierre», erklärte der Fischer. «Zu dem Haus, wo ich mein Boot versteckt habe, führt kein anderer Weg. In Longepierre allein sitzen zweihundert Deutsche.»
Wir warteten, was der alte Laveau sagen würde. Mir wurde es übel vor Hunger und Erregung. Frau Laveau sah, daß ich bleich geworden war, und brachte mir ein großes Glas Schnaps.
«Alphonse!» sagte der Alte zu einem seiner beiden Söhne, «wieviel Benzin haben wir noch?»
«Fünf Liter», antwortete Alphonse.
«Gut. Ihr nehmt den Wagen und ladet dreißig Stück Käse auf. Damit fahrt ihr zur alten Madame Debèze nach Longepierre. Ihr liefert bei ihr den Käse ab. Während du dich mit dem Käse beschäftigst, verschwinden Richard und unser Soldat. Triffst du den Rest, Richard?»
«Jawohl, *mon capitaine*!» sagte Richard. Er lachte. Niemand konnte den alten Laveau für einen Trottel halten.
Zehn Minuten später war der Renault vorgefahren. Er machte einen Lärm, als wollte er sich gegen die Verschwendung der letzten fünf Liter wehren. Der Käse wurde verladen. Alphonse setzte sich an das Steuer, ich setzte mich neben ihn. Richard nahm hinten Platz.

Ich lief noch einmal schnell in die gute Stube zurück. Ich wollte dem Alten die Hände küssen. Er nahm meinen Kopf und küßte mich auf beide Wangen.
«Die *anciens combattants*», sagte er, «haben auch in diesem Krieg ihre Pflicht getan. Gott segne dich, mein Junge!»
Wir erreichten den Grenzort Longepierre in wenigen Minuten. Alphonse steuerte sofort auf die *Epicerie* der Madame Debèze zu. Der Kolonialwarenladen lag gegenüber dem Haus, in dem die Grenzwache untergebracht war. Zehn oder zwölf deutsche Soldaten patrouillierten auf dem Platz auf und ab; andere lagen in Badehosen in der Sonne.
Alphonse stieg als erster aus. Dann luden Richard und ich den Käse aus. Wir handelten langsam und vorsichtig. Im Geschäft stand die Alte, eine Frau von mindestens achtzig, hinter dem Ladentisch. Das unerwartete Glück der Lieferung hatte ihr die Sprache geraubt. Einen Augenblick lang sah sie mich fragend an. Ich glaube, sie hatte verstanden.
Wie alle großen Feldherren hatte der alte Laveau keiner genauen Ortskenntnis bedurft: Psychologie hatte sie ersetzt. Innerhalb von wenigen Minuten befand sich kein Deutscher mehr außerhalb des Ladens. In dem winzigen Raum, mit seinen papierenen Maggi-Würfeln, seinen Petroleumlampen, seinen klebrigen Fliegenfängern, drängten sich Dutzende Landser. Es roch nach Gewürz, Farbe und Schweiß. Eine halb ernste, halb scherzende Rauferei um die Käseringe hatte begonnen. Die kleine Alte gab den Widerstand bald auf und zog sich in ihr Zimmer hinter dem Laden zurück – ich sah noch ihren grauen Kopf in der Tür des Wohnraumes, der voller Heiligenbilder hing. Dann blieb mir nur die Erinnerung an Feldgrau, Fett, Bajonette, Käse und Knöpfe. Die letzte Erinnerung an die Sieger.
Hinter der provisorischen Kaserne lag ein freies Feld. Richard gab mir ein Zeichen, und wir begannen zu laufen. Bald ging das Feld in Brachland über, das an die Dünen der Nordsee

erinnerte. Wir liefen über sandigen Boden, stolperten über Schilf, durchquerten einen kleinen Wald, krochen unter Büschen hindurch und standen auf einmal vor einem kleinen weißen Haus.

«Hallo, Mutter!» rief Richard.

Eine Frau, von sechs oder sieben Kindern gefolgt, kam aus dem Haus.

«Die gehören alle mir!» sagte Richard stolz.

Die Frau wischte sich die Hand an der Schürze ab. Sie mußte viele Jahre mit dem Fischer gelebt haben, denn sie sahen sich ähnlich, wie es bei alten Ehepaaren manchmal geschieht.

«Schnell, ein Hühnchen in den Topf!» befahl Richard, immer noch ein wenig außer Atem. «Der Herr ißt heute bei uns. In der Nacht soll ich ihn hinüberbringen.»

Ich sah mich um. Ringsum waren dichte Sträucher. Aber unten, im Gebüsch, schillerte es silbern.

«Was ist das?» fragte ich Richard.

«Das ist der Doubs», sagte er.

Ich ging hinunter zu dem Gebüsch. Das Laub war voll und grün. Ich zerteilte es und trat hinaus. Vor mir lag der Fluß, silbern, hell, glitzernd. Auf der anderen Seite, zum Greifen nahe, ein kleiner Wald.

Ich streckte die Hand aus: «Was ist das, Richard?»

«Das ist das andereUfer.»

«Das freie Frankreich?»

«C'est la France libre.»

Wir gingen zum Haus zurück. Die Frau des Fischers jagte einem Huhn nach. Ich nahm sie beim Arm.

«Bemühen Sie sich nicht, Madame», sagte ich. «Ich kann Ihre Einladung nicht annehmen. Ich schwimme sofort über den Fluß.»

Richard protestierte. «Sie sind nicht bei Trost. In der Nacht setze ich Sie ohne Gefahr über. Jetzt können jeden Moment deutsche Posten auftauchen.»

«Danke, Richard. Ich habe schon zwei Monate verloren. Ich habe keine Zeit mehr. Haben Sie eine Badehose?»
Wir betraten das Haus. Unter heftigem Widerspruch wurde mir eine Schwimmhose gebracht. Ich machte mein fröhliches Testament. Meinen Anzug, meine Schuhe, meinen Hut vermachte ich Richard. Das bißchen Geld, das ich noch besaß, sollte er mit Alphonse teilen. Dann griff ich nochmals in meine Taschen.
«Können Sie mir ein Stück Wachstuch und einen Bindfaden verschaffen?»
Anzug und Hemd waren schnell abgestreift. Jede Minute war teuer. Richard brachte ein Stück schwarzes Wachstuch und einen Bindfaden.
«In der Nacht geht es ohne weiteres», wiederholte er. «Haben Sie nicht gesehen, wie reißend der Fluß ist?»
«Reißend oder nicht . . .»
Ich packte drei Dinge in das Wachstuch: meine Aufzeichnungen in einem kleinen Notizbuch, in das ich meine Erlebnisse eingetragen hatte; meine Armbanduhr, ein Geschenk meines Vaters; das Spitzentaschentuch Mutter Amalies.
«Was ist denn das?» fragte Richard.
Er verstand wohl nicht, als ich antwortete:
«Das weiß ich nicht . . .»
Er band mir das Wachstuch um den Hals.
«Also, wenn es sein muß . . .», meinte er. «Ich will schauen, ob die Luft rein ist.»
Er ging zum Ufer hinunter.
Ich hörte ihn durch das Gebüsch rufen: «Los! Los!»
Ich lief an das Ufer. Wir reichten uns schnell die Hand.
«Merci, Richard!»
«Merde, mon vieux.»
Er klopfte mir auf die Schulter.
Dann sprang ich ins Wasser.

Der Fluß ist reißend. Die Wellen schlagen über meinem Kopf zusammen. Ich bin ein guter, aber kein außergewöhnlicher Schwimmer. Die Entbehrungen haben mich geschwächt. Ich versuche, so lange wie möglich unter Wasser zu bleiben, aber die Luft geht mir bald aus.
Zum Glück ist die Entfernung nicht groß. Ich bin schnell am Ufer. Hier ist nur wildes Gestrüpp. Ich ziehe mich hoch und gleite aus. Äste brechen. Ich habe keinen Boden unter den Füßen. Endlich eine Wurzel, die Halt bietet. Mit großer Anstrengung ziehe ich mich hoch. Knickende Äste. Ich fühle Land unter den Füßen.
Nun geschieht alles so schnell, daß ich nicht nachdenken kann. Meine erste Wahrnehmung ist, daß ich nicht auf dem anderen Ufer bin. Ich stehe auf einer schmalen Landzunge, einer winzigen Insel, zwischen den beiden Ufern. Jenseits des Gebüsches ist Wasser, ein zweiter, breiter Arm des Doubs. Stehe ich auf französischem oder auf deutschem Boden? Schon ist die Frage beantwortet. Wenige Meter, rechts von mir, höre ich Schritte. Die Schritte eines deutschen Soldaten.
Ich muß mich sofort entscheiden. Verstecken? Hat er mich nicht schon längst gehört? Oder über die Landzunge, ins Wasser? Wird er feuern? Der Entschluß ist gefaßt. Lieber tot als gefangen. Ich setze durch das Gestrüpp, unbekümmert um das Geräusch, das meine Schritte verursachen. Ich springe ins Wasser. Ich versuche, so schnell zu schwimmen, wie ich es, kämpfend gegen die Fluten, vermag.
Ich bin etwa dreißig Meter vom Ufer entfernt, als der erste Schuß fällt. Gleich darauf ein zweiter. Die Kugeln schlagen im Wasser auf. Da gibt es keine Kriegserfahrung. Ich weiß nicht, wie man sich benimmt, wenn auf einen Schwimmenden geschossen wird. Der erste Schuß landet mindestens zehn Meter rechts von mir im Wasser. Der zweite nur noch fünf. Der dritte Schuß drei oder vier Meter links von mir. Das Wasser spritzt auf. Jetzt bin ich schon viel weiter vom Ufer entfernt.

Wird sich der Posten «einschießen?» Rechts, links, Treffer. Der vierte Schuß schlägt links ein, nicht mehr ganz in meiner Nähe. Ich bin höchstens noch fünf Meter vom rettenden Ufer. Ich schwimme, so schnell ich kann. Ein sonderbarer Gedanke geht mir durch den Kopf. Ich erinnere mich an meinen Schwimmlehrer, am Lido. «Tief die Knie unter den Bauch!» Es war ein dicker Mann mit einem Bauch aus Gummi. Das Lager von Dieuze. War es wirklich nur ein Alptraum? Ich ziehe die Knie tief unter den Bauch. Noch ein Schlag. Dann berühren meine Arme das Ufer.

Ich klettere vorsichtig hinauf. Mich umwendend, sehe ich, wie der deutsche Soldat, drüben auf der Insel, sein Gewehr an einen Baum stellt. Ein deutscher Soldat, der einen Hilflosen nicht treffen wollte.

Ich laufe über die Wiese, die sanft zum Doubs abfällt. Am Ufer sitzt ein junger Mensch, friedlich fischend. Ich rufe ihn an. Er kommt auf mich zu.

Ich frage, immer noch ungläubig:

«Ist das das freie Frankreich?»

«Ja», antwortet er.

«Keine Deutschen?»

Er lacht. «Nein. Keine Deutschen.»

Ich falle ihm um den Hals und küsse ihn auf beide Wangen.

Wir saßen einige Minuten auf der Wiese. Ich versuchte, mich zu trocknen. Schließlich führte er mich zu seiner Mutter.

Sie war eine arme Fischersfrau. Sie hatte schon zwölf entsprungene Gefangene eingekleidet. Ich war der dreizehnte. Aber auch für mich fand sie ein Hemd, eine Hose, ein Paar zerrissener Schuhe. Auch für mich hatte sie Käse, Wein, einen gebratenen Fisch.

Der junge Fischer hieß Robert. Wir saßen vor der Tür der Fischerhütte, während seine Mutter den Fisch zubereitete. Ich

nahm das Wachstuch von meinem Hals, öffnete das Taschentuch Mutter Amalies. Es enthielt einen Rosenkranz aus reinem Kristall.
Robert nahm den Rosenkranz in die Hand und ließ ihn durch seine Finger gleiten. Ich dachte an den Jungen, dem der Rosenkranz gehört hatte. Dann führte ich die Uhr an mein Ohr. Sie ging. Sie zeigte zwanzig vor sieben.
Ich aß vom Fisch und vom Käse.
«Es ist die glücklichste Mahlzeit meines Lebens», sagte ich zu Roberts Mutter.
«Man muß teilen, was man hat», sagte sie.
Ich erkundigte mich nach dem Leben im unbesetzten Frankreich, nach Verbindungsmöglichkeiten, nach dem Fischfang.
«So kann es nicht bleiben», sagte die Frau. «Das Böse kann nicht siegen. Frankreich wird auferstehen.»
Ich erfuhr, daß es einen Zug aus St. Bonnet-en-Bresse nach Bourg, von Bourg an die Schweizer Grenze gebe. Ich beschloß, noch am Abend nach St. Bonnet zu marschieren, um von dort am nächsten Morgen weiterzufahren. Der Ort lag neun Kilometer weit entfernt. Ich verabschiedete mich von der alten Fischersfrau. Aber ehe ich ging, wollte sie meinen Namen und meine Adresse wissen.
Sie brachte mir Papier und Tinte.
Die Feder in der Hand, zögerte ich. Der Rückzug. Das brennende Ste. Menehould. Die Stadt Vienne-la-Ville. Der Kanal. Oberleutnant Truffy. Der vergessene Beobachter. Namen. Dolmetscher Maurice Pionnier, der Weinreisende Charles Boissière, der Käselieferant Roy.
Ich schrieb schnell:
«Hans Habe. *21 Régiment de Marche des Volontaires Étrangers.*» Und meine Adresse in Genf.
Es war, als hätte ich mich erst wiedergefunden, als ich meinen Namen wiedergefunden hatte.
Robert begleitete mich, quer durch blühende Gärten, auf die

Hauptstraße. Er zeigte mir den Weg. Immer geradeaus, nach St. Bonnet. Wir winkten uns zu.

Der Sommerabend war in silbernes Licht getaucht. Der Weg war gerade; in der Ferne berührten sich die Pappeln. Die Vögel zwitscherten. Ich hätte gehen können, immer weiter, in alle Ewigkeit.

Ich grüßte die Menschen, die an mir vorbeikamen, die Häuser an der Straße, die Kühe auf der Weide, die Schmetterlinge in der Luft, die Erde, die duftete, und den Himmel, der nahe war. Ich ging singend in den sinkenden Tag.

EPILOG

Ein Lebensbericht ist kein Roman; nur das Leben kann ihn abschließen. Der Leser will wissen, was «weiter geschah».
Wenige Tage nachdem ich den Doubs überquert hatte, wurde ich in der Kaserne der Chasseurs alpines in Annecy aus der französischen Armee entlassen. Ich gelangte illegal in die Schweiz, illegal nach Spanien und Portugal. Am 3. Dezember 1940 landete ich in Amerika. Mein Los war das Tausender Emigranten. Mit der amerikanischen Armee kehrte ich nach Europa zurück.
In Paris gibt es einen Kameradschaftsverein der Freiwilligen, der *Tramontana* heißt: Erinnerung an den eisigen Wind, der von den Pyrenäen über den Sandstrand von Barcarès fegte. Hier erfuhr ich, daß Oberst Debuissy eine ruhmreiche Rolle in der französischen Widerstandsbewegung gespielt hatte. Von Oberleutnant Truffy wußte niemand. Fast alle meine Kameraden waren in Kriegsgefangenschaft geraten; die meisten überlebten den Krieg in einem Straflager. Der kleine Dési hat ein Geschäft in Paris. Der ungarische Fotograf Garai gehört der *Keystone*-Organisation an. Mein Gefährte der Gefangenschaft, Alfred Dvonicky, entkam kurz nach mir aus Dieuze. Er ist Weinhändler in Hannover.
Im Jahre 1951 wurde ich in München angerufen. Der ehemalige Unteroffizier Walter Mechtel war aus langer russischer Kriegsgefangenschaft zurückgekehrt. Ich konnte ihm helfen, eine Existenz als Journalist aufzubauen. In Aden streckte den Fernsehreporter eine Mörderkugel nieder. Wenn die Versuchung, ein Volk kollektiv zu verurteilen, nie an mich herange-

treten ist, so ist es sein Verdienst und das des Gefreiten Josef Berger aus Nürnberg. Ob Berger noch lebt, weiß ich nicht. Mehr als tausend sind gefallen.
Oberst Debuissy schrieb über mich an die französischen Militärbehörden: «*Sa conduite au feu a toujours été parfaite.*» Ich habe mich dessen nie gerühmt. Denn es heißt bei Montherlant: «*Ein Freiwilliger konnte sich, ohne lächerlich oder unlogisch zu wirken, nicht beklagen. Er stimmte dem Krieg zu, denn er war ja ohne Zwang in den Krieg eingetreten.*»
Tausende fielen zu meiner Seite, im Frieden wie im Krieg, doch wer wollte sagen, daß es mich nicht getroffen hätte. Glück ist eine Eigenschaft, vornehmlich die der Jugend.
Ich bereue das Erlebnis nicht, das ich hier geschildert habe. In den vergangenen dreißig Jahren habe ich oft gedacht, daß ich errettet wurde, um *Ob tausend fallen* schreiben zu können. Aber darauf kommt es nicht an. Sondern auf den Glauben, daß es immer die Freiwilligen sind, die eine gute Sache retten. Ihnen ist dieses Buch gewidmet.

Ascona
Ende 1973 Hans Habe

URTEILE ÜBER «OB TAUSEND FALLEN»

«Ihr Buch wird bleiben . . .» *Thomas Mann*

«Das erste Buch über diesen Krieg, das mir wirklich und notwendig erscheint, abgesehen davon, daß es wundervoll geschrieben ist und daß man nicht aufhören kann, es zu lesen.»
Ernest Hemingway

«Niemand hat bisher den Schrecken des Krieges mit größerer schriftstellerischer Kraft geschildert . . .»
Lion Feuchtwanger

«Dieses Buch ist selbst ein Hoheslied, ein Lobgesang auf die Freiheitsliebe, ein ergreifender Psalm auf die Menschenwürde und auf jedes persönliche Opfer . . . Das gibt seinem Buch etwas Mitreißendes, etwas Einmaliges. Das stellt ihn (Habe) auch weit über Remarque und ähnliche Autoren aus dem Ersten Weltkrieg . . .» *Emil Belzner*

« . . . ist eine der aufregendsten und spannendsten Fluchtgeschichten aus unserer Epoche, wo jeder zehnte Zivilist gezwungenermaßen ein politisches Abenteurerleben führen muß.« *Hermann Kesten*

«Ich darf voraussagen, daß es sich hier um ein klassisches Werk des Krieges handelt.» *Lewis Mumford*

«Dieses Buch wird in dem Regal, das für die Besten reserviert ist, immer seinen Platz haben.» *The New York Times*

«Diese ungeheuere und verwickelte Katastrophe hätte die Hand eines Tolstoi gelähmt. Hans Habe ... hat sie in dem bisher lebendigsten Buch des Zweiten Weltkrieges festgehalten.» *Time*

«Wer eines Medikaments gegen Verzweiflung und Pessimismus bedarf, der wird dieses Buch eines großen Künstlers, der durch alle Höllen gegangen ist, lesen müssen.»
Los Angeles Times

«Dramatisch und fesselnd als Abenteuerroman, ist es ein bezeichnender Beitrag zur militärischen und politischen Geschichte unserer Zeit.» *Chicago Tribune*

«Kein Kriminal- oder Spionageroman kann es mit dem Bericht dieses wahren literarischen Künstlers und ungebeugten Kreuzfahrers aufnehmen.» *Boston Herald*

«Der Leser bliebe zermalmt unter der Wucht dieses Buches, aber er wird emporgehoben durch die Qualität der Dichtung ... Habe erzählt mit klassischer Ruhe ... der Stil ist von leuchtender Einfachheit.» *Christian Science Monitor*

«Dieses Buch stellt Hans Habe in die erste Reihe zeitgenössischer Autoren.» *Saturday Review of Literature*

«Das bedeutendste Kriegsbuch, das in den Jahren des Terrors in Amerika veröffentlicht wurde.» *Corriere della Sera*

«Ein Buch von unglaublicher Kraft ... Es ist ein Glück, daß das, was geschehen ist, hier einem Schriftsteller von hoher Begabung zustieß.» *Aftonbladet*

«Man erlebt – atemlos und schmerzvoll – den Rückzug, Schrecken, Tod, Gefangenschaft, als wäre man der Autor selber.» *BBC*

«Seit Barbusse ist kein bedeutenderes Kriegsbuch geschrieben worden.» *Sunday Times*

«Wir haben seit vielen Jahren kein so lebendiges, so schreckliches Buch gelesen.» *Daily Mail*

«Hunderte Kriegsbücher sind geschrieben worden; wir kennen keines von der Bedeutung von *Ob tausend fallen* ...» *Manchester Guardian*

«*Ob tausend fallen* macht die Tragödie verständlich ... Habe hat erkannt, daß Kunst in der Schlichtheit liegt ...» *Berlingske Tidende*

«Es ist journalistischer als Remarques Weltkriegsroman, dafür ist es politisch weitsichtiger. Es ist bedeutend weniger objektiv, dafür ist es kämpferischer ... Es ist stellenweise ein schreckliches Buch, das nichts erspart.» *Die Welt*

«Das Buch liest sich wie ein großer Abenteuerroman, und Hans Habe ... ist ja auch ein großer Abenteurer. Aber er ist zugleich ein großer Romancier, dem es gelingt, den Atem der Zeit einzufangen und festzuhalten.» *Rhein-Zeitung*

«*Ob tausend fallen* gehört zu den Berichten aus dem Zweiten Weltkrieg, die nicht nur zwanzig Jahre überdauern werden.» *Bonner Rundschau*

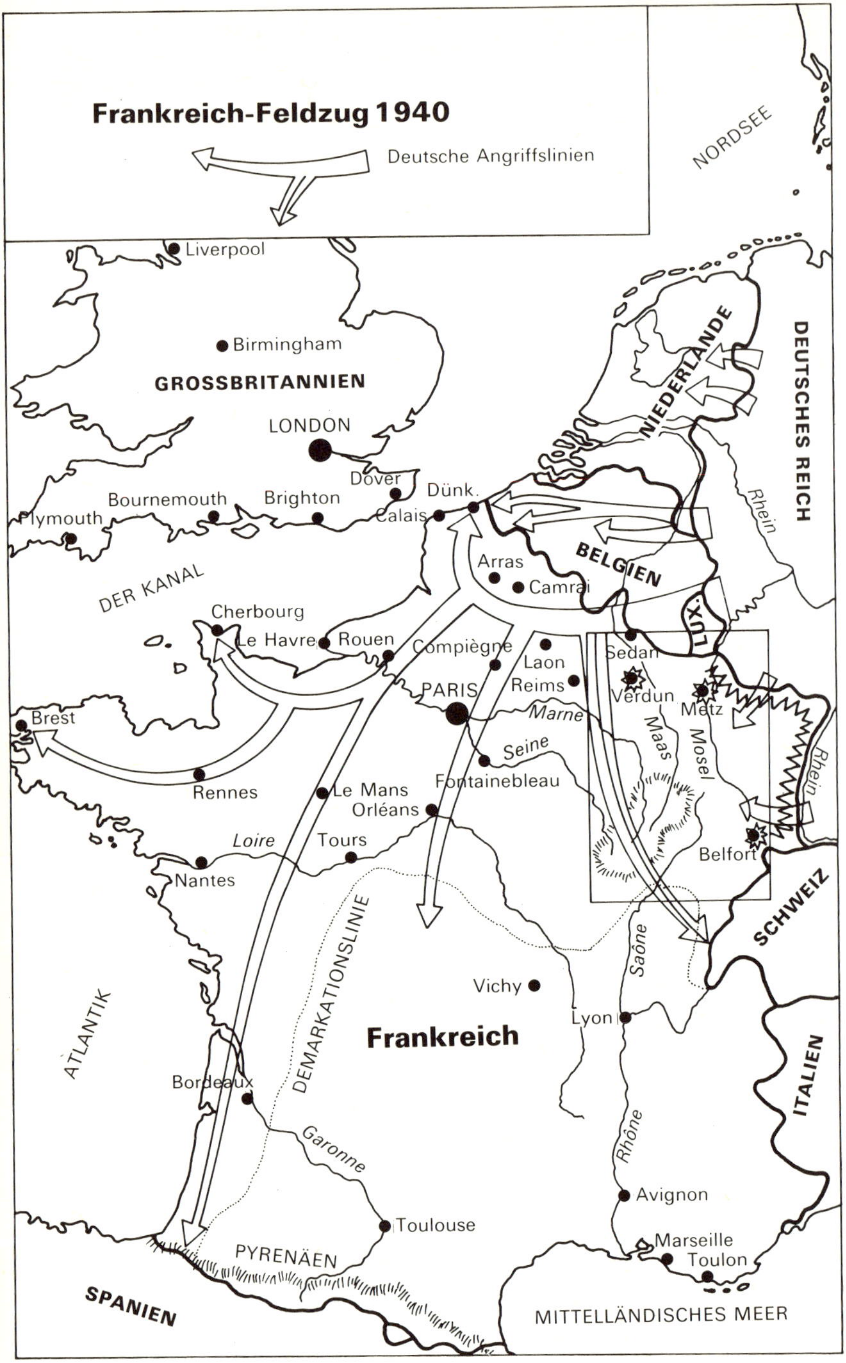
Frankreich-Feldzug 1940
Deutsche Angriffslinien
NORDSEE
Liverpool
Birmingham
GROSSBRITANNIEN
LONDON
Dover
Brighton
Bournemouth
Plymouth
Dünk.
Calais
DER KANAL
NIEDERLANDE
DEUTSCHES REICH
Rhein
BELGIEN
Arras
Cambrai
LUX.
Cherbourg
Le Havre
Rouen
Compiègne
Laon
Sedan
Reims
PARIS
Verdun
Metz
Marne
Maas
Mosel
Brest
Seine
Fontainebleau
Rennes
Le Mans
Orléans
Loire
Tours
Belfort
Nantes
SCHWEIZ
DEMARKATIONSLINIE
Saône
Vichy
Lyon
ATLANTIK
Frankreich
ITALIEN
Bordeaux
Garonne
Rhône
Avignon
Toulouse
Marseille
Toulon
PYRENÄEN
SPANIEN
MITTELLÄNDISCHES MEER